KB084358

완벽한 쇼윈도

1

로즈빈 장편소설

해피북스
투유

차례

✦ 우리 지금 만난 거 맞지? ⋯ 7

✦ 데이트 ⋯ 55

✦ 호감이 살짝살짝 ⋯ 107

✦ 우리만 아는 비밀 ⋯ 173

✦ 내 주변 모든 길이 너야 ⋯ 246

✦ 네가 좋으면 나도 좋아 ⋯ 284

✦ 사랑, 이 한 마디 ⋯ 316

✦ 해석이 필요한 마음 ⋯ 354

✦ 그의 여자 ⋯ 431

우리 지금 만난 거 맞지?

"여보세요? 은정이?"

— 아아, 희원아. 나야.

"그래그래, 이 시간에 웬일이야?"

집 앞에서 주차를 끝마친 희원은 친구의 전화를 받으며 시동을 껐다.

시간은 오후 8시 53분. 그녀는 통금 시간을 아슬아슬하게 7분 남겨놓은 상황이었다.

— 희원아, 내일 모임에 못 온다며. 정말 못 와?

희원은 친구의 질문이 민망한지 웃었다. 그 웃음의 이유를 알고 있는 친구도 따라 웃었다.

"은정아, 알잖아. 모임이 8시 반이더라. 나 9시까지 집에 들어와야 하는데 어떻게 가."

— 그러니까 내 말이, 다들 시간이 그때밖에 안 된대서. 나도 일

끝나고 바로 가도 시간이 그렇게밖에 안 되더라고.

"은정아, 괜찮아. 나 신경 안 써도 돼. 청첩장 받았잖아. 결혼식 날 보자."

저녁 9시 통금은 생각보다 많은 일상생활을 포기하게 만들었다. 하지만 이런 생활에 익숙해진 희원은 외려 친구를 위로했다.

— 희원아, 그런데 나 부탁이 있어. 결혼식 날 네가 부케 받아주면 안 돼?

"부케? 내가?"

시간은 어느덧 2분 경과했고 이젠 정말 들어가야 한다. 희원은 차에서 내렸다.

"야, 결혼 생각도 없는데 내가 부케를 받아서 뭐 해. 다른 친구 줘."

— 내 주변에 결혼 안 한 사람이 아무리 봐도 너밖에 없어. 알잖아, 나 아는 사람 얼마 없는 거.

"아······."

부지런히 걸음을 옮겼다. 9시가 넘기 전 집으로 들어서야 한다.

— 받아주라. 내가 이런 부탁 안 하려고 했는데 정말 너밖에 없어서 그래.

"받는 건 어렵지 않은데, 아······ 뭐, 그래. 받을게."

— 정말? 고마워! 고마워 희원아!

"일단 나 집에 들어간다. 지금 9시야. 결혼식 날 보자."

— 알았어! 내가 진짜로 부케 예쁘게 만들어서 다시 연락할게!

희원은 친구와 통화를 끝내며 현관문 앞에 섰다. 어쩐지 낮은 탄식이 터져 흘렀다.

"에효, 다들 결혼하는구나."

희원은 조금 전 무용단 사람들과 밥을 먹다 말고 통금 시간을 지키기 위해 집으로 달려왔다. 다 먹지 못한 그릇을 두고 일어섰지만 그녀의 사정을 아는 사람들에겐 더 이상 놀랍지 않은 일이었다.

통금 시간을 맞추기 위한 그녀의 사투는 실로 눈물겨웠다. 뭐, 가끔 가다 통금 시간을 지키지 못해 집안을 뒤집어놓긴 했지만 가끔. 정말 가끔이니까.

어느덧 시간은 9시 1분 전이다.

"휴, 일단 들어가자. 들어가야지."

······비혼주의. 서른두 살.

엄한 집안의 문화 속에 자유를 꿈만 꾸는 권희원의 밤이 지난다.

· · · ◆◆◆◆ · · ·

8 : 59 PM

"다녀왔습니다."

가까스로 통금 시간 내에 도착한 희원은 현관문을 열고 들어섰다.

"희원이 왔냐?"

"네. 아빠."

아빠는 거실 소파에 앉아 뉴스를 보고 계시고, 엄마는 그 곁에 앉아 책을 읽고 계신다.

"일찍 일찍 다녀라. 맨날 이렇게 9시 딱 맞춰 들어오지 말고. 식구끼리 모여서 저녁 식사 해본 게 언제냐 대체."

슬리퍼를 꿰차고 안으로 들어서던 희원은 아빠의 일침에 멈칫, 했다.

휴…….

"네. 알았어요."

단전에서부터 올라오는 깊은 억울함을 호흡 한 번에 내리누르며 희원은 건성으로 답했다.

딸아이의 음성이 건조한 것을 느낀 부친 권 대표는 힐끔 딸아이를 바라보다 다시 뉴스로 시선을 돌렸다.

그녀의 부친 권용택 명창은 전통음악의 선구자인 국악인이었고, 판소리의 대가였다. 대학 교수직을 두루 거쳐 현재는 전통음악학회 대표를 역임하고 있었다.

"희원아, 밥은 먹었어?"

모친 임정순 여사는 책을 덮으며 딸아이에게 다가섰다.

희원은 대강 고개를 끄덕였다. 언제나 생활한복을 입고 계시는 그녀의 모친 또한 한때는 한국무용계에서 촉망받는 무용수였다.

"먹고 왔어. 정확하게는 먹다가 도중에 왔지."

"할아버지께 가서 인사드려. 지금 왔다고."

"알았어요."

집안 내력이 이렇다 보니 그녀 또한 자연스럽게 어린 날부터 민속음악을 접했다. 여러 갈래의 장르를 두고 고민했지만 그녀는 그중 한국무용을 택했다. 그 선두엔 삼현육각 대금의 전설, 서울시 무형문화재인 희원의 할아버지가 계셨다.

똑똑, 희원은 할아버지가 이 시간에 주로 계시는 서재 앞에 서서 노크를 했다.

"할아버지, 저예요."

들어와라. 할아버지의 음성이 들려 희원은 문을 조심스럽게 열었다.

희고 정갈한 한복을 입고 앉아 계신 그녀의 조부 권난섭 선생께선 돋보기안경을 벗으며 고개를 들었다. 지난 세월을 말해주듯 손때가 묻어 너덜거리는 낡은 고서를 내리셨다.

"저녁은 먹고 들어온 게냐?"

"네. 먹고 왔어요. 약속이 있었거든요."

"순 못 먹을 것들 먹고 다니지 말고 웬만하면 집 밥 먹어라."

"네. 할아버지."

수순이다. 이 정도의 잔소리는 그저 흔한 인사 정도인 격이니 희원은 차분하게 대꾸했다.

"그럼 나가볼게요. 쉬세요, 할아버지."

"애야."

"네?"

희원은 다시 돌아섰다. 여전히 펼쳐져 있던 고서를 완벽하게 덮으며 권 선생은 손녀딸을 응시했다. 무슨 말씀을 하시려고 뜸을 들이시나, 희원은 멀뚱멀뚱 할아버지를 바라보았다.

"할애비가 잘 아는 사람이 네 배우자 될 사람 소개를 하겠다고 해서."

"······네?"

네? 희원은 못 알아듣겠다는 듯 눈을 깜빡거렸다.

"집안 좋고 가문 훌륭하고 배운 집에 정도를 아는, 그런 뿌리 깊은 집의 차남이란다."

"그게 저랑 무슨 상관이 있는데요? 제 배우자를 왜 일면식도 없는 사람이 찾아줘요?"

"그 댁 차남도 잘 배우고 잘 자라 지금은 나랏일을 맡고 있다니 한번 만나나 보아라."

"제가 왜요?"

쯧쯧. 권 선생은 혀를 찼다.

권 선생의 시선에 손녀는 혼기가 꽉 차다 못해 이미 혼기를 놓쳐버린 노처녀였다. 희원의 나이가 올해로 서른둘이니 세상의 시선과 권 선생의 시선엔 간극이 있었다.

"결혼 안 할 게냐?"

"안 할 건데요?"

"평생?"

"응. 평생."

하지만 권 선생의 진짜 염려는 손녀딸이 평생 결혼을 하려 들지 않겠다는 작심에 있었다.

"네가 이러고 배필 없이 혼자 살겠다고 하면 네 부모 속은 까맣게 타들어간다는 걸 왜 몰라?"

"일전에도 선보라고 하셔서 봤잖아요. 그게 마지막이라고 할아버지께 말씀드렸는데."

"글쎄 만나나 봐. 누가 하루아침에 결혼하라냐? 얼굴이나 보고 밥이나 먹고 하라는데 뭔 말이 이렇게 많은 겐지."

"삼시 세 끼 전부 중요한데, 그 중요한 밥을 아무나랑 먹기 싫어서요."

"네가 제일 잘하는 일이 밖에서 밥 먹는 일인데, 그중 한 끼 떼어 먹는 게 뭐 그리 대수라고?"

"선만 보고 오면 체기가 돌아요."

"걱정 마라, 손 따줄 테니."

"꼭 선을 보고 결혼을 하고, 그래야 효도고 참된 인생인가요? 저는 혼자가 좋은데?"

희원이 참고 있던 짜증이 폭발하듯 따져 묻자 다시 낀 작은 안경 너머로 힐끗, 권 선생은 손녀딸을 바라보았다.

"사람이 태어났으면 응당 가정을 이루고 자식을 낳고 사는 거지. 그게 순리고 그것이 인생인데."

"어느 시대 얘기를 하시는 거예요. 지금은 그런 시대가 아니라니까요?"

"아무리 시대가 변하고 또 변한다고 순리마저 변하지는 않는다."

"그리고 저 아직 어려요, 할아버지. 요즘 나이 서른둘이면 한창 자기 계발하며 살아도 좋을 때라고요."

"그 나이 되도록 자기 계발만 하고 살았는데도 여직 다 못 한 게냐?"

"그러게요. 해도 해도 미개발 구역이 있어서요. 끝이 없네요?"

"32년째 자기 계발만 해도 발전이 없다면 발달이 안 되는 게지.

포기해.”

하……. 희원은 팽팽한 눈길로 대립했다. 권 선생의 눈썹이 씰룩거리며 움직인다.

“사람은 등 맞대고 살 사람이 있어야지. 네 부모는 항상 그 자리에 있고, 너는 천년만년 청춘일 것 같으냐?”

“혼자 늙는 삶도 나쁘지 않아요. 저 외로움 잘 안 타는 거 아시잖아요.”

“시간 넉넉하냐? 대화가 길어질 것 같은데.”

……아. 아아. 그만. 그만, 그만.

희원은 끝나지 않는 대화가 시작될지도 모른다는 사실을 깨달으며 손사래를 쳤다. 지금껏 무수히 많은 시간 싸움을 반복해왔지만 도무지 좁혀지지 않는 정서, 문화의 차이다.

할아버지는 여든을 넘은 연세에도 정정하셨으나 빠르게 변화하는 지금의 시대는 모르고 사시는 분이셨다.

저 옛날 어느 시절에 멈추고 고여야 이어갈 수 있는 무형문화재의 삶. 늘 옛것을 반복하고 옛것을 지키는 일에 열중이시다 보니 그럴 만도 했다.

빠르게 포기한 희원은 가늘게 눈을 뜨며 할아버지를 바라보았다.

“만나서 밥만 먹으면 되죠?”

“그래. 내가 무얼 더 하라 했냐? 밥만 먹고 오라는데 뭘 그렇게.”

“알았어요. 저 그럼 밥만 먹고 와요. 진짜로요.”

“차도 마시면 좋고.”

“……콜. 거기까지.”

쿨내가 진동하는 손녀딸은 쉽게 할아버지의 청을 들어준다. 갈등과 서운함은 어쩔 수 없다 처도 손녀딸과 할아버지는 서로가 서로를 아꼈고, 진심으로 사랑했다.

"그럼 저한테는 뭐 해주실 거예요?"

"통금 하루 연장해주마. 10시."

"12시. 12시까지로 해줘요, 할아버지."

"10시."

"11시."

"……그래. 11시."

오케이! 콜! 희원은 할아버지를 향해 협상을 완료했다며 눈을 찡긋거렸다. 그러자 웃는 희원이 귀엽다는 듯 할아버지의 입가에 실금 같은 미소가 지어진다.

"이번이 진짜 마지막이에요. 우리 할아버지 체면 안 설까 봐 나가는 거니까."

희원은 나가려는 듯 방문을 붙잡고 신신당부했다.

"또 내 허락 없이 선 자리 잡아 오고 그러면 안 돼요, 할아버지."

"일찍 자라. 또 휴대폰인지 뭔지 붙들고 늦게까지 있지 말고. 눈 버려."

"네. 쉬세요!"

내일 오후 7시. 이름 석 자도 알지 못하는 사내와 식사 약속이 잡혔다.

이튿날. 희원은 식사 약속이 잡혀 있는 서울 시내 특급 호텔로 이동했다.

"얼마 전에 선봤을 때도 여기서 밥 먹었는데."

희원은 안으로 들어서며 중얼거렸다. 마주 앉아 식사했던 사내는 이미 이름조차 희미하지만 밥은 참 맛있었다는 기억이 선명하다.

이왕 온 김에 일전에 먹어보지 못한 메뉴나 먹어봐야겠다, 희원은 단순하게 생각하며 레스토랑으로 들어섰다.

20분 정도 일찍 도착한 희원은 직원의 안내를 받으며 자리에 앉았다.

"내가 너무 일찍 왔나?"

서로에 대해 알고 있는 것이라곤 일절 없고 예약된 식사 자리만 있다.

흔한 전화번호도 알지 못해 희원은 가만히 앉아 상대를 기다려 보기로 한다. 버릇처럼 휴대폰을 들고 포털 사이트를 바라보았다.

"나랏일을 한다고?"

그러다가 사내를 떠올렸다. 얼핏 듣기에 나랏일을 한다던 것 같던데.

"공무원인가? 뭐, 녹 먹는 일이면 공무원이겠지."

사실 그다지 궁금하진 않다. 직업이 무엇이건 하는 일이 무엇이건 간에 자신과 관계될 일이란 조금도 없을 테니까.

즐겁게 식사하고 즐겁게 대화하며 시간에 집중한 뒤 최대한 정중하게, 최대한 상대의 기분을 상하지 않게 할 선에서 만남을 종료하면 그만이다.

"오시기 전에 화장실이나 다녀와야겠다."

희원은 자리에서 일어섰다. 그때였다.

이곳으로 들어서던 사내가 직원과 몇 마디를 나누더니 희원이 앉아 있던 테이블을 바라보았다. 또한 이미 걸음을 옮기고 있던 희원과 눈이 마주쳤다.

"어……. 저분인가?"

정갈한 슈트는 빈틈없이 맞아떨어지고, 단정하다 못해 각이 잡힌 어깨는 상당히 넓었다. 굵직한 선을 따라 시선을 올리니 훤칠하게 생긴 이목구비가 시선을 끌어당겼다.

희원은 자리에 우뚝 멈췄다. 사내는 힐끔, 희원을 바라보다가 구석 테이블로 시선을 옮겼다.

저 남자가 내 맞선 상대가 맞는지 아닌지 알 수 없어 희원은 그자리에 멈춰 가만히 그를 응시했다. 그의 시선을 따라 뒤를 돌아보니 창가 테이블에 사내 둘이 앉아 대화를 나누고 있다.

저분들 일행이신가? 그런데 왜 저렇게 바라만 보고 있지?

본인의 맞선 상대는 아닌 것 같아 희원은 화장실로 가려던 걸음을 다시 옮기기 시작했다. 휴대폰으로 무언가 확인하던 사내도 따라 걸음을 옮기기 시작했다. 서로 가는 방향이 맞닿아 희원은 옆으로 비켜섰다.

"19시 정각 식사 예약. 두 번째 테이블에 계신 분 맞습니까?"

"네? 아, 네. 맞아요."

미묘하게 자신을 비켜서던 사내가 자신에게 물어오자 희원은 놀라 고개를 들었다. 사내는 쓱 희원의 얼굴을 바라보더니 다시금 창가 테이블 쪽을 흘깃거렸다.

"인사는 일단 나중에 하도록 하고."

"⋯⋯네?"

통로에 서서 이도 저도 못 한 채 희원이 사내를 올려보자 사내는 다짜고짜 슈트 단추를 끌러 재킷을 벗었다. 뭐 하는 작자인가 싶어 희원은 뚱한 표정을 지었다.

"실례지만 이것 좀."

사내는 자신의 재킷을 희원에게 건넸다. 얼떨결에 사내의 재킷을 받아 든 희원은 상황을 종잡지 못해 얼떨떨한 눈빛을 했다.

"조금 떨어져요. 가까이 오지 말고."

"대체 무슨⋯⋯."

알 수 없는 말만 잔뜩 늘어놓더니 사내가 걸음을 옮긴다. 예약되어 있던 자신의 테이블을 지나치며 창가 테이블 쪽으로 다가간다.

사내의 재킷을 내려다보고 다시 사내에게 시선을 옮긴 희원은 두 눈을 동그랗게 떴다. 저벅저벅 창가 테이블로 걸어간 사내는 열을 올리며 앞에 앉은 남자와 대화 중인 남성에게 다가갔다.

"편수섭."

자신의 이름을 부르자 소스라치게 놀란 눈으로 남자는 벌떡 일어섰다. 편수섭이라는 사내는 잘 차려입은 정장에 깨끗한 얼굴을 하고 있어 사업차 비즈니스를 하는 사람이라고 믿기 쉬웠다.

하지만 강간 미수, 사기 전과를 통틀어 10범인 편수섭은 출소한

지 얼마 되지 않은 때 사기 및 마약 운반, 성추행으로 수배령이 떨어진 상태였다.

서울 한복판, 그것도 특급 호텔에 앉아 또다시 대범하게 사기를 치고 있던 현장을 잡은 것이다.

"야, 이 씨!"

편수섭이라 지목된 사내는 본능적으로 칼을 잡아 들었다. 두꺼운 바비큐를 썰던 나이프는 상당히 날렵하게 생겼다.

"가, 가까이 오지 마! 오지 마!"

꺄아아악! 주변은 아수라장이 되고 사람들은 자리를 이탈했다.

"헐."

희원은 벌어진 상황을 바라보며 입술을 멍하니 벌렸다. 보라는 맞선은 못 보고 〈경찰청 사람들〉을 라이브로 보고 있는 것만 같다.

"또 너냐! 또 너야? 제발 나 좀 가만히 두라고!"

편수섭은 징글징글하다는 듯 악다구니를 썼다. 하마터면 사기를 당할 뻔했던 편수섭의 일행마저 멀찍이 벗어나고, 두 사람은 대치했다. 편수섭이 칼을 근본 없이 휘두르는 상황에서도 사내는 침착하게 체포 전 고지를 마쳤다.

"칼 내려. 그렇게 잡고 사람 찌르면 너도 다쳐, 인마."

"제발 만나지 좀 말자! 너랑 나는 무슨 악연이라 이렇게 만나냐! 맨날 맨날!"

징그러워! 너만 보면 징그러워 죽겠다고오오오!

편수섭은 또 이놈에게 잡히게 된 상황이 열 받는지 바락바락 고함을 질렀다. 희원은 한 장면도 놓치지 않으려는 듯 상황을 주시했다.

"편수섭. 한풀이는 대충 다 했냐? 다 했으면 이제 잡고."

"야 이 나쁜 새끼야아아아!"

편수섭이 칼을 휘두르며 사내에게 무작정 돌진한다.

"꺄아아악!"

난데없는 난투극에 희원은 소리를 지르며 들고 있던 사내의 재킷으로 눈을 가렸다. 재킷에 짙게 배어 있는 묵직한 향수 냄새가 코끝에 강하게 스며든다.

우당탕탕탕!

"으아아아아!"

괴상한 소리에 희원은 힐끔 실눈을 떴다. 편수섭이 쥐고 있던 칼은 바닥에 내동댕이쳐졌고, 동시에 편수섭은 제압당한 상황이었다. 가볍게 편수섭의 팔을 꺾은 사내는 등을 강하게 붙잡으며 바닥에 내리눌렀다.

"놔! 이거 놔! 이 개새끼야! 놓으라고!"

누워서도 발버둥이 심한 편수섭을 제압하며 사내는 시선을 돌렸다. 저 멀리 희원이 보이자 사내는 크게 외쳤다.

"거기! 주머니 안쪽에 패용증 있으니 신분 확인하시고!"

"네? 아, 네! 네네!"

"왼쪽 주머니엔 명함 있습니다!"

"네! 네네!"

희원은 무엇에 홀리듯 사내의 말을 따라 주섬주섬 재킷 안쪽 주머니와 바깥 주머니를 확인했다. 서울중앙지방검찰청. 검사.

희원은 증명사진이 박힌 패용증을 바라보다가 명함으로 시선을 돌렸다. 명함은 개인적으로 만들었는지 이름과 전화번호만 깔끔하게 적혀 있다. 그의 얼굴과 이름, 전화번호, 소속까지 한 번에 확인한 희원은 고개를 들었다.

"네! 이해했어요! 편안히 볼일 보세요! 기다릴게요!"

"그럼 약속 시간 10분만 늦겠습니다! 초면에 죄송합니다!"

"이…… 이 새끼 뭐 하는 거야! 내 앞에서 여자랑 뭔 개수작이야!"

난데없는 썸이 불쾌한지 편수섭은 으득으득 이를 갈았다. 사내는 편수섭의 머리를 가볍게 때리며 중얼거렸다.

"선보러 왔다. 나도 내 인생 좀 살자. 선 자리까지 와서 너를 봐야겠냐, 내가?"

"선? 선? 선 같은 소리 하고 있네에에! 이 개노무 새끼가아아아! 니 주제에 무슨 선을 봐아아아아!"

선을 본다니 더욱 강력하게 반항한다. 그럴수록 사내는 더욱 완강하게 편수섭을 붙잡았다.

"거기! 아가씨! 도망쳐! 이런 놈 만나면 인생 조져! 이 새끼 피도 눈물도 없는 새끼라고!"

"야, 편수섭. 네가 나한테 할 소리는 아니잖아."

"내가 어때서! 내가 어때서! 내가 어때서 이 새끼야아아아!"

하, 이 자식 보게. 사내는 작정했다는 듯 편수섭을 더욱 압박했다.

출입증에 박힌 증명사진을 가만히 내려다보던 희원은 고개를 들어 사내를 바라보았다. 희원은 여전히 범인을 제압 중인 사내에게 큰 소리로 인사했다.

"반가워요! 권희원이라고 해요!"

"서지환입니다! 식사는 잠시 후에 하죠!"

네! 희원은 재킷을 흔들었다. 잠시 후, 한 무리의 경찰이 레스토랑으로 들이닥쳤다.

◆ ◆ ◆ ◆ ◆ ◆ ◆ ◆ ◆

어수선했던 식당 안은 빠르게 정리되고 아무 일 없었다는 듯 돌아갔다.

첫 만남, 첫 인사를 강렬하게 끝마친 두 사람은 약속되었던 테이블에 앉아 각자의 식사를 주문했다. 함께 주문한 와인은 평소 그녀가 좋아한다는 취향에 따라 선정되었다.

그는 초면에 결례가 많았다 사과했고, 그녀는 할 일을 하신 것뿐이니 괜찮다 거듭 이해했다.

"성함이 권희원 씨. 맞습니까?"

"네. 서지환 씨, 맞으시죠?"

"네. 맞습니다."

다시 한 번 통성명을 하며 서로는 멋쩍은 미소를 지었다.

"아, 맞다. 이거요."

희원은 자신의 의자 뒤에 걸어두었던 지환의 슈트 재킷을 건넸다.

"구겨졌을지도 몰라요. 아깐 너무 긴장해서 저도 모르게 세게 움켜쥐었거든요."

"찢어졌어도 할 말 없습니다. 신경 쓰지 않으셔도 됩니다."

지환은 자신의 재킷을 건네받으며 무심하게 옆 의자에 걸쳤다. 코끝에 감도는 향수 냄새가 나쁘지 않아, 희원은 향이 배어 있던 재킷을 물끄러미 바라보았다.

이어 지환에게 시선을 옮겼다. 검거를 앞둔 까닭이었는지 아깐 굉장히 서늘한 인상이었는데, 다시 보니 그렇지도 않다.

"할아버지께 나랏일을 하신다고 들었는데, 검사님이셨네요."

"권희원 씨는 국가 문화 산업에 혁혁한 공을 세우고 계신다던데."

"그렇게 거창하게 포장해주시면 민망해서 소름이 끼쳐요."

"나랏일이라고 표현하셔서 사실 저도 부담스러웠습니다."

희원은 너털웃음을 흘렸다. 서로 민망하고 어색하고, 한 마디 한 마디가 자연스럽지 못한 건 맞선 자리의 특징. 타인과 처음 만나 살아온 인생을 축약하여 공개해야 한다는 건 생각만큼 쉬운 일이 아니다.

희원은 짧은 말로 자신의 직업을 소개했다.

"한국무용을 전공했고, 현재도 무용을 하고 있습니다."

"아, 그러시군요."

이것 또한 맞선의 수순이다. 다른 무엇보다 가장 먼저 공개해야 하는 건 나이, 직업, 가족 관계. 나아가 연봉, 비전, 꿈꾸는 가정의 이상향. 뭐, 그런 것들.

목이 자꾸 마르다 보니 식사보다 먼저 나온 와인이 홀짝홀짝 잘 들어간다.

"서지환 씨는 선을 자주 보세요?"

"뭐, 제 결혼이 집안의 숙원 사업이다 보니 종종 생깁니다."

"그렇군요."

"의도는 아닙니다."

첫인상은 생각보다 많은 것을 좌우했지만 그렇다고 해서 피할 수 있는 이야기들은 아니었다. 사실 이런 것들을 빼면 마주 앉은 맞선 상대와 나눌 이야기도 많지 않았다.

"권희원 씨는 맞선을 자주 봅니까?"

"이제 본격적으로 제 맞선 시즌이 시작되었는지 저희 집도 요즘 선 자리를 계속 만드는 것 같아요."

"성수기군요."

"맞아요. 물론 전 비시즌을 선호하지만요."

지환은 희원의 대꾸에 가볍게 웃었다. 서로의 감정이 상하지 않게 최대한 가벼운 어투로 설명했지만 핵심은 동일했다.

사실은 이 자리가 반갑지 않다는 것. 어른들의 독촉에 못 이겨 가벼운 마음으로 자리했다는 것.

"검사님이시면 하시는 일이 바쁘지 않으세요?"

"바빠도 밥 먹을 시간 정도는 있습니다. 권희원 씨는 바쁘지 않으십니까?"

"저도 물론 밥은 먹고 사니까요. 그리고 사실 내내 저기압이라 맛있는 것 먹고 즐길 틈이 좀 필요하기도 했고요."

때마침 식사가 나온다. 뜨거운 접시 위에서 지글지글 익어가는 스테이크 소리가 환상적으로 들린다.

"잘됐네요. 저기압일 땐 고기 앞으로 가라는 말이 있죠."

지환은 접시가 뜨거우니 조심하라는 손짓을 하며 남은 말을 더 했다.

"권희원 씨의 저기압 해소를 위해서라도 우리 일단 식사부터 합 시다."

"네. 그러죠."

"와인 잘하시네요?"

"좋아만 해요. 잘 마시진 못하고요."

건배하듯 와인잔을 들며 시선을 마주친 두 사람은 그것을 시작 으로, 꽤나 근사한 풍미의 스테이크를 가지런히 썰어나갔다.

⋅ ⋅ ✦ ✦ ✦ ✦ ⋅ ⋅

편수섭은 끌려가는 마지막까지 악다구니를 썼다.

아가씨! 도망가!

저런 새끼 만나서 인생 조지지 말고 도망치라고오오!

희원은 편수섭의 일갈을 떠올리다가 피식 웃음을 터트렸다. 소매 를 걷은 뒤 찬물을 들이켜던 지환은 웃는 희원에게 시선을 주었다.

꿀꺽꿀꺽, 몇 모금 안에 많은 양의 물을 비워낸 지환은 입가를 닦으며 물었다.

"왜 웃었습니까?"

희원은 손사래를 쳤다.

"아뇨. 아까 잡혀 나간 범인이 소리 지르던 게 떠올라서요."

"아아."

지환은 눈을 희번덕거리며 고래고래 소리를 지르던 편수섭을 떠올렸다.

"편수섭이 권희원 씨에게 도망치라고 한 것 같은데."

"맞아요. 듣자니 서지환 씨가 피도 눈물도 없다고."

"흠. 뼈와 살이 되는 시간만 구형하다 보니 편수섭에게 피와 눈물을 전해줄 시간이 없었네요."

"편수섭이라는 사람과는 전생에 깊은 인연이었나 봐요."

"뭐, 굳이 인연이었다면 연산군과 김처선의 악연 정도."

"그럼 누가 연산군이죠?"

"물론 제가. 어찌 되었든 구형을 하는 쪽이길 희망하니까."

"풉."

희원은 미지근한 물을 삼키다가 눈꼬리를 둥글게 만들며 웃었다. 이어 가볍게 화제를 전환했다.

"형제는 어떻게 되세요?"

"위로 형이 있습니다. 2남 중 차남이죠."

"아아. 차남분이시라고 들은 기억이 나네요. 형님께선 결혼을 하셨나요?"

"네. 딸이 올해 다섯 살. 네 살이던가? 여섯 살인가?"

"아이들 나이는 늘 헷갈리는 법이에요. 참고로 저는 외동이에요."

희원은 질문 끝에 자신이 외동임을 밝혔다.

지환은 희원의 식사 속도에 맞춘 식사를 이어나갔고 간간이 와인을 삼켰다. 그러다가 힐끗 스테이크를 써는 일에 열중인 희원을 바라보았다.

  염색을 해본 적 없는 것 같은 머리 스타일, 반듯하게 생긴 눈 코 입, 갸름한 턱선.

  "가족 중 누굴 닮았습니까?"

  "저요? 음, 굳이 따지자면 엄마?"

  "모친께서 상당한 미인이시겠군요."

  "그냥 제가 예쁘다고 하는 게 더 듣기 좋은데."

  "바로 다음에 이어 얘기하려고 했습니다."

  희원은 지환의 이야기에 흠칫, 하는 표정으로 머리를 쓸어 넘겼다. 민망하면 나오는 그녀의 버릇이다.

  "예쁘다는 말에 목이 말라 기다리질 못하고 선수를 쳤네요. 조금 더 기다릴걸."

  "갈증 날 만큼 오래 못 들어본 분 같지는 않은데."

  이어지는 지환의 민망한 말에 희원은 눈을 동그랗게 떴다. 면전에 이런 말을 아무렇지 않게 뱉어내는 지환의 멘트에 놀란 것이다.

  희원은 연거푸 앞에 놓인 와인을 삼켰다. 술을 마신 까닭일까, 심장이 조금 뛰는 것도 같았다.

  "예쁘다는 말, 자주 하세요?"

  "자주 하죠."

  "……."

  "조카가 어찌나 예쁜지."

  지환의 대꾸에 희원은 긴장이 풀리는 느낌을 받으며 너털웃음을 흘렸다. 조카바보를 인증하는 지환을 바라보며 눈을 가늘게 떴다.

"그렇게 예뻐하는 조카 나이도 모르세요?"

"돌 지나고 나니 걔만 유독 빨리 자라는 느낌이라 가늠이 잘 안 됩니다."

"뭐, 그럴 수도 있겠네요. 그나저나 서지환 씨도 훈남이세요."

"그런 말, 저는 종종 듣습니다."

"……."

"물론 조카에게."

피식, 또 웃음이 터진다.

그녀가 웃건 말건 꽤나 진지한 표정으로 지환은 말을 이어나갔다. 희원은 마땅히 할 일이 없어 와인을 홀짝홀짝 마셨다.

"형수님이 조카에게 주입시켜놓아서 곧잘 하거든요. 조카 선물과 맞교환되는지라 멘트 값이 꽤 비싸긴 하지만."

자리가 지루하지 않고 꽤나 즐겁게 흘러가는 것이 그녀는 만족스럽다. 이 정도의 선 자리 분위기면 밥 한 끼 해결하는 것치곤 꽤나 성공적이다.

식사도 맛있고 와인도 훌륭하며, 앞에 앉은 맞선남도 편안하다.

"재밌으시네요. 검사님이라 좀 딱딱할 줄 알았는데."

"편견은 깨지라고 있는 법이긴 하지만 딱딱할 것 같다는 첫인상은 좀 의외데요. 세상에 태어나 오늘처럼 말을 많이 해본 적도 별로 없는데."

"그랬나요? 하지만 만나자마자 사람 때리는 걸 봤는데 재밌으신 분이라고 생각하기 쉽진 않죠."

"때린 게 아니라 제압, 제압한 겁니다. 마음으론 때렸지만 주먹은 쓰지 않았거든요."

"아아. 그랬나요?"

"뭐, 이제라도 오해 풀렸다니 다행이긴 한데."

두런두런 대화를 나누다 보니 어느덧 메인 식사가 끝났다. 지환은 흠, 잠시 생각을 정리하다가 고개를 들었다.

맞선 여성과 만나 마주 앉아 먹는 밥 한 끼. 자신이 부여받은 미션은 어느덧 종료가 되었다.

"그럼 우리, 식사도 끝났는데 여기서 커피까지 마시고 정리를 할까요?"

지환의 말끝에 희원은 시간을 확인했다.

시간은 오후 8시 10분. 통금 시간이 얼마 남지 않은 상황이니 이곳에 앉아 후식으로 나온 커피를 마시기 적당했다.

10분. 통금 시간을 생각하면 10분 뒤 떠나야 한다.

"아니면 장소를 바꿔서 커피 마실까요? 권희원 씨 편하신 대로."

"음……."

하지만 희원은 어쩐지 마주 앉은 맞선남과 10분 안에 정리가 되는 건 아쉬웠다. 다신 볼 일 없는 만남이라면 오늘만큼은 조금 더 대화를 나누고 싶었다.

"그럼 커피 말고, 우리 여기 바Bar에 올라가서 와인 한잔 더 해요."

희원은 어제 획득한 통금 11시 찬스를 오늘 쓰기로 한다.

갑갑하고 빡빡한 일상 속, 지환은 그런 시간 안에 만난 동지처럼 느껴졌다. 지환도 자신처럼 인연을 기대하고 나온 게 아니라니 외려 더욱 편하게 여겨진 것이다. 구구절절한 설명을 생략해도 되었고, 억지로 변명하지 않아도 되었으니까.

"시간 괜찮습니까? 아까 통금이 있다고."

"찬스가 있어요. 그 찬스도 서지환 씨 덕분에 획득한 찬스죠. 찬스 주신 주인한테 쓰려고요."

"그럼 바로 실행에 옮기죠."

두 사람은 자리에서 일어섰다. 조금 늦게까지 운영되는 호텔 바로, 만남의 장을 끝내기 위해 두 사람은 이동했다.

· · ◆◆◆◆◆ · ·

"히끅, 서지환 씨는 히끅, 왜 비혼주의가 히끅, 되었어요?"

달콤 쌉싸름한 와인의 맛에 취해 연거푸 들이켠 희원은 저도 모르게 취해갔다. 마주 앉은 지환은 따라준 지 얼마 되지 않아 또다시 비워낸 희원의 잔을 힐끔 바라보았다.

"지금까지 그 질문에 대답을 네 번 정도 한 것 같은데."

"어어? 진짜? 언제? 나 히끅, 안 취했는데, 히끅."

"괜찮습니까?"

"아…… 사실 모르겠어요. 히끅, 이거 엄청 취하네요, 히끅."

발음도 영 시원찮고 몸은 점점 테이블로 기운다. 불과 몇 분 사이 현저하게 행동이 느려지는 희원을 바라보다가 지환은 손짓했다.

"이만 일어나죠. 힘들어 보이는데."

"힘들어요."

히끅. 희원은 느리게 눈을 감았다가 떴다.

"힘들어요. 집이 너어어어무 엄해서, 할아버지가 너어어어무 끝판왕이라서."

"……."

"갑갑하고, 답답하고 히끅, 나는 정말 하고 싶은 게 많은데 히끅, 자유가 없어요."

그녀의 표정은 사뭇 진지해 지환은 서둘러 일어나려던 행동을 멈췄다. 잠자코 그녀가 하는 말을 들어주기로 한다.

"원하는 게 그렇게 대단한 건 아니거든요. 히끅, 그냥, 그냥, 자유를 얻고 싶어요."

히끅. 날아가고 싶다. 날고 싶어어.

희원이 어설픈 날갯짓을 하듯 팔을 팔랑거리자 지환은 의외의 모습을 보았다는 듯 입꼬리를 올렸다. 빈틈없는 자세로 꼿꼿하게 앉아 시종일관 가면 같은 미소를 짓고 있던, 그녀의 다른 모습이 수면 위로 튀어 오른 것만 같았다.

"날고 싶다아……. 날고 싶어……. 자유…… 히끅."

여전히 두 팔을 파닥파닥거리며 날고 싶다는 말만 반복하는 희원을 바라보다가 지환은 잠시 다른 곳으로 시선을 옮겼다.

자라온 환경이 다르니 모든 것을 이해한다는 건 불가능했지만, 독립적인 성향이 강해 보이는 그녀가 보수적인 집안 속에 삶을 영위하는 게 쉬워 보이지는 않았다.

잠시 후 그녀의 파닥거림이 멈추나 싶어 지환은 고개를 돌렸다.

"……권희원 씨?"

자냐?

"이봐요, 권희원 씨?"

자냐!

테이블에 기댄 채 희원이 눈을 감고 있다. 놀라 자리에서 일어난 지환이 테이블을 빙 둘러 걸어와 그녀의 어깨를 흔들었다.

"권희원 씨, 권희원 씨. 괜찮습니까?"

"……."

"권희원 씨. 권희원 씨."

아예 넋이 나간 듯 보이는 그녀는 흔들면 흔드는 대로 흐느적거렸다.

"허."

지환은 당황한 듯 탄식을 터트렸다. 때마침 그녀의 휴대폰이 울려 지환은 서둘러 휴대폰을 들었다.

그녀의 집이 분명한 수신자를 확인한 지환은 두 번째 전화가 시작되자 희원을 내려다보며 전화를 받았다.

"네. 권희원 씨 전화입니다."

받지 말걸 그랬다.

• • • ✦ ✦ ✦ • • •

"여보세요? 누구세요?"

11시가 지나도 들어오지 않으니 희원의 집은 발칵 뒤집혔다. 맞선을 보고 있음을 알고 있어 기다려보려 했으나 그녀 집안에서 생각하기론 천지가 개벽할 시간이다.

그런데, 웬 남자가 전화를 받는다. 남자의 대답이 이어지기도 전에 할아버지는 며느리에게 휴대폰을 건네받았다.

"거기, 누구인가?"

― 안녕하십니까, 어르신. 저는 권희원 씨와 오늘 식사 약속이 있던 서지환입니다.

상대는 다름 아닌 맞선남이다. 주변이 시끄러운 것을 보아 밖이라는 것을 인지한 권 선생은 차오르던 불안감을 잠시 내려놓았다.

"아아, 그럼 서 선생 손주 되시는가? 우리 희원이는 어디 있고?"

― 그게 말입니다, 어르신. 옆에 있긴 합니다만.

온 집안사람들이 침묵하며 휴대폰만 뚫어지게 보고 있다.

― 죄송합니다. 지금 권희원 씨가 술이 좀 과해서.

"뭐? 뭐라? 술에 취해?"

"아이고……."

아이고, 엄마는 그럴 줄 알았다는 듯 이마를 짚으며 소파에 털썩 주저앉았다.

권 선생은 눈을 크게 치떴다. 밥만 먹고 차만 마시고 들어오라 했더니 이게 웬 망신살이란 말이냐? 상대는 이렇게 멀쩡한데 왜 우리 애만 이렇게 취해서!

"아이가 전화도 못 받을 지경인가?"

권 선생이 묻자 잠시 머뭇거리던 지환의 목소리가 들린다.

― 죄송합니다. 제가 손녀분께 결례가 많습니다.

"아니, 아닐세. 누가 먹으란다고 먹을 애도 아니고, 지 손으로 지가 먹겠다는 걸 말린다고 듣는 애도 아니고.”

권 선생은 누구보다 손녀딸의 성향을 잘 알고 있었다. 멀쩡하다
가 순식간에 취하는 손녀딸의 주사도 익히 알고 있다.

“해서, 지금 어디에 계신가?”

— 맞선 자리 건물 그대로 있습니다.

“호텔인고?”

— ……크게 보자면 그렇습니다.

희원의 부친은 주섬주섬 자리에서 일어섰다. 차 키를 찾으려는
것을 보아 딸아이가 있는 곳으로 직접 가려는 모양이다.

일단 희원이 차는 그곳에 두고 와야겠어. 부친이 말하자, 그래요
그게 좋겠어. 모친이 대꾸했다.

“자네, 검사라고 했는가?”

그사이 권 선생은 다시 지환에게 물었다.

— 예. 그렇습니다. 어르신.

“그것참 잘됐구먼.”

술만 마시면 정신 못 차리는 이 망나니 같은 손녀딸의 버릇을 단
단히 뜯어고쳐야겠다. 권 선생은 집을 나서려는 희원의 부친을 손
짓으로 제지하며 기다리라 했다.

“우리 애 술버릇 좀 고치게 자네 밑에 순사들 불러다가 감방에
넣어줘. 망신살을 뻗쳐야 고쳐먹을 위인이니까.”

— 예? 어르신. 그게 무슨…….

끙. 모친은 앓는 소리를 내며 다시 이마를 짚었다. 딸아이의 술
버릇에 언제고 사달이 나지 싶었는데 그게 오늘일 줄이야.

"그 화상은 내가 직접 내일 찾으러 갈 테니 번거롭겠으나 데려다가 가까운 유치장에 구겨 넣어주게. 그럼 수고합세."

— 어르신! 어, 어르신!

권 선생은 단호히 전화를 종료했다.

"지금부터 희원이한테 전화하지 말아라! 내가 아주 이 기회에 버르장머리를 뜯어고쳐놓을 테니!"

"아버님, 그래도 상대방 입장이 있는데요……."

"입장은 무슨 놈의 입장! 이 시간까지 같이 술을 마셨으면 그만한 책임도 따르는 게지! 희원이한테 전화하지 마라!"

권 선생은 호된 음성으로 단단히 이르며 방으로 사라졌다.

* * * ◆ ◆ ◆ * * *

통화를 종료한 지환 역시 희원의 휴대폰을 바라보다가 천천히 시선을 내렸다.

"술에 취했다고 손녀딸을 유치장에 넣으라니. 어르신, 끝판왕 맞는 것 같네."

하……. 지환은 깊은 한숨을 내쉬었다. 그녀가 와인을 마시면 금방 취한다는 사실을 알 리 없었으니 그저 관망한 대가란 상당했다.

"순사……. 역사책에나 나올 법한 단어인데."

그나저나 일단 나가야겠다. 손님으로 남은 테이블은 자신들뿐이고, 그녀는 표정을 보아하니 본격적으로 잠에 빠진 듯 한동안은 일어날 기미가 보이지 않았으니까.

지환은 지갑에서 카드를 꺼냈다. 곁눈질로 다시 희원을 살펴보니 날아가는 꿈이라도 꾸는지 비실비실 웃고 있다.

어이가 없어 헛웃음이 나왔다. 그도 그럴 것이 이 와중에 이 여자.

"여기 계산 좀 해주세요."

"네. 알겠습니다. 손님."

참 잘 잔다.

· · ◆ ◆ ◆ ◆ ◆ · ·

"검사님, 어제 요청하신 백업 자료 책상에 뒀습니다."

"네. 알겠습니다."

아득하게 사람들의 목소리가 들린다. 꿈인가? 희원은 반대편으로 몸을 뒤척였다.

"검사님, 편수섭 구속영장 나왔습니다."

"아아. 그렇습니까?"

편수섭. 편수섭! 그 마지막까지 웃기던 그 악당 범죄자 아냐?

꿈에까지 나오는 걸 보니 인상이 강렬하긴 강렬했나 보다.

"흐응, 흐응…… 웃겨……."

흐응, 흐응. 희원은 편수섭을 떠올리며 잠결에 피식피식 웃었다. 그러다 보니 지환도 떠오르고, 어제 먹은 식사도 떠오른다.

쿵쿵. 희원은 이불을 코끝까지 끌어당기며 풍기는 냄새를 맡았다. 이 냄새, 뭔가 낯설지만 익숙해. 뭐지? 어디서 맡았지? 그래, 맞다. 어제 맞선남 재킷에서 맡아본 냄새랑 비슷해.

"좋다……."

이건 무슨 향일까. 내 방에 이런 향이 있었나? 그런데 침대는 왜 이렇게 딱딱하지? 엄마가 매트리스 갈았나?

"어…… 검사님, 노복구는 지금 구치소 이동한답니다."

"알겠습니다. 재판 일정 확인해주세요."

"네. 검사님."

코끝에 이불을 가져다 대고 킁킁거리며 피식피식 웃던 희원은 점점 미소를 지웠다. 누워 있는 공간이 낯설다는 사실은 그녀에게 점점 현실로 다가왔다.

눈을 뜨고 싶어지는 욕구는 점점 강렬해지는데 그럴수록 눈을 뜰 수 없는 지경이 되었다. 꿈인 줄 알았던 사람들의 목소리가 선명해져 희원은 경직되었다.

뭐, 뭐지?

그녀는 어제의 기억을 애써 되돌렸다. 가볍게 와인을 마시러 바로 올라갔고, 마찬가지로 검사님과의 대화는 즐거웠고.

……그러고?

그다음은……?

"검사님, 중국 도피 사범 검거 명단입니다. 공안부에서 은닉 재산을 파악하고 있다고 합니다."

"주세요. 바로 확인하겠습니다."

헐. 맙소사. 여긴 대체 어디냐! 어디냐고!

희원은 슬금슬금 눈을 떴다. 아주 살짝 떴지만 사무실 분위기라는 것을 단번에 확인한 희원은 오만상을 찌푸렸다. 설상가상 다시 눈을 감으려는 찰나에 지환과 눈이 마주쳤다.

"깼습니까?"

헐. 희원은 저도 모르게 입술을 꾹 깨물며 눈을 꽉 감았다.

꿈이야……. 이건 꿈이야…….

꿈이라면 영혼도 팔 수 있을 것만 같은 드럽게도 쪽팔리고 미칠 것만 같은 상황. 심장은 발끝부터 머리끝까지 오르내렸다.

이윽고, 제발 현실이 아니었으면 하는 음성이 다시 들려왔다.

"깼으면 일어나요. 괜찮으니까."

애석하게도 실화였다.

· ✦ ✦ ✦ ✦ ✦ ✦ ·

언젠가 이런 상상을 해본 적이 있다.

눈을 떴는데 전혀 모르는 세상에 서 있다면 어떤 느낌일까? 짜릿할까? 무서울까? 난 어떻게 반응할까?

"권희원 씨."

아아. 짜릿하고 무서운 느낌과는 전혀 거리가 먼, 이런 느낌이었구나. 그냥 쪽팔리고 더럽게 수치스러운 느낌이었어.

헷. 진짜 진짜 쪽팔리다.

"권희원 씨?"

이런 옘병! 쪽팔려! 내 이름 좀 그만 불러! 쪽팔리고 수치스러워서 돌아가시겠다고!

"물론 잠이 덜 깼다면 더 자도 됩니다. 되긴 하는데."

"……."

"잠시 후면 오가는 사람들이 더 많아질 텐데. 괜찮으면 더 누워 있어도 됩……."

"깼어요. 깼답니다."

희원은 할 수 없다는 듯 다시 눈을 떴다.

사무실 풍경. 책상에 앉아 자신을 바라보는 지환과 그 옆에 사이드로 마련된 책상에 앉아 자신을 보는 두 명의 사람들이 있다.

지환은 파일철을 툭툭 쳐서 정렬하며 희원을 바라보았다. 어지간히 놀랐는지 커다란 눈엔 당황함이 서려 있다.

"어제 먼저 취하셨는데 도저히 모셔다 드릴 만한 상황이 아니라서 어쩔 수 없이 이곳으로."

"어흐…… 제가 또…… 이런 실수를……."

희원은 지환의 말끝에 눈을 질끈 감았다. 아아, 죽고 싶다. 이렇게 살아서 뭐 하냐.

"여긴 제 사무실입니다. 아무리 생각해봐도 유치장보단 검사실이 나을 것 같아서."

"네? 유치장……이요?"

질끈 감았던 눈을 다시 떴다. '유치장'이라는 단어에 폭주한 생각이 뒤엉켜 터지기 일보 직전이다.

대체 유치장은 무슨 말이에요……. 제게 어제 무슨 일이 있었던 건가요…….

"혹시 저, 기물 파손……했나요?"

"아뇨. 아닙니다."

"그럼 혹시…… 풍기 문란……? 음주 운전……?"

불안해 죽겠다는 표정으로 예상 죄명을 읊는 희원을 바라보다 지환은 헛웃음을 터트렸다. 이내 고개를 절레절레 저었다.

"아닙니다. 그런 일 없었습니다."

"그럼 제가 왜 유치장을……."

희원이 울먹거리며 묻자 지환은 미소를 지었다. 잠시 후 지환이 앉아 있던 사무관에게 잠시 자리를 비켜달라 말하자 두 사람은 커피나 한잔하고 오겠다며 사라졌다.

"일어나요, 이제. 다들 나갔으니까."

"아…… 진짜 정말, 진짜로 정말로 죄송해요……."

희원은 그제야 상체를 일으켰다. 이제 보니 지환의 재킷이 이불 대신 있다. 향이 좋다고 킁킁거리며 냄새를 맡질 않았나, 그러다가 잠결에 피식피식 웃질 않았나.

굳이 안 떠올라도 좋을 것만 같은 기억들이 떠올라 희원은 현기증이 일었다.

어흑…… 나 진짜…… 어흑…….

얼굴 상태가 어떤지 몰라 제대로 고개도 들지 못하고, 희원이 고개를 주억거리자 지환은 연신 피식피식 웃으며 서류를 정리했다. 희원은 고개를 푹 숙인 채 입술만 간신히 열어 웅얼거렸다.

"정말 유치장 갈 일이 있었어요? 그렇다면 저의 죄목은…… 뭔가요?"

"아아, 뭐. 굳이 적용하자면 경범죄 적용이 가능할 것도 같긴 한데."

"결국 경범죄……."

"자연 훼손이 있었고."

꺄아! 꺄아! 검사님! 이 꽃잎 좀 봐요! 흩날려요!

희원은 눈을 감았다가 뜨며 멍한 표정을 지었다. 벚나무에 매달리다시피 한 채 나무를 흔들어대던 자신의 모습이 어렴풋이 떠오르는 것 같기도 하다.

……아니야. 이건 망상이야.

"불안감 조성이 있었고."

우쭈쭈쭈. 착하지, 착하지, 어구구구 예쁘다, 예쁘다, 이리 온. 해치지 않아요.

트럭 아래 숨은 고양이를 보겠다고 쭈그리고 앉아 해치지 않겠다는 말만 반복하던 영상이 스친다. 희원은 고개를 흔들었다.

아니야! 그럴 리 없어! 이것도 망상이야!

"길거리 음주 소란은 뭐, 당연했고."

"혹시 제가 노래도……?"

"그건 '노동요' 정도로 하죠.

"……."

"부축하느라 힘들었는데 노래로 힘을 북돋아주시더군요. 인상 깊었습니다."

"아…… 아아…… 진짜로 죄송해요……. 미치겠다……."

희원은 결국 머리를 움켜쥐었다. 놀리는 재미가 상당한 희원의 반응을 보던 지환은 소리 없이 웃었다. 기억이 나는 건지 아닌 건지 잘 모르겠으나 상당한 괴로움이 수반되고 있음은 잘 알 수 있겠다.

"검사님, 저 그럼 처벌 받나요? 자연 훼손에 불안감 조성에 음주 소란이면, 처벌 받나요?"

흐엉.

"물론 권희원 씨가 세금으로 조성한 나무를 흔들긴 했지만 튼튼한 나무가 꿈쩍도 하지 않았으니 훼손은 미수고."

"……."

"불안감 조성도 했지만 고양이는 권희원 씨의 처벌을 요구하지 않았으니 적용 불가고."

희원은 슬쩍 시선을 들었다.

"음주 소란이 좀 크긴 한데, 목격자나 피해자가 없었고 동행인에게 일정 시간 기쁨을 주었으니 일단락하죠."

"흑……. 기쁨……."

희원은 제 머리를 쿵쿵 치며 탄식했다.

"권희원 씨, 노상……."

"그만! 제발 그것만은 제발! 제발 그만!"

아아아악! 아아아아악!

노상! 노상이라니! 노상 방뇨라니이이! 죽어버릴 거야아아!

"노상 그렇게 술 마시면 정신을 못 차립니까?"

"……저 지금 놀리신 거죠. 혼자 재밌어 죽겠다고 지금 놀리는 거죠!"

"한국말 끝까지 안 들은 건 권희원 씨입니다."

"하…… 진짜 노상 방뇨까지 했다는 줄 알았잖아요."

"이 여자 수상하네. 전과 기록을 좀 봐야 하나?"

"쳇. 그런 거 없거든요? 그리고 술 마시고 취하는 건 일상다반사이긴 하지만 어제처럼 무리하진 않는다고요. 어젠 대체 왜 그렇게 술이 잘 들어간 거야……."

"맞선 상대가 꽤 괜찮았나 보죠."

"뭐라고요?"

그때였다. 똑똑, 노크 소리가 들리며 동시에 문이 열린다.

"서검, 바빠?"

동료 검사임을 알 수 있는 복장으로 출입증을 목에 건 여성이 검사실로 들어선다. 편의점 봉투를 들고 들어서던 여성은 희원을 발견하곤 눈을 동그랗게 떴다.

"아. 실례. 조사 중이었어?"

"아니야. 들어와."

여성은 희원을 위아래로 훑었다. 누웠다 일어났음이 선명한 머리로 지환의 재킷으로 무릎을 덮고. 신발도 없이, 맨발?

"서검, 이분은 누구셔?"

어딘가 모르게 위풍당당한 여성을 바로 보지 못해 고개만 주억거리던 희원은 어서 지환이 자신을 소개해주길 기다렸다. 이 상황을 아름답게 포장해주길 은근 바라기도 했다.

"이차저차, 아는 사람이야."

이차저차라뇨! 이봐요!

"아아. 서검 아는 분이야?"

"그건 그렇고 넌 아침부터 웬일?"

그건 그렇다니! 말을 똑바로 해야지 이 양반아! 이차저차 아는 사람이라고 할 바엔 경범죄를 저질렀다고 해라, 차라리!

쳇. 희원은 지환의 어설픈 소개에 눈꼬리를 올렸다. 이내 자신에게 시선을 고정한 여성을 바라보며 묵례했다.

"권희원입니다. 서 검사님과는 이차저차 알고 있는."

힐끔, 지환이 희원을 바라보다 피식 웃는다.

"네. 반갑습니다. 서지환 검사 동기 차정윤입니다."

차정윤 검사. 명찰에 적힌 이름을 빛의 속도로 스캔한 희원은 통성명을 마친 뒤 허리를 쭉 펴 세우며 턱을 들었다. 왜인지 기죽고 싶지 않다.

"아, 맞다. 아침 안 먹었을 것 같아서 내 거 사는 김에 서검 것도 샀어."

이거. 정윤은 생각에서 깨어난 듯 지환의 책상으로 걸어가 편의점 봉투를 내렸다.

"방석홍 사망 사건 목격자가 매수됐나 봐. 어제 사실 확인서를 작성했대. 다시 수사해야 할지도 몰라."

에효, 정윤은 한숨을 내쉬며 일 이야기를 시작했다. 지환은 고개를 간혹 끄덕이며 계속 서류를 정리했다.

"원래는 조금 더 일찍 오려고 했는데 그거 보고 받느라고 좀 늦었어. 아침 안 했지? 같이 먹자."

"아침이 아니라 이제 점심 먹을 시간이다. 차검."

"무슨, 점심을 이렇게 빨리 먹…… 아…… 시간이 벌써 이렇게 됐네?"

정윤이 시간을 확인하는 사이 서류 정리를 다 끝낸 지환은 일어

섰다. 휴대폰과 차 키를 들고 소파로 걸어온 지환은 희원에게 일어
서라 손짓했다.

"나가요. 해장합시다."

해장? 정윤은 뒤돌아 동그란 눈으로 두 사람을 바라보았다.

그럽시다! 나갑시다! 당장! 희원은 정윤의 시선을 의식하며 허
리를 곧게 펴고 일어섰다.

"어제는 서지환 씨께 대접 받았으니 밥은 제가 살게요. 맛있는
걸로 먹죠."

어제? 대접? 밥? 정윤은 희원의 말에 뚱한 표정으로 바라보았다.
지환은 소파 끝에 두었던 희원의 신발을 가져다 내려주었다.

"신어요. 불편할까 봐 벗겨뒀어요."

"그럼 저 좀 잡아주실래요?"

지환이 하이힐을 신으라 하자 희원이 지환에게 손을 잡아달라고
팔을 내밀었다.

어랍쇼? 정윤은 혼자 신어도 되는 하이힐을 굳이 지환에게 의지
해 신는 희원을 유심히 바라보았다.

희원은 가방을 들고 눈을 바로 뜨며 씽긋 웃었다. 어쩐지 단 한
순간도 저 여성에게 지고 싶지 않은 묘한 오기를 품고 희원은 정윤
에게 고개 인사를 건넸다.

"그럼 또 봬요."

"아, 네. 안녕히 가세요."

정윤은 나란히 밖을 나서는 지환과 희원의 뒷모습을 바라보았
다. 이내 봉투 속 샌드위치를 뜯어 우적우적 먹으며 고개를 갸우뚱

했다.

"에라, 모르겠다. 일이나 하러 가자."

우유마저 뜯어 벌컥벌컥 마시며 정윤 또한 지환의 사무실에서 퇴장했다.

· · ◆ ◆ ◆ ◆ · ·

"점심치곤 좀 과한데요."

근처 한정식 집으로 이동한 지환은 밑도 없이 깔리는 반찬을 보다가 중얼거렸다.

"바에서 마신 와인은 사려고 했는데 그 지경이 되어서. 이거라도 드시고 퉁 치죠."

퉁. 지환은 한 꺼풀 벗겨진 듯 더욱 자연스러워진 그녀의 단어 선택에 미소를 지었다.

"업무 중에 접대는 위험하니 각자 계산하는 걸로 합시다."

"아아. 업무랑 관계없는 사람인데도 그래요?"

"누구든 업무와 잠정적 관계가 있을 수 있으니까."

"뭐, 네. 제가 생각이 짧았네요. 그럼 다음에 만나서 은혜를 갚……."

아. 아아. 다시 만날 일은 없는 사람이지.

희원은 말꼬리를 흐렸다. 지환은 못 들은 척 대꾸를 아꼈고, 국을 뜨며 화제를 전환했다.

"신분증이나 면허증도 안 가지고 다닙니까?"

"있어요. 왜요?"

"없던데."

집엘 데려다줘야 할 것 같아서 실례를 무릅쓰고 그녀 가방을 뒤졌다. 지갑이 없더라.

"여기 있어요."

희원이 자신의 휴대폰 케이스 밑을 누르자 쏙 하고 빠지며 신분증이 모습을 드러낸다.

오, 지환은 미처 몰랐다는 듯 바라보았다.

"휴대폰에 그런 공간이 있다니. 신세계네요."

"검사님도 하나 사세요. 편해요."

희원도 마찬가지로 국을 떴다. 반찬을 먹고 국을 먹는 와중에도 시선은 휴대폰에 가 있다. 집에서 전화가 올 때가 지났는데 한 통이 오질 않는 거다.

나…… 기어이 파였나…… 호적…….

"모친께서 아침에 전화 주셨습니다. 제가 받았는데, 검사실에 있다고 하니 일어나면 보내달라 하셔서."

"민폐가 많았습니다. 진짜 부끄럽네요. 제가 원래 이런 사람은 아닌데."

"위험한 세상입니다. 음주는 적당히."

"뭐, 네. 음주는 적당히. 술은 죄가 없으니까요."

흐…… 난 집에 가면 죽었다…….

희원은 걱정을 한가득 품은 채 부지런히 식사를 이어나갔고, 두 사람은 빠르게 식사를 끝마쳤다. 단조로운 대화를 이어간 후 각자 계산을 하고, 밖으로 나섰다.

"호텔로 갑니까? 차가 거기 있을 텐데."

"네. 호텔로 가려고요. 끌고 가야죠."

"택시 잡아줄게요."

"아뇨. 제가 그냥 잡고 갈게요."

희원은 지환에게 손을 내밀었다. 무척 민망하고 수치스러운 만남이지만 끝맺음은 완벽해야 했으니까.

결혼에 뜻이 없는 사람들끼리 만났던 어제, 그리고 오늘까지 여러모로 미안함이 크다고.

"그럼 내내 건강하세요. 이만 가볼게요."

지환은 희원이 내민 손을 가만히 내려다보다가 붙잡았다.

"도움 필요한 일이 있다면 언제든지 연락주세요."

"와, 든든한데요? 현직 검사님이 그렇게 말씀해주시니."

"빈말 아니니까. 사소한 일이라도 생기면 연락주세요."

"네. 그럴게요."

다신 만날 일도, 엮일 일도 없을 두 사람은 편안한 시선으로 악수했다.

"그럼 갈게요."

희원은 지환의 손을 돌아섰다. 이불을 발로 차다 못해 지붕을 뚫고 날아갈 기억들만 가득 안은 채 귀가했다.

별스러운 선 자리를 다 경험하는구나, 밑도 끝도 없이 한탄하면서.

ﾠ◆◆◆◆◆◆◆ﾠ

이튿날.

"머리가 잘릴 뻔했어."

무용 연습을 끝낸 희원은 평소보다 이른 시간에 귀가를 서둘렀다. 블루투스로 연결된 동료 구언과 통화를 하며 그녀는 도로 위를 내달렸다.

— 용케 안 잘렸네. 너 예전에도 통금 어겨서 할아버지가 머리 자른다고 하지 않았냐? 단발령?

"아니. 아니, 아니. 머리카락이 아니고 이번엔 진짜 머리가 날아갈 뻔했다고."

— 아아. 머리카락 아니고 머리. 참수형이네.

"그랬다니까. 생을 마감하는 줄 알았다. 어흐."

스피커로 구언의 웃음소리가 들린다. 구언은 그녀 집의 엄한 분위기를 잘 알고 있었고 그로 인해 희원이 얼마나 답답해하는지도 잘 아는 벗이었다.

시간이 갈수록 집은 집대로 더욱 엄해졌고 그녀는 그녀대로 부지런히 반항했다. 구언의 시선엔 재밌는 집안이기도 했다.

— 그나저나 맞선남은 무슨 죄냐? 너 때문에 집에도 못 들어갔을 거 아냐.

"세상엔 정말 다양한 사람들이 살고 있다는 걸 깨닫지 않았을까?"

— 검사 일 하면서 팍팍했을 텐데, 니가 재밌는 경험을 선사하긴

했네.

"잠 한숨도 못 잤어. 진짜 이불킥을 얼마나 했는지 몰라."

상상만 해도 웃긴지 녀석이 숨넘어가듯 웃는다. 그 웃음소리에 전염된 희원도 어처구니없다는 듯 따라 웃기 시작했다.

— 맞선남한테 보은은 안 하냐? 그냥 이렇게 헤어지고 끝이야?

"보은은 무슨, 상대도 원하는 것 같지 않고. 선이라는 게 원래 결혼 아니면 일회성이야."

— 아, 너무 극단적이다.

희원은 신호를 기다리며 멈췄다. 평소보다 이른 시간에 집으로 돌아가 며칠은 나 죽었소, 하며 조용히 지내야 한다.

"하여튼 내일 연습 나오지? 내일 봐."

— 알았어. 운전 조심하고. 들어가라.

"응. 끊자."

희원은 통화를 종료했고 신호가 바뀌는 것을 확인하며 액셀을 밟았다. 좌회전 신호를 받아 희원이 출발하는 때, 갑자기 차가 끼어들었다.

"꺄아아! 엄마아!"

끼이익, 쿵!

충격에 앞뒤로 상체가 움직였던 희원은 고개를 푹 숙인 채 핸들만 붙잡았다. 천천히 고개를 들어보니 앞 차량인 고급 외제 세단에서 중년의 남성이 뒷목을 잡고 내린다.

"아아, 목이야. 아가씨, 뭐 해! 나와!"

"하…… 진짜 미치겠네……."

구언에게 운전 조심하라는 말을 들은 지 1분도 되지 않은 상황.

대체 왜 고통과 수난은 한꺼번에 오는 것이냐, 희원은 절망하며 차에서 내렸다. 중년의 남성은 더욱 격렬하게 뒷목을 잡았다.

◆ ◆ ◆ ◆ ◆ ◆ ◆ ◆ ◆

"선생님. 이거 제 과실은 아닌 것 같은데요?"

차에서 내린 희원은 충돌한 부분을 바라보다가 남성에게 고개를 돌렸다.

"좌회전 신호 받았고, 저는 신호 따라 가는데 선생님이 갑자기 차선 변경하셨잖아요."

"뭐? 내가 언제 갑자기 바꿨다고? 이 사람아, 그쪽이 무리하게 속도를 내니까 충돌한 거 아냐!"

"무슨 말씀 하시는 거예요, 지금?"

허. 작정했네. 작정했어. 희원은 차량의 훼손 상태를 살폈다.

"아…… 목이야. 아가씨, 주행 속도를 그렇게 올리고 다니면 쓰나?"

"일단 블랙박스 확인하시죠?"

"블랙박스고 나발이고 됐고! 아가씨 면허증 줘봐!"

목소리 큰 사람이 어쩐지 이기는 것 같은 기분.

"그럼 보험사 먼저 불러요."

"어허! 일단 면허증 줘보라고! 아가씨 내가 누군지 알아? 보험사보다 내가 더 정확한 사람이라고!"

허, 참. 희원은 실소했다.

"내가 아저씨가 누군지 알면 자리를 깔았지, 안 그래요?"

"아…… 이거 재판 끝내고 가벼운 마음으로 가려는데 통 안 도 와주네."

응? 재판? 희원은 멈칫했다.

사내는 차량을 살펴보더니 이번엔 허리도 짚었다.

"새로 뽑은 지 얼마 되지도 않은 차량을 박살 냈으면 사과부터 해야지, 아가씨 뭐 이렇게 뻣뻣해. 어? 면허증 줘봐!"

사내는 재킷에서 자신의 명함을 꺼내 주며 면허증을 요구했다.

……변호사다.

"내가 이런 일 전문이야 아가씨! 어? 그렇게 뻣뻣하면 내가 봐줄 수가 없잖아! 사람이 말이야, 잘못을 했으면 사과부터 해야지!"

"아니 그게 그러니까요, 선생님."

"전방 주시 의무를 다하지 않고서는 뭐 이렇게 대책 없이 당당 한 거야, 아가씨! 운전이 미숙하면 차를 끌지 말아야지! 나라 법을 뭐로 보고!"

"아…… 그게요, 선생님."

괜히 변호사라니 어깨가 움츠러든다.

"내 치료비, 휴업 손해금, 차량 수리비 다 더하면 얼만지 알아? 아가씨가 그거 다 감당할 거야? 나이도 어린 게."

아이고 허리야……. 허리야……. 사내가 앓는 소리를 내며 정신 을 산만하게 하자 희원은 또다시 단전에서부터 깊은 분노를 끌어 올렸다.

"근데 이 아저씨가 나를 언제 봤다고 자꾸 반말이야."

"뭐, 뭐야?"

"당신, 변호사면 다야? 난데없이 끼어들고 생사람을 잡아도 유분수지!"

희원은 '허, 참, 허! 참!'을 연발하며 휴대폰을 꺼내 들었다.

"잠깐만 기다려. 당신 내가 아주 가만 안 둘 거야."

명함을 찾아 번호를 꾹꾹 누르며 희원은 불타는 눈빛으로 신호를 기다렸다.

제발. 제발 전화를 받아요. 제발…… 제발!

— 여보세요.

"아, 여보세요?"

희원은 사내에게 다가서며 통화 속 지환을 향해 상냥하게 인사했다.

— 권희원 씨?

"네. 저 희원이에요. 검사님."

검사? 사내의 눈빛이 일순 변한다. 희원은 나른한 표정을 지으며 자초지종을 빠르게 설명했다.

"아니이, 제가 지금 접촉 사고가 났는데요. 앞에 계신 분께서 자꾸 변호사시라며 저를 압박하셔서 하는 수 없이 검사님께 도움을."

— 이제 막 퇴근했습니다. 지금 어디 있습니까?

"여기요? 여기 검사님 계신 곳에서 가까워요."

아아. 지금 바로 오신다고요? 희원이가 있는 곳으로 달려오신다고요? 그러니 조금만 기다리고요?

"알겠어요. 그럼 빨리 와주세요."

전화를 끊은 희원은 중년의 사내를 보며 한쪽 입꼬리만 올렸다.

"잠시만 기다리시죠."

"아, 아니 아가씨, 그게 아니라."

희원은 손을 들며 다음 말을 제지했다. 세상 이렇게 든든한 동지가 있을 수 없었다.

"대화는 잠시 후에 섞죠. 아저씨."

어서 와요! 검사님! 정의 구현을 부탁합니다!

"아아. 검사님한테 메시지가 왔네?"

일단 차량을 밖으로 빼고 대화를 나누자는 중년 사내의 말을 냉큼 씹으며 희원은 메시지를 확인했다.

— 서지환입니다. 차량 옮기기 전에 사진 먼저.

"아, 맞다. 사진 찍어야 하는데 정신이 없어서 깜빡했네. 우리 검사님 말씀대로 사진 먼저."

흥. 희원은 어깨에 잔뜩 힘을 준 채 찰칵찰칵 사진을 찍었다. 메시지는 연달아 수신되었다.

— 상대 차량 번호판, 블랙박스 찍고

— 상대 차량과 자차 바퀴 선회 방향 자세히 촬영

— 원거리로 차선이 함께 나올 수 있도록 촬영

— 파손 부위는 근접 촬영으로

희원은 지환의 설명에 따라 촬영을 했다.

"아니, 내가 좋게 좋게 해결 보려고 했는데 무슨 검사씩이나 부르고……."

"어딜 봐도 좋게 좋게 해결 보려는 분으로 보이지 않아서요."

— 촬영 끝났으면 차량 옮길 것.

"이럴 시간이 없어. 내가 바쁜 사람이라니까?"

"저만큼 바쁘시겠어요? 전 머리가 잘리게 생겼는데? 이제 차량이나 옮기죠?"

희원은 지환이 시키는 대로 차량을 옮기기로 한다.

— 변호사 분께 말리지 말고 있어요.

"보나마나 5대 5인데 아가씨, 그냥 6대 4로 합의 봅시다. 내가 봐드릴게."

"기다려보세요. 전 잘 모르겠으니까. 말리기 싫거든요."

마지막 메시지가 도착한다.

— 지금 갑니다.

· · ✦✦✦✦✦✦ · ·

차량을 옮기고 기다리자니 얼마 지나지 않아 검은 승용차가 다가온다. 상황을 살펴보는 듯하더니 이내 멈춰 선다.

"검사님!"

지환을 발견한 희원의 목소리에 힘이 실린다.

"허, 이게 무슨……."

중년의 사내는 중얼거리며 괜한 헛기침을 뱉었다. 적당한 곳에 주차를 마친 지환은 차에서 내려 희원을 향해 걸어왔다.

"다친 곳은 없습니까?"

"네. 저는 괜찮은 것 같은…… 아뇨, 잘 모르겠어요. 여기저기 아픈 것 같아요."

희원은 중년 사내에게 들리도록 크게 말했다. 지환은 차량의 상태를 살피고는 중년 사내에게 걸어갔다. 희원은 주먹을 쥔 채 지환의 뒷모습을 응원했다.

어서! 어서 박살 내버려요! 정의를 구현해줘요! 검사님!

지환이 가까이 다가서자 사내는 더욱 시선을 회피하며 혼잣말로 중얼거렸다.

"아니, 그냥 6대 4면 크흠, 흠. 내가 뭐, 뭘 어쨌다고 이렇게 공권력까지……."

"저, 우병관 선배님 아니십니까?"

중년 사내는 자신을 알아보는 목소리에 고개를 돌렸다.

"어어, 자네!"

사내의 눈빛에 환희가 물들며 목소리가 커진다. 영문 모르는 희원은 지환의 뒤에 서서 멀뚱멀뚱 광경을 바라보고 있었다. 보자니 지환의 허리가 깊숙하게 내려간다.

"선배님 안녕하십니까! 서지환입니다!"

"그래그래! 서지환이! 서지환 검사! 그래그래! 내 자네 알지! 알다마다!"

헐…… 이게 뭐야……?

희원은 당황한 듯 입술을 멍하니 벌렸다. 정의 구현을 하라고 불렀더니 후배란다. 허리도 못 펴고 저러고 인사를 하고 있다.

중년 사내는 컬컬컬컬 굵은 웃음을 터트리며 지환의 등을 세차게 때렸다.

"반갑다! 반가워! 여기서 자네를 다 보고!"

"하하, 개업하셨다는 소식 들었습니다. 찾아뵙지 못해 죄송합니다."

"아니! 아니지! 바쁜데 무슨 일개 변호사 개업을 다 쫓아다니겠어! 중앙지검에 아직 있고?"

"예! 그렇습니다!"

헐…… 진짜 이게 뭐야…….

희원은 스멀스멀 망한 기운이 올라오는 것 같아 입술을 꾹 깨물었다. 걸어갈 때까지만 해도 태평양처럼 넓어 보이던 지환의 어깨가 이렇게 좁아 보일 수가 없다.

"근데 서검, 저 아가씨와 아는 사이인가?"

"아…… 예. 이차저차."

또! 또! 또 이차저차! 내가 승용차냐? 트럭이냐? 이차저차 왜 자꾸 찾는 건데!

"서검. 요즘 것들은 버르장머리가 없어. 수순을 몰라."

흠. 중년 남성은 괘씸하다는 듯 희원을 보며 허리를 두드렸다.

힝……. 희원은 뭔가 잔뜩 낮아진 시선으로 사내를 바라보았다.

"죄송합니다."

지환은 대신 사과하겠다는 듯 다시 허리를 굽혔다. 그 모습에 희원의 눈이 뒤집힌다.

내가 뭐, 뭘 잘못했다고 사과를 해요! 나 대신 사과하라고 부른 줄 알아요?

"선배님, 다친 곳은 없으십니까?"

"없겠어? 진단서 끊으면 최소 전치 8주 이상이야. 이건 무슨, 도로 위 김 여사도 아니고."

"식사는 하셨습니까?"

"식사? 뭐, 재판 있어서 끝나고 막 먹었네. 자네는?"

"저는 아직입니다."

"저런 저런. 큰일 하는 사람이 밥은 잘 챙겨 먹어야지."

"예. 선배님."

지들끼리 밥걱정을 하고 있다. 희원은 저토록 다정한 투샷을 바라볼 수 없어 잠시 눈을 감았다.

지환은 흠, 잠시 망설이다가 희원에게 다가섰다.

"권희원 씨."

척, 눈을 뜨며 눈꼬리를 올린 희원의 얼굴을 보다가 지환은 귓속말을 하듯 어깨 쪽으로 입술을 내렸다.

"왔더니 선배님이 계시네요. 이런 우연이."

"네네. 아주 잘 알겠네요. 아주 잘 봤습니다. 머리가 땅을 파고 들어가겠던데요?"

"그러게 왜 버릇없이 굴었습니까?"

"제, 제가 뭘요? 제가 무슨 버……."

쉿. 지환은 조용히 하라는 듯 신호를 보냈다.

하…… 진짜 망신 망신 대 망신이다……. 희원은 입술을 꽉 깨물며 웅얼웅얼거렸다.

"저는 잘못 없다고요. 저 아저씨, 저 선배님께서 깜빡이도 없이 끼어들었단 말예요."

"선배님이 급하셨나 봅니다. 급하면 깜빡이는 깜빡할 수도 있죠."

뭐요? 이 작자가 진짜! 그걸 지금 농담이라고 해!

"일단 내가 최대한 사과를 드리고 양해를 구할 테니 가만히 있어요."

"무슨 사과를 또 하라는 거……!"

쉿. 지환이 또 조용히 하란다.

하…… 끓는다……. 희원은 지환을 노려보듯 보다가 다시 웅얼웅얼거렸다.

"이제 보니 도움이라곤 조금도 되지 않는 위인이시네요."

"보기보다 쓰임이 좋은 사람은 아닙니다."

"안 오시는 게 나을 뻔했어요. 사과 대행업체에서 나오신 줄."

"그러게 말입니다. 일정 부분 동의하긴 하는데, 그것보단 권희원 씨."

"왜요!"

"내가 힘이 없어 미안하긴 한데 경찰 좀 불러줘요. 난 안 될 것 같으니 다른 정의의 사도의 힘을 빌리자고요. 그럼 다시 선배님께 가보겠습니다."

지환이 소곤거리다가 다시 걸음을 틀자 희원은 휘청거렸다.

"선배님, 오래 기다리셨습니까? 죄송합니다."

제발 부탁인데…… 허리 좀 펴……. 내가 다 쪽팔려…….

"서검. 저 개념 없는 아가씨와 이야기는 끝났나?"

"네. 일단 양측 인사는 끝났으니 차량 상태 살펴겠습니다."

지환의 말에 사내는 손사래를 쳤다.

"아아, 볼 것 없어. 볼 것 없어. 그냥 6대 4로 정리하고 보험 해결하자고."

"살펴야 해결하지 않겠습니까?"

"볼 것 하나도 없다니까. 괜찮아."

"괜찮은 건지 아닌지는 살핀 후에 판단하겠습니다."

지환은 뒤돌아 희원에게 손을 내밀었다.

"권희원 씨."

뭐 하냐는 눈빛으로 눈썹을 꿈틀거리더니 손가락을 까딱, 움직인다. 전화로 경찰서에 사고 접수를 마친 희원은 그를 바라보았다.

"권희원 씨, 촬영 사진 좀 보죠."

＊ ＊ ＊ ＊ ◆ ＊ ＊ ＊ ＊

"6대 4야. 더 들여다보면 뭐 달라져?"

사진을 들여다보고 있자니 사내가 말을 보탠다. 사진에 시선을 고정한 채 지환은 대꾸했다.

"일단 최대 속도 계산해봐야 할 것 같고, 바퀴 상태 보니 선배님께서 무리하게 끼어든 건 맞는 것 같습니다. 하하."

웃는 낯으로 할 말을 다 한다. 사내는 느낌이 영 좋지 않다는 얼굴로 지환을 바라보며 입술을 열었다.

"이미 교차로에 진입했기 때문에 후행 차량이 선행 차량의 주행 경로를 살피지 않았다면 과실 인정이 가능하지. 전방 주시 의무를 다하지 않았잖아. 서검, 과실 여부에 따라 5대 5, 4대 6도 가능하다는 거 알지 않나?"

사내의 말에 희원은 번쩍거리는 사내의 차량을 바라보았다. 저 비싼 차량의 50퍼센트 수리비를 생각하니 아찔하다. 보험료 치솟는 소리가 귓가에 윙윙거린다.

"선배님, 진로 변경 차량이 방향지시기 작동 없이 다른 차마의 주행을 방해했다면 이야기는 다릅니다."

"그러니까 내가 어느 정도 참작해서 6대 4 하자는 거 아니야. 서검."

"스키드 마크도 없는 저속 주행, 상대는 방향 지시등을 켜지 않았다…… 게다가 목소리만 크다……."

"하…… 나 참……. 재수가 없어서, 그래, 방향 지시등 미작동이 크지. 7대 3으로 해. 됐나?"

지환의 중얼거림을 들은 사내는 불쾌하다는 듯 눈썹을 일그러트렸다. 흠, 지환은 다시 중얼거렸다.

"좌회전 차선에서 신호 받아 가는데 직진 차선 차량이 끼어든…… 방향 지시등 없고 말만 많은 차가 있었다……. 이런 경우 도로교통법 제25조……."

"알았어, 알았어. 8대 2, 아니, 9대 1로 해! 내가 진짜! 하, 내가 진짜 서검이라 봐준다!"

지환이 교통법을 운운하려 들자 바로 제지하며 사내는 9대 1을 외쳤다.

헐. 9대 1? 희원은 눈을 동그랗게 떴다. 말 몇 마디로 5대 5에서 9대 1로 변하는 기적을 눈앞에서 보고 있다.

"아가씨! 거기 있지 말고 이리 오쇼! 합의는 봐야 할 것 아닙니까?"

"네? 아, 네네! 갑니다, 가요!"

오, 럭키! 9대 1이면 횡재 아냐? 희원이 사내에게 걸음을 옮기려 하자 지환은 손을 뻗어 오지 말라는 신호를 보냈다.

"권희원 씨가 무과실 입증 받을 수 있을 것 같으니 블랙박스로 남은 내용 판단해보겠습니다. 선배님."

"이봐, 서검!"

"헐, 진짜요? 나 무과실? 진짜로?"

멀리서 지환의 이야기를 들은 희원이 냉큼 소리를 지르자 지환은 희원에게 차량으로 들어가 있으라며 또다시 손짓했다. 희원은 차량으로 사라지며 중얼거렸다.

"또 내 앞에서 멋있게 말하고 엄청 비굴하게 비는 거 아냐? 누가 그런 거 바란대?"

의심의 눈초리를 한 채, 희원은 지환이 서 있는 자리를 계속 주시했다.

"아니 뭐, 나는 9대 1 정도면 괜찮은데 뭘 또 무과실까지."

아이, 뭘 또 그렇게까지 팍팍하게, 아유 참. 선배님한테 너무하신 거 아니에요, 서 검사님?

"여보세요? 엄마, 나 차 사고 났는데 서지환 검사님께서 와주셨네? 작은 사고니까 걱정 말고 나 밥 먹고 들어가요. 일찍 들어갈 테니 걱정 마세요."

희원은 엄마에게 전화를 남긴 후 다시 상황을 주시했다. 헷, 어쩐지 그의 어깨는 조금 더 넓어 보이는 것도 같았다.

· · ◆◆◆◆◆ · ·

"많이 컸네, 서검. 뭐 이렇게까지 딱딱하게."

"죄송합니다. 과실은 과실이다 보니."

"됐고, 알았으니 이만 가봐."

"선배님, 약주를 좀 하신 것 같은데."

불쾌함을 담아 걸음을 옮기던 사내는 멈칫하며 흔들리는 눈빛으로 돌아보았다. 지환은 괜찮다는 듯 손사래를 쳤다.

"이해합니다. 많이 드신 것도 아닌데요."

"아…… 뭐…… 검사를 어찌 속이나. 반주로 딱 한 잔 했어, 한 잔."

"크아, 반주 좋죠."

"집이 요 코앞이라서 말이야. 대리운전을 부르고 싶어도 워낙 가까우니 그것도 쉽지 않아. 알지?"

"그럼요. 가까운 거리는 한 잔 마시고 부르기가 영, 껄끄럽더라고요."

컬컬컬. 컬컬컬컬. 그렇지? 너도 그렇지? 사내가 웃으며 묻자,

캬캬캬. 캬캬캬캬. 그렇죠. 저도 그렇습니다. 지환이 웃으며 답했다.

"그래그래, 서검은 성격이 시원해서 좋아. 예전부터 그랬지만 말이 참 잘 통하고 말이야."

"선배님께서 워낙 예뻐해주지 않으셨습니까. 항상 감사히 여기고 있습니다."

"그럼 일단 난 차로 들어가 있을게."

"어디 가십니까? 음주 운전은 중과실입니다."

사내가 획, 돌아보며 눈을 희번덕거리자 지환은 뒷짐을 지고 바르게 섰다. 보기로는 군기가 바짝 잡힌 후배의 모습이다.

"서검, 그래서 어쩌자고? 말의 뜻이 뭔데 그래서?"

"측정하시죠."

"자네! 이봐! 서지환 검사!"

"예. 선배님."

후······. 사내는 깊은숨을 내쉬다가 다시 입술을 열었다.

"딱 한 잔 마셨다니까?"

"술의 양이 중요한 게 아니라 마신 행위에 의의를 두니 측정은 필수입니다."

"그건 술도 아니야, 진짜 한 잔! 딱 한 잔!"

"소주 두 잔 60밀리리터 기준 처벌 대상 아니겠습니까? 한 잔 정도면 뭐, 편안하게 측정하시죠. 부담 없이."

"이 새끼가 근데, 이봐! 서지환 검사!"

때마침 사고 접수를 받고 출동한 경찰들이 도착하고, 사색이 된 사내는 경찰차를 바라보며 깊은 한숨을 내쉬었다. 지환은 경찰들에게 신분증을 보여주며 말했다.

"서울중앙지검 서지환 검사입니다."

"네. 검사님. 안녕하십니까."

"사고 차량 운전자 음주 운전 혐의가 있으니 측정 부탁드립니다."

"예? 아, 예. 알겠습니다."

음주 측정과 보험사 관계자들까지 더해져 번잡해진 상황. 지환은 이를 가는 사내에게 허리 굽혀 인사를 마쳤다.

"무과실 입증하여 보내드리겠습니다. 후에 이의 제기를 하시려거든 법원의 판단에 맡기시기를 권고 드립니다."

"두고 보자 너, 서지환이."

"만나 뵙게 되어 영광이었습니다. 살펴 가십시오, 선배님."

지환은 희원의 차로 돌아가 운전석 문을 열었다. 머리를 내려 희원을 바라보며 고개를 까딱, 움직였다.

전투의 승리자.

"나와요. 내 차 타고 가게."

그녀의 시선에 그의 미소는 유난히도 빛난다.

· · ◆◆◆◆◆ · ·

"음주 운전인 건 어떻게 아셨어요?"

얼떨결에 지환의 차를 얻어 탄 희원은 전방을 바라보며 물었다.

"제가 옆에 있을 땐 그분한테서 술 냄새 전혀 안 났는데. 서지환 씨는 술 냄새를 맡은 거예요?"

"아뇨. 못 맡았습니다."

신중하게 운전 중인 지환은 대꾸했다.

"평소 반주가 일상이신 분이거든요. 식사를 조금 전에 하셨다니 낚아본 거죠."

"아……."

"스스로는 술을 마셨다는 자각도 없었을 겁니다. 직접 운전대를 잡을 만큼 멀쩡했을 거고. 그래도 마신 건 마신 거니까."

지환이 웃으며 설명하자 희원은 눈을 반짝거렸다.

헐…… 대단하다……. 역시 검사는 아무나 하는 게 아니었어…….

"고마워요. 서지환 씨 덕분에 해결 잘 봤어요."

"아깐 안 부르는 게 더 낫겠다더니?"

"그, 그야 머리가 하도 땅을 파고드니까!"

"……."

"밥, 맛있는 걸로 살게요. 아깐 정말 고마웠어요. 진심으로."

희원이 우물쭈물하며 말꼬리를 흐리자 지환은 힐끔 그녀를 바라보았다.

"그나저나 우리, 또 보네요?"

"그러게요. 또 뵙네요."

"잘 들어갔다고 메시지 한 번은 보내줄 줄 알았는데."

"먼저 하시면 되잖아요?"

"권희원 씨 번호를 몰라서."

"번호, 물어보지도 않으셨잖아요."

"저는 명함을 드렸는데 돌아오는 게 없으니 주기 싫은 모양이다 했죠."

"아…… 뭐, 선 자리에서 번호까지 드려본 적이 없어서요. 생각도 못 했어요."

"받기만 해봤겠죠. 이해합니다."

부드럽게 코너를 돈다.

"어젠 별일 없었습니까?"

"또 설명하자니 힘들긴 하지만 총 정리하자면 머리가 잘릴 뻔했어요. 헤어가 아니고요. 헤드. 헤드가 날아갈 뻔했다고요."

희원이 손으로 목을 그어 내리는 시늉을 하자 지환은 웃음을 터트렸다. 그 장면, 어쩐지 상상이 되었다.

"집에 가는 길에 사고가 난 겁니까?"

"네. 연습 끝내고 오늘은 일찍 들어가려고 움직이고 있었는데 이렇게 됐네요. 차도 잃고, 시간도 버리고."

에효. 희원은 짤막하게 한숨 쉬었다. 그사이 함께 저녁을 먹기로 한 초밥집 근처에 도착했다.

"여기서 이제 어디로 가면 됩니까?"

"아아. 여기서 좌회전이요. 좌회전하면 바로 보여요."

이 근처라고? 지환은 조심스럽게 그녀 말대로 좌회전을 했다.

"여기, 여기예요. 이 집 초밥 정말 잘하거든요."

"맛있다니 기대해보죠."

지환은 주차를 했고, 먼저 내려 희원의 차 문을 열어주었다.

"서비스가 상당히 좋으신데요?"

"많이 먹을 예정이거든요. 이 정도는 해야 눈치 안 보일 것 같아서."

"네. 많이 드세요. 금색 접시로만 드셔도 눈치 안 줄게요."

서로는 편안하게 웃었다. 두 번째 만남이었으나 실제로는 그렇게 느껴지지 않았다.

· · ✦ ✦ ✦ ✦ · · ·

7 : 40 PM

많이 먹겠다던 말은……

"잘…… 드시네요……?"

실화였구나…….

지환의 옆에 수북하게 쌓여가는 접시를 바라보며 희원은 마른침을 삼켰다. 몇 접시인지 눈으로 얼추 세기도 힘들 지경이다.

"초밥은 오랜만이라. 맛있네요."

"많이…… 드세요. 이미 많이 드셨지만 더 격렬하게. 더 힘차게."

"그러죠. 격렬하고 힘차게. 더욱더."

시원시원하게 입으로 밀어 넣는 초밥은 살살 녹는다는 명목으로 금방 사라진다. 마치 처음 나온 접시를 대하는 것처럼 그는 열정적으로 초밥을 먹었다.

쪼르륵, 희원은 사케를 따랐다.

"권희원 씨는 술을 좋아합니까?"

"시간 내에 할 수 있는 유일한 일탈이라서요. 술은 시공간 제한을 받지 않으니까. 낮술은 생활이죠."

희원이 술을 홀짝 삼키자 지환은 웃었다.

"무용하신다며 낮술은 언제?"

"춤과 함께하는 낮술이라니, 생각해보세요. 얼마나 낭만적이겠어요?"

"아아. 그도 그렇겠네요."

어화둥둥 춤추며 술 마시는 희원을 떠올리자 디테일하게 상상이 된다.

지환은 고개를 비스듬히 한 채 술을 삼키는 희원을 바라보았다. 무용을 한 까닭일까, 별것 아닌 행동에도 고운 선이 드러난다. 꽤나 털털해 보이는 성격과는 달리 손끝엔 남다른 정서가 묻어났다.

"오늘은 권희원 씨의 귀가 시간 맞춰봅시다. 어르신 너무 무서웠거든요."

지환은 입술을 닦으며 말했다. 운전대를 잡겠다는 일념으로 그는 술을 입에 대지 않았다.

"네. 오늘도 늦으면 머리만 잘리고 끝나는 게 아니라 사지가 절단 날 수도 있어요."

"그럼 몇 접시만 더 먹고 일어섭시다. 잘하면 차도 한잔 마실 수 있겠네요."

"네. 그래요."

그가 초밥을 한 접시 비울 때 그녀는 술잔을 비웠다. 자그마한 통에 든 사케는 혼자 마시기에 안성맞춤이다.

"어? 서검?"

그때였다. 그녀 뒤에서 들리는 소리에 희원은 술을 따르다가 멈칫했다. 흰 살이 매끄럽게 보이는 초밥을 들던 지환은 젓가락질을 멈추며 고개를 들었다.

"뭐야, 집에 안 갔어?"

일전에 검사실에서 마주쳤던 차정윤 검사다. 지환은 먹으려고 집었던 초밥을 내렸다.

"선약이 있어서."

"아아. 그래. 난 민 검사하고 밥이나 먹을까 하고 왔지. 민 검사 지금 화장실 갔어."

정윤이 마주 앉은 상대의 얼굴을 보려는 듯 가까이 다가왔다. 희원은 등을 꼿꼿하게 폈다. 동시에 턱을 당기며 눈에 힘을 주었다.

"우리 구면이죠? 안녕하세요."

정윤이 먼저 인사를 건네 온다.

"네. 안녕하세요. 또 뵙네요."

희원이 인사하자 다시 지환에게 시선을 돌린 정윤이 입을 열었다.

"서검, 집에 아버지 오신다고 하지 않았어?"

"오셨어. 지금 계시고."

헐. 아버님이 오셨어? 진작 말하지 그랬어요!

희원은 당황한 듯 얼굴을 붉혔다. 그래서 일찍 퇴근한 모양이다.

"아깐 집에 빨리 가봐야 한다고 튕겨져 나가더니 이런 미인분과 식사를 하고 있었네?"

얘기를 듣고 있자니 공연히 미안해진다. 희원은 괜히 자신 때문에 지환의 스케줄이 틀어져버린 것 같아 시계를 들여다보았다.

"서겸 이거 안 되겠네? 이차저차 아는 분과 만나기로 했으면서 나한테 이제 거짓말까지 해? 실……."

"차정윤 검사, 미안한데."

정윤의 말을 뚝 자르며 지환은 팔을 뻗어 희원의 앞에 놓인 사케병을 잡았다.

"남은 대화는 내일 사무실에서 합시다."

주변을 정리하던 희원은 지환이 자신의 술잔을 채우는 손끝을 바라보다 눈을 가늘게 떴다.

이봐요, 서 검사님. 나는 닥치고 술이나 마시라 이겁니까? 이차저차 아는 사람 앞에선 차정윤 검사와 대화도 하고 싶지 않은 거요?

"보다시피 내가 좀 바빠서. 데이트 중이거든."

"미안. 미안 미안. 내가 눈치도 없…… 뭐라고?"

데, 데이트……? 느닷없는 지환의 단어 선택에 정윤은 입술을 멍하니 벌렸다.

"아…….."

놀란 건 희원도 마찬가지. '데이트'라는 단어를 듣는 순간 온갖 총천연색의 상상이 희원의 머릿속을 헤집기 시작했다. 이 사람과, 데이트?

둘 사이 혼자만 평온한 표정을 하고 있는 지환은 어서 한 잔 더 마시라며 희원에게 손짓했다. 희원은 마른침을 삼켰다.

"마시던 건 다 비우고 일어나죠."

……그 눈빛과 손짓.

"음식 남기면 벌 받습니다, 권희원 씨."

아직 일어나지 않아도 괜찮아요, 그렇게 말하는 것만 같았다.

◆ ◆ ◆ ◆ ◆ ◆ ◆ ◆ ◆ ◆

희원을 집 앞까지 데려다준 지환은 아버지께서 기다리고 계신 집으로 내달렸다.

퇴근 시간을 조금 벗어난 도로는 제법 달리는 맛이 있다. 지환은 불이 환히 켜진 강변도로를 따라 내달리며 음악을 틀었다. 조용하고 잔잔한 팝의 전주는 지금의 어둠과 곧잘 어울렸다.

힘들어요. 집이 너어어어무 엄해서,

할아버지가 너어어어무 끝판왕이라서.

"자유라."

갑갑하고, 답답하고,

나는 정말 하고 싶은 게 많은데 자유가 없어요.

지환은 문득 그녀가 취중에 뱉었던 말이 떠올라 곱씹었다. 차창에 팔꿈치를 기대고 손등으로 턱을 받치며 다른 손으로 편안하게 핸들을 움직였다.

조부께선 무형문화재, 부친께선 저명한 판소리 명창. 명맥을 이어받은 한국무용 전공의 손녀, 그 손녀의 엄한 통금 시간.

"종잡을 수가 없는 집안이네."

자유를 꿈꾸며 음주 가무를 즐기는 그녀. 손녀를 유치장에 잡아다 넣으라는 어르신.

"뭐, 우리 집도 만만치 않지만 그 집도 참, 사연이."

휴. 때마침 전화가 온다. 지환은 걸려 온 전화를 블루투스로 받았다.

"아, 형."

형의 전화다.

─ 바쁘냐?

"아니. 나 집으로 가. 아버지 오셨대서."

─ 그래. 들었다.

"집이야?"

─ 아니. 학교. 아직 볼 게 좀 남아서.

형은 대학의 교수였고 선 자리를 통해 지금의 형수를 만났다.

형수도 마찬가지로 대학의 교수다. 딸을 낳은 형수는 종가의 맏며느리라는 사명감에 아들을 낳고자 노력했다. 하지만 번번이 실패했고, 형은 형수의 건강을 위해 그러한 집안의 짐을 과감히 포기했다. 순조로운 과정은 아니었다.

"알았어. 나 운전 중이야."

─ 그래. 아버지가 너 결혼 시킨다고 이번엔 작정하신 것 같던데 들어가서 이야기 잘하고.

"그래. 또 통화해."

자연스럽게 지환은 대를 이어야 하는 상황이 되어버렸다. 복잡한 사정 속 지환이 더욱 비혼을 결심하게 된 이유였다.

지환은 형과 간단한 통화를 종료했다. 문득 희원을 떠올렸다.

오늘도 잘 들어갔다는 그녀의 연락은 오지 않는다. 집안 사정이 이렇고 결혼에 뜻이 없다 보니 지환은 선 자리에서 만난 여성에게 먼저 연락을 하는 일이 없었다.

약간의 호감이 오간대도 어디까지나 호감일 뿐, 그러한 감정을 확장시키고 싶은 의사가 없는 상황에서 뜻 없는 연락을 취한다는 건 상대방을 향한 예의가 아니었다. 그래선 안 되는 일이기도 했다.

"전화 한 통 해볼까. 잘 들어갔냐고 정도는."

먼저 하시면 되잖아요?

"전화 한 통 걸어본다고 의미 확장할 성격은 아닌 것 같은데."

번호, 물어보지도 않으셨잖아요.

지환은 잠시 머뭇거렸다. 이어 이어지는 노래는 하필 또 사랑스러운 기운이 담뿍 담긴 노래다.

걸어볼까, 말까, 걸어볼까, 말까. 그래도 되는 일인가, 아닌가, 되는 일인가, 아닌가.

어쩐지 한 번도 고민해본 적 없는 맞선 상대에 대한 생각에 지환은 잠시 한숨을 내쉬었다. 집에 들어가면 결혼 문제가 운운될 것이고, 아버지의 강한 압력 속 인내심을 발휘해야 할 터라 권희원 씨의 엉뚱한 몇 마디를 듣고 나면 어쩐지 기운이 날 것도 같은데.

"휴대폰 연락 통금도 있는 건 아니겠지, 설마."

결심을 굳힌 듯 지환은 도로를 마저 빠져나와 적당한 주차 구역에 차를 대며 자신의 휴대폰을 꺼냈다. 통화 목록에 찍힌 희원의 전화번호를 가만히 내려다보다가 터치를 하려고 손가락을 뻗었다.

♬ ♪ ♫ ♬ ♩ ♪ ♫ ♬

그때였다.

"어우 씨, 뭐야."

난데없는 벨소리에 깜짝 놀란 지환이 행동을 멈추며 소리가 나는 방향을 바라보았다. 자신의 휴대폰에서 울리는 소리가 아닌 몹시도 방정맞고 시끄러운 벨소리.

근원지를 찾아 지환은 손을 뻗어 휴대폰을 찾았다. 그녀가 휴대폰을 두고 내린 모양이다.

"참 꼬리 길어. 진짜 꼬리 기네."

만날 때마다 하나씩 흔적이 생기는 희원을 떠올리며 지환은 고개를 절레절레 저었다. 하지만 왜인지 그녀의 휴대폰을 발견한 순간 안도했다. 휴대폰을 돌려주려면 만나야 한다는 생각이 짧은 순간 그의 뇌리를 스친 것이다.

♬ ♪ ♫ ♬ ♩ ♪ ♫ ♬

이 와중에도 시끄럽게 울리는 휴대폰 속 발신자는 '유구무언'.

저장된 이름만으론 누군지 알 수가 없으니 지환은 받아야 하나, 말아야 하나 한참을 고민했다.

"뭐, 일단 받아봅시다."

그러다가 혹 희원이 자신의 휴대폰을 찾기 위해 전화를 걸었을지도 모른다는 생각에 휴대폰을 터치했다.

"별거 없었어, 진짜로. 그냥 검사님한테 감사해서 식사 대접한 것뿐이라니까?"

씻고 나온 희원은 귀찮을 정도로 졸졸 따라오며 지환과의 만남을 캐묻는 엄마와 방으로 들어섰다.

"아니, 희원아. 진짜 아무것도 없어? 또 만나자 이런 약속도 없었고?"

"없었다니까. 그러니까 선 자리 좀 그만 만들어요. 내 주변에 선 보는 사람 한 명도 없어! 나만 이래!"

"야, 니 주변에 결혼 안 한 친구가 어디 있어. 다 시집갔는데 누가 선을 보냐?"

"하…… 좌우지간 나 시집 안 가. 평생 엄마랑 이렇게 살 거니까 엄마가 할아버지 쓸데없는 짓 좀 못 하게 해."

희원은 수건으로 머리의 물기를 말렸고 엄마는 희원의 손을 붙잡으며 의자에 앉았다.

"그러지 말고 희원아, 좋은 사람 있으면 만나고 데이트하고. 응?"

데이트 중이거든.

"그러다가 연애 깊어지면 결혼도 하는 거지. 왜 이렇게 혼자 살 겠다는 거야."

"아…… 나는요, 엄마. 엄마처럼 살 자신이 없다니까? 내가 무슨 누구의 아내가 되고 엄마가 되고. 말이 돼?"

"누군 처음부터 며느리로 엄마로 태어났어? 다 하다 보니 되는 거지."

"그러니까. 난 그게 싫다고. 난 나만 사랑하면서 살 거야. 물론 엄마는 예외."

희원이 헤실헤실 웃자 술 냄새를 맡은 엄마는 눈꼬리를 올렸다.

"그렇게 혼나고도 술이야? 또 술이야!"

"얼마 안 마셨어. 딱 두 잔. 일찍 들어왔잖아요."

"검사님이 데려다주셨어?"

"택시 타고 간다는데 데려다주더라. 가까워서 뭐, 얻어 타고 왔지."

에효……. 딸아이의 고된 통금 시간을 모르는 것이 아닌 엄마는 희원의 머리를 쓸어 넘겨주었다. 희원은 엄마의 손을 붙잡고 볼에 가져다대며 중얼거렸다.

"나는 시집 안 가고 이렇게 엄마랑 맨날맨날 보면서 살 거야. 그냥 엄마 딸로만 살게 해줘요. 응?"

"희원아, 너도 시집가서 너 같은 딸 낳아야지."

"……."

"너 같은 딸 낳아서, 엄마처럼 행복하게 살아야지."

희원은 물끄러미 엄마를 바라보았다. 볼에 가져다 댄 엄마의 손바닥에 자잘한 주름이 느껴진다.

"엄마는 태어나서 제일 잘한 게 우리 희원이 낳은 거야."

"……맨날 속만 썩이는데 무슨."

눈에 넣어도 아프지 않다는 시선으로 엄마는 딸아이의 볼을 어루만졌다.

"진짜로. 진짜야. 네 아빠 만나서 제일 감사한 게, 우리 희원이 낳아 희원이 엄마로 살 수 있는 거야."

어떠한 기쁨과도 널 바꿀 수가 없단다. 그 어떤 감동과도 널 견줄 수가 없단다.

"너무 겁먹지 마. 다 자연스럽게 되는 거니까."

"몰라. 나는 우리 임정순 여사님의 딸일 때가 제일 좋아요. 권희원일 때가 제일 좋고. 안 변할 것 같아."

으휴. 엄마는 오늘도 실패했다는 표정을 지으며 손을 세차게 뺐다. 눈을 가늘게 뜬 엄마는 얄미워 죽겠다는 시선으로 딸아이를 바라보며 중얼거렸다.

"이 화상, 어후, 이 징글징글한 화상."

"헐?"

"내가 어쩌다가 이런 화상을 낳고 미역국을 먹었을까. 에휴."

"와, 태세 전환 속도 보소? 엄마, 이래도 됨? 방금 전까진 내가 기쁨이니 감동이니 이래놓고?"

"됐어! 씻고 잠이나 자!"

엄마는 쌩하니 일어나 방을 나선다. 쳇, 잠깐 엄마에게 감동받을 뻔했는데 역시나 끝이 좋지 않다.

데이트 중이거든.

왜일까, 좀처럼 지환의 말이 지워지질 않는다.

"이차저차라더니, 데이트는 무슨."

에휴. 희원은 멍하니 고개를 들어 천장을 바라보았다. 그는 오늘도 전화번호를 묻지 않았고 그녀 역시 전화번호를 내어주지 않왔다.

다음에 또 볼 수 있겠냐는 말은 하지 않았고, 다음에 또 볼 수 있다면 좋겠다는 말도 하지 않았다. 또 이번이 마지막이라는 듯 악수를 나누었을 뿐이다.

"연락을 해볼까? 데려다주셔서 감사하다고?"

희원은 눈을 깜빡거리며 잠시 고민했다.

그래. 그 정도는 예의상 할 수 있잖아. 꼭 애프터가 오가야 하지 않아도 가볍게 문자 정도, 보낼 수 있잖아.

감사했으니까. 나쁘지 않았으니까.

"아아. 맞다. 아까 내가 전화 걸었으니 서지환 씨한테도 내 번호 남았을 텐데."

희원은 후다닥 일어나 걸어놓은 재킷 주머니를 뒤적거렸다.

문자가 와 있으려나? 운전 중이니 문자나 전화는 안 했겠지? 정말로 운전 중이라 안 하는 걸까?

"근데 왜 휴대폰이 없냐."

아무리 뒤적뒤적해도 휴대폰이 없다. 희원은 우다다 달려 가방을 열었다. 자그마한 가방은 뭘 뒤져볼 의욕도 들지 않게 열자마자 한눈에 내용물이 다 보인다.

"헐. 내 휴대폰."

초밥집에서 계산을 할 때 꺼냈으니 분명 있었고, 카페에서 디저트로 차를 마실 때 꺼내어 시간을 봤으니 분명 있었고. 그렇다면.

"차에다 두고 내렸다……. 호우…… 맙소사……."

희원은 눈만 깜빡거렸다. 어떡하지? 어떡하지?

"지금 전화하면 차 돌려서 오고도 남을 사람인데."

그럴 수는 없지. 그렇게까지 민폐를 끼치면 안 될 일이다.

"아…… 어떡하지……."

희원은 방 안을 서성였다. 하지만 이 순간 휴대폰의 생사보다 제일 궁금한 건,

"어떻게 하루도 사고를 안 치는 날이 없냐. 왜 이러는 거야 도대체……."

그가 자신에게 연락을 했느냐, 안 했느냐는 사실이었다.

＊ ＊ ＊ ◆ ◆ ◆ ＊ ＊ ＊

차 안. 지환은 희원의 휴대폰을 터치했고 이어 귀에 가져다 댔다.

"여……."

말의 맺음을 하기도 전에 성격 급한 유구무언 씨께서 먼저 말을 걸어온다.

— 야! 잘 들어갔냐? 이 오라비는 간만에 흥청망청 중이신데!

엇. 남자다. 지환은 당황했는지 턱을 문질렀다.

— 우리 희원이 없이 이 시간에 나만 놀고 있으려니 영 미안하네! 뭐 하냐?

우리 희원이? 지환은 더욱 강력하게 턱을 문질렀다. 사랑의 마음을 담아 흘러나오던 노래가 끝나고, 천둥 번개가 치는 것 같은 록 음악이 시작된다.

지옥으로 가자! 지옥으로 가자! 나 말고 너! 너! 지옥으로 가자!

뭐, 노래 가사를 풀이했더니 대강 이러한 내용이다.

― 여보세요? 희원? 희원? 원아~ 원아~ 뭐 하느냐~ 오라비가
전화를 다 했는데!

무슨 말을 어떻게 시작해야 하는지 모르겠으니 지환은 흠, 헛기
침을 뱉었다.

― 어? 너 밖이냐? 집 아닌 것 같은데? 아직도 밖이야? 뭐야, 야,
권희원! 아까 집에 간다며!

그녀의 통금 시간을 걱정하는 이놈은 대체 누구인가.

― 왜 말이 없어! 너 또 술 먹냐? 맞선남이랑 또 검사실에 가고
싶어?

'검사실'을 운운하자 지환의 미간이 사정없이 일그러진다.

뭐야, 벌써 그 사실을 알고 있는 놈일세그려? 미주알고주알 이런
이야기까지 오가는 사이라 이건가?

― 야! 세상이 얼마나 위험한데! 권희원! 권희원! 너 내가 아까
도 얘기하고 싶었는데! 검사라고 다 믿지 마! 검사도 남자야, 인마!
너 자꾸 그러…….

"네. 권희원 씨 휴대폰입니다."

안녕하신가. 유구무언. 나는 남자사람 검사, 서지환이라고 하네.

― ……누구세요?

웅성웅성하던 소리가 뚝 끊긴다. 지환의 목소리에 놀랐는지 상
대는 통화에 집중하려 밖으로 나온 모양이다.

― 권희원 씨 휴대폰 맞습니까? 맞죠?

"네. 권희원 씨 휴대폰 맞습니다."

지환은 상체를 운전석에 기대며 본격적으로 통화에 나설 자세를 선보였다.

— 실례지만 누구세요?

"걸어온 쪽이 먼저 밝히셔야 하는 것 아닙니까?"

— 아…… 저는 유구언이라고 합니다. 희원이 친구고요.

"아아. 그러시군요."

친구. 친구라.

— 전화 받은 쪽은 누구십니까?

남녀 사이에 친구가 어디 있어! 친구 같은 소리 하고 있네!

"저는 말이죠."

지환은 무의식중 턱을 들어 올렸다.

"권희원 씨와는 상당히 개인적이고 은밀한, 비밀스러운 사연과 친분이 있는."

— 은밀한 사연……?

"물론 친구는 아니고, 이성 카테고리에 당당하게 놓인 사람으로."

— 이……성요……?

그래. 이성. 무엇을 상상하든 그 이상으로 확대해서 판단해라, 유구무언.

"서지환입니다."

— 아…… 그렇구나……. 예, 반갑습니다.

너와는 계급 자체가 다른 '이성'의 사내이지. 어떠냐 유구무언. 이래도 할 말이 남았는가?

— 희원이가 어디에 휴대폰을 두고 갔나요?

"제 차에 두고 갔습니다."

— 차……요……? 차에다 두고 갔다고요……?

차에 두고 갔다니 상대방 목소리에 지진이 인다. 지환은 코웃음을 쳤다.

그래. 그렇다네, 유구무언. 또 멋대로 부풀려 크게 상상하시게나.

"흘리고 갔나 봅니다. 희원 씨가 가끔 가다 보면 칠칠하지 못한 구석이 있어서."

— 아…… 네……. 칠칠…….

잠시 말이 없다. 승리를 예감한 지환은 입꼬리를 씰룩씰룩 올렸다.

— 죄송한데, 서지환 씨는 지금 어디에 계십니까?

"그건 왜 묻습니까?"

— 제가 내일 아침 이른 시간부터 희원이와 연습이 잡혀 있는데, 괜찮으시면 지금 계신 곳으로 제가 가겠습니다. 휴대폰 찾으러요.

지환은 급히 상체를 일으켰다.

지금 뭐라는 거야! 유구무언! 별명이랑 행동이랑 맞질 않잖아!

"아아. 제가 지금 멀리에 있어서."

— 멀어봐야 서울 아닙니까?

"제가 일이 좀 바빠서."

— 휴대폰만 받아 올 생각인데, 잠시도 어렵겠습니까?

하…… 주기 싫다. 어쩐지 건네주기 싫다.

지환은 눈꼬리를 잔뜩 올렸다.

— 실례인 건 알지만 희원이도 휴대폰으로 스케줄을 잡아야 해

서요. 일찍부터 없으면 안 될 것 같으니 제게 주시면 내일 전달하겠습니다.

보채지 마……. 줄 생각 눈곱만큼도 없으니까…….

— 계신 곳 말씀 주시면 바로 출발하겠습니다. 어디로 가면 되겠습니까?

"죄송합니다만 유구언 씨, 개인의 소지품을 동의 없이 타인에게 양도하는 건 맞지 않는 것 같고."

유구무언이 조용히 경청한다.

"더욱이 제가 유구무…… 유구언 씨의 증언만을 신뢰하기엔 무리가 있어서. 내일 제가 직접 권희원 씨를 만나 전달하죠."

— 아…… 뭐…… 네. 그럴 수도 있겠네요. 급한 마음에 생각이 짧았습니다.

"익일 연습 장소를 알려주시면 그리 가겠습니다."

— 직접 오신다고요? 연습실로요?

"주인에게 급한 물건이라고 하지 않으셨습니까? 도의적 책임이 있으니 돌려드리러 가겠습니다."

잠시 말이 없다. 어떻게 해야 되는지 생각하는 것 같았다.

그래. 이런 침묵이 어울리는 별명이지. 유구무언.

— 그럼 연습실 주소를 알려드리겠습니다. 바쁘시진 않은가요?

지환은 씩 웃었다. 뭘 이겨 먹었다고 이렇게까지 웃음이 나는지 모르겠다.

"바빠도 돌려드려야죠. 주인이 애타게 기다리는 모습은 나도 원치 않으니까."

주소 주십시오. 지환은 주소를 받아 적으며 통화를 종료했다. 불이 꺼진 회원의 휴대폰을 내려다보던 지환은 코웃음을 쳤다.

"친구? 오라비?"

웃기고 있네! 친구? 친구?

"어떤 친구가 이 밤에 술 마시다 말고 휴대폰을 대신 받으러 총알처럼 튀어 오겠냐. 웃기고 있네."

하! 하! 웃기고 있네!

지환은 분노의 눈꼬리를 정수리까지 끌어올리며 다시 차를 움직였다. 부우우웅…… 아까와는 조금 다른 엔진 소리가 도로 위를 장식했다.

· · · ◆◆◆◆ · · ·

이튿날.

"아아, 맞선 봤다는 그 검사?"

"그래. 그렇다니까."

회원과 함께 스트레칭을 하던 구언은 휴대폰 분실 사건의 전말을 알게 되었다. 이성이니 뭐니 하며 맞선남이 부린 의미심장한 객기를 떠올린 구언은 헛웃음을 토했다.

몸을 풀던 회원은 힐끗 구언을 바라보았다.

"왜 웃어?"

"아니, 그냥."

은밀한 사연? 친구 아닌 이성?

뭐, 그래. 전부 맞는 말이긴 한데 나눈 말들을 곱씹다 보니 뭔가 개운하지 않다.

"내가 어제 휴대폰 찾아오려고 했는데 맞선남께서 됐다고 하시더라. 뭐, 당사자 동의 없인 양도가 불가하다나, 증언 신뢰가 어렵다 어쩐다 하면서."

허리를 유연하게 풀며 팔을 하늘 위로 쭉 뻗었던 희원은 고개를 돌려 구언을 바라보았다. 시선 끝에 벽시계의 시간이 보인다.

"서지환 씨한테 아직 전화 안 왔지?"

"어. 안 왔어. 아침에 연습실로 휴대폰 돌려주러 온다고 했는데 왜 소식이 없냐."

"바쁜 분이니까 그럴 수도 있어."

구언은 현대무용 전공자로 희원과 무대를 준비 중에 있었다.

한국무용과 현대무용이 결합된 공연은 얼마 남지 않았다. 두 사람은 파트너로 합을 맞추는 중이었고, 미묘하게 다른 서로의 무용을 이해하며 하나로 녹아내는 중이었다.

"야, 희원아. 맞선남한테 전화 한 번 더 해볼래?"

"됐어. 연락 오겠지. 놓고 온 주제에 보채기까지 할 수 있겠어?"

희원은 연습실에 도착해서 구언의 휴대폰으로 전화를 걸었지만 지환은 받지 않았다.

차라리 끝나고 자신이 가는 게 마음 편할 것 같은데. 만난 김에 검사님과 식사까지 하고 오면 괜찮을 것 같은데.

연락이 닿질 않으니 별수 없다. 부지런히 스트레칭을 하는 와중에도 희원은 힐끗힐끗 시계를 바라보았다.

"야, 희원. 몸 풀었으면 이제 맞춰보자."

"아, 응."

구언이 스트레칭을 끝낸 희원을 바라보자 희원은 시계를 바라보던 시선을 급히 돌리며 물을 마셨다.

……둘만 서 있는 넓은 공간. 그 앞을 가득 채운 전신 거울.

각자의 시작 위치에 선 두 사람은 노래가 시작되기를 기다렸다. 심호흡을 하고 마음을 가다듬으며 찰나의 때를 맞추기 위해 온 신경을 집중했다.

이윽고 장대한 음악이 시작되고 두 사람의 발은 가볍게 움직였다. 이윽고 지환에게 전화가 걸려 왔으나 커다란 음악 소리에 묻혀 벨소리는 들리지 않았다.

◆ ◆ ◆ ◆ ◆ ◆ ◆ ◆ ◆

올해는 넘기지 말고 인연 찾아서 결혼해라.

집안의 대가 끊기게 생겼는데 너는 언제까지 네 생각만 하며 살거냐?

"기가 빨려 숨쉬기도 힘드네."

집안이 안정되어야 바깥일도 무리 없는 법이다.

잔말 말고 올해 안에 무조건 결혼해라.

"휴."

지환은 아침까지 내내 시달린 아버지의 잔소리를 떠올리며 깊은 한숨을 뱉었다. 이쯤이면 제발 포기해주셨으면 좋겠는데, 아버지는 한시도 지치는 법이 없고 물러서는 법이 없었다.

지환은 어제 유구무언 씨께서 알려준 연습실 주소로 찾아왔다. 운전 중이라 받지 못했던 부재중 전화를 보고 전화를 걸었으나 이번엔 상대 쪽에서 받질 않는다.

"그냥 들어가도 되나?"

지환은 건물만 멀뚱멀뚱 바라보다가 보조석에 놓인 샌드위치 봉투를 응시했다.

빈손으로 오기가 무안해 간단한 브런치를 포장해 왔다. 희원의 것만 사 오려고 작정했지만 소인배로 보이고 싶지 않아, 결국 유구무언 씨의 것도 함께 마련했다.

희원의 브런치를 들고 유구무언 씨의 브런치를 집으려는데 손이 부들부들 떨린다. 유구무언의 브런치를 가져가? 말아? 가져가? 말아?

하나의 몸을 차지하려는 두 개의 영혼이 서로 싸우는 중이다.

"휴, 소인배로 보일 수는 없으니까."

결국 승리하여 숙주가 된 대인배 지환의 손끝이 유구무언의 브런치를 집어 든다.

결심한 듯 그는 걸음을 옮겼고 연습실로 추정되는 공간에 다다랐다. 문이 닫혀 있으나 유리로 되어 있어 안을 들여다볼 수 있었다. 지환은 유리 너머 보이는 그녀를 응시했다.

"여어……."

머리를 단정하게 묶고 전신을 활용하여 이야기를 표현하는 지금의 그녀는 전혀 다른 사람 같았다. 젖어 얼굴에 달라붙은 잔 머리칼, 뛰고 돌 때마다 나풀거리는 치마, 곡에 완벽하게 이입된 눈매.
통렬한 아름다움에 지환의 입술이 벌어진다.

……그때였다. 그녀의 단독 샷을 자꾸만 방해하는 웬 사내가 있었으니…….

그녀의 손을 잡았다가 말다가. 허리를 감았다가 말았다가. 뒤에서 안았다가 앞에서 안았다가, 멀어졌다가 말았다가.

어느덧 지환은 희원의 춤사위에 집중하질 못하고 가까워도 너무 가까운 두 사람의 신체 접촉만 뚫어지게 바라보았다. 지환은 불타는 눈매를 한 채 중얼거렸다.

"저놈일세, 유구무언."

· · · ◆◆◆◆ · · ·

어쩐지 익숙한 멜로디의 클래식은 전통악기와 믹스되어 국악의 느낌으로 재탄생했다.

굵직한 소리의 찰현악기는 첼로의 것이었고, 느리게 퉁겨지는 발현악기는 가야금의 것이었다. 각자가 지닌 힘차고 풍부한 성량으로 저역을 수놓으니 어울리지 않을 것 같은 악기들이 한데 모여 특별한 향취를 자아낸다.

……조화調和.

지환은 유리창 너머 보이는 희원의 모습에 시선을 고정했다. 벼린 발끝으로 리듬을 타고 노니는 희원의 모습은 다분히 현대적인 동시에 고전적이었다.

한국무용은 정중동靜中動의 미학이라 했던가. 빠르고 다양한 움직임으로 극을 끌어가는 것이 아니라 으슥한 가운데, 묵직한 움직임이 있는 것. 그녀는 고유의 정서는 지키되 지루할 틈 없는 전개로 이야기를 풀어나가고 있었다.

♪♪♪♪♫♫♩ ♪♫♫♪♫♩ ♪♫

군이 분류를 하자면 '지인'보다는 '타인'에 가까운 희원의 춤사위가 익숙할 리 없다. 아니, 사실은 태어나서 처음으로 무용수의 춤사위를 보고 있다.

낮술을 즐기며 집안의 통금 시간을 갑갑해하는 인간 권희원의 무기력은 어디에도 없고, 숨의 찰나까지 계산되어 보이는 무용수 권희원은 압도적인 몰입을 선사했다.

인간의 몸이란 게 저토록 가벼울 수 있나. 마치 홀로 무중력에 놓인 것처럼 무게가 느껴지지 않는 몸짓. 지환은 눈을 감았다가 뜨는 법도 잊은 사람처럼 그녀를 응시했다.

♪♫ ♪♫♫♫♪♩♩

그녀의 움직임을 따라 고개가 돌아가고 시선은 바쁘게 움직였다. 평정심을 가진 채 바라보려고 해보지만 폭발적인 그녀의 에너지에 심장이 뛰었다.

"……거참 거슬리네."

한참이나 희원을 바라보던 지환의 미간이 슬며시 구겨진다. 아무리 못 본 척, 안 본 척하려 해도 은근슬쩍 시선에 잡히는 유구무언의 춤사위가 못마땅한 것이다.

잊을 만하면 나타나 덥석 그녀의 얼굴을 붙잡고, 또 잊을 만하면

짜잔, 하고 나타나 그녀의 몸에 과감한 터치를 한다.

아무리 예술은 숭고한 거라지만 지환의 시선에 유구무언이란 굉장한 음흉함을 감추고 예술이라는 명목하에 과도한 스킨십을 하는, 사심 충만 나쁜 손으로밖에 보이질 않는다.

"수갑을⋯⋯."

지금 받았으면 좋겠다.

지환은 유구무언의 더러운 손에 의해 몰입이 깨진 것이 불쾌한지 더욱 미간을 좁혔다. 이젠 그녀의 아름다운 춤사위가 보이질 않고, 저 새⋯⋯ 저 유구무언이 그녀의 어디를 터치하고 사라지는지 중점적으로 바라보았다.

어랍쇼? 음악의 클라이맥스가 흐르자 두 사람이 다시 엉겨 붙는다. 춤을 추나 싶더니 몸의 대화를 하고 있다. 스토리상 서로 아프게 이별한 남녀가 뜨겁게 재회를 하는 장면이지만 알 게 뭐냐.

얼씨구. 그러다 입도 맞추겠다?

유구무언이 그녀의 얼굴을 거칠게 비틀더니 코끝이 닿을 것처럼 다가간다.

안 돼! 이 드럽고 음흉한 유구무언이 뭘 하는 거야, 지금!

지환은 저도 모르게 유리창을 쾅쾅 쳤다. 실제 입이 닿을 리 없는 안무의 끝을 달리던 두 사람은 누군가 유리창 깨질 것 같은 소리에 돌아보았다.

"어머."

희원은 눈을 둥글게 떴다. 거친 숨을 내쉬며 구언도 따라 지환을 바라보았다.

지환은 그제야 멈춘 두 사람을 바라보다가 자신의 표정이 무척 일그러져 있음을 깨닫고는 표정을 풀었다. 침착해야 한다. 대인배는 무슨 상황에서도 여유 있게 웃어야 하는 법이니까.

구언은 흐르는 땀을 닦으며 그를 다시 바라보았고, 희원은 저도 모르게 옅은 미소를 지었다. 무슨 말이라도 해야 할 것 같은 기분에 지환은 가져온 브런치를 들어 보였다.

"권희원 씨, 식사 배달 왔습니다."

그녀는 빠르게 음악을 껐다.

· · ✦ ✦ ◆ ✦ ✦ · ·

그가 브런치 박스를 들고 식사 배달을 왔다고 하자 희원은 창문 밖에 서 있는 지환을 향해 웃었다. 뚝뚝 떨어지는 땀을 닦으며 그녀는 문을 열었다.

"언제 왔어요?"

"얼마 안 됐습니다. 조금 전에?"

"아아. 그러셨구나. 어서 와요."

그동안 많은 지인이 이런저런 이유로 연습실을 방문했지만, 마치 연습실에 찾아온 사람을 처음 마주하는 것처럼 희원은 몹시 어색해했다.

연습하는 모습을 보았을까? 좀 민망한데. 내 표정이 이상하진 않았나? 아직 몸이 덜 풀려서 완벽하지 않았을 텐데. 보고 있는 줄 알았다면 더 신경 써서 할걸.

희원은 자신의 모습을 되감기하며 지환의 표정을 살폈다.

"희원아, 손님 오셨는데 밖에 계속 세워둘 거냐?"

"아아. 맞다. 내 정신 좀 봐."

지환의 표정을 살피던 희원은 구언의 타박에 정신을 차리듯 눈을 크게 떴다. 경쟁자를 배려하는 것 같은 유구무언의 기백이 마음에 들지 않지만 지환은 대인배의 여유를 잃지 않기로 한다.

"죄송해요. 어서 들어오세요."

"그럼 잠시 실례하겠습니다."

희원이 들어오라 하자 지환은 연습실 안으로 발을 내디뎠다. 구언은 꿀꺽꿀꺽 생수를 마신 뒤 들어서는 그를 향해 걸음을 옮기며 시원하게 손을 내밀었다.

"처음 뵙겠습니다. 어제 통화했던 유구언이라고 합니다."

"서지환입니다."

지환은 구언이 내민 손을 꽉 잡았다. 어쭈, 꽉 잡으니까 지도 꽉 잡는다. 핏줄이 설 정도로 서로 손을 힘주어 잡으니 각자의 손이 하얗게 질린다.

누구도 먼저 놓을 생각은 없어 보이고 눈싸움을 시작한 듯 서로를 바라보았다.

"바쁘신데 죄송해요. 괜히 저 때문에."

소인배들의 싸움을 전혀 알아채지 못한 희원이 다가오자 두 사람은 동시에 손을 놓았다. 구언은 손이 저린지 마른 주먹을 움켜쥐었고 지환은 그 모습을 바라보다가 속으로 장구를 쳤다. 흥, 내가 이겼다.

나 역시 손이 저리지만 잼잼 같은 건 절대로 하지 않으리라. 지환은 다가온 희원에게 시선을 돌렸다.

"차에 휴대폰을 두고 내리다니. 제가 정신이 없었나 봐요."

"살다 보면 그럴 수도 있죠. 다행이네요, 잃어버린 건 아니니까."

"그러게요. 다행이라고 생각해요."

서로는 약간 어색하게 웃음을 주고받았다. 저 눈치 없는 유구무언 때문에 사실은 더 어색한 것 같다. 눈치라고는 메추리알 노른자만큼도 없어 보이는 유구무언은 자리 좀 비켜주면 좋으련만.

"어우, 맛있는 거 사 오셨네요. 여기 줄 엄청 긴데."

유명 맛집의 브런치를 사 왔다며 유구무언이 본격적으로 자리에 끼어든다. 희원은 그런 구언을 바라보다가 지환에게 시선을 돌렸다.

"서지환 씨, 차 한잔 드릴까요? 커피? 홍차?"

"좋죠. 주시는 걸로 받아 마시겠습니다."

"원아, 그럼 나는 홍차. 뜨겁게 우려서."

"알겠어. 알겠네요. 그럼 우리 셋 다 홍차로 통일해요."

구언이 익숙하게 차를 청하자 희원은 커피포트에 물을 올렸다.

"앉으세요. 의자도 많은데."

구언이 의자를 가리키자 지환은 앉았다. 아직은 두 사람의 열기가 배어나는 연습실. 햇살이 가득하게 내려와 구언을 중점적으로 비춘다.

"원아, 내가 도와줄까?"

"됐어. 물만 끓이면 되는데 뭐."

저 유구무언은 이 시간에 저 의자로 햇살이 내려온다는 사실을 잘 알고 있는 거다.

소인배 지환은 별게 다 마음에 들지 않는다. 자리 선정도, 희원을 '원'이라 부르는 것도. 스포트라이트를 받듯 햇살을 받으며 나른한 표정을 짓는 유구무언의 얼굴에 정량 초과의 보톡스를 놓아 주고 싶은 심정이다.

"어후, 더워."

덥다더니 웃통을 홀랑 벗는다. 지환은 적잖이 당황했는지 두 눈을 크게 떴다.

우, 웃통을 벗어? 권희원 씨 앞에서?

"아우, 몸이 영 찌뿌둥하네. 원아, 너는 안 그래?"

"스트레칭 좀 더 할걸 그랬어. 나도 그래."

찌뿌둥하다는 명목하에 팔을 쭉 늘리며 잔근육을 과시한다. 무용수답게 잘 만들어진 몸은 과하지 않은 근육들이 씰룩거렸다.

지환은 코웃음을 쳤다. 벗어? 벗었어? 해보자는 건가?

망나니처럼 바지만 간신히 입은 구언의 앞에서, 완벽한 슈트 차림을 하고 있는 지환의 모습은 상당히 대조적이다.

"바쁘시다고 들었는데 희원이가 괜히 시간 뺏는 건 아닌지 모르겠습니다."

유구무언이 배려하는 척하면서 은근슬쩍 빨리 꺼지란다.

"권희원 씨는 시간을 뺏어도 되는 사람입니다. 충분히."

헛소리 말라고 일갈했다.

"실제로 뵈니 서지환 씨 상당히 훤칠하시네요. 훈남이십니다."

유구무언이 이번엔 작전을 바꾸어 칭찬 모드로 돌입한다. 어서

나도 칭찬해달라는 작전이 분명하다.

"그런 말 종종 듣습니다."

"아…… 네."

"……."

흥. 내가 너의 속셈을 모를 것 같으냐? 칭찬 따위 절대 하지 않으리라.

빈말로 한 칭찬을 덥석 물고 지환이 뻔뻔하게 답하자 구언은 씩 웃으며 말을 아꼈다. 굉장히 한심하고 쓸데없는 기 싸움이지만, 서로는 묘한 승부욕을 자극하는 상대를 만났다는 것처럼 최선을 다해 기를 끌어올렸다.

심정엔 사력을 다해 이기고 싶은 스포츠 결승전 같은 느낌이다. 기 싸움을 하는 별 이유도 없이. 이상하게도. 그냥.

종종 듣습니다. 물론 조카에게.

희원은 맞선 자리에서 지환이 했던 말이 문득 떠올라 웃음을 터트렸다. 물이 끓기를 기다리던 희원은 두 사람이 앉아 있는 자리로 시선을 주었다.

엉망진창의 자세로 편안하게 앉아 햇살을 즐기는 구언과 바른 자세로 앉아 무릎에 깍지 낀 손을 떨구고 있는 지환. 두 사람은 다른 성격만큼 다른 모습으로 앉아 있었다.

"자, 홍차 나왔습니다."

희원은 차를 내왔다. 웃통을 벗고 씰룩씰룩 근육을 움직이는 유구무언을 봐도 아무렇지 않은지 희원은 눈길도 주지 않는다.

어, 얼마나 자주 웃통을 까발렸으면 아무렇지도 않다는 거나……?

지환은 저도 모르게 마른침을 삼켰다. 희한하게 앞에 앉은 유구무언이 신경 쓰이고 거슬린다.

"드세요. 마트용 티백이지만 꽤 마실 만하거든요."

희원이 차를 내밀자 지환은 차를 바라보다가 그녀 얼굴로 손을 뻗었다. 얼굴을 만질 것처럼 가까이 손을 가져가더니, 머뭇거리며 이마를 가리켰다.

"희원 씨 이마에 머리카락이."

"아……."

희원은 지환의 손길에 잠깐 눈을 감았다가 천천히 떴고, 머그잔을 들던 유구무언은 흠칫하며 그를 바라보았다.

"머리카락이 붙었어요. 여기."

"아…… 여, 여기요?"

희원은 지환이 가리키는 부근의 머리를 쓸어 넘겼다. 땀에 젖은 머리칼은 수시로 얼굴에 달라붙어 귀찮게 했다.

이후, 한동안 말없이 홍차 마시는 소리만 공간을 울렸다. 지환은 희원과 자신, 그리고 유구무언 사이에 흐르는 미묘한 기류를 느끼다가 입술을 열었다.

이제 곧 일어나야 하는데. 돌아가 할 일이 태산인데.

"아, 맙소사."

"네? 왜요?"

어쩐지, 여지를 두지 않고는 돌아가고 싶지 않다. 권희원 씨와의 마지막 만남을 유구무언과 함께할 수는 없다. 절대로.

"아…… 아 이런…….'

지환이 난데없이 자신의 몸을 이리저리 수색하며 엉성한 탄식을
터트린다. 희원은 홍차만 마시다가 의심 없이 고개를 들었고 지환
은 난처한 표정을 지었다.

"아…… 어떡하죠, 권희원 씨.'

"왜요? 무슨 일 있어요?'

"권희원 씨 휴대폰을 깜빡하고 안 가져온 것 같은데.'

픕! 유구무언이 뜨거운 홍차를 주룩 뱉어낸다. 어처구니없는 맞
선남의 변명에 기도 안 찬 모양이다.

"아, 정말요? 놓고 오신 거예요?'

"그런 모양입니다. 아침에 나올 때 식탁에 두고 나온 것 같은데.'

"아…… 그러셨구나. 괜찮아요. 사실 전화도 잘 안 오거든요. 필
요 없어요.'

구언은 눈꼬리를 올렸다. 저놈이 어디서 수작질을 부리는 건지
모르겠다.

"그러지 말고 잘…… 찾아보세요. 있을 것도 같은데.'

거짓말하지 마. 있잖아. 그치? 있잖아. 가져왔잖아.

"아뇨. 없습니다.'

아닌데? 없는데? 없는데? 없는데?

허, 직접 뒤져볼 수도 없는 노릇이니 구언은 눈을 가늘게 떴다.
저건 무슨 개수작이지 싶은 얼굴이다.

"권희원 씨. 정말 미안합니다. 제가 집에 가서 당장…….'

"괜찮아요. 정말 괜찮아요. 휴대폰 없어도 지장 없어요. 정말 괜

찮아요. 집에서 연락 안 오니까 오히려 편해요."

지환이 정말 미안하다는 표정을 짓자 희원은 괜찮다며 손사래를 쳤다. 어쩐지 휴대폰을 다음에 건네받을 수 있는 생각은, 그녀에게도 기대로 다가왔다.

다음에. 다시 만날 수 있는 핑곗거리가 생긴 거니까.

"정말 미안합니다. 급하게 나오느라 못 챙겼나 봐요."

"괜찮아요. 그리고 웬걸요. 이렇게 맛있는 브런치도 직접 가져다주셨는데요. 천천히 받을게요."

"그러지 마시고 서지환 씨, 저한테 연락 주세요. 제가 찾으러 가겠습니다."

아오…… 또 이 망할 유구무언이 아름다운 분위기를 가르며 끼어든다. 제발 좀 닥치라는 텔레파시를 쏘았다.

"권희원 씨, 잠시만."

지환은 좋은 생각이 떠올랐다는 것처럼 재킷 속에 손을 넣었다가 뺐다.

"이거 받아요."

"……아?"

꺼내 든 자신의 휴대폰을 희원에게 넘겨주었다.

"인질 맡깁니다. 권희원 씨 휴대폰 돌려드리려면 연락이 필요할 것 같으니 제 휴대폰 두고 갈게요."

"어, 괜찮아요! 이러지 않으셔도 돼요!"

"받아요. 연락은 닿아야 하니까."

이젠 가봐야 하는 애석한 시간. 지환은 가보겠다며 씩 미소 지었다.

"휴대폰 찾아서 저녁쯤 뵙겠습니다."

"아…… 제가 오늘 저녁엔 집에 일찍 들어가봐야 해서요."

희원은 잠시 망설이다가 다시 입을 열었다.

"괜찮으시면 내일…… 점심쯤……."

내일은 주말이다. 친구 결혼식이 있어 외출이 예정되어 있으니 예식이 끝날 시간쯤 맞춰 만나면 되겠다고 그녀는 생각했다.

"휴대폰 가져가셔도 돼요. 가져가시고 괜찮으시면 내일 봬요."

"내일 시간 괜찮고, 휴대폰은 두고 갈게요. 통화합시다."

"……네."

희원은 그의 휴대폰을 손에 쥐었고 부드럽게 웃었다. 맞선 상대를 다시 만날 수 있는 명분이란, 마음이 아닌 사건에 기대야 하는 두 사람이었다.

서로는 생각했다. 엉뚱한 사건을 만들어서라도.

"연락드리겠습니다."

"네. 서지환 씨."

당신을 한 번쯤은 더, 만나고 싶다고.

· · · ✦ ✦ ✦ ✦ · · ·

이튿날, 희원은 친구의 결혼식장을 찾았다. 하객들로 북적이는 이곳은 지환과 맞선을 보았던 호텔이기도 하다.

예식이 조금 남은 시간 속 희원은 불편한 눈빛을 한 채 사람들

사이에 섞여 있었다.

친분은 있지만 따지고 보면 여기 모인 사람들은 희원과 껄끄러운 사이다. 그도 그럴 것이 결혼식을 올리는 오늘의 주인공 은정은 희원과 다른 대학 무용과 출신이었고, 그 대학은 희원의 무용과와 치열한 경쟁 구도에 있는 학교였다.

무용단에 머물며 은정과 친해진 희원은 별생각이 없었지만 사실 희원을 잘 모르는 은정의 대학 동기들은 희원을 은근히 경계했다. 시간이 지나도 여전했다.

"어머, 주경아. 너 결혼하더니 예뻐졌다? 뭐 했어?"

"이마 라인 정리하고 입술 필러도 맞고 시술 좀 했지. 어때? 괜찮아 보여?"

"완전 잘됐는데? 어디야? 어디서 했어? 나도 소개해줘."

"거기 괜찮게 잘해. 내가 주소 알려줄게."

은정의 대학 동기들은 둥글게 모여 담소를 나누고 있다. 못 본 사이 예뻐졌다? 남편 잘 지내지? SNS에서 봤어. 남편이랑 여행 자주 다니더라?

"야, 너 또 가방 샀어? 너는 가방 좀 그만 사."

"아아, 이거? 남편이 요번에 출장 다녀오면서 선물이라고 사 왔어. 됐다는데도 사 오는 걸 어떡해."

"부럽다. 신상이네. 나 이거 파리 컬렉션에서 봤어."

"사실 이거 말고도 하나 더 샀다? 그건 아직 개시도 못 했어."

……남편 자랑.

각자들 밀린 자랑을 쏟아내기 바쁘다. 대화에 끼고 싶지 않은 희원은 불 꺼진 지환의 휴대폰만 내려다보았다. 다른 학교 출신, 그리고 미혼인 희원은 낙동강 오리알처럼 동떨어졌다.

"희원아, 너는 소식 없어?"

"응? 무슨?"

자랑이 끝났는지 멀뚱멀뚱 서 있는 희원에게 시선이 모인다.

"우리 국수 안 먹여줄 거야? 넌 매번 이렇게 축의금만 내고 회수는 언제 해?"

"야, 희원이 결혼 안 한다잖아. 비혼주의. 비혼. 몰라?"

"원래 비혼 외치던 애들이 결혼해서 더 잘 살더라. 애도 잘 낳고."

"우리 희원이 인기 많았는데. 남자들이 쟤만 엄청 따라다녔잖아."

"그것도 옛날 얘기지. 권희원 전성기는 옛날 옛적에 지났어요."

그녀를 사이에 두고 그녀의 이야기로 다시 대화가 시작된다. 희원은 익숙하다는 듯 지환의 휴대폰만 만지작거렸다.

끼어들어봤자 기력 낭비고, 자신을 변호해봤자 변명거리로 들릴 게 뻔하다. 자신을 잘 모르는 사람들이 잘 아는 것처럼 떠들어대는 것에 하나하나 반응하며 열을 올리고 싶지도 않았다. 굳이 감정 소모를 할 필요가 없는 사람들이다.

"쟤는 통금이 문제야. 9시에 들어가는 애가 무슨 연애를 해. 나라도 못 하겠다."

"왜? 나도 희원이처럼 통금 있었어. 12시. 그래도 연애 다 했다?"

"야, 9시랑 12시랑 같냐? 신데렐라도 12시였다. 희원이네 집 너무해."

"희원아. 내가 신랑 친구 소개해줄까? 신랑 아는 형들 중에 번듯

한 사업하는 사람들 많아."

"니 신랑 나이 많잖아. 신랑보다 형이면 희원이보다 몇 살이나
더 많다는 거야?"

"야, 나이 많은 게 뭐 어때서? 너 우리 신랑 디스하냐?"

"야야, 그만해. 여기까지 와서 너네는 싸우고 그래? 그나저나 너
네 축의금 얼마 냈어?"

······피곤하다.

희원은 아직 연락이 없는 지환의 휴대폰을 만지작거리며 다른
생각에 빠졌다. 예식이 끝날 때쯤 만나기로 했으니 아마도 그는 출
발했으리라.

생각에 빠진 희원의 귓가에 그녀들의 이야기가 흐려진다. 호텔
결혼식이라 축의금을 빵빵하게 냈는데 식사는 못 하겠다. 서지환
씨 만나서 같이 식사해야겠네. 뭐 먹지? 호텔 레스토랑 갈까? 근처
맛집을 검색해볼까?

"참, 오늘 부케 누가 받아? 누가 받는지 알아?"

"글쎄? 모르겠는데?"

"희원이가 받는대. 아까 물어보니까 그러던데?"

"희원이? 야, 독신주의가 부케는 왜 받아?"

"줄 사람이 희원이밖에 없더래. 그리고 독신주의는 부케 받지 말
라는 법 있어?"

주말이라 차가 많이 막힐 텐데 엇갈리진 않겠지? 내 휴대폰 잠
금 패턴 알려줄걸, 통화가 안 되니 영 불편하네.

"어쩐지. 그래서 희원이가 오늘 이렇게 예쁘게 하고 온 거구나?

희원아, 너 부케 받고 6개월 안에 결혼 안 하면 3년 동안 결혼 못 한 대."

"희원이 평생 결혼 안 할 거라는데 그런 얘기는 왜 해?"

"연애도 한번 제대로 못 해보고 사는 게 불쌍해서 그러지. 예쁜 시절 다 가고, 멋진 남자는 전부 다 남의 사람이고. 그런다니까?"

"내가 연애를 안 한다고는 안 했는데?"

아무리 기다려봐도 자신의 이야기는 끝날 기미가 보이질 않아 강제 종료를 위해 희원은 고개를 들었다. 이래서 부케를 받기가 껄끄러웠던 거다.

"오랜만에 만나서 내 얘기 말고는 할 말들이 없어? 듣자 듣자 하니 끝이 없네."

결혼이 인생의 완성이라 믿는 그녀들에게 희원의 인생은 아직 미완성. 꿈만 먹고 사는 철없는 어린아이.

"결혼이랑 연애는 엄연히 다른 거야. 난 결혼을 하고 싶지 않다고 했지 연애를 안 한다고는 한 적 없어."

"그거나 그거나야 희원아. 우리 나이에 결혼 전제 아니고 사람 만나기 쉬운 줄 알아? 그리고 너, 그거 되게 이기적인 거다?"

"왜 우리 희원이 몰아붙여? 연애는 하고 싶다잖아. 그럴 수도 있는 거지 왜 그래? 희원아, 그런데 연애 경험은 진짜 필요한 것 같아."

"글쎄 연애 경험이고 나발이고 내 인생 내가 알아서 한다고. 니들 인생은 누가 설계해줬어? 왜 이렇게들 남의 인생 설계 못 해서 난리야?"

모두는 희원이 발끈한다고 여겼다. 연애를 하지 않는 희원에게 연애란 그녀의 약점이라고 생각했다. 오래 본 사이니까, 그런 부분을 건드려도 된다고 정의 내렸다.

"에효, 희원아. 나이 먹고 하는 연애 쉽지 않다. 진짜로. 점점 남자도 없고 괜찮은 남자는 더 없고."

"맞아. 희원이는 맨날 춤 연습만 하고 9시면 집에 들어가니까 더 하겠지. 난 이해해."

"그러지 말고 우리 희원이 연애할 수 있게 플랜을 좀 짜보자. 주변에 지인들을 좀 모아볼까?"

"권희원 씨?"

그때였다. 엄숙하고 숭고한 친구의 결혼식에 깽판을 놓고 싶지 않아 입을 꾹 다물고 있던 희원은 자신을 부르는 소리에 홱, 돌아보았다.

친구들의 시선이 한데 모이기가 바쁘게 모두의 눈은 동그랗게 변했다.

"늦어서 미안해요. 주차가 오래 걸려서."

"아…… 서지환 씨."

그는 그곳에 서 있었다.

호감이 살짝살짝

조금 전, 주말 예식이 횡행하는 호텔 부근은 언제나 정체 현상이 일었다. 지환은 약속 시간에 늦을 바엔 일찍 나가 일찍 도착하는 게 낫다고 판단, 집에서 일찌감치 나섰다.

어젯밤 희원은 오늘 친구의 예식이 있다고 말했다. 맞선을 보았던 그 장소, 그 호텔이었고 지환은 도착하면 적당한 곳에 자리하고 전화를 하겠다고 말했다.

"아, 이거 너무 빨리 왔는데."

도로 사정을 생각해서 빨리 나온다는 것이 너무 빨리 나왔나 보다. 예식이 시작할 시간 때쯤 호텔에 도착한 지환은 주차장에 차를 세우고 지하 엘리베이터 앞에 섰다.

희원의 친구가 결혼한다는 곳은 호텔 2층. 결혼식 관련 안내 문구가 적혀 있는 것을 빤히 바라보고 있자니 엘리베이터가 도착한다.

그냥 어디로 갈 것 없이 호텔 로비 카페에서 그녀를 기다려야겠다, 지환은 생각하며 엘리베이터를 탔다. 주변에서 함께 기다리던 여성 두 명이 올라타며 2층을 눌렀다.

"들었어? 오늘 부케 권희원이 받는대."

"아? 정말? 걔가 왜?"

"줄 사람이 없었나 봐. 그러니까 독신주의한테 주겠지."

뒤에 서 있던 지환은 눈썹을 꿈틀거렸다. 엘리베이터는 한 층 올라가 다음 손님을 태웠고 여성들은 도란도란 대화를 나누었다.

"어쩌면 권희원, 걔가 결혼할 마음이 생긴 게 아닐까?"

"야, 남자가 있어야 결혼도 하지. 결혼은 혼자 해?"

"그렇긴 하다. 하지만 희원이 그 정도면 꽤 예쁘잖아. 남자가 없겠어?"

"요즘 그 정도 안 생긴 애들이 어디 있어? 아무리 예뻐도 어린 애들 못 따라간다."

그사이 엘리베이터는 로비에 도착하고 여러 사람이 내리고 올라 탔다. 문이 닫힌 엘리베이터는 다시 올라가 2층에 멈췄다.

"야야, 내리자."

"응. 밥은 맛있겠지? 호텔인데."

여성들이 번쩍거리는 가방을 앞으로 들며 내린다. 식장으로 향하는 사람들이 쏟아져 내리고 마지막에 남은 지환은 열린 문틈을 바라보았다.

가만히 서 있던 지환은 문이 닫히기 전 2층에 내렸다. 어쩐지 그녀를 지금 만나고 싶어졌다.

권희원은 뛰어난 무용수다. 수많은 타이틀을 거머쥔 무용수였고, 무용에 적합한 신체적 조건을 타고났으며 기질 또한 천부적이었다. 언제 어디서나 주목을 받았다. 언론의 관심과 권위자들의 사랑을 독차지했다.

남학생들은 희원을 좋아했고 곧잘 따랐다. 예쁜 얼굴과 서글서글한 성격이 만나 흠잡을 곳이 없었다. 희원은 학창 시절 무용수들에게 선망의 대상, 따라잡고 싶은 경쟁자, 그만큼 부럽고 그래서 이겨보고 싶은 사람이었다.

지금까지도 현역의 자리를 지키며 최고의 타이틀을 거머쥐고 있는 희원은 그녀들에게 묘한 질투심을 일으켰다.

희원이 미운 것도 아니고 싫은 것도 아니었지만, 그녀가 아직 현역 최고의 자리에 남아 있으므로 자랑스러웠으며 대리 만족을 하기도 했지만, 뭐라도 그녀보다 우월하고 싶은 서글픈 열등감은 곧잘 들었다.

"희원아, 누구셔? 응?"

"그러게. 희원아, 누구야? 소개 안 시켜줘?"

그런 희원을 찾아온 사내가 있다. 그녀들은 예의 주시하는 눈빛으로 지환을 바라보았고 희원은 입술을 멍하니 벌렸다. 마치 이곳에 오기로 사전 약속이 되어 있던 것처럼 그는 자연스럽게 등장했다.

대체 여긴 어떻게 온 거요? 내가 부케를 받는 건 또 어떻게 알고?

"안녕하세요. 서지환입니다."

"안녕하세요, 저희는 희원이 친구들이에요. 같은 학교는 아니었지만."

"아아, 그러시구나. 반갑습니다."

지환은 먼저 인사를 건네며 멋쩍은 미소를 지었다. 엘리베이터를 함께 탔던 여성들도 이곳에 있다.

"희원이 남자친구예요?"

훤칠한 얼굴, 큰 키, 옷맵시가 좋은 사내는 굉장한 호감형이었다. 그녀들이 지환에게 관심을 갖자 희원은 질색하는 표정을 지었다.

안 돼! 여기서 맞선 봤다는 말은 하지 마요! 제발! 비혼주의가 무슨 맞선이냐며 웃음거리가 될 게 뻔해!

맞선을 봤다고 하면 분명 놀림거리가 될 테니 희원은 눈에 힘을 주며 씰룩씰룩 웃었고, 지환은 그런 희원을 바라보았다. 이제 보니 친구들을 등지고 선 채 자신에게 무언의 압박을 하고 있다.

"남자친구는 아닙니다. 놓고 간 휴대폰을 돌려줘야 해서. 이차저차."

"아아. 그러시구나."

그녀들은 김샜다는 표정을 지었다.

"권희원 씨, 여기 휴대폰. 늦게 돌려드려서 미안합니다."

지환이 해맑은 표정을 지으며 휴대폰을 내밀자 희원은 휘청이며 휴대폰을 돌려받았다.

그냥…… 말을 말아라…… 인간아…….

희원이 휴대폰을 가방에 넣으며 지환의 휴대폰을 넘겼다. 오랜만에 듣는 '이차저차 아는 사이'란 반가움과 동시에 서운했다.

"여기까지 올라오셨어요. 번거롭게."

"권희원 씨는 번거롭게 해도 됩니다. 충분히."

아니…… 내가 번거롭게 한 게 아니라…… 니가 그냥 번거롭게 한 거잖아…….

아니지. 휴대폰을 돌려주러 나온 것 자체가 번거롭게 한 일이니까.

에효, 희원은 입술을 꾹 닫았다. 어쩐지 지환을 보고 반가웠던 자신의 마음이 한심하게 여겨졌다. 쓸데없이 매너 좋은 이 남자가 휴대폰을 돌려주러 여기까지 걸음 했다.

이 절체절명의 순간에, 마치 나의 애인이라도 되는 것처럼!

"이제 가셔도 돼요. 가세요."

희원은 포기했다는 듯 손을 팔랑팔랑 휘저었다. 빨리 돌려주고 싶으니 여기까지 올라왔겠지 싶은 모양이다. 만나서 밥이라도 먹으려고 맛집 알아보고 있었는데!

"가긴 어딜 갑니까, 권희원 씨 부케 받는 거 봐야죠."

"그걸 왜 봐요. 서지환 씨가."

"지금도 이렇게 예쁜데, 부케 받을 땐 얼마나 예쁠까 싶어서."

헐……. 그녀들은 지환의 기름기 흐르는 멘트에 입술을 벌렸다. 희원은 미쳤냐는 표정을 지으며 질색했다.

"저는 지금도 예쁘지만 부케 받을 때도 예쁠 예정이에요. 변함없이. 상상과 꼭 일치할 테니 가셔도 됩니다."

"보고 가면 안 될까요?"

"보고 가세요! 우리 희원이 부케 받는 거! 보고 가세요!"

"보고 가세요! 이왕이면 식사도 같이하고!"

그녀들이 지환에게 부케 받는 거 보고 가라며 아우성이다. 아무리 봐도 그냥 휴대폰을 돌려주러 온 것 같지 않은 모양이다. 지환은 그녀들을 바라보며 또다시 씩 웃었다.

"그럼 염치없지만 권희원 씨 부케 받는 거 보고 가겠습니다."

"애인도 아니시라며 부케 받는 희원이가 왜 그렇게 보고 싶으세요?"

엘리베이터를 함께 탔던 여성이 묻자 지환은 희원을 응시했다. 아마도 희원이 해석하기를 지금 지환의 눈빛은, 비혼주의 마음은 비혼주의가 잘 알고 있다.

그러므로 당신의 마음은 내가 잘 안다.

"제가 탐내고 있거든요. 권희원 씨 옆자리를."

어깨 펴요. 기죽지 맙시다.

"그러니 이런 순간을 놓칠 수는 없죠."

였다.

· · ◆ ◆ ◆ ◆ ◆ · ·

"서지환 씨, 거짓말 잘하시던데요."

"무슨 거짓말 말씀이십니까?"

"아까요. 거짓말 엄청 잘하셨잖아요."

"무슨 거짓말을 했는지 저는 잘 모르겠는데요?"

지환이 능청을 떨자 희원은 눈을 가늘게 떴다.

"이 대목에 질문 하나. 서지환 씨는 원래 이렇게 맞선 상대에게 잘해주세요?"

"가급적 잘하려고 노력하죠. 맞선이라는 게 다 집안이 얽혀 있는 관계다 보니까. 문제 있습니까?"

"없네요. 없어요."

쳇. 능글맞은 사람 같으니라고.

희원은 조금 전 친구들의 탄식을 귓가에 고스란히 담으며 식장을 떠났다.

도대체 저런 검사님을 만나려면 무슨 죄를 얼마나 어떻게 지어야 해……?

그는 떠나는 자리까지 완벽했다. 편히 일어날 수 있도록 의자를 빼주었고 재킷을 어깨에 걸쳐주었으며 예를 다해 에스코트해주었다.

부러움을 가득 담은 그녀들의 시선은 떠나는 순간까지 따랐다. 훤칠한 외모에 검사라는 직업까지 더해져, 바라보는 것만으로도 환상적이었던 것이다.

권희원 죽지 않았어. 저런 남자를 안 받아주다니.

어떻게 그럴 수가 있지? 진짜 부럽다…….

검사님과 식사를 하고 가라는 그녀들의 격렬한 애원을 뒤로한 채, 희원은 쿨하게 자리를 떠날 수 있었다.

"절 좋아한다고 하셨잖아요. 그런 거짓말은 심장에 해롭다고요."

"아아, 그거."

지환은 별다른 대꾸를 하지 않으며 후루룩 면을 삼키는 일에 열
중했다.

호텔 식사까지 포기하고 나온 두 사람이 찾아온 식당은 들깨칼
국수 집이다. 지환이 말하기를 이 동네 이 집이 그렇게 맛있다나
뭐라나. 뭐, 고소한 것이 걸쭉하게 들어가긴 한다. 속이 따뜻해지기
도 하고.

희원은 말 없는 지환을 가만히 바라보다가 입술을 열었다.

"고마워요."

"뭐가요?"

"면 세워주셨잖아요. 친구들 사이에서 죽 쑤고 있던 걸 어떻게
알고 그렇게."

"면은 세우는 게 아니라 먹는 겁니다."

"……."

"아, 밖에 나와선 아재개그를 하면 안 되는데 자꾸 버릇이 돼서."

"안에서는…… 자주 하시나 봐요……?"

이야기가 삼천포로 빠진다.

희원은 지환이 조금 전 상황에 대해 말을 아끼고 싶어 한다는 것
을 깨닫고는 멈추기로 했다. 어쨌든 그가 자신을 도우려 했다는 건
알겠고, 자신을 정말로 좋아해서 그런 게 아니라는 것 또한 잘 알
고 있으니까.

화제를 부케로 돌려보기로 한다. 희원은 모두가 예상한 대로 아
름답게 부케를 받았고 꽃다발을 증거물로 획득했다.

"부케 예쁘죠. 꽃은 참 예쁜 것 같아요."

"받은 사람이 더 예쁜데요."

"이거 봐, 이거 봐! 이렇게 사람이 진정성이 없어!"

"칭찬은 주로 튕겨내는 모양입니다? 듣기 민망한가?"

"……아오."

아오. 괜스레 얼굴이 붉어진다.

"안 먹습니까? 권희원 씨 입맛에 안 맞아요?"

"저 벌써 다 먹었는데요? 면 하나도 없어요."

"오, 빠른데."

지환이 희원의 그릇을 살펴보니 다 먹은 게 분명하다. 지환은 입가를 닦으며 메뉴판을 가리켰다.

"속 좀 뜨끈하게 했으면 시작해볼까요?"

"네? 뭘요?"

"낮술. 좋아한다면서요. 지금부터 마시면 시간은 충분하죠."

지환은 이 집이 수육도 잘한다며 중얼거렸다. 그의 제안이 솔깃한 희원은 가볍게 테이블을 쿵, 치며 반색했다.

"오늘 들은 이야기 중 최고로 반가운 이야기네요."

"알고 있습니다. 제가 이렇게 사람 마음을 잘 안다니까요. 진정성 있게."

희원은 내내 참고 있던 웃음을 터트렸다.

"이거 봐, 이거 봐. 이쁘다고 할 때는 도끼눈을 뜨더니 낮술 하자니까 세상 환하게 웃네."

"쳇."

"웃지 마요. 심장에 해로우니까."

어디까지가 진심이고, 어디까지가 농담인지 구분이 어려운 사내다.

"어쨌든 좋아요. 마셔보죠. 오늘은 서지환 씨의 사무실까지 가는 일 없도록 할게요."

"가도 됩니다. 주말이라 마음껏 늦잠 자도 눈치 볼 일 없을 테니까."

희원은 지환의 말끝에 남은 웃음을 마저 털었다. 하지만 판단이 어려운 사내라고 해도, 만나면 만날수록 편안한 사람이었다.

주말의 점심. 두 사람의 낮술은 그렇게 시작되었다.

"권희원 씨가 이렇게 술을 잘하면 제가 면이 안 서는데."

"면은 먹는 거예요. 세우는 게 아니라."

유쾌하고, 즐겁게.

. . . ✦ ✦ ✦ ✦ ✦ . . .

"하부지, 하부지, 이거 주세여어."

"뭘 줄까? 어디 보자. 어이쿠, 고래 과자를 잡아 왔구나?"

허허. 허허허.

동네 작은 슈퍼 안. 꼬물거리며 들어선 여자아이가 과자 박스 하나를 들고 와 계산대 앞에 선다. 발돋움을 하며 계산대 위를 바라보는 여자아이는 주인장 할아버지의 마음을 녹이기에 충분했다. 할아버지 사장님은 과자 바코드를 찍는 시늉을 했다.

"500원입니다. 손님."

"헤헤. 여기이. 여기."

아이는 메고 온 작은 옆 가방에서 장난감 돈을 꺼냈다. 부자은행에서 발행한 1,000원짜리 지폐다. 할아버지 사장님은 두 손으로 공손히 아이가 주는 돈을 받았다.

"손님께서 1,000원을 주셨습니다."

"네. 하부지. 하부지. 과자 주세여어."

"거스름돈을 얼마나 드려야 할까요? 과자는 500원입니다."

으으응? 아이는 생각하는 눈동자로 고사리 같은 손을 접었다 폈다 하더니 네 개를 폈다.

"400원?"

할아버지 사장님이 눈을 동그랗게 뜨자 자신이 없는지 슬그머니 손가락 하나를 더 접는다.

"300원?"

"500원을 거슬러 받으셔야 합니다. 손님."

"헤헤."

아이가 부끄럽다는 듯 웃자 할아버지 사장님은 허허, 웃으며 계산대를 열었다. 진짜 500원짜리 동전을 꺼내 아이 손에 쥐여주었다.

"아이고, 사장님! 사장님 죄송해요! 얘가 또 장난감 돈을 들고 와가지고!"

때마침 아이의 엄마가 뛰어 들어온다.

"엄마 나 과자. 과자."

거슬러 받은 돈보다는 과자가 좋은지 아이가 엄마에게 500원을 건넨다. 엄마는 아이가 사려던 과자를 보고는 급히 지갑을 열었다.

"이거 1,400원이잖아요, 사장님. 돈 드릴게요."

"가져가세요. 아이가 계산한 건데."

"자꾸 이러시니까 아이가 다른 곳 가서도 장난감 돈을 줘요. 제가 아주 미치겠어요."

"허허, 아직 네 살도 안 됐는데 뭐. 슬슬 가르치면 되지. 가져가요. 난 돈 받았으니까."

할아버지 사장님은 장난감 은행 돈을 흔들었다. 그러곤 아이와 시선을 맞췄다.

"손님. 이 돈은 저희 가게에서만 받습니다. 다른 곳에 주시면 안 돼요."

"네에."

"약속."

"냑속."

결국 안 받겠다는데도 엄마는 옥신각신 돈을 두고 아이 손을 잡은 채 사라졌다.

"아이고, 날씨 좋다."

"날씨는 맨날 좋대? 먼지가 그득그득한데. 자네 눈엔 백 날 천 날 좋기만 하지."

어린 손님을 배웅한 할아버지 사장님이 슈퍼 문을 열고 밖을 서성이자 누군가 찾아온다. 누군지 알겠다는 듯 할아버지 사장님은 고개를 돌리며 오만상을 찌푸렸다. 희원의 할아버지, 권난섭 선생이다.

"어이 장사치, 손님 안 받아? 술상 안 내오고 뭐 해?"

"정신 차려. 여기 슈퍼야. 식품위생법 위반하고 싶어?"

슈퍼 사장님은 지환의 할아버지, 서곤 선생이다. 전직 대법관이었던 서곤 선생은 권난섭 선생과 오랜 벗이었다.

"옘병, 위생법 같은 소리 하고 있네. 위반해봐야 벌은 사장인 니가 받지 손님인 내가 받냐?"

"아직도 인간이 덜 됐어. 그 나이 먹고도 인간이 덜 되면 대체 어쩌자는 거냐?"

"시끄럽고 가서 막걸리 하나 씹어 먹을 거 하나 가져와. 가져오면 니가 먹지 내가 먹어? 주인이 마시는 것도 법에 걸리냐?"

"뭐, 이윤 창출 목적이 아니라면 상관없긴 하지만. 그럼 손님, 온김에 지난 외상값도 처리해주시죠."

"웃겨! 이윤 창출 안 한다며! 그리고, 앉아서 지가 다 처먹어놓고 누구더러 값을 내래? 난 한 입 마셨구만!"

"안주는 뭐. 마른오징어?"

"좋지. 딱딱하지 않게 해서 가져와."

서 선생은 다시 안으로 들어가 막걸리와 마른오징어를 꺼내 왔다. 사실은, 막걸리 한 잔이 절실했던 때였다.

· · ✦ ✦ ✦ ✦ ✦ · ·

"아범이 지환이 찾아가 결혼하라고 들쑤셨다는데. 소식 없어?"

"자네도 모르는 자네 손주 소식을 내가 어떻게 알아? 내 손녀 소식도 모르는데."

"한집 살면서 뭘 그렇게 모르냐?"

"한집 살면 뭐 해. 얼굴 보기도 힘든데. 우리 손녀 바빠."

두 사람은 슈퍼 앞에 마련해둔 간이 테이블에 앉아 주거니 받거니 술을 마셨다. 마른오징어를 들던 권 선생은 미간을 일그러트렸다.

"노인네 이빨 아파 죽겠는데 이게 뭐야? 딱딱해서 먹겠어?"

"부실허냐? 틀니 했어?"

"내, 내 거야! 틀니는 무슨!"

"우리 나이에 틀니가 뭔 흉이냐? 아프면 제때제때 치과 가라. 병 키우지 말고."

옘병……. 권 선생은 신경질적으로 오징어를 물어뜯었다. 아프다더니 잘만 씹는다.

"검사실에서 애를 재웠다며. 하여튼 미쳤어. 거기가 어디라고 사람을 재워?"

"유치장에 넣으라니 자네 손주가 검사실로 데려간 거지."

"유치장은 아무나 가냐? 정신머리 없는 노인네 같으니라고."

끌끌 혀를 차며 서곤 선생은 막걸리를 마셨다. 온 동네 지나가는 사람들이 서 선생을 보며 인사를 건넨다.

"선생님, 안녕하세요."

"예에. 날씨가 좋습니다."

"선생님, 이거 막 담근 겉절이예요. 두고 드세요. 저번에 공짜로 상담해주셔서 감사해요."

"아이고, 제가 더 감사합니다. 왔으니 사과 좀 가져가요."

허. 권 선생은 탄식을 터트렸다. 사람 좋은 척하며 동네 주민들에게 환대를 받는 서 선생이 마음에 들지 않는다.

"장사 안 해? 다 퍼주고 뭐 남겨?"

"그냥 슬렁슬렁 하는 거지. 이 나이에 돈 벌어서 뭐 하나?"

"내가 진짜 자네 집안한테는 우리 손녀 주고 싶지 않았는데."

"허, 웃기는 노인네네."

두 사람은 티격태격하며 술자리를 이어갔다. 지환의 집안은 종 갓집이었고, 지환의 어머니 서곤 선생의 며느리는 지환을 낳다가 명을 달리했다.

"이봐, 권 선생. 우리 집 종갓집이라고 해봐야 별거 없어. 내가 잘해줄게."

"그건 니가 하는 소리지. 우리 희원이를 내가 어떻게 키웠는데 제사 많은 집에 놔두고 오나, 근심이 크다고."

"제사가 많건 적건 둘이 결혼을 할지 안 할지도 모르는데 왜 나한테 와서 시비야?"

"착잡해서 그래. 결혼을 시키자니 착잡하고, 안 시키자니 더 착잡하고."

에효. 권 선생은 희원을 떠올리며 한숨 쉬었다. 그 예쁜 것을 누구에게 넘겨주나, 생각하면 결혼하란 소리 안 하고 싶은데.

언제까지 혼자 살 수는 없는 법이다, 생각하면 하루라도 빨리 결혼을 시키는 게 맞는 것 같기도 했다.

"그래서, 둘이 만나기는 만나?"

"엮일 인연이면 만나겠지. 우리 희원이가 보통 애가 아니라서 힘들긴 할 테지만."

"둬보자고. 젊은 사람들인데 피가 끓어야지, 우리가 개입한다고 될 일은 아니잖아?"

"막걸리나 내와. 오징어 말고 다른 것 좀 가져오고."

서곤 선생은 일어섰다.

"그런데 자네 손녀, 자네 얼굴 닮은 건 아니지?"

"뭐, 뭐, 뭔 헛소리야! 우리 손녀 얼굴도 몰라? 얼마나 이쁜데!"

"넌 안 닮았다는 얘기네. 듣던 중 다행이다."

종가의 집안에 시집을 오려는 여자가 요즘은 흔치 않음을 잘 알고 있었고, 손주 지환도 그러함에 결혼을 꺼린다는 것 또한 잘 알고 있었다. 설마하니 저 영감탱이의 콧대 높은 손녀가 결혼을 하려 들겠나, 서 선생은 편안하게 생각했다.

"오늘 같은 날 둘이 만나서 데이트나 하면 오죽 좋을꼬?"

"아야, 관둬라. 우리 손녀가 그렇게 만만하지 않단다. 데이트는 무슨."

"그치? 그렇겠지?"

그럴 일은 없을 것만 같았으니까.

$$\cdot\ \cdot\ \cdot\ \cdot\ \blacklozenge\ \cdot\ \cdot\ \cdot\ \cdot$$

술잔이 오고 간다. 희원과 지환은 이런저런 이야기 끝에 다시 원점으로 돌아와 비혼을 결심하게 된 이유에 대하여 대화를 나누었다.

지환은 쉽게 말해 종가의 무게가 버겁다고 했다. 내 아내에게 그런 짐을 안겨주고 싶지 않다고 말했다. 나의 가정이, 나의 아내가 종가의 무게에 소비되는 일은, 없었으면 한다고 했다.

희원은 고개를 끄덕였다. 종갓집이라니 피부로 와닿진 않았지만 잠시 잠깐 지환을 보며 그렸던 '결혼'에 대한 생각은 깨끗하게 지워졌다. 지환에 대한 생각이 정리되니 마음은 더 편해졌다.

"권희원 씨는 왜 결혼이 싫습니까?"

"저는 저를 사랑하거든요."

희원은 홀짝 술을 마셨다.

"타인을 어떻게 믿죠. 내 미래의 수십 년을 어떻게 장담해요? 한 사람만 보고, 한 사람만 사랑하고, 그 사람이 나를 똑같이 사랑할 거라고 어떻게 믿어요. 난 그게 어려워요."

"네. 이해합니다."

"지금도 충분히 행복하니까, 이 행복 깨고 싶지도 않고요."

다만 답답하긴 한데……. 결혼 아니면 독립은 꿈도 못 꾸니까…….

"에효. 술이나 마시죠. 서지환 씨랑 이렇게 앉아 있으니 되게 웃기긴 하네요. 일도 많았고."

지환은 빙그레 웃었다. 때마침 그에게 전화가 걸려 오고, 지환은 전화를 받았다.

"여보세요. 네, 아버지."

집에서 걸려 온 전화인 듯하다. 희원은 아버지라는 단어에 숨을 크게 들이마셨다. 어쩐지 찍 소리도 내면 안 될 것 같았다.

"밖에 있어요. 네. 네?"

지환의 표정이 순식간에 어두워진다. 희원은 빠르게 변하는 그의 분위기를 느끼며 연신 홀짝 술만 삼켰다.

"또 선을 보라고요?"

……선? 희원은 고개를 들었다.

황당함 반, 당황함 반이 묻어나는 두 사람의 시선은 허공에서 부딪혔다. 테이블 위에 놓인 부케는 어쩐지, 지금 이 분위기와는 어울리지 않았다.

· · ◆ ◆ ◆ ◆ ◆ · ·

친근하게 잔을 비우던 조금 전의 분위기는 사라지고 두 사람은 제법 조용한 눈매로 각자 잔을 비우기에 바빴다.

함께 있지만 함께 나눌 수 있는 미래가 없다 보니 의미 없는 말들만 쏟아졌고, 그런 말들은 금세 허무하게 사라졌다. 상대가 궁금해야 할 이유도 없고, 상대에게 나를 알릴 이유도 없는 시간.

"좀 취하는 것 같은데 이만 일어날까요?"

희원은 마지막 잔을 들었다. 지환은 그녀의 손끝을 바라보다가 자신의 잔도 들었다.

요 며칠, 마주하고 있는 상대로 인해 즐거웠던 것은 사실이다. 서로는 서로에게 충분히 매력적이었다.

"서지환 씨에겐 정말 고마웠어요. 여러모로."

"저도 대화를 나누는 내내 즐거웠습니다."

하지만 호감이 생겼다 해서, 상대가 매력적이라 해서 더 이상 관계를 발전시키고 싶지는 않았다. 친구로 남을 수 있다면 좋겠지만 다 큰 성인 남녀가 친구라는 관계로 묶이기엔 무리가 따랐다.

차라리 다른 장소에서 자유롭게 만났다면 참 좋았겠다. 그런 게 아닌 이상 조심해야 한다. 우리는 맞선이니까. 집안과 집안이, 엮여 있으니까.

지환은 귀가를 서두르는 희원을 바라보다가 입술을 열었다.

"권희원 씨는 앞으로도 9시 귀가가 따르겠네요. 답답하겠지만."

"서지환 씨는 앞으로도 선을 보러 다니겠네요. 집안의 독촉에 못 이겨."

둘은 서로의 말끝에 탄식 같은 웃음을 흘렸다. 미소를 지으며 잔을 부딪쳤고 마지막 잔을 털어 비웠다.

잠시 후, 그녀는 그에 대한 총평을 내렸고.

"서지환 씨는 썩 괜찮은 사람이에요. 본인이 더 잘 알겠지만요."

그도 그녀의 총평을 내어놓았다.

"권희원 씨는 무척 좋은 사람입니다. 본인은 잘 모르고 있는 것 같지만."

미련 없이 일어서기 힘든 아쉬움이 자꾸만 주변을 감돌아 희원은 지환을 길게 바라보았다. 이렇게 마주 앉아 시시콜콜한 농담이나 주고받고, 유쾌하게 식사를 하는 다음 만남이 있었으면 좋겠지만.

"권희원 씨를 내내 응원하겠습니다. 공연 한 번쯤 보러 갈게요."

"네. 그래요. 저도 서지환 씨가 정의를 위해서 열심히 달릴 수 있도록, 응원할게요."

두 사람은 자리에서 일어섰다. 이젠 정말 마지막. 마지막.

지환은 가만히 테이블을 내려다보다가 부케를 들었다. 그러곤 그녀에게 내밀었다.

"제가 준비한 꽃다발은 아니지만 받아요. 가져가야죠."

가방을 챙기던 희원은 고개를 돌려 지환이 내미는 부케를 바라보았다. 은은한 색감의 부케를 내미는 지환의 모습은 어쩐지 감미로웠다. 희원은 마음의 번뇌를 지우며 그가 내민 꽃다발을 받아 들었다.

"제가 3년은 재수 없을 예정이에요. 부케를 받고 6개월 안에 결혼을 못 할 테니까."

"삼재三災 정도로 합의 보죠. 너무 억울하니까."

또다시 이어지는 지환의 농담 섞인 위로에 희원은 웃음을 터트렸다. 아, 이젠 정말로 헤어져야 할 때이다.

"건강해요. 서지환 씨."

희원은 손을 내밀었다.

"권희원 씨도 행복하길 바라겠습니다. 건강하고, 씩씩하게."

지환은 그녀의 손을 붙잡았다. 조금은 특별했던 맞선 상대와의 만남이 종료되는 순간 서로는 웃었다. 비혼의 동료를 만나 든든했다고. 조금은 위로받았다고.

당신의 인생 또한 내내 안녕하길.

"잘 가요."

"네. 잘 가요, 서지환 씨."

나는 바라겠다고.

◆ ◆ ◆ ◆ ◆ ◆ ◆ ◆

일은 많고 몸은 바쁘지만 그다지 의미가 깊지 못한 시간은 훌쩍 흘러버렸다. 다시금 보통의 일상으로 돌아온 지환은 쉴 틈 없는 과중한 업무에 바쁜 나날을 보내는 중이다.

접수, 송치되는 건이 많다 보니 부지런하지 않으면 사건 처리가 어려웠다.

"오늘 날씨가 안 좋은데요. 비가 올 것 같습니다, 검사님."

"그러네요. 우중충하고 습하고."

"이런 날은 따뜻한 커피가 최곱니다. 커피 드시죠, 검사님."

검사실 참여계장인 최금호 계장은 지환의 책상에 봉투를 내렸다. 서류 더미와 씨름을 하고 있던 지환은 고개를 들었다. 김이 모락모락 서린 아메리카노와 따뜻한 베이글이다.

"여어, 계장님. 제 맘을 어떻게 또 아시고 이렇게."

"혼자만 마실 수 있겠습니까? 게다가 검사님은 며칠 야근이다 뭐다 고생하시고 집도 제대로 못 가셨는데."

커피 한 잔에 온정이 깃든다. 지환은 점심시간도 잊은 채 업무에 몰두했음을 깨닫고는 씩 웃었다. 최 계장은 창밖으로 시선을 돌리며 거뭇해진 날씨를 반겼다.

"비가 대차게 오려는 것 같아 다행입니다. 나라가 가물어서 큰일이었는데. 제가 아침마다 기우제를 지냈죠."

"하하, 기우제. 계장님 댁이 농사짓는다고 하셨죠?"

"예. 안 그래도 오늘 퇴근하면 집에 내려가보려고 합니다. 일손이 부족하니까요."

오늘 집에 내려간다는 계장의 말에 지환은 달력을 바라보았다. 벌써 금요일이다.

"아아. 그러고 보니 주말이네요. 월요일이 엊그제였던 것 같은데."

"매일 사무실에서 일만 하시니까 그렇지요. 오늘이 어제 같고 어제가 오늘 같고."

"바쁘니까 잡생각 안 들고, 바쁜 게 나쁘지만은 않네요."

누군가 제동을 걸지 않으면 시간은 미친 듯이 빠르게 흘렀지만 지환은 외려 그러한 나날을 즐겼다. 몰입할 수 있는 일이 있다는 것과, 의로운 일을 한다는 정의로움이 합쳐져 만족감은 상당했다. 어쩌면 검사 일이 천직일지도 모른다고 지환은 생각했다.

"서검, 바빠?"

"괜찮아. 들어와."

커피 한 모금을 삼킬 때쯤 정윤이 사무실로 찾아온다. 계장은 밖으로 나섰고 정윤은 지환의 책상 앞으로 걸어왔다. 잔뜩 쌓인 서류를 슬쩍 뒤져보던 정윤은 혀를 끌끌 차며 입술을 열었다.

"너 요즘 밥은 먹고 일하냐?"

"보다시피 베이글로 연명하고 있다네."

지환이 한 입 베어 문 흔적이 있는 베이글을 들어 보이자 정윤은 가져온 브런치를 내렸다.

"잘됐네. 윤검이 나 먹으라고 사다 줬는데 너무 많아서 좀 나눠 먹으려고 가져왔어."

"그래?"

지환은 별 관심 없다는 듯 브런치를 대충 흘겨보다가 다시 브런치로 시선을 고정했다. 이제 보니 브런치 가게의 로고가 익숙하다.

"여기가 그렇게 맛집이래. 요즘 엄청 뜨는 브런치 가게라는데 줄이 엄청 길다네? 꽤 오래 기다려서 사 온 거라고 윤겸이 그러더라."

언젠가 희원의 연습실을 방문했을 때 포장해 갔던 그 집, 그 브런치다. 지환은 난데없이 희원의 얼굴이 떠올라 당혹스럽다는 표정을 지었다. 한참 잊고 살았던 얼굴이 자연스럽게 떠오르며 그녀와 있었던 일들이 빠르게 스쳐 지나갔다.

그녀는, 잘 있을까?

"서검, 지금은 커피 마실 거지? 그럼 밀크티는 이따가 마셔. 밀크티도 이 집에서 되게 유명하대."

어떻게 지내고 있을까?

"야, 서지환. 사람이 말하는데 무슨 생각을 그렇게 해."

"아. 아아. 아니. 아무것도."

"그나저나 너 오늘도 선보러 간다고 하지 않았어? 7시?"

"맞아. 7시."

오늘도 선 자리가 잡혀 있는 지환은 가볍게 고개를 끄덕였다. 희원과 헤어진 뒤 벌써 세 번째 맞선이다. 정윤은 혀를 차며 탄식했다.

"서검 아버님도 정말 대단하시다. 대체 어디서 그렇게 귀한 처자들을 소개받아 오시는 거야?"

"나도 모르겠다."

"아버님은 네가 선 자리에서 운명의 상대라도 만나길 바라시는 걸까? 서지환이 첫눈에 반할?"

"당신께서 할 수 있는 건 다 해보고 싶으신 모양이야. 난 그저 포기하실 때까지 기다리는 것뿐."

물론 귀한 처자들과의 만남이 해피엔딩이었을 리 없다.

"서검, 그냥 딱 잘라서 선 안 본다고 해. 결혼할 마음도 없으면서 선은 대체 왜 보러 다니는 거야? 왜?"

"가족의 평화를 위한 길이다. 나는 뭐 좋아서 다니는 줄 아냐?"

휴, 지환은 정윤과 심란한 대화를 나누다가 희원의 얼굴을 손쉽게 지워냈다. 희원의 근황이 일순 궁금했지만 그 또한 가볍게 지워냈다.

"됐고, 이거나 빨리 먹어. 밥도 안 먹고 무슨 일을 해. 빨리 먹어, 서검."

자신이 굳이 걱정하지 않아도 그녀는 언제 어디서든 잘 지낼 것이라 예상되었다. 이유도 없이 확신할 수 있었다. 그녀는 잘 지내고 있을 거라고.

"야야, 진짜 맛있다. 맛있다는 게 괜한 풍문은 아니었네. 빨리 먹어봐, 서검. 빨리."

권희원 씨는, 아마도 멋지게 살아가고 있을 거라고.

· · ·✦✦✦✦· · ·

연습실 안으로 옹글고 장대한 음악이 울려 퍼지다가 끝난다. 여운이 남은 손끝을 천천히 내리며 희원은 거친 숨을 몰아쉬었다. 구언은 그녀의 허리를 놓으며 빠르게 물통을 집어 들었다.

후, 후……. 두 사람은 한동안 고르지 못한 숨을 쉬었다.

"원아, 물 마셔."

"아아. 땡큐."

구언은 희원에게 물통을 내밀었고 희원은 물통을 받아 들었다. 창밖으로 고개를 돌린 구언은 허리를 툭툭 두드렸다.

"아이고야, 비가 오려나 보다. 삭신이 다 쑤시네."

"그래? 비 올 것 같아?"

희원이 바라보니 창밖은 시간과 관계없이 어두컴컴하다. 아직 비는 내리지 않지만 이제 곧 쏟아질 거라는 것쯤은 알 수 있었다. 구언은 앓는 소리를 내었다.

"이 몸뚱이가 기상청으로 가야 해. 다른 건 몰라도 비 오는 건 기가 막히게 맞추는데."

"맞아. 넌 진짜 비 오는 건 귀신같이 맞추더라. 몸이 기상청이야."

희원은 동의하며 가볍게 스트레칭을 했다.

"오늘 연습은 그만할까?"

"그럴까, 오늘은 그만해도 될 것 같은데."

서로는 대화를 나누다가 평소보다 이른 시간에 연습을 끝마치기로 했다. 구언은 힐끔 시계를 보았다.

"너 오늘 선본다며."

"아아, 말도 마. 나 안 그래도 그래서 지금 저기압이야."

"어르신께서는 어쩌면 그렇게 포기를 모르시냐? 대단하시다."

희원은 에효…… 앓는 소리를 내며 남은 물을 마저 다 마셨다. 따분하고 느린 일상이 펼쳐지는 요즘, 희원은 어제 같은 오늘을 살고 있다.

지환과의 맞선이 별다른 소득으로 이어지지 않았음을 후에 알게 된 그녀의 할아버지는 내심 안타까워했지만 겉으론 표현하지 않았다. 몇 번의 맞선 결과가 같았으므로 그저 인연이 아니겠거니, 생각한 것이다.

'선을 또 보라고요? 저번이 끝이라고 했잖아요!'

'맞선 보다가 고주망태가 될 정도로 편하게 다녀오는 주제에 뭘 그렇게 펄쩍 뛰는 게냐? 잔말 말고 이번에도 편하게 다녀와라.'

희원은 또다시 선 자리로 내몰렸다. 아기 새에게 연신 모이를 물어다 주는 어미 새처럼 할아버지는 손녀의 선 자리를 끊임없이 주선했다. 다신 맞선을 보지 않을 거라고 으박지르고 합의해봐야 소용없는 일이었다.

'할아버지. 이번이 진짜 마지막이에요. 진짜 마지막. 진짜로 마지막!'

통금을 어기고 술주정을 부린 죄명 아래, 희원은 이번에도 할아버지의 요구를 들어줄 수밖에 없었다.

맞선 상대는 잘나가는 서울 모처의 성형외과 의사란다. 돈을 쓸어 담는다나 뭐라나.

"요즘 들어 더 많이 보러 다니는 것 같다? 그래도 이 정도까지는 아니었잖아."

"나 지금 우리 집에선 맞선 성수기라니까."

"맞선 안 보면 안 돼? 그렇게까지 스트레스 받으면서 맞선을 보는 이유는 뭐야?"

"······통금 시간 연장을 위해서?"

희원의 엉뚱한 대답을 들으며 구언은 답답하다는 듯 희원의 머리를 가볍게 헝클었다.

"어르신 마음도 알겠지만 너도 니 인생 살아야지. 강하게 밀고 나가. 맞선 보기 싫다고."

"안 돼. 우리 할아버지 속 썩이면 절대 안 돼. 우리 할아버지 오래오래 사셔야 하거든."

"할 말 없네. 그렇게 얘기하니까."

"그리고 식사 한번 하는 건데 뭐. 밥도 맛있고. 그걸로 위안받는 단다."

"권희원, 밥은 내가 사줄 수 있어. 얼마든지."

"알아. 그리고 나도 사 먹을 수 있지. 얼마든지. 맞다, 나 요즘 선 자리 나가면 더치페이 해."

희원은 중얼거리며 구언이 헝클어놓은 머리를 묶었다. 씻고 정리하고 선을 보러 가려면 이제 슬슬 준비를 해야 한다.

"나 이만 갈게."

"비 올 것 같은데 우산 있냐? 데려다주랴?"

"걱정 마, 차 가져왔어."

희원은 씽긋 웃으며 구언을 향해 가보겠다고 손을 흔들었다.

"유구무언 씨, 주말 잘 보내. 월요일에 보자."

"주말에 할 일 없으면 점심에 나와. 뮤지컬이라도 보러 가게."

"무슨 소리, 할 일 없는 점심을 내가 얼마나 좋아하는데. 주말엔 찍소리 없이 집에 있을 거야. 수고! 나 먼저 갈게!"

희원은 연습실 문을 열고 나서며 퇴장했다.

"권희원이랑 맞선이라도 봐야 하나. 그래야 나도 권희원이랑 밥 한 끼 같이하려나."

마른 수건으로 땀을 닦으며 구언은 그녀가 사라지고 없는 문 쪽을 바라보았다.

"다른 남자랑 선을 본다는데 데려다준다는 나도 참 물색없다."

못났다! 못나도 참 드럽게 못났다! 유구언!

에효, 연습 외엔 도통 시간을 내어주지 않는 희원을 생각하며 구언은 탄식했다. 그녀를 향한 마음은 생각보다 컸지만 언제나 그녀 앞에서는 꿀 먹은 벙어리가 되었다.

짝사랑을 하고 있는 자에게 '친구'라는 출발점은 늘 불리했다. 관계의 틀을 벗어나기란 생각보다 쉽지 않았으니까.

……불리해서.

"나 혼자라도 연습을 좀 더 해야 하나, 아니면 비 오기 전에 그냥 들어갈까."

쉽지 않아서. 걱정이 많아서.

빌어먹을 짝사랑 같은 건 오늘도 무리 없는, 슬프게도 건재한, 아쉽게도 끝이 없는, 현재진행형이었다.

· · · · ◆ ◆ ◆ · · ·

"땅값이 많이 올랐어요. 시세 차익만 해도 노후 설계가 충분히 가능하고도 넘쳐흐르죠."

"아…… 네. 그러시군요."

"일단 상권이 좋으니까. 신축까지 하면 그 가치란 뭐, 지금 판단할 수가 없습니다."

마주 앉은 맞선남은 통성명이 끝난 이후 본격적인 집안 자산에 대해 입을 열었다. 식사가 마저 나오기도 전의 일이다.

"부모님께서 과거 매입한 빌딩은 지금 임대료만 억이 넘어요. 리모델링 계획 중인데, 1층 가장 메인 자리는 카페 하기 딱 좋겠더라고요. 지금은 식당이 자리하고 있지만."

"임대료만 억이 넘어요? 우와, 우와."

희원은 영혼 없는 리액션을 이어갔다. 듣고도 믿기 힘든 금액의 시세 차익도, 억 소리 나는 임대료도 그저 남의 이야기일 뿐.

"부모님께선 제 와이프에게 그 명당자리를 주시겠다고 했어요. 며느리가 취미 생활로 카페라도 하면 좋지 않겠냐고. 돈이야 소소하게 벌겠지만 돈이 목적은 아니니까."

"아…… 그렇구나……."

평당 수천을 호가하는 100여 평의 공간과 취미 생활로 시작하는 카페 사장. 그리고 소소한, 돈벌이.

"물론 제 와이프 될 사람이 부모님 건물은 부담스러울 수도 있으니까요. 제 건물에서 오픈을 시켜줄까도 생각하고 있습니다."

……건물주 의사 남편, 재력가 시부모님.

"아무래도 제 병원이랑 카페가 같은 공간에 있으면 더 좋겠죠. 더 자주 볼 수도 있겠고."

"네…… 그렇겠네요……."

입이 쩍 벌어질 만큼 대단한 재력과 능력을 과시하는 사내 앞에서 희원은 어쩐지 맥이 풀리는 기분이 들었다. 관심 없는 척하자니 예의가 아닌 것 같고, 관심 있는 척하자니 이런 이야기는 끝이 없을 것 같고.

"식사 나왔습니다."

오오. 나이스 타이밍에 메인 식사가 나온다. 희원은 모처럼 생기 있는 눈빛으로 접시를 반겼다. 방대한 연습량을 소화하고 나면 극도의 허기짐이 찾아오는 법이니까.

희원은 냉큼 포크를 들었고 성형외과 원장이라는 타이틀을 걸고 있는 사내는 희원을 물끄러미 바라보았다. 음식 앞에 전투적인 자세가 귀엽다는 표정이다.

"주변 동료들은 대부분 결혼을 했고, 저도 이젠 제 인연을 만나고 싶다는 생각이 드네요."

"네. 그 마음 충분히 이해해요. 이것 좀 드실래요? 이거 꽤 맛있어요."

"감사합니다. 맛있네요. 화목한 가정을 꾸리고 주말엔 가족과 함께하는 동료들이 부럽더라고요."

"네. 맞아요. 부러울 때도 있어요. 아아, 그건 뜨거우니까 조심히 드세요."

"벌써 먹었는데 많이 뜨겁네요. 그리고 권희원 씨는 참 매력적입니다."

"……네?"

희원은 포크를 내려놓으며 고개를 들었다. 너무 음식에 집중한 나머지 사내의 이야기에 건성으로 대답했다는 생각이 든 것이다.

"죄송해요. 사실은 배가 너무 고파서 정신이 없어요. 연습을 끝내고 나면 엄청 허기지거든요."

"저런, 무용 연습을 오래 하시나 봐요."

"네. 오래 하고 많이 하죠. 이야기를 듣지 않은 건 아니니까 오해는 하지 않으셨으면 좋겠어요."

사내는 웃음을 터트리며 괜찮다고 말했다. 단아한 얼굴과 청순한 미소, 솔직한 입담을 겸비한 희원의 첫인상은 이미 오케이가 된 상태였다.

그녀와 인사를 나누는 순간부터 결정된 호감이다. 상대에게 반하는 시간은 3초면 충분했으니까.

"저의 형은 맨해튼에 있어요. 혹시 맨해튼 가보셨어요?"

"아뇨. 사실 저 해외여행 한 번도 못 해봤어요. 집이 엄해서."

"아, 그러시구나. 안타깝네요."

"네. 저도 그렇게 생각해요."

사내는 자신의 음식을 덜어 그녀 앞에 내려주었다.

"저는 입맛이 없어서요. 권희원 씨 많이 드세요. 아무래도 배가 좀 차야 대화가 되겠죠?"

"아…… 네. 그럼 잘 먹겠습니다."

"와인 한잔하실래요? 해산물에 좋은 와인 추천해드릴 수 있는데. 우리나라에 연간 스무 병 정도밖에 들어오지 않는 최고급 와인이 이 집에 있거든요."

"괜찮습니다. 제가 실은 와인을 잘 못해서요."

희원은 단칼에 거절했다. 물론 최고급 와인은 궁금했지만 와인을 마시고 싶다는 생각은 들지 않았다.

"아아, 와인을 못하시는구나. 아쉽네요. 권희원 씨에겐 뭔가 아쉬운 게 많은 것 같습니다."

"하하, 네. 죄송합니다."

"뭐, 아쉬움은 차차 해소하면 되니까요. 괜찮습니다. 이제 식사에 집중하세요."

사내는 그런 그녀의 시간을 존중해주었고 희원은 부지런히 식사했다. 맛은 훌륭했지만 음식은 식도를 통해 넘어가고 차곡차곡 쌓여가는 기분이었다.

"권희원 씨는 식사 중에 물을 많이 드시네요."

"아…… 그러게요. 목이 좀 말라서."

체할 것 같다는 생각이 들었다.

· · ✦ ✦ ✦ ✦ ✦ · ·

"밖에 경찰차가 있는 걸 보니 주변에 무슨 일이 생겼나 봐요."

"그래요? 어머, 그러네요."

식사에 열중이던 희원은 사내의 시선을 따라 창밖을 바라보았다. 사내의 말대로 대로변에 경찰차가 서너 대 멈춰 있다.

강 건너 불구경이 재미있듯 창밖에서 벌어지는 일에 관심이 간다. 사내는 흥미로운 시선으로 창밖을 유심히 바라보았다.

"무슨 일일까요? 궁금한데. 제가 또 궁금한 건 못 참거든요."

어어, 누가 잡혔다. 사내는 유심히 바라보다가 발견한 듯 중얼거렸다. 경찰들이 용의자를 잡았는지 부근이 혼잡하다.

희원은 그 모습을 유심히 바라보았다. 어느 순간부터 대차게 쏟아지는 빗줄기 사이로 공무 집행 중인 경찰들은 우산도 우비도 없이 움직이는 중이었다.

"비도 오는데 경찰분들 고생하네요. 이래서 몸으로 뛰는 직업은 힘들다니까요. 아아, 권희원 씨도 몸 쓰는 일이지만 물론 경우가 다르긴 하고요."

⋯⋯지환이 떠오른다. 강렬했던 첫인상, 현행범을 체포하던 순간의 첫 만남.

"권희원 씨, 왜 웃으세요?"

"아, 죄송해요. 아무것도 아닙니다."

문득 떠오른 지환의 얼굴은 좀처럼 지워지질 않고 더욱 선명하게 다가온다. 그와 있었던 일, 그와 나눈 대화들이 난데없이 생각나 희원은 눈만 감았다가 떴다.

서지환 씨는 잘 지내고 있을까? 변함없이 친절하고 유쾌할까? 아직도 의미 없는 선 자리에 끌려다니고 있을까? 나처럼? 당신도?

"⋯⋯맙소사."

무심코 고개를 들었던 희원은 헛것이 보이는 것만 같아 헛웃음을 토했다. 그를 떠올렸더니 순간 저 문을 통해 들어오는 남자가 그로 보인 것이다.

두어 번 고개를 흔든 희원은 다시 고개를 들어 문 쪽을 바라보았다.

"아⋯⋯."

물을 마시려고 움직이던 그녀 손은 허공에 멈추고.

"⋯⋯어?"

우산을 든 채 어깨에 묻은 물기를 털어내던 지환도 그녀를 발견하고는 우뚝 멈춰 섰다. 두 사람은 서로를 바라보는 동시에 같은 생각, 같은 결론을 내렸다. 이 정도 우연이면 인연일지도 모르겠다고.

한동안 멈추지 않을 것만 같은 비가 쏟아졌다.

* ⋅ ◆ ◆ ◆ ◆ ◆ ⋅ *

"어후, 무슨 비가 이렇게 무식하게 내려."

식당 뒤편에 마련된 주차장에 주차를 끝낸 지환은 비바람에 무용지물이 된 우산을 들고 뛰다시피 안으로 들어섰다. 걸어오는 짧은 시간 재킷이 젖어버릴 만큼, 비는 강력하게 내렸다.

"어서 오십시오."

급하게 식당 문을 열었다. 비에 흠뻑 젖은 우산과 재킷을 추스르며 맞선녀를 찾아보자니, 저쯤 희원이 앉아 있다.

"⋯⋯어?"

전혀 예상하지 못한 인물을 발견한 지환은 눈을 크게 떴다. 이미 자신을 바라보고 있던 희원도 적잖이 놀란 눈빛을 하고 있다.

놀란 단계를 빠르게 지나 반가운 마음이 찾아왔지만 지환은 우뚝 멈춰 서 있기만 했다. 어쩐지 반갑게 다가가 아는 척할 상황이 아닌 것 같은 느낌적인 느낌.

그녀는, 맞선을 보고 있다.

어느덧 지환의 시선은 그녀의 맞선남을 빠르게 살피고 있다. 지도 맞선 보러 온 주제에 희원의 맞선이 썩 반갑지는 않은 모양이다.

지환을 발견하고는 놀란 마음을 진정시킨 희원은 빙그레 미소 지었다. 그를 잠시 떠올리니 그가 등장했다. 이 얼마나 황당하고 신기한 상황인가.

희원이 의미심장한 눈빛으로 저쯤 시선을 고정하자 맞선남 의사 선생은 고개를 돌려 그녀의 시선을 따라갔다.

"……흐음."

의사 선생은 길목에 멈춰 서 희원을 바라보고 있는 남자를 바라보았다.

"권희원 씨, 아는 분인가요? 저분이 계속 쳐다보고 계신데."

희원은 지환에게 시선을 고정한 채 입술을 열었다.

"네. 알아요."

심장은 뛰었다. 별 이유도 없이. 이상하게도.

"이차저차, 아는 사람이에요."

그냥.

· · ◆ ◆ ◆ ◆ ◆ · · ·

지환의 맞선 상대는 이미 도착해 자리에 앉아 있다. 지환은 힐끔, 시선을 들어 자신을 기다리고 있는 맞선녀를 바라보았다.

휴대폰에 시선을 빼앗긴 맞선녀의 테이블은 희원의 테이블과 아주 가까웠다. 더 이상 서 있을 수만은 없으므로 시환은 희원을 향해 가볍게 묵례를 하며 걸음을 옮겼다.

희원도 그의 묵례를 받으며 가볍게 인사를 건넸다. 맞선을 보러 나온 상황에, 구구절절한 인사는 어울리지 않았다.

"실례합니다. 윤영원 씨 맞으시죠?"

아뿔싸. 희원은 오만상을 찌푸렸다.

자신을 스쳐 저 멀리 걸어가나 싶었던 지환이 바로 옆 테이블에 멈춰 서 휴대폰을 바라보고 있는 여성에게 인사를 건네는 것이다. 여성은 서둘러 자리에서 일어서며 지환을 반겼다.

"아, 네. 윤영원입니다. 서지환 씨?"

뭐야……. 이건 대체 무슨 상황인 건데…….

희원은 의도적으로 지환의 반대편을 향해 고개를 돌렸다.

"네. 처음 뵙겠습니다. 서지환입니다. 제가 늦은 건 아닌지 모르겠습니다."

"아녜요. 저도 막 왔어요. 오시는 길에 차는 안 막혔나요?"

"비가 와서 좀 막히긴 하더라고요."

"비가 많이 오죠? 제가 출발할 때는 이렇게 많이 오지 않았는데."

듣고 싶지 않아도 저들의 대화는 너무나도 선명하게 들려온다.

제길, 희원은 찬물을 벌컥벌컥 삼켰다. 저 두 사람의 이야기를 엿듣고 싶은 생각은 추호도 없다는 생각과는 달리, 어느덧 당나귀 귀가 되어 그들의 이야기에 집중하게 되었다.

"권희원 씨?"

"아, 아! 죄송해요!"

아차차. 저들의 이야기에 정신이 팔려 눈앞의 맞선남을 잊고 말았다. 희원은 물잔을 내리며 최대한 환하게 웃었다. 어쩐지 저 옆 테이블의 다정하고 온화한 분위기에 지고 싶지 않은 마음이 든다.

"죄송해요. 제가 잠시 결례를."

"아닙니다. 권희원 씨가 물을 많이 드셔서요. 물 좀 더 시킬까요?"

"네. 감사합니다. 무척 친절하시네요."

지환은 힐끔 희원의 테이블을 바라보았다. 하하호호, 희원의 얼굴엔 시종일관 웃음꽃이 펴 있다.

선보기 싫다던 여자 맞나? 아주 꽃밭이네, 꽃밭. 웃음 꽃밭.

"식사할까요? 메뉴 고릅시다."

"네. 서지환 씨."

지환은 마음속으로 혀를 끌끌 차며 맞선녀에게 메뉴판을 내밀었다. 마치 외국어 영역 듣기 평가를 하듯 희원의 테이블에 온통 집중한 지환은 영혼 없는 웃음을 지었다.

서로 바라보며 반가워했던 마음은 싹 사라졌다. 운명은 개뿔, 서로는 서로에게 휘발성으로 끝난 맞선 상대일 뿐인 거다.

어느덧 지환의 테이블로 식사가 나오고 희원의 테이블로 후식이 나왔다. 분위기는 거지 같았다.

· · · ◆ ◆ ◆ · · ·

"아이들을 가르치고 있어요. 5학년 담임을 맡고 있습니다. 아이들을 무척 좋아해서 큰 어려움은 없고요."

"대단한 일을 하고 계시네요. 참된 스승님은 오래 기억되는 법이죠."

"교권이 붕괴되었다지만 아직은 희망이 있다고 믿어요. 그래서 최선을 다하고 있습니다."

희원은 후식으로 나온 커피를 홀짝 삼키며 눈을 감았다가 떴다. 듣자 하니 지환의 맞선녀께선 학교 선생님이란다.

아이들과 보내는 시간이 많아서 그런지 들려오는 목소리는 다정했고 가식 없는 웃음이 감도는 여성이었다. 얼굴은 보지 못했지만 무척이나 선하게 생겼을 것만 같았다.

학교 선생님. 좋지. 아주 좋지.

희원은 분주하게 시선을 옮기며 슬쩍 지환을 바라보았다. 앞에 있는 여성에게 시선을 고정한 채 그녀 이야기를 들어주고 있다. 허, 차분하게 이야기를 들어주고 있는 지환의 모습을 확인한 희원은 탄식을 터트렸다.

내 이야기는 진정성 있게 들어준 적 없으면서, 선생님께 블랙홀처럼 빨려 들어갈 것 같은 표정이네?

희원이 커피잔을 내리자 이번엔 그녀의 맞선남이 입술을 열었다. 그러자 지환의 귀가 쫑긋 선다.

"커피를 좋아하시나 봐요. 커피를 좋아하면 카페 운영도 편할 것 같은데."

"아, 네. 저는 커피를 무척 좋아해요. 곧잘 내려 마시기도 하고요."

"제 건물 1층 카페 운영권을 희원 씨께 드려야겠는데요? 원 없이 희원 씨가 내려주는 커피를 마실 수 있게."

"어머머, 농담도 참. 제가 카페를 운영할 실력은 아니거든요. 맛은 장담 못 해요."

하하호호, 희원이 웃자 지환의 이마에 실핏줄이 터진다. 못 들은 척하려 해도 자꾸만 그녀 웃음소리가 거슬린다.

"제가 아무래도 성형외과를 운영하다 보니 미적 기준이 좀 확고하긴 한데, 이런 말씀 드려도 되는지 모르겠지만."

어랍쇼. 건물주에 의사? 다 가진 놈일세그려?

하! 하! 지환은 기분을 들키지 않으려 억지로 씰룩씰룩 웃었다.

"권희원 씨는…… 정말 미인이십니다."

"아…… 감사합니다. 민망하네요."

희원이 수줍게 웃자 지환은 이를 꽉 깨물었다. 예쁘다고 하면 진정성이 없네 뭐네 발끈하던 그녀가 저토록 수줍게 웃는 얼굴이라니.

"저, 서지환 씨. 괜찮으세요? 어디 불편해 보이시는데."

"예? 아, 예. 괜찮습니다. 문제없습니다."

하하. 하하하하. 지환은 심하게 구겨져 있던 인상을 펴며 시원하게 웃었다.

맞선녀는 조심스럽게 입을 열었다. 종갓집 차남이라는 지환의 환경을 이미 듣고 나온 듯했다.

"서지환 씨는 차남이시죠?"

"네. 그렇습니다."

"사실 종갓집이라고 해서 무서웠어요. 저는 그런 거 싫거든요. 그런데 차남이시라니 조금 안심이 되네요."

"아…… 하하, 네. 차남입니다."

"제사를 제가 받아 와야 한다거나, 명절에 밑도 끝도 없이 여자들만 일해야 한다거나, 그런 건 아니죠? 아니죠?"

"네. 물론 아닙니다. 평등하게 하고 있습니다."

"질문이 무례했더라도 민감한 문제라서요. 워낙 사회적으로도 큰 문제이다 보니 이해해주세요."

아이를 낳으면 이민을 가고 싶다고 맞선녀는 말했다. 모든 대화를 순조롭게 이어가던 지환은 맞선녀의 발언에 물을 마시다가 멈칫, 했다.

"이민 생각하고 있어요. 우리나라는 아이를 키우기가 너무 힘들거든요. 교육자 입장에서 보면 교육 환경이 엉터리예요. 이민을 계획하고 있습니다."

"어…… 저는 한국을 떠날 생각이 없습니다."

"그런 건 차차 의논해보면 될 것 같아요. 아마 서지환 씨도 제 계획을 듣는다면 이민에 찬성하실 거예요. 그리고 일단 신혼집은 제가 지목한 동네, 아파트였으면 좋겠어요."

지환은 할 말이 없어 웃었다. 희원의 테이블도 대화의 끝을 향해 달려가고 있었다.

"권희원 씨, 저는 솔직하게 말씀드리면 결혼 후 경제활동은 남자가 하고, 아내는 내조와 육아에 신경 써줬으면 좋겠습니다."

"아…… 아? 내조와 육아요?"

"네. 저희 집에서 결혼을 서두르는 이유도 제 주변 환경이 안정되었으면 하는 것에 있으니까요. 사실 경제적인 문제가 없다면 아내가 나서서 일을 할 필요는 없지 않겠습니까?"

"경력 단절을 그렇게 쉽게 말씀하시다니, 놀랍네요. 그리고 사회 활동이 재화 창출 목적만은 아닐 텐데요."

"대신 남부럽지 않게 해줄 자신이 있습니다. 부족함 없이 평생 하고 싶은 거, 사고 싶은 거, 전부 다 완벽하게 맞춰줄 자신이 있어요."

"……제 말을 전혀 듣고 있지 않으시군요."

희원은 머그잔을 바라보다가 시선을 들었다. 그러곤 친절하게 웃으며 남은 말을 더했다.

"저는 아이를 낳을 생각이 없습니다. 내조에 전념할 의사도 없죠."

"아…… 예? 그게 무슨?"

"경력 단절을 할 생각은 더더욱 없고요. 무용은 제 인생의 전부이거든요."

희원은 자리에서 일어섰다. 마무리를 짓던 지환이 일어서는 그녀를 힐끔 바라보았다.

"오늘 식사 자리 즐거웠습니다. 부디 좋은 반려자를 만나시길 진심으로 바랄게요."

"아…… 권희원 씨, 그러지 마시고 다음에 본격적인 만남을……."

"제 공연 보러 오세요. 저는 제 몸이 허락하는 내내 무용과 함께 할 거니까요. 언제라도, 언제든지 환영할게요."

먼저 일어나는 미안함에 식사 값은 계산하겠다고 웃으며 말한 희원은 돌아섰다. 지환은 미련 없이 나서는 희원의 뒷모습을 바라보았다. 이젠 그도 일어서야 할 때다.

"죄송합니다. 아무리 생각해봐도 이민은 제게 타협되지 않는 구간인 것 같습니다."

"아…… 괜찮아요, 서지환 씨. 차차 생각이 바뀔 거예요. 서지환 씨의 생각은 곧 바뀔 거라고 저는 확신해요."

"제가 확신을 못 해서요. 죄송합니다."

지환이 일어서자 맞선녀의 당황함이 서린 시선이 따라온다. 무슨 말이라도 더 보태고 싶어 하는 맞선녀의 표정을 바라보다가 지환은 씩 웃었다.

"즐거웠습니다. 조심히 들어가십시오."

허리를 구부려 인사했다. 더 보채봐야 여기가 끝이라는 것을 알아챈 맞선녀는 따라 그에게 인사했다. 남겨진 두 사람의 맞선 상대는 각자의 자리에서 생각했다.

'나'라는 사람을 짧은 시간에 알려야 하는 만남, 오늘도 맞선은 쉽지 않다고.

· · ✦ ✦ ✦ ✦ ✦ · · ·

식당 문을 열고 나서니 비가 대차게도 쏟아진다. 우산을 들고 나오지 않은 희원은 주차장까지 뛰어갈 생각으로 가방을 머리 위로 올렸다. 예상하기를 주차장까지 뛰어가면 흠뻑 젖을 게다.

"차에 수건이 있나? 저번에 집으로 가져간 것 같은데."

달려갈 준비를 마친 희원이 발을 내딛기가 무섭게 후드드득 젖는다.

"으아아, 너무 많이 내린다."

희원은 얼마 못 가 바로 옆 건물로 피신했다. 몇 걸음 안 걸었는데 벌써 홀딱 젖어버렸다.

미친 듯이 비를 퍼붓는 하늘이 원망스러워 희원은 고개를 들어 하늘을 올려다보았다. 가방을 들고 머리를 가려봐야 부질없는 일이란 생각에 이윽고 가방을 내렸다. 그때였다.

"그렇게 노려봐도 안 그칩니다. 기우제를 지낸 사람이 있거든요."

우산을 쓰고 나온 지환이 희원 앞에 멈춰 선다. 희원은 시선을 내려 앞으로 다가온 그를 바라보았다. 쏴아아아. 빗줄기는 시원하게 쏟아지고.

"보다시피 공간 좀 남는데, 옆자리 대여해드릴까요?"

혼자 쓰기도 버거워 보이는 작은 우산 안에 억지로 공간을 만들며 지환이 물어 온다. 희원이 가만히 바라보자, 그는 그녀가 자신의 곁으로 다가올 수 있도록 우산을 앞으로 내밀었다. 지환의 몸이 순식간에 젖어든다.

"어어! 젖어요!"

지환의 행동에 놀란 희원은 우산 속으로 폴짝 뛰어들었다. 그는 우산을 다시 자신의 방향으로 꺾었다.

"그러니까 오랄 때 와야지, 뭐 하고 있습니까?"

"우산이 너무 작으니까 염치가 없어서 보고 있었습니다. 왜요."

"확실히 우리는 썸 타기 글렀네요. 우산이 작으면 좋아해야지, 망설이기는."

"시답잖은 농담도 여전하시네요."

얼떨결에 작은 우산 하나로 가까워진 간격. 그를 올려다보자니 약간의 용기가 필요하단 걸 느낀 희원은 머뭇거리다가 그를 올려다보았다. 기다렸다는 듯 그가 말을 건네 온다.

"또 보네요. 권희원 씨."

누가 봐도 일방적으로 그녀를 향해 기울어진 우산. 우산 속 공간을 대여 받지 못한 그의 한쪽 어깨는, 이미 물바다가 되었다.

"잘 지냈습니까?"

· · ✦ ✦♦♦ ✦ ✦ · ·

주차장으로 이동하던 두 사람은 주차장 옆 작은 카페를 찾았다. 이렇게 만난 것도 인연인데 차나 한잔 마시자고, 두 사람은 쾌히 합의를 본 것이다.

그녀는 따뜻한 유자차를 주문했고 그는 따뜻한 허브차를 주문했다.

"비가 엄청 와요."

희원이 물기를 털며 중얼거리자 지환은 슈트 재킷을 벗었다. 털어서 될 일이 아닌 것이다.

"저 우산 씌워주시느라고 다 젖어서 감기 걸리겠어요. 어떡해요?"

"뭘 어떡합니까? 아프겠죠. 별수 있나."

"확실히 우리는 썸 탈 위인들이 아니네요. 걱정해주면 좋아해야지, 솔직하기는."

한 방 먹었다는 표정으로 지환이 웃자 쳇, 희원은 입술을 삐죽거리며 가방에서 손수건을 꺼내 건네주었다. 지환은 그녀 손수건으로 얼굴을 닦았다.

"내가 감기 걸리면 권희원 씨 책임이 상당하니 약 들고 사무실로 찾아와요. 알약 힘듭니다. 물약으로."

"네네. 서지환 씨는 유아용 감기약이 어울릴 정신연령이긴 해요."

"오케이. 사 온다는 말로 알고 접수. 그리고 이 손수건도 접수."

쳇. 희원은 또 한 번 입술을 삐죽거렸다. 지환은 그런 그녀의 얼굴이 반갑다는 듯 둥근 미소를 지었다.

"선봤습니까?"

"네. 뭐, 보셨다시피. 요즘 우리 집은 맞선이 월간 행사예요. 서지환 씨도 선봤죠?"

"저야 주간 행사이니까요."

두 사람은 약간의 물기가 있는 모습으로 서로를 바라보았다. 그 사이 따뜻한 차가 나왔다.

"다 들었겠네요. 제가 하던 이야기."

"들었죠. 물론 권희원 씨에게도 제 이야기가 들렸겠고."

가만히 서로를 응시하던 두 사람은 누가 먼저랄 것 없이 웃음을 터트렸다.

"결혼하면 저한테 카페 차려주신다지 뭐예요. 그것도 100평. 노른자 땅. 저 같은 소시민의 심장에 해로운 이야기를 들었어요."

"청소하기 힘들겠습니다. 저는 이민 갈 뻔했네요."

하, 쉽지 않다. 두 사람은 탄식 같은 웃음을 쏟아내며 못 한 말을 삼켰다.

잘 지냈느냐, 나는 잘 지냈다. 여느 때와 다름없이 평범하게. 그리고 나는 오늘 당신 생각을 했다.

"아까는 권희원 씨가 동지처럼 느껴졌습니다."

"저도요. 적군 속 아군이랄까, 저도 그랬어요."

이렇게 만나 얼마나 반가운지 모른다. 내가 아는 세상의 모든 표현을 다 바쳐…….

"따뜻할 때 마셔요. 괜히 감기 걸리지 말고."

진심으로 당신이 반가웠다.

· · ◆ ◆ ◆ ◆ · ·

구태여 술이 없어도 사사로운 이야기가 흘러나온다.

"할아버지 속 썩이고 싶지 않아요. 할아버지가 원하는 대로 살고 싶지만 그건 힘드니까, 선이라도 보라면 보는 거죠."

"저도 그렇습니다. 나 하나 굽히면 모두가 편한 일이니까. 집안 어른들이 걱정하는 바를 모르는 것도 아니고."

"맞아요. 맞아요."

작은 의미도 찾을 수 없는 맞선을 강하게 거부하지 못하는 사연까지 닮아 있다. 아, 하면 어, 하고 받아주는 서로가 편안한 건 당연할지 모른다.

희원은 가만히 그를 바라보았다.

"참 편해요. 서지환 씨와 대화를 나누다 보면."

"닮은 구석이 많아서 그런 모양입니다. 저도 편하거든요."

에효. 희원은 턱을 괴며 창밖으로 시선을 돌렸다. 비는 아직 그칠 줄 모르고 쏟아진다.

"결국 서지환 씨의 집도 우리 집도 포기하는 날이 올까요?"

"글쎄요, 저도 가장 바라고 있는 일이긴 한데."

차라리 결혼 적령기를 어서 벗어나고 싶다. 그러면 집안의 독촉과 염려가 조금 덜할 것도 같은데.

"그냥 아무나 만나서 결혼할까 봐요. 그럼 최소한 자유는 얻을 수 있을 텐데."

그녀는 중얼거리며 점점 다가오는 통금 시간을 확인했다. 통금 시간만 아니면 그를 졸라서 막걸리와 파전이라도 한잔하고 싶은 날씨지만 꿈도 못 꿀 일이다.

"오늘 알게 됐는데, 제가 해외여행도 한번 못 가봤더라고요. 맞선 보다가 깨달았어요."

가보고 싶은 나라도 많은데. 눈으로 직접 보고 싶은 것도 많은데.

"해외가 뭐야, 국내 여행도 제대로 못 갔어요. 인생 너무 슬프지 않아요?"

비가 내려서 그런 걸까, 기분이 조금씩 내려간다. 자신의 인생이지만 마음대로 할 수 없는 삶.

어쩌면 그래서 무용에 더더욱 집착하는 걸지도 모른다. 정신없이 춤을 추다 보면 아무 생각도 들지 않으니까. 마음대로 할 수 있는 거라곤, 그것뿐이니까.

진짜 아무나 붙잡고 결혼이라도 해야 하나. 그렇게 해야만 자유를 얻을 수 있는 걸까. 그럼 결혼이라는 제도를 무조건 반대만 할 게 아니라 조금 더 긍정적으로 생각해봐야 하는 건 아닐까.

희원은 말없이 생각에 잠겼다.

결혼. 자유.

희원은 천천히 지환을 바라보았다.

자유. 결혼.

"아……."

그녀 입술 사이로 뜻 없는 탄식이 흐른다. 희원이 바라보자 그녀의 허전하고 허탈한 생각이 끝나기를 기다리던 지환은 눈썹을 슬쩍 올리며 반응했다.

그녀 머릿속으로 오만가지 생각이 폭주한다. 지환을 바라보며 드는 생각이 너무나도 터무니없고 허황된 일이라, 정리하기 바빴다.

결혼. 자유. 서지환.

"무슨 생각 합니까?"

아니야. 내가 지금 무슨 생각을 하는 거야.

"내 얼굴 오래 보면 질립니다. 그만 봐요."

희원은 입술을 꾹 깨물었다. 여느 때처럼 농담을 던지는 그를 보면서도 웃음은 나오지 않았다.

별생각이 없는지 지환은 시계를 바라보았다.

"이제 그만 일어나죠. 권희원 씨 통금 시간 다 돼갑니다."

먼저 일어서며 지환은 재킷을 입지 않고 들었다. 희원은 천천히 일어서며 그를 계속 바라보았다. 다시금 비가 오는 거리로 나선 순간에도, 그녀는 간간이 그를 응시했다.

주차장에 들어섰고 두 사람은 그녀의 차량 앞에 섰다. 비는 물폭탄 수준으로 내리고 있다.

"조심해서 들어가요! 비 오니까 운전 조심하고!"

"서지환 씨도요!"

소리를 지르지 않으면 상대방의 목소리도 들리지 않는 빗소리. 희원을 차에 태운 지환은 옆 좌석으로 걸어가 자신의 우산을 접어 그녀 차 안에 넣었다. 무방비로 비를 맞는 지환을 보며 희원은 놀라 소리 질렀다.

"맙소사! 우산! 우산 가져가요!"

"손수건 값이니까 우산은 가져가요!"

"어어? 그거 손수건 엄청 비싼 건데! 우산으로 퉁 치는 거예요, 지금?"

"그럼 받으러 오든가! 잘 가요!"

지환이 자신의 차로 뛰어간다. 희원은 빗속에 사라지는 그의 모습을 계속해서 바라보았다.

자유. 결혼.

왜일까, 그녀의 생각 끝엔 자꾸만 지환이 맴돌았다.

· · · ✦✦✦ · · ·

"콜록, 콜록콜록!"

콜록. 지환은 굵은 기침을 쏟으며 휴대폰을 바라보았다. 다음 주 선 자리를 알아놓았다는 아버지의 메시지다.

"하, 돌겠네. 진짜."

콜록. 콜록콜록. 지환은 기침을 뱉으며 휴대폰을 내렸다.

지금 때를 놓치면 아들의 결혼이 더욱 힘들 거라고 생각했는지 아버지는 공격적인 자세로 선 자리를 만들었다.

이 맞선만 없어도 인생이 더욱더 행복할 것만 같은데. 맞선을 거부하고 종료하면 장남인 형의 인생이 괴로워질 수도 있겠단 생각에 이러지도 저러지도 못하는 신세였다.

자신이 선을 보러 다니는 시늉이라도 해야 형제가 편안할 수 있었다. 비혼의 삶을 연명할 수도 있고.

"콜록. 콜록콜록. 코오오올로오오옥!"

찬바람 속에 비를 잔뜩 맞은 다음 날부터 몸이 으슬으슬하다 싶더니, 기어이 감기가 찾아오더라.

"검사님, 감기 걸리셨습니까?"

"아아, 네. 죽겠네요."

쿨럭. 지환은 기침을 쏟을 때마다 머리가 울리는 것만 같아 미간을 좁혔다. 최 계장은 지환의 감기가 낯설다는 표정을 지었다.

"검사님 감기 걸린 모습 처음 보는 것 같습니다."

"저도 오랜만인 것 같⋯⋯ 쿨럭, 쿨럭쿨럭!"

쿨럭! 쿨럭쿨럭! 코오오올로오오옥!

검사님⋯⋯.

콜록콜록! 코오오올록! 콜오오록! 우웨엑.

여기서 죽지 마요⋯⋯.

한번 기침이 터지니 연달아 쉬지 않고 기침이 나온다. 지환은 하면 할수록 더욱 굵어지는 기침에 급기야 주머니를 뒤적거려 손수건을 꺼내 들었다. 희원에게 갈취한 손수건이다.

"병원은 가셨을 리가 없겠고. 검사님, 주말 내내 밥은 잘 드셨습니까? 그럴 리가 없지요?"

최 계장의 잔소리가 시작된다.

"병원 다녀오십시오, 검사님. 무슨 업무를 보겠다고 일을 나오셨습니까? 하이고."

"하아, 죽을 뻔했네."

흐어. 가까스로 기침을 멈춘 지환은 거듭 숨을 내쉬었다. 하도 기침이 나오니 헛구역질까지 한다.

"흐어, 흐어……."

숨을 고른 지환은 물기가 번지르르한 눈빛으로 최 계장을 바라보았다. 세상 불쌍하다는 표정으로 자신을 바라보고 있다.

"걱정 마세요, 계장님. 콜록. 죽을 것 같지만 죽지 않습니다."

"이러니 혼자 살면 골병드는 겁니다, 검사님. 밥도 못 챙겨 드시고, 혼자 끙끙 앓다가 출근하신 것 아닙니까?"

지독한 몸살이 겹쳐 지옥 같은 주말을 보낸 건 사실이다. 입가를 가렸던 손수건을 내리며 지환은 물끄러미 손수건을 응시했다. 때마침 문이 열리며 정윤이 찾아왔다.

"분위기 보아하니까 일하는 것 같진 않고, 나 들어가도 되죠?"

"차 검사님! 어서 오십시오!"

최 계장이 그녀를 반긴다. 정윤이 들어서기가 무섭게 고자질하듯 최 계장은 지환의 감기를 알렸다. 정윤은 지환을 바라보며 눈을 동그랗게 떴다.

"감기? 웬 감기?"

"글쎄 말입니다. 검사님이 저 대신 뭐라고 좀 해주십시오. 주말 내내 밥도 안 먹고 끙끙 앓았을 게 분명한데 말입니다."

"계장님. 저는 계장님께 들은 잔소리만으로 지금 충분합니다. 충분해요, 쿨럭."

지환이 기침하며 줄곧 손수건을 응시하자 정윤의 시선 또한 손수건에 닿았다. 여자의 것이 분명한 실크 손수건을 바라보고 있는 감기 걸린 서지환은 정말이지 낯설었다.

"서검, 얼굴이 퀭한 게 사람 몰골이 아니네. 영장류 맞아? 네 발로 걷게 생겼는데?"

"그래, 그냥 포유류다. 포유류. 콜록. 사람도 문다. 조심해라, 콜록."

"어우, 진짜 아픈 모양이네."

지환의 얼굴을 요리조리 살피는 정윤에게 가깝게 다가간 최 계장은 속삭였다.

"차 검사님, 우리 검사님께 결혼을 하라고 해주세요. 제발 혼자 살지 말고 빨리 결혼을 하……."

"계장님! 결혼이라뇨! 결혼을 왜 해요 왜! 인생은 결국 혼자 사는 거라구요!"

"……아! 죄송합니다, 죄송합니다, 차 검사님!"

최 계장이 잊고 있던 무언가 떠올랐다는 듯 황급히 사과를 건넨다. 결혼이라는 단어에 민감한 반응을 보인 정윤은 밉지 않은 시선으로 최 계장을 바라보다가 다시 지환에게 시선을 돌렸다.

"다른 걸 다 떠나서 서지환 검사는 누구를 진심으로 사랑할 수 있는 위인이 못 돼요. 결혼과 어울리는 남자가 아니거든요."

본인의 이야기지만 본인만 관심 없는 이야기. 지환은 멍하니 생각에 잠긴 채 정윤과 계장님의 대화를 건성으로 넘겼다.

땡동, 때마침 도착한 문자 메시지를 확인한 지환은 오만상을 찌푸렸다. 다음 맞선 일자와 장소가 적힌 아버지의 메시지다.

"에휴. 콜록."

"왜? 뭔데?"

지환이 한숨을 내쉬자 궁금한 정윤이 물어보지만 답이 돌아오질 않는다. 지긋지긋한 맞선, 진절머리가 나는 맞선을 이젠 정말이지 끝내고 싶다.

"하여튼 서검, 몸 잘 챙겨. 그놈의 맞선인지 뭔지 보러 다니면서 골병들었나 보다."

"검사님의 맞선을 끝내는 방법은 결혼밖에 없지요. 그러니까 결혼을 하셔야 한다니까요?"

"최 계장님! 서지환의 결혼은 진짜 결사반대! 얘는 결혼해서 살 수 있는 인간이 아니라니까요?"

⋯⋯결혼. 지환은 천천히 눈을 감았다가 떴다.

맞선. 결혼.

쳇바퀴 돌리는 생활에 염증을 느끼며 결혼과 맞선, 두 단어를 곱씹다 보니 손수건의 주인이 떠오른다. 묘하게 닮아 있는 두 사람의 바람은 결국 '결혼'이라는 제도만이 해결할 수 있었다.

"이렇게 아플 때 약 한 봉지 사다 줄 사람도 없이, 검사님이면 뭘합니까? 검사님 인생이 너무 외롭습니다."

"서검, 병원 안 갈 거면 약이라도 먹어. 내가 사다 줄 테니까."

"됐어. 괜찮아."

지환은 결심했다는 듯 휴대폰을 들었다.

"약 사다 줄 사람 있어."

정윤과 최 계장은 다시 서로 멀뚱멀뚱 바라보았고 지환은 이내누군가에게 메시지를 보냈다.

감기도 걸렸겠다, 뜨거운 열에 정신마저 혼미하겠다, 미친 짓을벌이기엔 최적의 날일지도 모른다고 지환은 생각했다.

띵동. 빠르게 답이 오자 지환은 서둘러 메시지를 확인했다. 만족스러운 답변인지 둥근 미소까지 짓는다.

"검사님, 누가 약을 사 온다고 합니까?"

"네."

열에 달뜬 그의 머릿속으로 '결혼'이라는 단어가 최초로 입성했다.

― 연습 끝내고 약 사서 갈게요. 딱 기다려요.

"지금 막 생겼네요."

· + + ◆ + + ·

"진짜? 유럽 일주? 한 달씩이나?"

"네. 오늘 밤부터 짐 싸려고요. 설레서 잠도 안 와요."

"와…… 좋겠다……."

유럽이라니. 한 달이라니!

희원은 후배 무용수를 바라보며 부럽다는 눈빛을 했다. 우연찮게 연습실에서 만난 후배에게 요즘 어떻게 지내냐고 질문하니 그녀는 꿈도 못 꿀 대답이 돌아왔다.

"한 달이나? 집에서 허락해주셨어?"

"네? 집에서요? 집은…… 뭐, 네. 원래 그런 거 신경 안 쓰세요."

"와…… 와…… 진짜 부럽다……. 나도 가고 싶어……."

"언니도 이번 공연 끝나면 다녀와요. 돈도 많은 언니가 대체 여행도 안 가고 뭐 해요?"

"그러게 말이다. 난 뭐 하니……."

희원이 입술을 꾹 깨물자 눈치를 살피던 후배는 번뜩 생각이 난 듯 미안한 표정을 지었다.

"아, 집 때문에 그러시는구나. 진짜 언니네 집 너무 엄해요. 말도 안 돼 진짜로."

후배는 앉아서 내내 염장을 질렀다. 가고자 하는 곳의 리스트를 뽑았다며 그림 같은 관광지를 친절하게 보여주었다.

후배가 친절하면 친절할수록 희원의 마음은 착잡해졌다. 여행 가고 싶다. 혼자서 훌쩍. 발 닿는 곳으로 마음껏, 자유롭게.

"에효."

후배가 떠난 자리에 희원은 혼자 앉아 한숨을 내쉬었다.

"웬 한숨?"

때마침 연습이 잡힌 구언이 들어온다. 희원은 시무룩하게 눈을 내리깐 채 힘없는 음성으로 말을 했다.

"나도 여행 가고 싶다. 유럽 여행. 한 달은 바라지도 않아. 보름. 아니, 열흘만이라도."

"갑자기 무슨 여행 타령이야. 누가 여행 간대?"

"에효. 내 신세야."

희원은 대답 대신 탄식했다. 그녀의 사정을 누구보다 잘 알고 있는 구언은 또다시 시작된 그녀의 신세 한탄에 피식 헛웃음을 흘렸다.

자세히 듣지 않아도 얼추 앞뒤 정황을 알 것 같다. 그만큼 그녀를 오래 알고 지냈으니까.

"결혼을 해. 결혼. 할아버지께서 니가 자유를 얻을 수 있는 방법은 결혼밖에 없다고 하지 않으셨어?"

그리고 그 결혼, 나랑 하면 좋겠다.

구언은 차마 하지 못한 말을 꾹 삼키며 희원의 표정을 살폈다. 전혀 듣고 있지 않은 표정이다.

"결혼해서 자유를 얻고 여행도 다니고. 너 하고 싶은 대로 하고 살면 얼마나 좋냐?"

"야. 우리 할아버지도 안 주는 자유를 남편이 주겠냐?"

응. 난 줄 수 있는데. 네가 하고 싶은 대로 할 수 있게 날개를 달아줄 수도 있는데.

"평범한 결혼 생활은 하고 싶지 않은데, 내가 결혼을 어떻게 해."

휴, 희원은 꿈도 야무지다는 눈빛을 하며 일어섰다. 구언은 할 말이 남은 듯 보였지만 정작 그녀는 듣고 싶은 이야기가 남아 있질 않았다.

"혹시 모르지. 나처럼 목적이 있어서 결혼하려 드는 사람 아니면 절대로 결혼은 꿈도 못……."

머리를 묶으려던 희원은 말꼬리를 흐렸다.

목적. 결혼. 자유.

"야, 권희원."

결혼. 자유.

"생각보다 가까운 곳에 너의 꿈을 실현해줄 사람이 있을 수도 있어. 잘 생각해봐."

생각보다, 가까운 곳.

"뭐, 아주 가까운 곳에 있을 수도 있지. 이를테면 뭐, 너와 같은 꿈을 꾸는 사람이랄까?"

"아주 가까운 곳……."

희원은 번쩍 눈을 뜨며 허공을 응시했다. 최대한 두루뭉술하게 자신을 어필하던 구언은 그녀의 표정 변화를 주시했다.

"아…… 가까운 곳……."

천천히 시선을 돌리며 희원이 바라보자 구언은 마른침을 삼켰다.

그래! 맞아! 나야! 이렇게 가까운 곳에 내가 있어! 권희원!

애타는 구언이 눈빛으로 심정을 전달해보지만 그녀가 알아들을 리 없다. 그녀 머릿속을 온통 지배하는 사람은 구언이 아닌 바로 지환이었으니까.

띠링. 때마침 휴대폰으로 메시지가 도착한다. 희원은 천천히

고개를 돌리며 휴대폰이 있는 곳으로 팔을 뻗었고 발신자를 확인
했다.

"맙소사."

희원은 중얼거렸다. 텔레파시가 통한 걸까, 그게 아니라면 정말
로 우연이 겹치는 걸까.

"누구 연락인데 그렇게 딱딱하게 굴었어?"

"……그냥. 감기약이 필요한 사람."

— 감기약 필요한데, 안 옵니까?

그리고 어쩌면 내게도 필요한 사람. 지환이었다.

• • • ✦✦✦✦ • • •

어느덧 희원과 구언의 마지막 연습이 끝났다. 희원은 구언에게
밀착되어 있는 자세 그대로 호흡을 유지했다.

음악은 끝이 났지만 남아 있는 여운의 갈무리를 충실히 해야 했
다. 음악이 끝남과 동시에 모든 동작이 끝나는 건 아니었으니까.

"후……. 후……."

그녀는 밭은 숨을 내쉬며 뻗었던 손끝을 말아 쥐었다. 허공에서
멈춘 손을 천천히 내리며 완벽했던 시선 처리를 끝냈다.

음악이 멈추니 텅 비었던 머릿속으로 잡생각이 스며든다. 감기
걸린 지환을 위해 연습이 끝나는 대로 출동할 예정이던 희원은 수
순처럼 그를 떠올렸다.

이미 끝난 연습에 연연하는 기색 없이 희원은 강렬하게 붙잡았

던 구언의 목덜미를 놓았다. 구언의 허리춤을 감았던 한쪽 다리를
내리며 분리가 되려 했다.

"아직."

아직이야. 구언은 먼저 끝내려는 희원의 동작을 제지했다. 적막
이 내려앉은 곳, 구언은 그녀의 허리를 받치고 그녀를 가깝게 바라
보았다.

체감에 끝을 내리는 순간은 다를 수밖에 없으니 희원은 그의 여
운이 가라앉기를 잠자코 기다렸다. 몰입했던 캐릭터에서 벗어난다
는 것은 생각처럼 단순한 일이 아니었으니까.

"권희원."

"응?"

"권희원, 있잖아. 나 할 말이 있어."

희원은 그제야 몸을 돌리며 그의 손길에서 빠져나왔다. 할 말이
있다는 녀석의 목소리에 가득 담겨 있는 무게감을 느끼지 못한 건
아니었다.

"할 말이 뭔데?"

"그게, 그러니까."

구언은 잠시 뜸을 들였다. 적당한 거리를 두고 마주 선 그녀를
바라보고 있자니, 홀로 수만 번은 뱉어봤을 고백이 울대에 매달려
머뭇거렸다.

너를 좋아한다고, 뱉고 나면 되돌릴 수 없을 것이다. 편안한 동
료 관계로도 남지 못할지 모른다. 털털한 그녀는 거절 뒤 아무렇지
않게 행동할지 몰라도, 나는 그럴 수 없을지 모른다.

"할 말 있다며, 뭔데."

"그러니까, 그게."

구언은 충동적인 행동은 하지 말자며 몇 번이나 자신을 다그쳤다. 아직은 때가 아니다. 아직은, 그녀에게 고백을 할 수 있는 시간은 도래하지 않았다.

"무슨 말 하려는지 잊어버렸다. 나중에 생각나면 할게."

"뭐야, 싱겁긴."

결국 얼버무린 구언이 머쓱하게 웃자 희원은 덤덤하게 반응했다. 그녀가 물통을 집으려고 손을 뻗었고 구언도 동시에 뻗었다.

물통을 잡으려던 두 사람의 손이 포개진다. 구언의 손은 희원의 손을 덮었고, 의도한 바는 아니었지만 그렇게 잠시 멈췄다. 그때였다.

쾅쾅, 또다시 유리창이 깨질 것 같은 소리가 들린다. 희원은 후다닥 손을 빼며 고개를 돌렸다.

"어머."

감기 걸렸다고, 약을 공수해 오라던 지환이 이곳에 서 있다.

"서지환 씨!"

구언은 물통을 집어 들었다. 뚜껑을 열어 물을 단숨에 마시며 고개를 돌려 그를 바라보았다. 지환을 향해 가볍게 묵례를 건넨 구언은 썩은 미소를 지었다.

"이렇게 귀한 곳에 누추한 분께서 어쩐 일로."

"……."

"아, 말실수를 했네요. 이렇게 누추한 곳에 귀한 분께서 어쩐

일로."

실수인 척 포장하며 진심을 내비친 구언을 바라보다가 지환은 쿨럭 기침을 했다. 인내심을 발휘하여 가만히 연습이 끝날 때까지 기다렸는데.

이보게, 유구무언. 권희원 씨의 손은 왜 잡는 건지? 잡았으면 바로 놓아야 할 게 아닌가? 응?

결국 쾅쾅, 유리창을 두드리고 말았다.

"언제 오셨어요. 연습하는 거 계속 보고 있었던 거예요?"

"네, 뭐. 눈을 뗄 수가 없어서."

눈을 뗄 수가 없더라. 저 음흉한 유구무언이 권희원 씨의 어디어디를 터치하는지, 두 눈을 크게 뜨고 지켜보았다.

"희원이 연습하는 모습 보니까 어떠셨어요? 감상이 궁금한데."

또 유구무언이 끼어든다. 지환은 희원을 바라보며 대꾸했다.

"대단하던데요. 역시, 군계일학群鷄一鶴이랄까."

지환의 감상평을 들은 구언은 하, 헛웃음을 토했다.

둘이 연습했는데 군계일학을 운운하면…… 희원이가 당연히 일학일 것이고…….

"희원 씨의 공연은 반드시 보러 가야겠다는 생각이 들었습니다."

나는…… 군계란 소리냐……?

"제 공연 언제든지 보러 오세요. 실전은 더 괜찮을 테니까요."

허, 졸지에 작중 군계 역을 맡은 구언은 불타는 눈빛으로 물통을 다 비웠다. 소심한 두 남자가 은근한 신경전을 이어가고 있지만 별 관심이 없는 희원이 알 리 없다.

"서지환 씨, 그나저나 어떻게 왔어요? 조금만 기다리지, 내가 약 사서 간다니까."

지환은 희원을 길게 바라보았다. 열이 나는 이유 때문인지 시선에 다가오는 그녀는 따뜻하게 담겼다.

……인생은 언제나 타이밍. 누구에게나 기회는 온다. 찾아온 기회를 붙잡아 성공하는 자가 있는 반면.

기회가 오는 줄도 모른 채 놓치는 자가 있다.

"그냥요. 기다릴 수 있을 것 같지 않아서."

구언은 오늘, 기회를 놓쳤고.

"권희원 씨에게 할 말도 있고."

지환은 지금, 기회를 잡았다.

· · ◆ ◆ ◆ ◆ ◆ · ·

"약을 먹으려면 밥부터 먹어야죠."

희원은 아직 식전이라는 지환을 데리고 근처 콩나물국밥집엘 들어갔다. 밥을 먹으라고 앉혀놓았더니 소주부터 찾는다.

"감기엔 고춧가루 탄 소주가 최고라는데. 맞습니까?"

"누구나 들어봤지만 누구도 입증하지 못한 속설이에요. 병 키우지 말고 약 드세요, 약. 그러다 죽어요."

말려도 들어먹질 않고 술을 시킨다. 희원은 마음대로 하려무나, 하는 표정으로 그를 주시했다.

주인장께 얻은 국내산 태양초 고춧가루 종지를 옆에 두고, 소주에 고춧가루를 넣어 휘휘 젓는다.

"그렇게 넣어서 마시면 안 매워요?"

"미각을 잃었는데 뭘 알겠습니까? 칼칼하네요."

으흥, 희원은 심기 불편한 눈빛으로 지환을 바라보았다. 할 말이 있으시다더니 술타령만 하고 있다.

"검사님들은 세상 똑똑하게 살아갈 줄 알았는데."

"그렇게 말꼬리 흐려봐야 소용없습니다. 뭐라고 말하려는지 다 알아들었으니까."

"멍청한 짓 그만하고 밥이나 드세요. 속 버려요."

희원이 눈짓으로 그만하라 신호를 보내자 지환은 답 대신 웃었다.

"주말은 잘 보냈습니까?"

"네. 보고 싶었던 영화도 보고, 엄마랑 목욕도 다녀왔고요."

"내 생각은 조금도 안 한 모양입니다?"

질문이 어처구니없어 희원은 헛웃음을 토했다. 그러곤 비스듬히 고개를 내렸다.

"그러는 서지환 씨는 내 생각 한 것처럼 말하네요?"

"했는데."

"……."

"그것도 많이."

지환의 대답에 당황한 희원은 머리를 쓸어 넘기며 그를 바라보았다. 그는 언제나 상대의 기분을 말랑말랑하게 하는 농담조로, 분위기를 부드럽게 하는 것에 집중한다.

"서지환 씨는 순간순간이 농담이에요. 그러면 누가 좋아할 줄 알고?"

"매사 진지하면 인생 재미없습니다."

그는 모든 이에게 친절하며 유쾌하다. 앞에 앉은 이가 굳이 자신이 아니라도. 다른 사람, 다른 맞선 상대였대도.

"나한테만 특별하게 대해주는 것도 아니잖아요. 여자들은 그런 거 싫어한다고요."

"남한테 그러는 거 봤습니까? 증거 있는 확신 맞아요?"

"쳇."

다 알고 있지만 어쩐지, 그의 농담을 자꾸만 듣고 싶다. 조금은 내가 특별하다는, 그런 능청스러움을 보고 싶다.

"서지환 씨."

"네. 권희원 씨."

약간의 관심, 일정량의 호감. 당신이 내게 가진 그 모든 것들이 지속적으로 유지되었으면 좋겠다.

"저는 앞으로도 계속. 정말로 내 체력과 기운이 허락하는 한 무용을 할 거예요."

"압니다. 또 제가 바라는 일이기도 하고."

"결혼 이후 경력 단절된 동료들이 너무 많아요. 그래서 비혼을 꿈꾸죠. 난 언제까지고 현역이고 싶으니까."

그는 고개를 끄덕였다. 전적으로 동의하는 바였다.

"무용이 아니고도 하고 싶은 일은 너무 많고."

희원은 자신의 술잔을 바라보며 중얼거렸다.

생각에 많은 꿈들이 스친다. 대단하지 않은, 소박하기 그지없는 그녀의 꿈들.

"통금이라는 족쇄에 갇혀 이루지 못한 꿈을 펼치고 싶어요. 물론 할아버지가 돌아가시면 족쇄가 풀리겠지만, 그건 제가 원하는 방식이 아니니까."

희원은 천천히 결심이 서린 눈을 들었다. 많은 생각이 봇물 터지듯 흘러나와 그녀 주변을 맴돈다. 쉽게 떨어지지 않는 말들 앞에, 그녀는 잠시 머뭇거렸다.

"서지환 씨. 서지환 씨에게 저는 어떤 사람인가요?"

"음. 약 잘 사주는 예쁜 맞선녀?"

"……험한 말 나가요. 10초 전."

"워워, 진정해요. 아주 틀린 말은 아니니까."

에효, 희원은 기운 빠진다는 듯 어깨를 축 내렸다. 무슨 말을 해도 진정성이 없는 저 남자를 어떡해야 하는지 모르겠다.

"나 지금 진지하다고요. 진지하게 말해줘요."

"진지하게 듣지 않는 건 권희원 씨입니다. 난 진지한데."

……예쁜 사람.

"이래 봬도 아무에게나 약 얻어먹는 파렴치한은 아닙니다."

"……."

"관계없는 사람의 손수건이나 갈취하는 사람은 더더욱 아니고."

지환은 표정의 변화 없이 그녀를 바라보았다. 희원은 은은하게 자신을 바라보는 지환의 눈빛을 바로 응시했다. 어느덧 웃음기가 사라진다.

"권희원 씨는 다각도로 예쁜 사람입니다. 총평."

"서지환 씨는 나에게 할 말이 있다고 했죠."

"……고민 중입니다. 해야 하나, 말아야 하나."

"그럼 내가 먼저 말할게요. 나도 지금 막 할 말이 생겼으니까."

홀짝, 그가 술을 삼킨다. 희원은 가만히 그를 응시하다가 입술을 열었다.

나는 밤새 생각을 했다. 그러고도 결론이 나지 않아 생각을 미뤄도 봤다. 이래도 되는 일인가, 과연 이렇게 인생을 내건 도박을 해도 되는 일이 맞는 걸까.

"그럼 할게요. 할 말."

하지만, 오늘 당신을 만나고 나니 확신이 섰다.

"서지환 씨."

희원은 결심한 듯 그의 이름을 부르며 마른 주먹을 말아 쥐었다.

그는 소주잔을 들었다. 유쾌한 제안은 아닌지 희원이 머뭇거리는 시간이 길어 기다려주기로 한 것이다.

"우리 결혼할래요?"

"쿨럭! 쿨럭쿨럭!"

소주가 목에 걸려 지환은 생사를 오가는 기침을 쏟았다. 얼굴로 피가 쏠려 붉어지고, 꽉 감은 눈에 물기가 번질댔다.

급하게 휴지를 뜯어 입을 가리며 지환은 희원을 바라보았다. 잘못 들었나 싶어 눈에 힘을 주었다. 그러나 그녀의 표정엔 변화가 없다.

"결혼해요. 우리."

진심이었다.

우리만 아는 비밀

우리 결혼할래요?

지환은 멍하니 벌어진 입술을 하고는 희원을 바라보았다. 정작 본인은 무슨 말을 뱉었는지 모르겠다는 평온한 얼굴로, 피하지 않고 시선을 맞춰 온다.

결혼해요. 우리.

이 여자가 취했나 싶어 힐끔, 지환은 술병으로 시선을 옮겼다.

"두 잔 마셨어요, 두 잔. 저 주량 아시죠? 취하지 않았어요."

그러자 그녀가 변호하듯 취하지 않았다고 설명한다. 술에 취한 것도 아닌 그녀가, 갑자기 결혼을 하자고 하니 지환은 정신을 차리기가 힘이 든다. 사실은 자신도 이 말을 하려고 찾아왔으면서.

"서지환 씨, 놀라서 미친 거면 미리 말해줘요. 나도 마음의 준비를 해야 하니까."

그녀에겐 터무니없는 소리가 될까 봐, 막상 입도 뻥긋 못 하고 있었으면서.

"오해는 하지 말아요. 내가 서지환 씨를 사랑하게 됐다거나, 서지환 씨와 백년해로를 하고 싶다거나, 그런 뜻은 아니니까. 안심해요, 그런 거 아니에요."

희원은 아직 말을 잇지 못하는 지환에게 덧붙여 설명했다.

"쉽게 말하자면 서로 윈윈, 그러니까, 서지환 씨는 맞선의 고충에서 벗어나고 나는 자유를 얻고."

그녀는 내내 해왔던 생각을 말했다. 목소리는 그 어느 때보다 차분했다. 쉽게 생각하지 않았음을 분명히 말하며, 충동적인 결심 또한 아니라고 거듭 강조했다.

"서지환 씨가 적임자라는 생각이 들었어요. 나와 비슷한 생각을 가진 사람을 처음 봤으니까."

미친 여자로 보이기는 싫었다.

"형식상 결혼이라는 제도를 이용해도 서지환 씨와 나는 서로가 원하는 삶을 이어갈 수 있을 거라고 생각해요."

가벼운 여자로 보이기는 더더욱 싫었다.

"서로가 잘만 협의하고 협조하면 이런 말도 안 되는 일이 현실로 이루어질 수도 있을 것 같아서 제안했어요. 거절해도 좋아요. 아니, 거절하는 게 맞겠지만."

희원은 상세하게 자신이 생각하는 바를 설명하며 술잔을 쥐었다. 그가 짓고 있는 표정만으로는 어떤 생각을 하는지 종잡을 수가 없으니 심장은 덜컹거렸다.

"사실 종갓집이라는 게 마음에 걸리기는 했어요. 집안 행사는 자유롭게 사는 대부분의 날들에 대한 대가라고 생각할게요."

그녀 손끝은 미세하게 떨렸다. 긴장한 것이다.

"뭐, 아무리 놀랐다고 해도 그런 표정을 지을 것까지야. 그냥 평소처럼 웃으며 농담처럼 넘어가요. 서지환 씨는 충분히 그래도 되는……."

"……놀랍네요."

그가 입술을 연다. 희원은 작게 고개를 끄덕였다.

"놀랐겠죠. 나도 내게 놀라고 있는 중이니까."

"사실은 나도 그 말 하려고 왔거든요."

"……네?"

술잔을 입으로 가져가던 희원은 멈칫하며 지환을 바라보았다. 어느덧 기침도 잊은 지환이 종전과는 다른 눈빛을 하고 있다.

"권희원 씨에게 할 말이 있다고 했습니다."

"어…… 네. 그랬죠."

그녀의 맥박은 미친 듯이 뛰었다.

"선수를 뺏겼네요. 나도 그 말 하려고 했는데."

"아……."

비로소 평온을 찾은 듯 보이는 그는 예상하지 못한 답변을 내어놓았다.

"잘됐네요. 어떻게 말해야 하나 내심 고민하고 있었는데. 권희원 씨에게 미친 사람으로 보일까 봐."

……맙소사. 생각이 통했단다.

"서로 원하는 바를 이루어줄 수 있을 것 같네요. 어차피 권희원 씨도 나도, 집안의 강압을 거스르고 싶은 생각은 없으니까.”

콩나물국밥을 먹다가, 지독한 감기로 앓는 기침을 하다가.

“권희원 씨가 하고 있는 생각, 나도 하고 있습니다. 굳이 부연 설명을 더 하지 않아도 될 만큼.”

결혼이라는 인륜지대사_{人倫之大事}를 결정한다.

“권희원 씨와 나는 집안의 숙원 사업을 해소하는 거죠. 효를 다하는 마음으로.”

“맞아요. 남의 눈총을 받지 않아도 되고, 명절이나 가족 모임에서 미운오리새끼가 되지 않아도 되고.”

“열이면 열이 묻는 결혼 안 하느냐는 질문을 피할 수도 있죠. 때마다 설명하지 않아도 되고.”

“맞아요. 심지어 매체 인터뷰 때도 저는 비혼인 이유를 항상 설명해야 했어요. 그리고 결혼한 사람들의 인생 선배 혼이 담긴 잔소리, 더는 듣지 않아도 된답니다.”

당신과 내가 뜻을 합치면 수많은 불편거리를 해소할 수 있다.

“동서고금을 막론하고 결혼이라는 제도를 이용한 경우는 많죠. 무리라는 생각은 들지 않습니다.”

“맞아요. 사랑 빼곤 전부 다 맞는 결혼도 존재하는 법이니까요. 서지환 씨와 나처럼.”

그 어느 때보다 대화가 잘 통한다. 서로 가지고 있던 고충이 동일하다 보니 뱉는 말 하나하나 깊은 공감이 될 수밖에 없었다.

……결혼이 성사된다.

해외 토픽에나 나올 법한 일을 단번에 결정한 것이 황당한지 서로는 간간이 헛웃음을 토했다. 이렇게 쉽게 진행되는 것이 허무하기도 하고, 그래서 다소 현실감이 떨어지기도 했다.

"권희원 씨의 생각이 바뀌면 언제든지 말해줘요. 취소는 얼마든지 가능하니까."

"네. 하지만 번복할 일은 없을 것 같아요."

서로는 긴 대화를 나누었다. 적당한 호감만을 가진 채 진행하는 만큼, 상대의 상황을 이해하며 배려하는 것이 가장 급선무였다.

집중하며 서로의 이야기를 들었고 가능한 선에서 원만한 타협을 보았다. 남은 이야기는 차차 나누자고 대화를 갈무리하며 지환은 물었다.

"권희원 씨, 그럼 언제쯤부터 진행을 할까요? 저는 다음 주에도 맞선이 잡혔는데."

"쇠뿔, 단김에 빼죠. 미적거릴 것 없이."

양가에 알리는 일을 바로 처리하자고 그녀가 말하자 지환은 동의했다. 어차피 진행할 거라면 다음 맞선을 보기 전에 시작하고 싶었다.

지환은 술잔을 내밀었다. 거짓말처럼 기침이 멈춘 지금, 인생 전부를 내건 도박이 시작되었다.

"서로에게 필요한 조건들은 만나서 차근차근 해결합시다. 시간을 충분히 갖고 이야기해요."

"네. 서지환 씨. 앞으로 잘 부탁합니다."

서로는 잔을 부딪치며 약속했다. 평소엔 각자의 삶을 살다가 부부의 모습이 필요할 땐 언제든 최고의 배우자가 되어주기로.

지환과 희원은 서로에게 그 이상 발전하지 않는 호감을 느꼈다. 사실은 그 점이 가장 마음에 들었다. 상대가 나를 사랑하지 않는다는 것. 상대가 나를 사랑할 리 없다는 것.

내가, 상대를 사랑하게 될 리도 없다는 것. 아마도 기대하기를 최고의 쇼윈도 부부가 될 수 있을 거라고.

"그나저나 서지환 씨, 기침 멎었네요?"

"기침만 멎겠습니까? 권희원 씨 때문에 심장도 멎을 뻔했죠."

"으휴, 능글맞기는."

역사적인 날이 지난다.

◆ ◆ ◆ ◆ ◆ ◆ ◆ ◆ ◆

"결혼⋯⋯."

집으로 돌아온 지환은 낯선 단어를 입 밖으로 꺼내며 휴대폰을 내려다보았다.

권희원. 그녀 이름을 포털 사이트에 검색하니 그녀와 관계된 정보가 물밀듯이 쏟아진다. 키, 몸무게, 생년월일 같은 간단한 신상부터 공연 동영상, 뉴스, 인터뷰까지. 능력 있는 무용수인 건 알고 있었지만 이 정도로 유명 인사인 줄은 몰랐다.

대를 이어 내려오기에 어릴 때부터 조명받고 있었다. 그녀 공연을 보고 온 사람들의 포스팅엔 감동의 찬사가 이어지니 지환은 저도 모르게 실금 같은 미소를 지었다.

"조회 수 봐라. 엄청 높네."

그러다가 수많은 그녀 무용 동영상 중 가장 조회 수가 높은 동영상을 열었다. 두꺼운 화장을 얼굴에 입힌 그녀가 어둠 속에서 조금씩 움직임을 더해간다.

유심히 들여다보니 공연장의 크기가 예사롭지 않다. 상세 설명을 살펴보자 재작년 성공리에 폐막한 올림픽 개막식의 한 부분이다. 그때 당시 현장에서 개막식을 보았던 지환은 눈을 동그랗게 떴다.

"여어……."

3분 남짓한 시간, 솔로로 무대를 장식하는 희원은 커다란 공간을 존재감으로 꽉 채웠다. 공연을 관람했던 기억이 어렴풋하게 떠오르는 것 같아 지환은 흥미롭다는 듯 화면을 바라보았다.

"그러네. 내가 이 공연을 봤었구나."

개막식 어느 한곳에 앉아 그녀의 공연을 보았을 때만 해도 이렇게 인연이 될 거라고는 상상하지 못했다. 어느덧 영상은 끝이 나고, 묘한 기분에 휩싸인 지환은 소파에 머리를 기대며 천장을 바라보았다.

결혼 같은 건 절대로 하지 않을 거라고 다짐했는데. 내 인생에 그런 건 없을 거라고, 생각했는데.

"뭐, 어찌 되었든 결혼은 결혼이니까."

휴. 지환은 어쩐지 씁쓸한 마음이 들어 짧은 한숨을 내쉬었다. 둥근 테이블엔 그녀가 헤어지기 전 건네준 약 봉투가 있다.

바라보던 지환은 휴대폰을 들었다. 마음이 심란해지기 전에 차라리 이 모든 상황을 못 박고 싶어 집에 전화를 걸었다. 홀로 바둑을 두고 계셨을 아버지께서 전화를 받으신다.

"저예요."

— 그래. 이 시간에 웬일이냐?

그녀도 지금쯤이면 실행에 옮기고 있으리라. 지환은 그녀가 사준 약을 바라보며 입술을 열었다.

"드릴 말씀이 있어서요."

결혼. 이젠 무를 수가 없는 일이 되었다.

· ✦ ✦ ✦ ✦ ✦ ✦ ✦ ·

"예비 신부님, 답답하면 말씀하세요."

"네."

초고속 결혼 진행이 시작되었다. 지환과 희원이 결혼을 결심했으니 망설일 이유가 없던 것이다.

혹시나 두 사람의 마음이 바뀔까 봐 양가 어른들은 그들보다 결혼을 서둘렀다. 번갯불에 콩 구워 먹듯 상견례를 해치우고, 마치 이렇게 될 줄 알았다는 듯 식장과 신혼집이 정해지고, 집 안을 가득 채울 혼수와, 양가가 주고받을 예물 예단이 정해졌다.

"신부님, 끈을 조금 더 당겨도 될까요? 바짝 조여야 사진이 예쁘게 나오거든요."

"네. 괜찮아요."

정신없이 빠르게 진행되지만 누구도 불평하지 않았다. 어른들께서 무척 기뻐하셨으니까. 그렇게 기뻐하시는 표정을 보자니 결정을 잘했다는 생각이 들면서도 한편으로는 죄송했다.

하지만 끝끝내 당신들의 손자 손녀가 좋은 배우자를 만나 행복하게 살고 있다고 믿으신다면 불행은 없으리라. 두 사람은 그렇게 생각의 마무리를 지었다.

"더 조여요? 괜찮아요, 신부님?"

"네. 괜찮은데요?"

"어유, 무용하신 분이라 다르긴 다르네요. 가뜩이나 허리가 한 줌인데 이렇게 조여도 되나?"

바야흐로 오늘은 웨딩 촬영을 하는 날이다. 마음 같아선 아무것도 하지 않고 혼인신고나 했으면 좋겠지만, 그러면 어른들이 섭섭해하실 테니까.

아무것도 안 한다며 유난 떨지 말고 남들 하는 만큼만 해서 결혼하자, 합의를 보았기에 이런 결과물이 탄생했다.

"된 것 같아요, 신부님. 그만 조일게요."

"네. 그러세요."

희원은 의상실에서 화려한 드레스를 입고 허리 조이기에 여념이 없다. 밖엔 준비를 끝낸 지환이 있을 거다. 화려한 공연 메이크업에 익숙한 희원은 신부 메이크업을 자연스럽게 받았다.

"자, 끝났습니다. 거울 보세요, 신부님."

"아……."

"어때요? 너무 예쁘죠? 신부님이 보셔도 신부님이 너무 아름다우시죠?"

머리를 손보고 화장을 곱게 하고 나니 평생 볼 수 없을 것 같던 순백의 여인이 거울 앞에 있다. 희원은 낯설다는 듯 거울을 응시했다.

마치 공장에서 찍어낸 듯 비슷한 드레스, 비슷한 헤어, 메이크업. 천편일률적인 결혼식, 그리고 스튜디오 사진.

"너무 잘 어울리세요. 근래에 본 신부님 중에 제일 예쁘시네요. 신부님은 마음에 드세요?"

"……네."

그런 것들을 한심하게 여기던 그녀였다. 보여주기식의 많은 것들에 반항하고 싶을 만큼 염증을 느끼기도 했다.

하지만 조금은 알 것 같다. 왜 수많은 사람들이 비슷한 수순을 밟으며 결혼을 하는지.

"예쁘네요."

그저, 이것 말고는 방법이 없는 거다.

"신랑님 기다리시는데 이만 나가실까요?"

"네. 나갈게요."

희원은 드레스 자락을 들고 열리는 문틈으로 발을 내디뎠다. 세트가 마련된 스튜디오 한 켠에 창밖을 바라보고 있는 지환이 서 있다.

"신랑님! 신부님 나오셨어요! 여기 좀 보세요!"

그가 돌아서자 희원은 입술을 꾹 깨물었다. 괜스레 민망하고 부끄러운 기운이 샘솟는다.

"신랑님, 우리 신부님 너무 예쁘죠? 너무 아름답죠?"

"여어, 권희원 씨."

지환은 흔연한 미소를 지었다. 많은 말보단 짧은 탄식에 대부분의 표현을 섞어 버무린다.

"다른 사람 같습니다만? 예쁘네요?"

"평소엔 별로였나 봐요?"

쳇. 희원은 민망한 마음에 괜히 툴툴거렸다. 지환은 그런 그녀의 얼굴을 바라보다가 시원하게 웃음을 터트렸다. 희원을 도와주시던 분은 흔치 않다는 듯 눈을 동그랗게 떴다.

"두 분 서로 존댓말 쓰시네요. 너무 보기 좋아요."

"아…… 네. 뭐, 존중하니까요."

지환은 얼버무렸다.

"맞아요. 서로 아무리 가까워도 오가는 말을 예쁘게 해야 해요. 그래야 나중에 덜 싸우더라고요."

뭐…… 그런 의도로 쓰는 건 아니고 그냥…… 안 친해서…….

지환과 희원은 마저 설명하지 못한 채 말을 꾹 삼켰다. 영문 모르는 도와주시는 분만 서로 위하는 모습이 보기 좋다며 연신 칭찬 세례를 퍼부었다.

"자, 준비됐습니까?"

기다리던 포토그래퍼가 다가와 오늘 촬영에 대해 간단하게 설명을 한다. 두 사람은 조금 엉성한 자세로 가까이 붙어서 이야기를 들었다.

"두 분이 얼마나 협조하느냐에 따라 촬영 시간이 고무줄처럼 줄거나 늘어납니다. 신부님이야 워낙 베테랑이실 테니 걱정 없지만 신랑님이 좀 걱정인데요. 파이팅합시다!"

포토그래퍼가 격려를 하며 세트 준비를 시작하자 둘만 남은 지환과 희원은 잠시 머뭇거렸다. 미리 보았던 샘플 사진은 남녀가 다정하기 이를 데 없어, 들여다보는 것만도 손발이 오글거렸다. 사랑하는 사람들의 흔적이니 당연한 일이겠지만 두 사람은 전혀 그런 마음이 없었으니까.

"잘할 수 있을까 모르겠네요. 사진 찍히는 일은 젬병인데."

"서지환 씨, 설명 잘 들었죠. 우리가 어떻게 참여하느냐에 따라 시간이 단축되는 거니까요. 잘해봐요."

어느 정도 마음의 준비를 끝낸 희원이 그에게 힘을 북돋았다. 목적은 단 하나. 일찍 끝냅시다.

"자, 두 분 이리 오실게요!"

희원은 지환과 함께 세트 앞에 섰다. 처음부터 고난도 자세를 요구하는 포토그래퍼의 설명에 따라 두 사람은 삐걱삐걱 움직였다.

"자, 신랑님 목에 손을 두르시고, 아뇨. 조금 더 가깝게."

후……. 희원은 작게 숨을 내쉬며 그의 목에 손을 올렸다. 그녀의 손길이 목덜미에 닿자 지환은 돌처럼 굳어 어정쩡하게 섰다.

"하하, 두 분 시작이라 어색하시네요. 몸 풀리면 괜찮아질 거예요. 시작하겠습니다!"

포토그래퍼는 두 사람의 자세를 고치고 고치다가 포기한 듯 카메라 앞에 섰다.

"신부님 좀 더 다정하게!"

찰칵.

"신랑님! 신부님을 좀 더 사랑스럽게 봐주세요!"

찰칵.

하라는 대로 열심히 따라서 몸을 움직여보지만 쉽지 않다. 두 사람은 뻣뻣하게 굳은 몸을 마네킹처럼 움직였다.

"서로 마주 보시고! 스마일! 자, 웃어요. 거의 다 왔고요. 하나, 둘! 조금 더 가깝게!"

머릿속이 하얘진다. 나는 누구이며, 이곳은 어디이고, 무엇을 하고 있으며.

"신부님! 턱 당기시고! 신랑님! 어깨 펴세요! 다 찍었습니다! 마지막으로 허리! 허리 세우고!"

대체 내 앞의 댁은 누구이며.

"다정하게 보세요! 미소! 얼굴 미소! 신랑님 더! 더! 미소! 치즈! 치즈!"

포즈도 힘든데 치명적인 난감함이 여기 있다. 서로 응시하며 미소 짓는 것.

가까운 거리에서 서로 응시하니 웃음이 터진다. 몇 초도 못 버티고 희원은 풉, 웃음을 터트리며 고개를 수그렸다.

아! 못 보겠어! 못 보겠다고!

이건 일이다. 이건 비즈니스다. 아무리 자가 최면을 걸고 심호흡 끝에 지환을 올려 봐도 소용없다.

"풉!"

"내 얼굴에 뭐 묻었습니까?"

"하, 미치겠다고요. 못 쳐다보겠어요."

"나는 뭐 쉬운 줄 압니까? 조기 퇴근. 잊었어요?"

"하…… 미안해요. 해볼게요."

희원은 다시 고개를 들었다. 하지만 뜻대로 되는 일이 없다.

풉. 다시 웃음이 터진 희원은 고개를 내렸다. 마주 보는 사진은 틀렸다는 생각이 들었는지 포토그래퍼는 빠르게 자세 전환을 요구했다.

이번엔 서로 마주 보고 앉으란다. 한참 자세를 교정해주더니 눈을 감고 입을 맞추란다.

"예에?"

이, 입을 맞추라굽쇼?

둘 다 화들짝 놀라 기함했다. 뭘 그렇게 놀라냐는 표정으로 포토그래퍼는 카메라를 들었다.

"늘 하는 대로 하세요. 사람 없다고 생각하시고."

"아…… 어…… 음……."

희원의 입에서 탄식이 터진다.

"진짜로 입을 맞추라는 게 아니라 가깝게. 그만큼 가깝게 다가가세요. 눈 감고 편하게."

"어…… 아…… 음……."

희원은 연신 탄식을 터트렸다. 지환은 민망한지 턱을 문질렀다. 서로 이렇게까지 해야 하나, 싶은 표정으로 잠시 뜸을 들였다.

"두 분 이렇게 하시면 오늘 안 끝납니다! 어차피 저는 집에 가도 할 일 없어요!"

어엇. 안 끝난단다.

두 사람은 눈에 번쩍, 하는 기운을 풍기다가 척척 호흡을 맞추기 시작했다. 퇴근이란 이토록 무서운 일이다.

"권희원 씨, 그럼 잠깐 실례 좀 할게요."

"네. 그러세요."

지환의 입술이 내려온다. 희원은 최대한 표정을 풀며 눈을 감았다.

"오! 좋습니다! 지금 딱 좋아요!"

가깝게 불어 내쉬는 숨이 엉킨다. 눈을 감은 어둠 사이로 상대의 기운이 느껴진다.

"자자! 조금만! 조금만! 아주 좋습니다! 좋아요!"

심장이, 뛴다.

지금 이 순간은 다른 나머지의 것들을 모두 잊은 채 서로에게 집중했다. 느껴지는 온기, 은은하게 풍기는 서로의 향기, 그런 것들이 가슴에 담겨 고스란히 남았다.

"자, 수고하셨습니다! 두 분 다음 장소로 이동하겠습니다!"

동시에 눈을 떴다. 잠깐 동안 서로에게 빠져들던 두 사람은 빠르게 현실로 돌아온다. 언제 그랬냐는 듯 홱, 서로에게 멀어지며 밀렸던 숨을 고르게 내쉬었다.

그러면서 생각했다. 이런 게 결혼이라면 곧 죽어도 두 번은 못하겠다고.

"그런데 저 침대는 뭐예요?"

희원은 드레스를 갈아입으러 들어가다가 끌려 나오는 침대를 바라보았다. 포토그래퍼는 해맑게 대답했다.

"두 분 이따가 캐주얼한 장면에 쓸 세트예요."

"헐."

희원은 우뚝 멈췄다. 갈수록 태산이 될 촬영 앞에 눈앞이 캄캄했다.

· · ◆◆◆◆◆ · ·

"이건 뭡니까?"

전쟁터를 방불케 하던 몇 벌의 드레스와 턱시도 촬영이 끝났다. 슈트 재킷을 벗고 타이를 없앤 편안한 모습을 한 채 지환은 침대를 바라보았다.

그 앞에서 두 사람을 기다리던 포토그래퍼는 입을 열었다. 누가 몇 번을 물어도 해맑다.

"이번 촬영에 쓸 소품입니다. 괜찮죠?"

"허."

허. 지환은 푹신해 보이는 침대를 바라보다가 마른침을 삼켰다. 마주 서 있는 것과, 나란히 눕는다는 것은 다소 의미가 다르게 다가온 것이다.

누워……. 눕는다…….

"이 사진이 저희 스튜디오의 핵심이거든요. 여기서 신랑님의 욕망 발현하시면 안 됩니다."

"무, 무슨 그런 말씀을."

잘 가라……. 욕망…….

잠시 피어오르던 욕망의 상상을 부숴버렸다. 지환은 헛기침을 하며 태연한 척했다. 신랑님들이 가장 좋아하는 소품이기도 하다며 포토그래퍼는 사심 없이 웃었다.

"어, 저기 신부님 나오시네요."

지환은 포토그래퍼의 말에 고개를 돌렸다. 캐주얼하게 의상을 갈아입은 그녀가 터덜터덜 등장한다.

드레스보다는 편안해 보이는 오프숄더의 청남방, 미니 사이즈의 풍성한 샤스커트. 묶었던 머리를 끌러 내린 희원은 어둠의 기운을 풍기며 다가왔다.

"하도 허리를 조였다가 끌렀더니 배가 사라진 것 같아요."

"허기져서 그럴 겁니다. 나도 배고파요."

"이거 끝나면 갈 수 있는 건가요?"

"뭐, 아마도. 파이널이라고 했으니까."

둘은 함께 서서 침대를 응시했다. 파이널은 파이널답게 두 사람에게 어려운 과제였다.

촬영을 시작하려는 듯 포토그래퍼가 다가온다. 이쯤 되니 지옥의 사신처럼 여겨진다.

"간단해요. 두 분 누워서 다정하게. 참 쉽죠?"

아까부터 느낀 건데…….

"이렇게 쉬운 일이 어디 있어요? 두 분 누워 있기만 하면 되는 건데. 그렇죠?"

하나도 안 쉬워, 이 양반아……. 그렇게 쉽게 말하지 마…….

"누워보세요. 다정하게."

하……. 두 사람은 동시에 탄식했다.

"미리 신혼 예행연습 한다고 생각하시고 누워보세요. 괜찮아요."

쓸 일 없는 예행연습 같은 거…… 하나도 필요 없어…….

"가죠. 권희원 씨."

"네. 네네. 그러죠."

하지만 언제까지 서 있을 수만은 없는 일. 포토그래퍼도 퇴근해야 한다. 물론 우리도 해야 하지.

또다시 어려운 숙제를 한다는 기분으로 두 사람은 어정쩡하게 침대로 다가갔다. 포기했다는 듯 지환은 털썩 침대에 누웠다. 그러곤 툭툭 옆을 쳤다.

"오시죠. 부인."

"아오…….'"

희원은 뻔뻔한 지환을 바라보다가 오만상을 찌푸렸다. 부인이라니. 손발이 오그라들다 못해 지구 밖으로 탈출할 것만 같다. 떨떠름한 표정을 지으며 희원은 침대에 슬며시 누웠다.

"팔베개는 신랑들의 필수죠! 신랑님 팔베개!"

"……부인. 그럼 잠시 머리를 들어보시죠."

"그 부인이라는 소리 한 번만 더 했다가는 가만 안 돼요."

지환은 피식피식 웃으며 팔을 쭉 내밀었다. 희원은 가늘게 눈을 뜨고는 머리를 들었다가 그의 팔 위에 머리를 내렸다.

으으으. 으으으으으. 기분이 이상하단 말이다! 이상하다고!

갑자기 난데없이 심장이 널을 뛰어 희원은 두 눈을 꼭 감았다.

"신부님, 느끼지 마세요! 벌써 그러시면 안 됩니다!"

"안 느껴요! 안 느낀다고요!"

희원이 번쩍 눈을 뜨자 지환은 웅얼거렸다.

"뭘 그렇게 느껴요. 곤란한데."

"그 입 다물죠. 얼굴에서 입이 사라지는 수가 있으니까."

"권희원 씨. 혹시 그거 알아요? 우리가 나란히 침대에 눕는 건 처음이자 마지막인 거."

"당연히 알죠. 당연히 알고 있죠. 두말하면 입 아플 정도로 아주 잘 알고 있죠."

"뭘 또 그렇게까지 확신합니까? 사람 앞일 어떻게 될 줄 알고."

"뭐, 뭐요?"

"자, 두 분 잠시 실례할게요. 잠깐만 움직이지 마세요."

웅얼거리며 티격태격하고 있는데 포토그래퍼가 다가오더니 침대 위로 올라선다. 위에서 아래를 내려다보며 찍을 예정인지 자리를 잡고 서며 카메라를 들었다.

"신랑님은 비스듬히 누워서 신부님 허리 좀 잡아주세요. 신부님은 신랑님 가슴에 손을 얹고."

이보오! 자네! 누워만 있으면 된다고 하지 않았나?

흑. 희원은 지환이 자신의 방향으로 비스듬히 눕자 숨쉬기를 멈췄다. 스멀스멀 허리로 그의 손이 내려온다.

"권희원 씨, 실례 좀 하겠습니다."

"……."

그의 손이 허리에 닿자 희원은 심신의 평화를 위해 갖은 노력을 다 했다. 전신에서 맥이 뛰니 빠른 박동을 들킬 것만 같았다.

혼자만 긴장한 모습이 볼썽사납다. 두근두근. 두근두근.

"두 분, 이번 촬영도 금방 끝내봅시다."

그녀는 슬픈 생각을 시작했다. 할아버지께 혼난 기억. 어릴 때 병아리가 3일 만에 죽은 기억.

두근. 두근.

아끼던 팔찌를 잃어버린 기억. 처음으로 나간 대회 무대에서 토를 한 기억.

두근. 두근.

진정해! 제발 진정하라고!

슬픈 생각을 해봐도 소용없다. 주인 마음도 모르고 자꾸만 심장이 뛰어오르니 죽을 맛이다.

"권희원 씨."

"……."

"허리가 어딥니까?"

"아오."

아오. 이 작자는 남의 속도 모르고 농담질이다. 희원은 순식간에 달뜬 숨이 내려가는 것만 같아 굵은 숨을 내쉬었다.

"도대체 허리가 어딘지 모르겠는데."

"거기요. 거기 허리 맞거든요."

"아아. 그렇습니까? 여자 허리를 잡아본 적이 없어서."

"하, 네네. 뭐, 네. 어련하시겠어요."

"자, 여기 보세요!"

갑자기 들리는 음성에 두 사람은 얼떨결에 위를 올려 보았다. 찰칵, 포토그래퍼는 플래시를 터트리며 사진을 찍었다.

완벽한 쇼윈도를 위한, 엉망진창의 결혼 준비 현장이었다.

"어라? 계장님, 서검 어디 갔어요?"

지환의 검사실을 다시 찾아온 정윤은 텅 빈 책상을 바라보다가 최 계장을 향해 물었다. 서류 정리를 하던 최 계장은 정윤을 바라보며 인사를 건넸다.

"서 검사님 오늘 월차 내셨습니다. 일이 있으시다고."

"일이요? 그래요? 무슨 일인데 서검이 일을 다 빠지고. 계장님, 혹시 무슨 일인지는 모르세요?"

"네. 그냥 일이 좀 있다고만 하셨습니다."

어지간하면 쉬는 법이 없는 지환이기에 정윤은 갸우뚱했다. 연락을 해볼까 하다가 어차피 내일 나오니까. 그녀는 휴대폰을 꺼내려다가 다시 주머니에 넣었다.

"그럼 이거 계장님 드세요."

그러다가 정윤은 들고 있던 쇼핑백을 최 계장에게 건넸다.

"이게 뭡니까? 초밥 포장해 오셨습니까?"

"서검 초밥 좋아하잖아요. 먹으러 갔다가 생각나서 산 건데 주인 없으니까요. 계장님 드세요."

"오다 주웠다는 말보다 더 반가운 말인데요. 잘 먹겠습니다."

최 계장이 쇼핑백 안을 살피며 허허 웃는다. 정윤은 이만 일하러 가보겠다고 돌아섰다.

"아, 저기, 차 검사님."

"네?"

어인 일로 최 계장이 정윤을 불러 세운다.

"제가 궁금한 게 있어서 말입니다."

"네? 뭐가요?"

"서 검사님은 결혼을 할 수 있는 위인이 아니라고 하셨잖습니까? 그게 이유가 있는 건가 해서 말입니다."

"아…… 그거요."

"두 분 워낙 친하신 거야 다 아는 사실이고. 혹 차 검사님만 알고 있는 이야기가 있나 해서요."

차 계장의 질문에 정윤은 웃음을 터트렸다.

"뭐, 동기 중엔 저만 알고 있는 서검의 비밀이 하나 있긴 하죠."

"아? 그게 뭡니까?"

최 계장이 눈을 빛낸다. 정윤은 말해줄 수 없다는 표정을 지었다.

"타인의 개인적인 사실을 공개적으로 폭로하는 건 명백한 사생활 침해인데 제가 어떻게 제 입으로 말을 하겠어요, 최 계장님."

"아…… 사생활 침해……. 그 정도로 심각한……."

"농담! 농담이에요!"

정윤은 농담이라고 손을 내저으며 약간은 씁쓸한 눈빛을 했다.

"엄밀히 말하자면 서지환 검사는 결혼에 적합하지 않은 사람이 아니라, 사랑에 적합하지 않은 사람이라고 해야 할까 봐요."

"예? 그게 무슨 말씀이십니까?"

"들으신 그대로, 서지환 검사는 사랑을 할 수 없는 사람이에요."

한 가지 확신을 하자면, 그는 누구를 사랑할 수 있는 사람이 아니고…….

"더 정확하게는 사랑할 수 없는 사람이 되어버렸죠. 뭐, 그래요. 서지환 검사는."

누구도 사랑할 수 없는 사람이다.

사랑을 하고 싶은 의지도, 누군가와 함께하고 싶은 욕심도 증발해버렸다. 그렇게, 되어버렸다.

"차 검사님께서 그렇게 말씀하시니까 더 궁금한데요."

"계장님, 더 많이 알면 다쳐요. 나의 은밀한 발설은 여기까지. 저 가볼게요."

정윤은 농담 섞인 말로 대화를 갈무리하며 최 계장을 향해 인사를 했다. 두 사람의 결혼 일정은 아직 비공식으로 진행되었기에 꿈에도 생각하지 못하는 정윤이었다.

· · ◆◆◆◆ · ·

"아버님, 저예요."

"그래, 들어와라."

저녁 식사를 마친 뒤 얼마 지나지 않아 권 선생의 서재로 희원의 어머니 임정순 여사가 들어섰다.

"아버님, 다과 좀 드세요. 요번엔 식혜가 아주 잘됐어요."

임 여사는 조용한 걸음으로 다가서며 책상에 다과를 내렸다. 권 선생은 쓰고 있던 작은 돋보기안경을 벗으며 읽고 있던 고서를 덮었다.

"아버님 요즘 입맛이 없으세요? 식사도 잘 하시질 않고."

"더워지려 해서 그러나, 신경 쓰지 마라. 이 나이 먹고 식욕이 왕성한 것도 이상한 일이지."

"그런 말씀 마세요. 드시고 싶은 음식 있으면 말씀하시고요."

"거기 좀 앉아라."

"네. 아버님."

임 여사는 작은 티테이블에 앉았다. 권 선생은 느린 걸음으로 다가와 며느리와 마주 앉았다.

어린 나이에 자신의 아들을 만나 이날 이때까지 군말 없이 가정을 이끌어온, 귀한 며느리.

"막상 희원이 보내려니 섭섭하나? 얼굴이 통 안 좋은데."

"무얼요. 보내야죠. 아주 못 보는 것도 아닌데요."

임 여사는 속내를 감추며 웃었다. 하지만 무안함을 섞어 웃음을 터트려본들 시원하게 보일 리가 없었다.

"에미야."

"네. 아버님."

"희원이 곱게 키우느라 고생이 많았다."

권 선생은 작은 음성으로 며느리의 지난날을 치하했다. 느닷없는 시아버지의 인사가 멋쩍은지 임 여사는 시선만 내린 채 말을 아꼈다.

"다 안다. 에미 네가 가정을 위해 지금껏 얼마나 희생했는지."

그게 참 이상했다. 다신 보지 못할 슬픈 일도 아니요, 딸아이가 팔려 가는 것도 아닌데.

딸아이의 결혼이 정해진 순간부터 엄마는 문득문득 가슴이 저리고 미어졌다. 모두가 웃는데 혼자만 열이 나고 손이 떨렸다.

"언젠가는 희원이가 결혼을 해야겠지, 그러니 준비해야지, 라고 생각은 했지만 이렇게 빨리 결정을 할 줄은 나도 몰랐다. 에미 너는 더 혼란스럽겠지."

요 며칠, 엄마는 밤잠을 잃었다. 식욕을 잃었다. 버라이어티 프로그램을 보다가도 울고, 생전 열어보지 않던 가족 앨범을 꺼내 들여다보고는 생각에 잠겼다. 새벽녘, 잠이 든 딸아이의 방문을 열고 물끄러미 바라보는 일은 습관이 되었다.

이곳에 더는 네가 없다면 나는 어떡해야 할까, 매일 아침, 매일 밤, 네가 들어오지 않는 이 텅 빈 집을 어떡해야 할까. 이제 너는 다른 이와 새로운 가족이 되어 새로운 출발을 하게 될 텐데…….

너를 보내자니 팔다리를 끊어내는 것만 같은 헛헛한 엄마의 마음은 무엇으로 채울 수 있을까.

"우는 게냐? 쯧쯧, 아직도 이렇게 눈물이 많아서야."

"……그냥요. 조금, 그러네요. 좋은 일이라고 아무리 생각을 해봐도, 자꾸 이렇게 주책을 떨어요."

딸아, 머리끝부터 발끝까지 눈에 넣어도 아프지 않을 사랑하는 나의 딸아. 부디 행복해라. 부디 잘 살아라. 사는 내내 너의 기쁨만을 바랄 엄마를 위해서라도.

"막상 보내려니 서운하겠지 왜 아니겠나. 평생을 그거 하나 키우고 바라보고 살았는데. 나도 이렇게 허한데, 너는 상심도 제일 크겠지."

모든 것이 충만하게 쏟아지는 삶의 중심에 있어라. 불행일랑 옷

깃을 스치는 일도 없게 완연한 행복을 만끽해라. 너 아니면 의미 없다는 사랑을 받고.

죽는 날까지 혼자라는 외로움은 모르며 이롭게 지내라.

"허어, 이렇게 홍수 같은 눈물을 어찌 참고 있었을꼬? 에효, 참……."

"죄송해요……. 죄송해요, 아버님……."

"죄송은 무슨, 울어라. 실컷 울어. 비워져야 채울 수 있는 법이다. 실컷 울고 털어버려."

내 살을 파내 너를 만들었으니, 잊지 마라. 한시도 잊지 마라. 엄마의 모든 것이 흙으로 돌아가 세상에 너 하나 남는대도 절대로 잊지 마라.

사랑한다. 사랑한다.

"어어? 그런다고 더 크게 우냐? 나 원. 크흠."

"아휴, 그러게요. 왜 이렇게 눈물이 자꾸…… 아휴……."

사랑한다, 나의 딸아.

✦ ✦ ✦ ✦ ✦ ✦ ✦ ✦

얼렁뚱땅 스튜디오 촬영을 마치고 식사까지 끝낸 두 사람의 테이블로 간단한 후식이 나왔다. 희원은 따뜻한 아메리카노를 내려다보며 생각했다.

얼마 후면 유부녀가 된다.

"우리가 특이해서 결혼 실감이 안 나는 걸까요, 원래 실감이 안 나는 걸까요?"

"글쎄요. 저도 처음 하는 결혼이라."

희원은 지환의 대구에 웃음을 터트렸다. 이렇게까지 실감이 나지 않을 수 있나, 하는 표정으로 고개를 주억거렸다.

"권희원 씨."

"네?"

잠시 생각에 잠겨 있던 그녀를 부른다. 희원은 시선을 들며 지환을 바라보았다. 그는 작은 케이스를 그녀 앞으로 내밀었다. 벨벳 느낌의 케이스는 한눈에 보아도 주얼리라는 것을 알 수 있었다.

"받아요."

"이게…… 뭐예요?"

그때, 은은한 노래가 흐르며 직원이 커다란 꽃다발과 케이크를 가져다주었다. 영문을 모르겠다는 표정으로, 희원은 지환을 바라보았다.

"그래도 결혼은 결혼이니까."

"아……."

"프러포즈도 없이 여기까지 온 게 미안하기도 해서, 준비했습니다."

……프러포즈.

희원은 조심스럽게 케이스를 열었고, 안을 들여다본 그녀의 입술은 멍하니 벌어졌다. 목걸이다.

"반지는 미리 맞춰서 뭐를 준비해야 할까 했는데."

"아…… 언제 또 이런 걸……."

"권희원 씨는 나와 결혼하기로 마음먹은 걸 후회할지도 모릅니다."

희원은 천천히 시선을 들었다. 그는 진심이 묻어나는 표정으로 말을 이었다.

"그만큼 어려운 결정 해준 거, 고맙게 생각하고 있습니다."

"저를 위한 일이었어요. 그렇게 생각하지 말았으면 해요."

"어찌 되었든 고마운 것도 고마운 거니까."

어쩐지 그의 말을 듣고 있자니 커다란 계약을 앞둔, 비즈니스 차원의 답례 같다는 생각이 들었다. 웃음기를 지운 그의 모습을 바라보고 있자니 문득 그런 생각이 들었다.

그는 계약 결혼도 결혼이라고 남편의 예를 다할 만큼 섬세하지 않고,

"평생 후회하지 않게 해주겠다는 말은 못 하겠네요. 보통은 프러포즈에서 그런 말을 하던데."

그러니 상대를 배려할 필요 없다 할 만큼 무심하지도 않다. 그런, 사람이다.

"대신 평생 권희원 씨를 자유롭게 해줄게요."

"그 말이 더 감동인데요."

많은 생각이 교차한다. 희원은 표정을 들키지 않으려는 듯 목걸이를 꺼내 들었다.

"내가 해줄게요. 잠깐만."

지환이 옆 의자로 다가와 목걸이를 건네받았다. 희원은 머리카락을 손으로 묶어 올리며 목을 길게 뺐다. 뒤로 돌아가서 걸어주면

편한 일을, 거기까지 생각이 미치지 못한 지환은 그녀 목을 둘러 안는 자세로 가까이 다가갔다.

헙. 희원은 숨을 멈췄다. 귓가에 가까이 다가온 그의 숨결이 목덜미에 퍼졌다. 작은 고리에 연결하는 일만 열중한 지환은 그녀 목덜미로 얼마나 가까이 다가갔는지 잘 모르는 것 같았다.

"어우, 이거 힘드네요."

투박한 손이 연신 고리를 놓친다. 그녀는 볼 바람만 잔뜩 분 얼굴로 마른침만 삼켰다.

첫 만남에서 강렬했던 그의 향기가 감돌며 온기까지 퍼져 꼼짝도 할 수 없었다. 이 향기만 맡으면 자동으로 심장이 반응했다.

"자, 다 됐습니다."

어렵사리 목걸이를 연결한 지환이 그녀에게서 멀어졌다. 희원은 머리칼을 어깨로 내리며 밀린 숨을 내쉬었다.

그녀 목에 자리한 목걸이는 영롱한 빛을 냈다. 지환은 그녀의 자태를 바라보며 작게 미소 지었다.

"고맙습니다. 권희원 씨."

희원은 이 순간, 웃고 있는 건지 긴장한 표정을 짓고 있는 건지 모르겠다는 생각을 했다.

……나는, 결혼을 한다.

◆ ◆ ◆ ◆ ◆ ◆ ◆ ◆

"서검. 지금 뭐라고 했어……?"

정윤은 지환이 건네는 청첩장을 바라보았다.

"뭘…… 뭐를, 뭐를 한다고……?"

"결혼."

야무지게 흡입하던 커피를 내렸다.

"그리고 이건 청첩장."

"헐……."

충격이라는 표정을 지으며 정윤은 청첩장과 지환의 얼굴을 번갈아 바라보았다. 이 녀석이 더위를 먹었나, 그래서 헛소리를 하는 건가 하는 표정을 지었다.

"서검, 무슨 농담을 이렇게 인생까지 내걸고 해."

"농담 아니니까 받아. 팔 떨어진다."

녀석이 덤덤하게 내밀고 있는 청첩장 봉투를 어쩐지 받아 들 수가 없어 정윤은 슬금슬금 뒷걸음을 걸었다. 지환은 그런 정윤을 바라보다가 테이블에 청첩장을 내렸다.

"궁금한 게 많겠지만 해줄 수 있는 말이 별로 없다. 날짜 확인하고 별일 없으면 와서 밥 먹고 가."

"말도 안 돼. 결혼? 니가, 결혼을? 누구랑? 이거 실화냐?"

정윤은 눈만 깜빡거리다가 홱, 청첩장을 집어 들었다. 선명하게 적힌 지환의 이름과 여자의 이름을 바라보았다.

"권……희원?"

지환의 주변 사람을 모조리 떠올려보았다. 이름을 들어본 것도 같고 아닌 것도 같다. 이미 희원을 기억에서 지운 정윤은 쉽사리 그녀를 떠올리지 못했다.

"장난이지? 그렇지? 권희원이 누구야?"

"기억 안 나? 이차저차 알던. 초밥집, 데이트 중이라고 했던."

"……아."

아! 아아! 정윤은 그제야 기억이 난다는 듯 고개를 들었다.

"그럼 그 데이트가 지금까지 이어져온 거라고? 그 데이트가 진짜였어?"

"그런 셈이지."

"그런데 그 이후로도 맞선은 왜 보러 다녔어? 말이 안 되잖아."

엇. 애매하게 얼버무리려다가 정곡을 찔렸다. 누가 검사 아니랄까 봐 인과관계를 명확하게 따져 묻는다.

"서검, 말이 되는 소리를 좀 해. 연애하면서 맞선은 왜 봐? 쓰레기야?"

이럴 땐 쓰레기가 되는 게 상책이다.

"연애하면서 맞선 보면 안 되냐? 결혼한 것도 아닌데."

"헐."

"인연이 어떻게 될지 모르니까 맞선도 본 거지. 뭘 그렇게 개연성을 따지고 드냐?"

"내가 지금 개연성을 안 따지게 생겼어? 너무 뜬금없잖아. 갑자기 니가 무슨 결혼이야."

정윤은 청첩장이라는 증거물을 획득한 채 격양된 음성을 냈다. 결혼을 한다니. 서지환이 결혼을 한다니?

"연애를 하긴 했어? 결혼은 언제 정했어? 식장은 언제 잡고? 상견례도 한 거야?"

"다 했다. 그래서 좀 바빴고."

"신혼집은? 집도 구했다고?"

"구했지. 집값 비싸더라. 허리가 휜다."

"거짓말. 무슨 소리야 이게. 결혼? 이렇게 갑자기 느닷없이, 결혼?"

허. 정윤은 고급스러운 청첩장을 펼쳐보며 입술을 멍하니 벌렸다. 그저 그런, 흔한 말들로 결혼 날짜를 알리는 문구. 식장 위치.

"뭐야, 얼마 안 남았잖아. 서검, 진짜 결혼해 너?"

"그렇게 됐다."

"허⋯⋯."

정윤은 딱딱하게 굳은 얼굴로 지환을 응시했다. 결혼을 한다는 폭탄 발언과 어울리지 않는, 그는 무덤덤한 표정을 짓고 있었다.

"대체 무슨 바람이 분 거야. 나 모르는 사이에 무슨 바람이 불어서 결혼까지 이렇게 초고속으로 정했어. 너 무슨 일 있지?"

"일은 무슨. 그런 거 없고."

"애매하게 말 돌리지 말고 말해봐. 너 연애하는 것도 본 적이 없는데 갑자기 결혼을 한다니까 이상하잖아. 니가 무슨 결혼을 해."

"난 결혼하면 안 되냐?"

"아니, 그런 건 아니지만 내가 널 몰라? 내가 널 모른다고 생각해?"

"그러게. 너도 나도 몰랐던 내가 있더라."

"⋯⋯."

결혼을 앞둔 예비 신랑의 들뜬 표정은 어디에도 없다. 미리 말하지 못해 미안하다는 머쓱함도 없다. 녀석에게서 미묘하게 흘러나오는 어색한 기운에 정윤은 미간을 약간 좁혔다.

"원해서 하는 결혼 아니구나, 너."

"넘겨짚지 마. 내가 원해서 하는 거야."

"괜찮아? 진짜로? 결혼을 해도 될 만큼, 너 이제 괜찮은 거야?"

······괜찮니?

지환은 정윤의 질문 앞에 잠시 침묵했다. 앞뒤 모든 말을 제거한 추상적인 질문이었지만 그녀가 무엇을 묻고 있는지 모를 리가 없었다.

"괜찮아. 결국 괜찮아지더라."

"허······."

"사람은 다 변하는 거야. 못할 것 같던 일도 결국은 시간 앞에 변하더라."

결혼 같은 건 하지 않겠다 다짐했던 지난날의 쓰린 기억들이 지나간다. 조건이 많은 결혼이지만 그런 것까지 정윤에게 알릴 이유가 없는 지환은 씩 웃었다. 정윤은 묻고 싶은 말이 많다는 얼굴로, 그저 바라보았다.

"축하 안 해주냐? 그렇게 계속 울상 하고 있을 거야?"

"······축하해."

축하해. 정윤은 감정이 실리지 않은 음성으로 입술을 열었다.

"축하해. 내가 해야 할 말이 이거라면, 축하할게."

그는 무슨 이유로 결혼을 결심하게 된 걸까, 알 수가 없다. 정말로 그녀를 사랑하게 된 걸까, 그것 또한 알 수가 없다.

"그래. 언제까지 너라고 혼자일 수는 없으니까. 네 말대로 사람은 변하는 거니까."

그래. 사랑을 하다가도 돌아서는 게 사람이니까. 사랑이 없다가도 생기는 게 이상한 일은 아니겠지.

"그래도 조금 섭섭하다. 미리 말해주지 그랬어. 시간 많았을 텐데."

"뭐, 정신이 없었어. 미안해."

정윤은 다시 청첩장을 내려다보았다. 지금껏 숱한 청첩장을 받아보았지만 이렇게 손끝이 따가운 청첩장은 처음인 것 같다. 많은 말들이 울대를 막고 앞다투어 튀어나올 것 같지만 정윤은 꾹꾹 참기로 한다.

마주하고 있는 그의 눈빛은……

"시간 되면 와. 시간 되면."

"무슨 소리야, 꼭 가야지."

아무것도 말해주려 하지 않았으므로.

· · ·✦✦✦· · ·

"아……."

긴 침묵 끝에 구언의 탄식이 이어졌다. 그녀의 고운 손끝이 붙잡고 있는 청첩장을 바라만 보았다.

연습이 끝나 모두가 돌아간 텅 빈 연습실. 구언은 딱딱하게 굳은 얼굴로 모든 행동을 멈췄다. 땀을 닦던 수건은 힘을 잃은 손이 내

버려, 바닥으로 떨어졌다.

"받아. 청첩장이야."

"……거짓말."

"거짓말 아니야. 진짜로. 진짜로 나 결혼해."

통렬한 충격에 눈빛이 떨렸다. 머리에서 맴맴 도는 모든 말들은 길을 찾지 못해 입 밖으로 나오지 못했다.

결혼? 결혼이라니? 누구와? 왜? 어째서?

"누구랑 결혼하는지 궁금하지? 너도 아는 사람이야."

언제, 이렇게.

"그…… 검사……."

"맞아. 서지환 씨."

인정하고 싶지 않지만 그녀 입술 사이로 '결혼'이라는 단어를 듣는 순간부터 떠오르는 사람은 단 한 명이었다.

"결혼…… 같은 건 안 한다고 했잖아."

지환과 희원이 얽힐 때마다 경계는 되었지만, 그렇다고 불안하지는 않았다. 숱한 맞선남 중에 조금은 특이한 에피소드일 뿐이라고, 믿어 의심치 않았다.

"생각이 없다고. 결혼……은 안 한다고."

"그래. 그랬지. 그랬어."

"그런데 왜…….."

간신히 물었다. 왜. 대체, 왜.

"모르겠어. 무슨 계시 같은 걸 받은 기분이야. 정말 인연은 존재하는 건가 싶기도 하고."

"하……."

"빨리 받아. 나 손 민망하단 말이야."

희원이 팔랑팔랑 청첩장을 흔들며 내밀자 구언은 숨을 가득히 모아 뱉으며 청첩장을 받았다. 피가 뜨겁게 솟구치는 것 같기도 하고, 거꾸로 순환하는 것 같기도 하다. 심장의 박동이 가빨라 숨은 점점 짧게 끊어졌다.

"결혼을…… 하는구나……."

눈을 뜬 오늘 아침, 기분이 좋았다. 정확하게 기억나지 않는 꿈이 괜찮았던 것만 같아, 시작이 좋았다. 매번 막히던 도로도 뻥뻥 뚫리고 신호도 무척 잘 받아 연습실까지 단번에 도착했다.

평소보다 몸도 가벼웠고, 오늘의 너는 그 어느 때보다도 어여뻤다.

"아…… 그래, 결혼을. 그래. 결혼, 결혼을……."

고백을 하기에 적당한 날일까. 오늘만큼은 괜찮을 것 같은데.

매일 하는 생각을 오늘도 했지만, 어쩐지 오늘만큼은 실행에 옮길 수 있을 것만 같았다. 그래서 연습실에 둘이 남기를 기다렸는데, 너도 나와 둘이 남기를 기다렸던 모양이다. 결혼을 하게 되었다는 말을 하려고.

"하…… 결혼, 아아…… 결혼……."

"미리 말 못 해서 미안해. 시간을 넉넉하게 두고 결정한 일이 아니라서, 정신이 없었어."

조금도 웃어지질 않는다.

"사실 실감이 안 나기도 했고. 비혼, 비혼 그렇게 외치다가 결혼한다고 하려니 민망하기도 했고."

축하를 해줘야 한다는 건 알겠는데, 그러한 생각은 무거운 추를 담고 발끝으로 떨어져 내린다. 생각과 의지는 기능을 상실한 것만 같았다.

"나 이렇게 계속 세워둘 거야? 축하 안 해줘?"

……축하.

구언은 감당이 되지 않는 표정을 애써 정리하며 무거운 눈꺼풀을 올렸다. 이미 엉망진창이 된 마음을 추스르려면 상당한 시간이 필요할 것만 같았다.

"축하해."

아니야. 사실은 축하하지 않아. 내가 너의 결혼을 어떻게 받아들일 수가 있겠어.

"야, 너무 놀랐다. 니가 결혼을 한다니. 내가 정신을 놓고 축하도 안 했네."

구언은 뛰는 심장을 애써 모르는 척했다. 세상에서 가장 아끼는 물건을 잃어버린 사람처럼, 불안하고 울컥한 마음이 전신을 저리게 했다.

뱉어도 되는 말인지 아닌지. 어쩌면 지금이 내 마음을 전할 마지막 시간은 아닌지 판단도 하지 못한 채 되돌릴 수 없는 말을 뱉어내고 말았다.

"축하해. 희원아."

……사랑은 시간과 비례하는 법이 없다. 어느 한쪽의 완성만으로 이루어지는 일도 없다. 원하고 바란다고 이루어지는 멋진 일은,

곧잘 일어나지 않는다.

"희원아, 나 먼저 가볼게. 약속이 있어서."

"아, 응. 그래. 조심히 가. 오늘 수고했어."

그의 운수 좋은 날이 지나간다.

· · ◆◆◆◆◆ · ·

두 사람은 어떠한 경우라도 항시 사랑하고 존중하며 어른을 공경
하고 진실한 남편과 아내로서의 도리를 다할 것을 맹세합니까?

— 혼인서약 中

· · ◆◆◆◆◆ · ·

결혼을 준비하며 으레 벌어지는 그 흔한 잡음 한 번 없이 결혼식
당일이 되었다. 일찌감치 준비를 끝낸 희원은 예식이 시작하기 전
신부 대기실에서 대기를 하고 있었다.

— 희원아, 결혼 축하한다. 못 가서 미안해.

"……괜찮다니까 뭘 또 미안하기까지."

메시지를 확인한 희원은 중얼거리며 휴대폰을 내렸다.

동료 구언은 해외 스케줄을 소화하느라 결혼식에 불참했다. 못
오는 거야 이미 알고 있던 사실이지만 구언은 잊지 않고 연락을 주
었다. 희원은 작은 한숨을 내쉬며 열리는 문을 바라보았다.

"희원아!"

"어서 와!"

낯이 익은 하객들이 하나둘 찾아오기 시작했고 모두는 그녀의 결혼을 축하했다.

"야, 너 진짜 결혼하는구나? 진짜네?"

"그럼 거짓말인 줄 알았어?"

"혼자 산다며! 비혼주의라며! 거 봐! 혼자는 못 살겠지?"

"맞아. 너네 말이 맞았어. 결국 나도 결혼을 하네."

지인들은 자신들의 말이 틀리지 않았음을 확인했다는 듯 미소를 지었다. 자신들의 경험담을 아무리 들려주어도 모든 말을 튕겨내던 희원이 덤덤하게 긍정하자 기쁜 마음이 드는 것이다.

"그런데 희원아, 너무 기대는 하지 마. 너도 지옥문을 열고 들어선 거니까."

"맞아. 남편이랑 싸우기는 또 얼마나 많이 싸우고? 혼자 살 때가 그립기도 하다니까?"

희원의 앞에서 결혼 찬양을 외치던 지인들은 이제 태도를 바꾸어 결혼 비하를 하기 시작했다. 이래도 잔소리, 저래도 잔소리인 지인들을 바라보다 희원은 피식 웃음을 터트렸다.

"근데 진짜 이쁘다, 희원아. 너무 예뻐."

"그러게. 권희원 아직 안 죽었다. 진짜 예쁘네."

"난 아직도 안 믿겨, 얘 결혼한다는 사실이."

"나도. 나도 아직 안 믿겨. 청첩장 받고 얼마나 놀랐는지 알아?"

독야청청 홀로 살아갈 것 같던 권희원의 결혼 소식은 주변 지인들에겐 충격으로 다가왔다. 당일이 되어서야, 이렇듯 웨딩드레스를 입고 신부 대기실에 앉아 있는 희원의 결혼이 실감 났다.

신랑이 잘생겼다. 검사래. 너무너무 훈남이다. 연예인 해도 되겠다. 시할아버지가 전직 대법관이셨대. 집안도 빵빵해. 결국 대어를 낚아서 결혼하는구나, 권희원.

"권희원 씨?"

그때였다. 희원은 자신을 부르는 소리에 고개를 들었다. 지인들이 둥글게 모여 두런두런 나누던 지환의 이야기에 귀가 따갑던 때였다.

"……어?"

세련된 슈트 정장과 이너로 입은 흰 티셔츠. 깔끔한 가죽 클러치를 들고 얼굴을 덮는 커다란 선글라스를 낀 채 정윤이 신부 대기실로 들어선다.

"서검 동기 차정윤이에요. 저, 기억하시죠?"

희원의 지인들은 정윤의 압도적인 분위기에 예의 주시한 눈빛을 했다. 남의 결혼식에, 그것도 이렇게 해가 쨍한 날에. 웬 선글라스?

"네. 기억해요. 안녕하세요."

"결혼 축하해요. 권희원 씨."

지인들은 소곤거렸다.

희원이 신랑 동기면 검사? 얼굴 좀 봐. 키는 저렇게 큰데 어떻게 얼굴이 주먹만 하지? 선글라스를 껴도 예쁜 얼굴인데? 눈이 부었나? 왜 부었지? 혹시. 혹시!

"감사해요. 안 그래도 차정윤 씨에게는 따로 인사드리고 싶었는데, 기회가 없었네요."

희원이 신랑을 좋아하는 여자 아니야? 울어서 팅팅 부었나? 헐, 세상에. 이게 무슨 드라마 같은 일이란 말이냐?

지인들은 멋대로 소설을 써 내려가며 정윤을 바라보았다. 그런 시선을 모를 리 없는 정윤은 가만히 바라보다가 선글라스를 내렸다.

"눈가에 보톡스를 맞았는데, 왜 그런지 요번엔 좀 부었어요."

"아⋯⋯."

"선글라스, 껴도 되죠?"

누구에게 질문하는 건지 모르겠다. 모두가 답을 미룰 때 정윤은 선글라스를 다시 꼈다. 갑자기 나타나서는 보톡스를 맞았노라 고백하는 이상한 여자를 바라보던 지인들은 하나둘 자리를 떠났다.

은연중 둘만 남았다. 딱히 할 말이 있는 것도 아닐 텐데 정윤이 선글라스 낀 눈매로 멀뚱멀뚱 바라본다. 자리에 앉아 꼼짝도 할 수 없는 희원도 멀뚱멀뚱 정윤을 올려다보았다.

"예쁘네요."

"감사합니다."

툭 던진 말에 툭 하고 대답했다.

말이 끊기자 또다시 적막이 찾아든다. 대체 왜 안 나가고 저러는 거지? 희원은 계속 정윤을 바라보았다. 정윤은 공간을 살피듯이 주변을 탐색하다가 입술을 열었다.

"여긴 조명이 좀 덥지 않아요? 조명이 좀 뜨거워서 덥던데."

"괜찮아요."

"신부 대기실이 2층에 있어서 여러모로 불편하더라고요. 홀이랑 같은 층에 있으면 좋은데."

흠. 정윤은 뭔 소리를 하는 건지 알 수 없는 말을 늘어놓고는 씽긋 웃었다.

"친구분, 신부님이랑 사진 한 장 찍어드릴게요."

때마침 사진 촬영을 해주겠다고 한다.

"괜찮습니다. 제가 지금 보시다시피 상황이 이래서."

정윤은 단칼에 거절하며 선글라스를 툭툭 쳤다.

"그리고 제가 신부 측 친구는 아니라서요."

"아…… 네. 알겠습니다."

가보겠다며 정윤은 희원을 향해 다시 시선을 돌렸다. 어쩐지 마주칠 때마다 유쾌한 만남은 아니다.

"예식이 끝나면 사진 촬영까지 하고 싶지만 눈가의 사정이 이래서. 아쉽지만 축하만 하고 돌아갈게요."

"네. 그러세요. 눈가의 사정이 그러시니 아쉽지 않은 것 같아요."

그녀의 대답을 들은 정윤은 희원이 귀엽다는 듯 살짝 웃었다. 그러더니 클러치를 열어 의외의 것을 꺼내 건넸다. 청심환이다.

"혹시 많이 떨리면 먹어요. 도움이 되긴 하더라고요."

희원은 가만히 정윤의 손끝을 내려다보다가 받아 들었다. 아무래도 긴장이 되니 공복에 숨이 버겁던 때였다.

"감사합니다. 필요했는데, 잘 받을게요."

"그래요. 그리고 진심으로 축하해요. 서검과 잘 살길 바랄게요."

정윤은 흔한 축하 인사를 남기고 사라졌다. 얼마 후 두 사람의 진짜 예식이 시작되었다.

· · · ◆ ◆ · · ·

이제 신랑 서지환 군과 신부 권희원 양은 그 일가친척과 친지를 모신 자리에서 평생의 고락을 함께할 부부가 되기를 굳게 맹세하였습니다. 이에 주례는 이 혼인이 원만하게 이루어진 것을 모신 분들 앞에 엄숙하게 선언합니다.

— 성혼선언문 中

· · ◆ ◆ ◆ ◆ · · ·

어딜 가나 비슷한 맥락의 식이 이어지는 동안 희원은 멍한 생각에 사로잡혔다. 그러다가 살짝 고개를 돌려 옆을 바라보니 당연한 이야기겠지만 지환이 서 있다.

갑자기 그의 옆모습이 무척 낯설다는 생각이 들었다. 이 남자는 누구이기에 내 옆에 서 있는 건가, 잠시 혼란스러워졌다.

철저한 계획 아래 위장 결혼을 시작하지만 제대로 원하는 삶을 살 수 있을까? 불현듯 그런 생각이 밀려들었다.

내가 정말로 집을 떠나서 잘 살 수 있을까? 엄마 아빠 할아버지가 없는 공간에서 홀로 정말 행복할 수 있을까? 나 진짜로 결혼하나? 결혼을 하는 게 맞나?

"신랑 신부는 이제 하객들을 향해 인사하겠습니다!"

끊임없는 혼란 속에 결혼식이 끝나간다. 희원은 삐걱거리는 걸음과 굳은 얼굴로 하객들을 향해 돌아섰다.

"앞으로 잘 살겠다는 의미를 담아 신랑 신부 인사!"

사회자가 하라니 하라는 대로 허리를 수그리며 하객들을 향해 인사했다.

커다란 박수가 쏟아진다. 어지러운 조명과 박수갈채, 숨이 막힐 만큼 긴장한 희원은 어지러움에 눈을 느리게 감았다가 떴다.

"잡아요."

지환은 낮게 중얼거렸다.

"나 옆에 있어요."

말끝에 손을 끌어다가 붙잡는 지환의 행동에 희원은 숨을 가득 삼켰다. 놀랍게도 그의 말 한마디에 마음이 진정된다.

그래. 옆에 서 있는 이 남자는 나의 전우, 동업자, 동등한 인간 대 인간. 남편과 아내의 가면을 쓰고 평생을 자유롭게 살 수 있을, 어떠한 의미로는 삶의 동반자.

……그래. 나는 이 사람을 믿어 의심하지 않는다.

"마지막 행진을 하기 전에 끝으로 신랑 신부의 입맞춤이 있겠습니다!"

지환은 딱딱하게 굳은 희원을 향해 몸을 비틀었다. 두 사람의 아름다운 모습에 여기저기 탄식이 터진다.

잠시만 실례할게요. 눈으로 말하는 지환의 뜻을 알아챈 희원은 조용히 시선을 맞췄다. 그는 천천히 그녀의 입술로 얼굴을 내렸고 가볍게 입술을 맞댔다. 아마도 처음이자 마지막 입맞춤이리라.

큰 환호성과 함께 폭죽이 터졌다. 희원은 부케를 쥐고 있는 손에 힘을 꾹 주었다. 이대로 심장이 터져 죽을 수도 있을 것 같다는 엉뚱한 생각만 들었다.

"두 분의 결혼을 진심으로 축하합니다!"

이제, 시작이었다.

· · ✦✦✦✦✦ · ·

"아아, 끝났다. 끝났다!"

거추장스러운 옷을 갈아입고 비로소 편안해진 희원은 가족들의 배웅을 받으며 지환의 차에 탑승했다.

"아아아! 와아아아아아!"

단전에서부터 끓어오르는 환희는 곧장 함성으로 이어졌다. 희원은 두 팔을 쭉 뻗고 아이처럼 소리를 질렀다.

"그렇게 좋습니까?"

운전석에 앉은 지환은 희원을 바라보다가 피식, 웃었다.

"서지환 씨는 안 좋아요? 난 지금 날아갈 것 같은데? 우와아아! 자유다! 자유다아아!"

당장 오늘부터 집에 들어가지 않아도 된다. 당장 오늘부터 9시 통금은 권희원의 역사 속으로 사라졌다. 꿈인지 생시인지 구분도 안 된다는 얼굴로 희원은 시종일관 기쁨을 표했다.

"진짜 믿기지 않아요. 나 지금 자유를 얻은 거, 맞죠?"

"네. 맞는 것 같네요."

"우와아아아!"

예식 내내 집 떠날 생각에 눈물짓던 그녀의 모습은 어디에도 없다. 그 웃음소리를 듣고 있자니 전염된 듯 지환도 웃음을 터트렸다.

"결혼 축하해요."

"네. 서지환 씨도 축하해요. 이제 선 자리에서 해방됐네요."

"권희원 씨는 진정한 자유를 획득했죠. 프리덤."

"……우와아아아아!"

발까지 동동 구르며 꺄륵꺄륵 웃는다. 유일무이하게 바라던 소원이 이루어졌으니 현재 그녀의 기분이란 설명이 필요 없으리라.

"어른들껜 평화를 선물하고 나는 자유를 얻고. 이 결혼 너무 괜찮은데요?"

누군가에겐 아무것도 아닌 일이 누군가에겐 이토록 어려운 일인 것이다.

"권희원 씨는 제일 먼저 뭘 하고 싶습니까?"

전방을 주시하며 지환은 물었다.

"글쎄요. 생각은 진짜 많이 해봤는데 모르겠어요. 뭐부터 해야 하는지 감이 안 와요."

"이젠 낮술 끊어도 되겠네요."

"낮술을 끊기보단 낮부터 밤까지 이어 마셔야겠죠?"

"이 여자 생각보다 위험하네. 내내 술 마시려고 결혼한 겁니까?"

"농담이에요, 농담. 아무렴 내가 술 마시려고 결혼했을까?"

"권희원 씨라면 가능할 것도 같은데요?"

"……맞아요. 저라면 가능할지도 모르죠."

두 사람은 합의하에 신혼여행은 가지 않기로 했다. 낯선 곳에 둘만 남기엔 이런저런 무리가 따랐다. 그런 곳까지 가서 따로 있는 게 웃기기도 하고.

그녀 공연 일정이 얼마 남지 않았다는 이유와 그의 바쁜 업무를 핑계로 두었다. 딱딱 맞아떨어지는 이유 앞에 누구도 의심하지 않았다. 다만 오늘 하루는 서울 모처의 호텔에서 하루를 지내는 것으로, 일단락되었다.

"이 호텔은 터에 뭐가 있나 봐요. 주로 이 호텔에서 우리의 역사가 이루어지는 것 같은데."

"그러게요. 서지환 씨와 저는 이 호텔하고 인연이 깊은 것 같아요."

어느덧 도착한 호텔은 두 사람이 맞선을 보았던 장소, 그녀가 친구의 예식에서 부케를 받았던 장소이다. 희원은 감회가 새롭다는 듯 건물을 바라보며 미소를 지었다.

"제가 이 호텔 예식장에서 부케를 받을 때만 해도 결혼을 할 거라고는 꿈에도 생각 못 했는데 말이에요. 그렇죠?"

지환은 대답 대신 씩 웃었다. 부케를 받고 결혼을 하지 못하니 3년은 재수 없을 예정이라며 웃던 그녀 얼굴이 떠올랐다.

"그러고 보니 인연 참 신기하네요. 누가 알았겠습니까, 우리가 결혼을 할 거라고."

인생이란 어느 지점에서 어떤 일이 벌어질지 아무도 예상할 수 없다.

"권희원 씨는 혹시 이런 말, 들어봤습니까?"

문득 어떤 명언이 떠오른다.

"네? 어떤 말이요?"

차량은 천천히 호텔 정문으로 진입했고 지환은 중얼거리듯 말했다.

"안전하다는 것은 대부분 미신이다. 사실은 존재하지 않는 것이다."

그의 차량이 들어서자 대기하고 있던 호텔 직원들이 그의 차량을 반긴다. 명언을 중얼거리는 지환을 바라보던 희원은 빙그레 웃었다. 그녀도 알고 있는 구절임이 틀림없었다.

"따라서 인생은 대담한 모험이거나."

그가 이어 말하자,

"아니면 아무것도 아니다."

그녀가 매듭을 지었다.

차량이 멈춰 서자 호텔 직원들이 문을 열어주었다. 두 사람은 잠시 차 안에 머무르며 서로를 바라보았다.

인생은 대담한 모험이거나, 아니면 아무것도 아니다.

"도착했습니다. 이만 내리시죠, 부인."

"네. 서지환 씨."

우리는, 대담한 모험을 떠난다.

· · ✦ ✦ ✦ ✦ · ·

"투숙 확인해드리겠습니다. 예약자 성함이 어떻게 되십니까?"

지환과 희원은 나란히 프런트 앞에 섰다. 깔끔한 유니폼 차림의 직원은 시종일관 미소를 띤 채 질문을 했다.

서지환. 이름을 검색한 직원은 잠시 PC 화면을 바라보다가 고개를 들었다.

"결혼 축하드립니다."

"아아, 감사합니다."

지환은 멋쩍게 웃었다. 투숙은 지환의 형이 예약을 해두었는데 아마도 코멘트를 남겨둔 모양이다.

"두 분 너무 잘 어울리시네요. 저희 호텔은 두 분의 특별한 날을 위해 룸 업그레이드를 해드리겠습니다. 괜찮으시겠습니까?"

"업그레이드요? 와."

오오. 희원은 눈을 빛냈다. 직원은 분주하게 마우스를 움직이더니 설명을 덧붙였다.

"업그레이드된 스위트룸은 저희 시그니처 객실입니다. 안내해드리겠습니다."

예약된 방이 스위트룸이긴 한데, 그중에서도 등급을 올려 룸 배정을 해주겠단다. 희원은 예상치 못한 환대에 눈을 동그랗게 떴다.

언제 또 이런 호사를 누려보겠나. 이 호텔의 스위트룸이라면 1박 가격을 알고 싶지도 않을 만큼 비쌀 텐데.

"두 분 룸으로 모시겠습니다."

"저기, 잠시만."

지환은 아직 할 말이 남았다는 듯 직원을 불렀다. 희원은 무슨 말을 하려고 하는지 알고 있었기에 가만히 기다렸다. 지환은 안내 데스크로 몸을 기울이며 나직하게 말했다.

"객실을 하나 더 추가하고 싶은데요."

"네? 객실 추가를 말씀이십니까?"

직원은 다시 몸을 틀며 마우스를 잡았다.

"당일, 그러니까 오늘 말씀이시죠?"

"네. 오늘."

"원하시는 객실이 따로 있으십니까?"

"아뇨. 디럭스로 부탁합니다."

"조회해보겠습니다. 잠시만 기다려주십시오."

신혼부부로 들어와서 룸 업그레이드까지 해주었더니 방을 하나 더 달란다. 직원은 우선 요청 사항을 해결하려 비어 있는 객실을 검색했다.

"네. 시티 뷰로 객실 배정이 가능합니다. 다만 투숙 예정이신 스위트룸과는 가깝지 않습니다. 괜찮으시겠습니까?"

"네. 더 좋네요. 그렇게 해주세요."

"알겠습니다. 잠시만 기다려주십시오."

정작 직원은 별생각이 없는데 희원과 지환만 민망하다. 결혼 당일부터 각 방 쓰려는 부부가 이상하게 보이지는 않을까, 염려되는 것이다.

"완료되었습니다. 감사합니다."

"감사합니다. 결혼식 때문에 멀리서 온 친구가 있어서 객실을 추가했네요."

"네? 아, 네. 친구분께서 편안한 여행길이 되셨으면 합니다."

아무 생각도 없던 직원은 지환의 설명에 친절한 대답을 했다. 결국 친구에게 객실을 주려 한다는 엉뚱한 변명을 늘어놓으며 지환은 희원을 바라보았다. 도둑이 제 발 저린 두 사람은 어떻게든 이상한 부부로 보이지 않으려고 갖은 애를 썼다.

오, 그 변명 괜찮은데요?

희원이 눈썹을 꿈틀거리자 지환은 그녀의 등을 가볍게 밀며 앞으로 나아갔고, 직원의 안내를 받아 스위트룸으로 들어섰다.

"와아…… 진짜 좋다아……."

황홀하고 고급스러운 객실 인테리어에 희원은 우뚝 멈춰 서 눈을 반짝였다.

"고객님, 객실은 마음에 드십니까?"

"네. 무척요. 정말 마음에 들어요."

오늘 밤, 그녀 혼자 지내게 될 럭셔리한 공간이었다.

· · · ✦ ✦ ✦ ✦ · · ·

지환의 결혼식장을 빠져나온 정윤은 곧장 인근 백화점을 향했다. 황금 같은 휴일에 백화점을 그냥 두고 지나칠 리가 없다. 마침 세일도 하니까.

"손님, 정말 잘 어울리세요. 사이즈도 어쩜 이렇게 딱 맞을 수 있을까요?"

"흠. 이번 시즌 룩은 프린팅이 좀 과한 것 같은데. 너무 튀지 않아요?"

정윤은 거울에 자신의 모습을 이리저리 비춰보았다.

"아뇨. 정말 예뻐요. 이 옷 소화하시는 분 많이 없어요."

"으음, 그럼 이거 주세요. 아까 입어본 것도 같이 주시고요."

"네. 잘 알겠습니다."

직원은 빠른 손길로 옷을 가져갔다.

"결제는 어떻게 도와드릴까요?"

"일시로 해주세요."

"네. 알겠습니다."

"아아. 포장하는 김에 이것도 같이."

"네. 손님."

그녀는 사냥하듯 공격적인 쇼핑을 했다. 정윤은 유행에 민감했고, 과감한 스타일의 옷도 줄곧 소화하는 타입이었다. 검사라는 보수적인 집단을 벗어난 인간 차정윤은 소비에 스트레스를 풀고 맛있는 음식에 감복하는, 안과 밖의 모습이 다른 사람이었다.

검은 슈트와 검사 패용증으로 평일을 살아간다면, 이토록 화려한 옷과 높은 하이힐로 주말을 살았다.

"수고하세요."

"네. 감사합니다."

매장 입구까지 따라오며 인사를 하는 직원들을 뒤로하고 정윤은 걸음을 옮겼다. 캬, 역시 카드 긁히는 소리에 묵은 스트레스가 날아간다. 정윤은 커다란 선글라스 사이로 연신 신상을 훑으며 백화점 사이사이를 걸었다.

"정윤 언니?"

그때였다. 누군가 자신이 부르는 소리에 멈춘 정윤은 돌아보았다.

"……아."

순식간에 정윤의 얼굴이 딱딱하게 굳는다.

"맞죠, 정윤 언니."

명품관을 누비던 여성이 정윤에게 가까이 다가온다. 여성의 뒤에 멈춰 선 수행 비서는 여성이 구매했을 명품의 쇼핑백을 주렁주렁 달고 있었다.

정윤은 힐끔, 여성과 그녀의 비서를 바라보다 오만상을 찌푸렸다. 제길, 여기서 보다니. 하필 여기서 얘를 볼 게 뭐람.

"언니, 잘 지냈어요? 어떻게 지냈어요?"

지나다니는 사람들이 힐끔 여성을 바라본다. 한때는 유명 인사였으니 낯이 익을 만도 하다. 하지만 사람들의 시선을 개의치 않는 여성은 해사한 미소를 지었다. 전직 슈퍼모델다운 늘씬한 키, 예쁜 얼굴. 여성은 여전했다.

"와, 여기서 언니를 다 보다니. 진짜 반가워요."

"그래. 오랜만이긴 하네. 반가운 건 모르겠고."

정윤은 주변 사람들의 시선을 의식하며 짧게 인사를 건넸다. 딱딱한 음성이나마 정윤의 대답이 반가운지 여성은 더욱 환하게 웃었다. 때 묻지 않은, 악의가 없어 보이는, 화려한 이목구비와는 다소 어울리지 않는 여성의 웃는 얼굴과 눈빛.

"주말이라 백화점 오신 거예요? 언니 얼굴도 여전하시네요. 변한 게 없어요."

바라보자니 진절머리가 난다.

"어떻게 지내셨어요. 언니, 우리 이럴 게 아니라 차라도 한잔 마시면서……."

"야."

상대의 살가움을 무색하게 하는 정윤의 음성 앞에 희주의 표정은 조금 어둡게 변했다.

"나 너 하나도 안 반가워. 우리가 이렇게 반갑게 인사할 사이는 아니잖아?"

"아…… 그게……."

희주는 말꼬리를 흐리며 죄인처럼 고개를 수그렸다. 정윤은 천천히 시선을 내려 희주 왼손에 자리한 결혼반지를 내려다보았다.

수천은 우습게 호가할 다이아 반지는 요란한 빛을 뿜어내며 위풍당당하게 몸값을 과시했다. 정윤은 피식 헛웃음을 터트렸다.

"하. 내가 진짜 어처구니가 없어서."

분노가, 치민다.

"야, 너."

정윤은 낮은 음성으로 희주를 부르며 한 발 더 다가섰다.

"반가운 척 연기하면서 사람 간 보지 말고, 하던 쇼핑이나 마저 하고 돌아가."

"……."

"우리 이렇게 우연이라도 다신 보지 말자. 날 봤으면 피하든지 도망가든지, 둘 중에 하나는 해줬으면 좋겠어. 건방 터지게 사람 불러 세우지 말고. 비서님 기다리시잖아. 가봐."

정윤은 마무리를 하듯 툭 말을 던지곤 희주를 지나쳤다.

"……아, 맞다."

조금 걸어가던 정윤은 멈춰 섰다. 아직 그 자리, 그곳에 서서 바닥만 바라보고 있는 희주를 향해 돌아섰다. 어지간하면 그냥 돌아서고 싶은데, 도저히 심사가 뒤틀려서 그럴 수가 없다.

"서검 오늘 결혼했어. 결혼식 다녀오는 길이야."

"……네? 네에?"

무슨 말을 해도 반응이 없더니, 화들짝 놀란 눈으로 돌아선다. 정윤은 뭐 이런 게 다 있냐는 표정으로 선글라스를 벗었다. 약간 부은 눈이, 날카롭게 희주를 응시했다.

"뭘 그렇게 놀라? 서검은 결혼하면 안 돼?"

"아……."

"너만 결혼해서 잘 살라는 법 있어? 서검 결혼했어. 정말 예쁘고 좋은 여자랑."

"……."

"난 있지, 니가 평생 불행하길 바랄 거야. 너에게 남은 행복이 있다면 이젠 그거 서검 줘야 하잖아? 간다."

정윤은 다시 선글라스를 꼈다. 조금 떨어져 있던 희주의 비서를 신경질적인 얼굴로 지나치며 그녀는 그 길로 백화점을 나섰다. 차 핸들을 붙잡고 있던 정윤은 짜증이 섞인 얼굴로 한숨을 토했다.

"별 그지 같은 걸 만나가지고 기분 잡쳤네."

……다른 백화점 가야지이이.

"열 받으니까 쇼핑해야지이이이."

정윤은 다른 백화점으로 쇼핑 2차를 떠났다. 행복은 지금 누리고, 지금 누린 행복의 죗값은 다음 달 카드 값으로 받으리라.

"쇼핑하고 혼자 고기 먹어야지이. 소고기 먹어야지이이."

정윤은 흥얼흥얼 노래를 부르며 운전을 했다. 여러모로 정신없는 날이 기운다.

◆ ◆ ◆ ◆ ◆ ◆ ◆ ◆

"친척도 진짜 많네. 전부 다 기억할 수 있을까?"

희원은 넓디넓은 스위트룸에 혼자 앉아 지환의 일가친척의 전화번호를 정리했다. 수순대로 양가에 전화를 넣고, 폐백 때 인사를 드렸던 수많은 친척분들께 전화로 인사를 했다.

폐백 때 얼마나 많은 분들께 절을 했는지 나중엔 무릎이 다 아프더라. 체감할 수 없었던 종가의 위엄을 언뜻 엿보았다.

"선물은 뭘 사야 한담. 소소하게 선물이라도 준비해야 할 텐데 뭘 준비하지?"

희원은 혼자 펜대를 굴리다가 침대에 털썩 누웠다. 객실은 너무 좋고, 편안한데 심각하게 심심하다.

"심심해⋯⋯."

가만히 앉아서 숨만 쉬려니 너무너무 심심하다. 객실의 서비스도 누릴 만큼 누렸겠다, 슬슬 몸이 지루함을 토로하기 시작했다.

"가만. 서지환 씨는 뭐 하려나?"

희원은 휴대폰을 들고 지환에게 전화를 걸었다.

각자 1박을 보내기로 했지만 잠깐 만나도 되지 않을까? 증거물로 인증 샷도 좀 남겨주고. 서지환 씨도 심심할 텐데?

"여보세요?"

— 네. 헉. 헉헉…… 헉…… 여보세요…… 헉.

그의 숨소리가 거칠다.

웅? 희원은 고막을 때리는 그의 와일드한 숨소리에 두 눈을 동그랗게 떴다. 호텔 방에 혼자 누워 이렇게 숨찰 이유란 뭐란 말인가?

"혹시 지금 제가…… 혼자만의 시간을 방해했나요?"

— 헉, 헉…….

희원은 오만상을 찌푸렸다. 대체 지금 뭐 하는 거요! 왜 그렇게 씩씩거리는 건데!

— 운동, 운동 중입니다 피트니스, 피트니스. 헉…… 헉…….

"아. 아아! 운동! 운동!"

달리는 중이란다. 희원은 그제야 벅찬 숨소리를 이해하곤 웃음을 터트렸다.

"심심해서요. 와인이라도 같이 마실래요?"

편안하게 묻자 일단 조금만 기다리라며 드럽게 헉헉거린다. 희원은 전화를 끊고 외출을 준비했다. 고급 호텔이니, 예쁘게 차려입고 내려가 사진을 찍어 SNS에 올려주리라.

지환과 함께할 시간이 별로 없으니 생길 때마다 사진을 남겨 다정한 부부의 모습을 증빙하기로 한다.

· · ✦✦✦✦✦ · ·

운동 후 샤워를 끝낸 지환은 옷을 갈아입고 호텔 지하로 내려왔다. 이곳에서 판매하고 있는 유명한 베이커리를 희원에게 선물하고 싶었다.

그녀가 호텔 바에 도착하기 전에 케이크를 사서 올라가 기다려 볼 생각으로, 그는 걸음을 재촉했다.

"이번 달 한정판 케이크입니다."

지환은 만든 이가 예술의 혼을 불어넣었음이 분명한 케이크 앞에 멈춰 섰다. 요란한 홍보 문구를 달고 진열되어 있는 케이크는 한정판이라는 이름답게 비싼 값을 자랑했다.

케이크 하나를 이 가격에 주고 살 일인가 싶다가도 언제 또 이런 걸 선물해보겠나 싶은 마음에 결정했다. 앞으로 우리에겐 그 흔한 결혼기념일도 없을 테니까.

"네. 그걸로 주세요."

케이크에 곁들일 샴페인도 샀겠다, 직원에게 건네받은 지환은 시계를 들여다보고 돌아섰다. 얼추 그녀가 나올 시간이 다 되었다. 엘리베이터를 타고 바로 올라가려던 그때.

"……뭐야."

별생각 없이 앞을 바라보던 지환은 화들짝 놀라 기둥 뒤에 숨었다. 고개만 슬쩍 내밀어 앞을 바라보니 유구무언이 서 있는 게 아닌가?

"뭐야, 여기 왜 있어. 해외 갔다더니?"

결혼식에 못 온다고 얼핏 들었던 유구무언의 행방에 무척 기뻐했는데. 해외 스케줄이 꽤 길어 당분간은 한국에 없을 거라고 듣기도 했는데. 그런 유구무언이 엘리베이터를 기다리고 있다.

"여보세요? 네. 저예요."

누구와 통화를 한다. 지환은 우리 말 듣기 평가 모드로 돌입하여 귀를 쫑긋 세웠다.

"다 왔어요. 지금 올라가요."

이곳에서 약속이 있는 듯 위로 올라간다는 말과 함께 엘리베이터를 타고 사라진다. 허어, 지환은 턱을 문질렀다.

"어디로 간 거야, 대체."

유구무언이 어디로 간 건지 알 수가 없다. 위엔 바도 있고, 식당도 있고, 카페도 있고, 갈 곳이 천지다. 설상가상 이제 곧 권희원 씨가 바로 향할 시간이다.

"둘이 만나지 않았으면 좋겠는데."

그녀가 객실을 나섰다간 유구무언을 만날지도 모른다. 유구무언이 어디로 향하는지 알 길이 없으니 사방은 지뢰밭이나 다름없다.

공연히 마음이 조급해진 지환은 두다다다 엘리베이터로 달려갔다. 드는 생각은 단 하나. 두 사람이 만나는 일은 없었으면 좋겠다는 것.

왜냐.

"왜 안 오냐, 엘리베이터. 빨리 와라, 빨리……."

그냥, 싫으니까.

⋅ ⋅ ✦ ✦ ✦ ✦ ✦ ⋅ ⋅

희원은 로맨틱한 프릴이 사랑스럽게 느껴지는 원피스를 입고 거울 앞에서 최종 점검을 마쳤다.

"서지환 씨 기다리겠다. 빨리 가야지."

휴대폰을 챙기고 립스틱 하나를 챙겨 작은 클러치에 넣고, 희원은 마지막으로 머리를 빗었다. 왜인지 자꾸 거울 앞에서 떠나질 못하겠다. 마치 설레는 데이트를 앞둔 여자처럼.

"아이쿠, 진짜 늦었다. 늦었어."

엘리베이터만 타면 도착한다는 생각이 들어서 그런지 자꾸 굼뜨게 된다. 약속 시간 2분이 경과했음을 확인한 희원은 갈아 신을 신발을 꺼냈다.

똑똑.

"잠시만요!"

이크, 희원은 신발을 제대로 신지 못한 채 통통 뛰어가 문을 열었다. 지환이 데리러 온 거라 확신했다.

"누구세요?"

"접니다. 서지환."

지환이라는 말에 희원은 단숨에 문을 열었다.

"미안해요. 지금 막 나가려던 참이었어요. 준비 다 했으니까 어서 가요."

희원이 문을 밀며 앞으로 나아가려 하자 지환은 한 발, 안으로 걸음을 내디뎠다. 난데없이 지환이 안으로 밀고 들어오자 희원은 문고리를 놓친 채 뒷걸음을 걸었다.

"……아? 그게 다 뭐예요?"

샴페인과 케이크를 들고 서 있는 그의 모습에 당황한 희원은 샴페인과 지환을 번갈아 바라보았다. 그녀가 한 번쯤은 먹어보고 싶었던, 이 호텔 지하에서 판매하고 있는 유명한 케이크다.

"권희원 씨가 좋아할 것 같아서 사봤습니다."

"와, 진짜 먹어보고 싶었던 건데. 내가 좋아할 거란 건 어떻게 알았어요?"

희원의 질문에 지환은 웃었다.

"좋아한다니 다행이네요. 안 좋아할까 봐 걱정했는데."

혹시나 희원이 바로 올라갔을까 봐 엘리베이터에서 내린 뒤 미친 듯이 달려왔다. 다행이지, 희원은 아직 객실에 있었다.

"고마워요. 어서 나가서 먹어요, 우리."

희원이 다시 한 번 앞으로 나아가려 하자 지환은 그녀의 걸음을 막아섰다. 다시 지환에게 진로를 막힌 희원이 움찔하며 멈춰 선다. 지환은 평온한 표정을 유지했다.

안 돼요. 못 나갑니다. 지금 밖엔 놈이 출몰했거든요.

"서지환 씨, 안 나가요?"

"그래도 기념일인데 스위트룸에서 한잔할까요?"

"네? 방……에서요?"

그녀 눈에서 동공 지진이 일어난다. 룸에서 샴페인을 마시자니 뭔가 충격적인 모양이다.

"꼭 방에서…… 음…… 어…… 방에서요?"

"네. 방에서."

"꼭? 꼭 방에서 마셔요?"

"네. 꼭. 꼭 방에서."

휴, 이러려고 산 샴페인이 아닌데.

망할 유구무언 때문에 사심 충만 드러운 놈으로 보이기 십상이다. 지환은 입술을 꾹 깨물었다. 그녀의 눈빛이 사정없이 흔들리는 것을 보고 있자니 옘병, 수치스럽다.

"서지환 씨. 저는 밖이 더 좋은데요?"

"저는 여기가 더 좋은데요."

"나가면 안 돼요? 서지환 씨하고 룸에 둘이 있기 좀 부담스러운데."

안 돼! 나가긴 어딜 나가! 밖엔 유구무언이 활개를 치고 있다고!

"부담스럽습니까? 왜요?"

지환은 갖은 노력을 다하며 희원의 걸음을 막아섰다. 어쩐지 나가면 바로 유구무언을 만날 것만 같았다.

"내가 부담스러운 이유는 뭡니까? 사심도 없으면서."

"……"

희원은 말문이 막힌 표정으로 지환을 바라보았다. 그는 자신과 단둘이 호텔 방에 있어도 아무 생각 없다는 얼굴이다. 어쩐지, 혼자만 야릇한 상상을 했나 싶어 그녀 심기가 불편해지기 시작했다.

왜 이렇게 그와 하는 일들에 혼자만 유별나게 구는 건지 모르겠다. 정작 그는 아무 생각도 없어 보이는데.

"그러니까, 서지환 씨는 부담스럽지 않다는 말씀이시죠? 나와 단둘이 방에 있어도?"

"물론이죠. 부담스러울 이유가 뭡니까?"

아니야! 나는 사실 부담돼! 세상에서 제일 부담스러운 게 지금이야!

지가 말하고도 지가 민망한지 지환은 케이크를 들고 있는 손에 힘을 주었다.

"권희원 씨와 단둘이 방에 있다고 인성 변하는, 그런 사람 아닙니다."

아니야! 사실 나는 변할지도 몰라! 그래도 나가는 건 더 싫어!

"나 아직 스위트룸 구경도 못 해본 거, 알죠. 나도 좀 구경하고 싶은데."

"음......"

희원은 어딘가 허술한 이유를 늘어놓으며 방에 있기를 종용하는 지환을 이상하게 바라보았다. 모처럼 분위기 좀 내보려고 예쁜 옷도 입었는데.

"하긴, 서지환 씨는 방 구경도 제대로 못 했잖아요. 이 방은 서지환 씨도 누릴 권리가 있죠."

하지만 호텔 어디를 걸어도 지금 이 객실만큼 예쁜 공간을 찾기는 힘들 거다. 방에서 찍은 사진이 더 리얼한 부부의 모습을 보여줄 수도 있을 거고.

로맨틱하잖아? 방에서 남편과, 신혼 첫날밤. 단둘이......

"으아."

결국 생각을 끝까지 해버린 희원의 입에서 이상한 탄식이 흐른다. 지환은 멀뚱멀뚱 그녀를 바라보았고 희원은 홱 돌아서 걸어갔다. 가만히 있자니 붉어진 얼굴을 들킬 것만 같았다.

"난 서지환 씨와 바에 가서 간단하게 와인이라도 마시려고 했는데. 뭐, 상관없겠죠. 들어와요."

하…… 얼굴이 빨개졌어……. 어떡해…….

희원은 손부채질을 하며 리모컨을 찾아 에어컨 온도를 내렸다. 뭐랄까, 일이 좀 이상하게 되어가는 것 같았다.

하지만 되도록 쿨하게 행동해야겠다. 쿨하게. 밖이건 아니건 아무 생각 없다는 남자 앞에서 본인만 이상한 여자로 보일 수는 없으니까.

"그럼 실례하겠습니다."

"네. 어서 오세요."

결국 방에 둘이 남았다. 사실 누구도 원한 일은 아니었다.

· · · ✦ ✦ ✦ · · ·

"당분간 밖에 있겠다고 하더니, 왜 벌써 들어왔어?"

"그냥요. 혼자 나가 있으려니 영 심심해서. 할 일도 없고."

현역 선배를 만난 구언은 머쓱하게 입을 떼며 웃었다. 해외 스케줄을 핑계로 희원의 결혼식에 불참했지만, 사실은 이틀만 출국하면 되는 단순한 스케줄이었다. 희원의 결혼식 전에 공연은 끝이 났고 구언은 어제 귀국했다.

"너 들어온 거 아는 사람 나 말고 또 있어?"

"없어요. 괜히 소문나서 희원이 귀에 들어갈까 봐, 말 안 했어요."

"희원이 결혼식 안 오려고 그런 거지? 뭐 하러 그렇게까지 했어."

"그냥, 내가 원이 결혼식 가서 뭐 하나 싶기도 하고. 한국에 있는데 안 가면 희원이가 이상하게 생각할 것 같기도 하고."

구언이 솔직하게 답하며 시종일관 웃자 선배는 미간을 좁혔다.

"웃지 마. 니가 웃는다고 웃는 것처럼 보이는 줄 알아?"

"그러게요. 내가 지금 웃는 게 웃는 게 아니네. 근데 또 웃는 것 말고는 할 게 없네."

"에휴, 널 보고 있자니 내 속이 다 썩는다. 썩어."

친한 선배의 탄식이 씁쓸하다. 구언은 따라놓은 보드카를 넋 잃은 시선으로 바라보다가, 입술을 떼었다.

"결혼, 잘 했어요?"

"누구. 희원이?"

"네."

선배는 오늘 희원의 결혼식을 다녀왔다. 빈 잔에 술을 따르며 선배는 고개를 끄덕였다.

"잘 했지. 예쁘더라. 뭐, 희원이는 항상 예뻤지만."

예쁜 너의 결혼식. 그 곁엔 내가 있었으면 했던 바람.

"신랑도 잘생겼던데. 검사라며. 선봐서 만났다고."

"……."

"너한텐 이런 말, 잔인하게 들릴 줄 알지만 두 사람 잘 어울리더라."

결혼에 뜻이 없다니 그런 줄로만 알았다. 그렇게 혼자를 꿈꿀 너라면 차라리 평생 혼자이길 바랐다. 지금처럼 네 곁에서 자유로이 함께할 수 있도록. 숨긴 마음을 후회하지 않을 수 있도록.

"잊어. 별수 있어? 이젠 남의 여잔데. 깨끗하게 잊고 비워버려."

마음이 산산조각 난다. 원하지 않았던 방식으로 종료된다.

이럴 바엔 고백이라도 해볼걸 그랬나. 이러나저러나 어차피 접어야 할 마음인데. 시원하게 차여라도 볼걸. 깨끗하게 거절이나 당해볼걸.

······부질없는, 후회.

"너도 인마, 너 좋다는 여자 만나. 니가 뭐가 모자라고 부족해서 이렇게 짝사랑에 목을 매냐? 접어."

우는 마음을 대신해 입술이 웃는다.

"알았으니까 술이나 사줘요. 오늘은 좀 취하고 싶네."

"그래. 알았어. 너 그런데 희원이한텐 귀국한 건 언제 말하려고. 니들 공연 연습도 있잖아. 희원인 공연 때문에 신행도 취소했다는데."

"신행을 취소했대요? 희원이?"

"그래. 걔는 신행도 포기하고 연습하겠다는데 폐 끼치면 되겠어? 일은 일이지."

"······뭐, 조만간 말해야죠. 조만간."

조만간, 나는 네 앞에 새로운 사람이 되어. 사랑 같은 건 해본 적 없는 또 다른 내가 되어.

"마셔. 마시고 털어버려. 괜찮아, 인마. 인연 아닌 걸 뭐 어쩌겠어. 희원이 행복하면 됐지. 남자답게 축하해줘. 알겠어?"

"······네."

어쩌지. 조만간 만나게 될 내가, 벌써부터 나는 두려운데.

구언은 내내 시선을 주던 술잔을 들고 벌컥벌컥 술을 비웠다. 이 호텔 아래층 어딘가에 그녀가 머물고 있다는 것은 꿈에도 모른 채.

결심한 대로 마음을 접을 수 있을지 없을지, 그것도 종잡지 못한 채.

· ✦✦✦✦✦ ·

"케이크 맛있네요. 먹어보고 싶었는데, 비싸서 내 돈 주고는 못 사 먹겠더라고요."

"많이 먹어요. 이미 많이 먹고 있지만."

"다 먹어야죠. 아까우니까요."

희원은 부지런히 케이크를 파 먹었다. 애매한 시선 처리로 케이크만 응시한 채, 물리고 질릴 만큼 먹은 케이크를 멈추지 않고 흡입했다.

이미 질린 케이크는 입안에서 식도로 넘어가지 않고 맴돌았다. 하지만 먹는 일을 멈출 수가 없었다. 왜냐.

"아…… 맛있다……."

먹는 것 말고는 할 게 없으니까!

단둘이 앉아 있는 이 방은 지나치게 조용하다. 하필이면 테이블도 침대와 가까운 곳에 배치되어 있다. 침대와 떨어져 있는 다른 테이블에 앉아도 되겠지만 무슨 정신인지 이곳에 앉고 말았다.

케이크를 먹고 있지만 정신이 오만 곳에 팔려 얼떨떨하다. 폭신한 케이크를 한 입 덜어 꾸역꾸역 밀어 넣을 때마다 긴장했음을 말해주는 잔기침이 나왔다.

곁눈질로 자꾸만 침대가 보였다. 이런 일에 익숙하지 않은 심장은 낯선 박동으로 그녀를 당황하게 했다. 지환은 홀짝, 샴페인을 마시며 그녀를 응시했다.

"먹기 싫으면 그만 먹어도 돼요. 표정은 거의 울기 직전인데."

"아뇨? 아뇨? 아뇨? 다 먹을 건데요?"

지환이 그만 먹으라고 하자 희원은 더욱더 적극적인 표정으로 케이크를 잘랐다. 흐엉, 한 입 더 밀어 넣었다간 헛구역질이 나올 것 같았다.

"내가 그렇게 불편합니까?"

"아뇨? 제가 왜요?"

"불편해 죽겠다는 신호 아닙니까? 싫은데도 꾸역꾸역 먹으면서 눈도 안 보고."

"……네, 뭐. 사실은 어색해서요."

슬그머니 접시를 내려놓았다. 케이크를 한 조각 더 먹느니 솔직하게 말하는 게 백번은 나을 것 같다.

"서지환 씨하고 결혼하기 전에 좀 더 친해질걸 그랬어요. 이렇게 어색할 줄 알았다면."

"난 괜찮은데."

말끝에 지환은 샴페인을 다시금 홀짝 삼켰다. 그녀의 불편함을 진즉 알고 있어 나가주고 싶다가도, 심심한 그녀가 홀로 밖을 나갔다가 유구무언을 마주칠지도 모른다는 생각에 이도 저도 못 하고 있다. 일단 버텨보기로 한다.

"그, 동료는 언제 옵니까?"

"누구요?"

"왜 있잖아요. 누구지? 누구더라?"

유구언. 유구언. 유구언.

지환은 생생하게 기억하는 그의 이름을 애써 모른 척했다. 그녀에게 큰 관심사는 아니라는 듯 보이고 싶었다.

"아, 혹시 유구언 말인가요?"

"그랬나? 뭐, 그랬던 것도 같고. 같이 연습하던."

"네네. 맞아요. 유구언. 구언이."

"해외 나갔다고 들은 것 같은데? 왔습니까?"

지환은 애써 궁금하지 않은 척 흘리는 음성으로 물었다. 갑자기 생각이 난 것처럼, 사실은 내내 유구무언 생각뿐이었으면서.

"모르겠어요. 일정이 좀 길다고만 들었거든요."

"한국에 있을 확률은 얼마나……."

"확률? 글쎄요. 잘은 모르겠지만 지금 있을 확률은 거의 없죠? 왜요?"

"아닙니다. 그냥 심심해서 물어봤습니다. 갑자기, 아주 갑자기 불현듯 생각이 나서."

희원은 지환의 부자연스러운 손사래를 바라보다가 갸우뚱했다. 갑자기 구언의 이야기를 꺼내니 이상한 거다.

"구언은 참 좋은 무용수예요. 같이 연습하면서 동기부여도 많이 됐죠. 해외에서 더 유명한 무용수라 개인 스케줄도 엄청 많아요. 하나하나 다 알 수도 없고."

"그렇군요."

희원은 결혼식 전에 도착한 구언의 메시지를 떠올렸다. 무사히 결혼식 끝났다고 답이라도 보내줄걸 잊어버리고 있었다. 그녀는 부산한 손길로 휴대폰을 집어 들었다.

"맞다. 연락해준다는 걸 깜빡 잊었어요. 생각난 김에 연락해줘야 겠다."

"누구? 유구언 씨 말입니까?"

"네. 아까 연락이 왔었거든요. 정신이 없어서 잊어버리고 있었어 요."

안 돼! 지금 여기 있단 말이야!

"잠깐. 권희원 씨, 잠깐만."

지환은 덥석 희원의 손을 잡았다. 휴대폰을 들고 있던 그녀는 깜짝 놀란 표정으로 그를 바라보았다. 잡은 휴대폰을 이도 저도 못 하게, 지환은 힘을 꽉 주었다.

"권희원 씨. 난 지금 누구에게도 이 시간을 방해받고 싶지 않은 데요."

하도 급하니 헛소리가 절로 흘러나온다.

"내게만 집중해줄 순 없습니까?"

"미쳤어요?"

희원은 눈을 가늘게 뜨며 지환을 응시했다.

"샴페인 마시고 취했어요? 그런 게 아니면 무슨 그런 이상한 소 리를."

"아, 취하는 것도 같고."

"뭐, 뭐요?"

"됐고, 어쨌든 지금은 내게만 집중해요. 다른 일은 나중으로 미 루고."

……망했다. 이 분위기는 무엇?

"내가 지금 서지환 씨에게 집중해야 할 이유는 뭐죠?"

"아…… 글쎄요……. 잘은 모르겠으나……."

"잘 모르겠죠? 저도 잘 모르겠는데요. 서지환 씨."

끙. 지환은 되돌릴 수 없는 주둥이의 참사에 마른침을 삼켰다. 희원은 질색하는 표정을 지었다.

"계약 잊은 건 아니죠? 결혼했으니 날 어쩔 수 있다고, 설마 그런 생각 하는 건 아니죠?"

"무슨 그런 무시무시한 말씀을."

"그럼 이 끔찍한 멘트는 뭔데요! 뭘 집중을 하라 마라, 으아, 소름 끼쳐."

자신의 멘트에 질색하는 그녀의 표정을 보고 있자니 너무나도 수치스럽다. 희원이 붉어진 얼굴을 홱 돌리며 휴대폰을 내리자 끙, 지환은 앓는 소리를 내었다.

오늘만. 일단 오늘만 넘겨봅시다. 유구무언이 지금 여기 있다고요.

"우리, 이만 자리 끝낼까요? 서지환 씨도 피곤해 보이는데."

안 돼! 내가 나가면 감시를 할 수가 없잖아!

"전혀. 전혀 피곤하지 않습니다."

"오늘따라 왜 이래요? 이상하게?"

"원래 이상한 사람입니다. 신경 쓰지 말아요."

하……. 지환은 깊은 한숨을 쉬었다. 망할 유구무언 때문에 기름진 멘트나 실없이 뱉어내며 죽치고 앉아 있는 진상이 되어버리고 말았다. 하지만 어떡해, 곧 죽어도 싫은데.

……가만. 지환은 가만히 생각에 잠긴 채 눈을 감았다가 떴다.

내가 왜 이렇게까지 전전긍긍하며 유구무언을 경계해야 하는지 모르겠다. 왜? 왜? 그럴 이유가 뭐란 말인가?

"저는 피곤해서요. 이만 자고 싶어요."

그래. 내가 이럴 이유까지는 없는 거다. 그녀의 인간관계이고, 내겐 그저 타인의 이야기일 뿐이다. 신경 쓰고 초조해하며 그녀와 유구무언을 격리시킬 권리가 내게는 없다.

"피곤해서 헛소리가 자꾸 나오나 봅니다. 정신 차리고 이만 일어나겠습니다."

지환은 생각 끝에 일어났다. 지금까지 자리를 버티고 앉아 있는 일이 한심하게 여겨진다. 어쩌다 이렇게 물색없는 사내가 되었나, 스스로 바보 같았다.

"피곤할 텐데 이만 자요. 가볼게요."

"아…… 네. 그래요. 서지환 씨."

생각을 정리하고 나니 마음이 한결 가볍다. 그녀가 유구무언에게 연락을 하거나 하지 않거나, 그건 자신이 관여할 부분이 아님을 이제야 깨닫는다.

"권희원 씨, 잘 자요."

"서지환 씨도 잘 자요. 좋은 꿈 꾸고요."

두 사람이 결혼을 약속할 땐 이혼을 고려하지 않았다. 되도록 이혼을 하지 않되, 단 하나의 경우에만 합의를 해주기로 했다.

"권희원 씨도, 좋은 꿈 꿔요."

상대에게, 혹은 내게, 사랑하는 사람이 생겼을 때. 그러니 지금 자신의 행동은 옳지 않다. 모든 것은 순리대로 따라야 하는 거니까.

쿵. 문을 닫고 지환은 밖을 나섰다. 그대로 걸음을 옮겨 자신의 객실로 돌아갔다.

진정한 사랑을 찾게 되면 서로를 쾌히 놓아주리라. 두 사람은 그렇게 약속했고, 시작엔 자신도 있었다. 자신. 진심으로 상대의 사랑을 축하해줄, 자신.

……말도 많고 탈도 많은 신혼 첫날밤이 지나간다.

내 주변 모든 길이 너야

햇살이 쏟아진다. 완벽하게 차단하지 않은 창가의 커튼 사이로 아침이 찾아온다. 솜이 빵빵한 이불을 한껏 몸에 휘감고 이리저리 몸을 뒤척이던 희원은 입가에 엷은 미소를 그렸다.

굳이 눈을 뜨지 않아도 아침이 왔다는 사실을 잘 알겠고, 한껏 늦잠을 자도 깨우러 올 사람이 없다는 것 또한 잘 알겠다. 아침 7시면 조식을 드시던 할아버지 때문에 억지로 눈을 떠야 했던 고충은 사라졌다.

"흐응…… 좋다……."

보드라운 이불을 한껏 끌어올리며 희원은 혼잣말로 중얼거렸다. 이른 아침 연습이 없는 오늘, 원 없이 늦잠을 자보리라.

희원은 이리 구르고 저리 구르다가 슬그머니 눈을 떴다. 진즉 깨어 있었던 까닭에 정신은 말똥말똥했다.

"아, 더 자고 싶은데 잠이 안 오네."

아무리 늦잠을 자보려고 해도 눈꺼풀이 견디질 못하고 위로 올라간다. 부모님과 살 때는 아침에 일어나기 싫어 그렇게 잠이 쏟아지더니 막상 기회가 주어지니 잠이 오질 않는다. 희한한 일이다.

"아아, 물이나 좀 먼저 마실까."

으자자자자……. 희원은 기지개를 켜며 침대에서 다리를 내려 슬리퍼를 신었다. 털이 복슬복슬한 슬리퍼는 감촉이 좋아 신고 걸으면 기분도 따라 좋아졌다.

이 집 안의 모든 것, 공간을 가득 채운 가구부터 이런 사소한 슬리퍼까지, 그녀의 절대적인 취향으로 꾸며졌다. 예의상 걸어놓은 결혼사진만 뺀다면 모든 것이 완벽한, 모든 것은 그녀의 뜻대로.

"오늘은 돌아오는 길에 선식을 좀 사야겠다. 없으니까 허전하네."

기지개를 켜고 이리저리 몸을 움직이며 주방으로 들어선 희원은 정수기에 컵을 내리고 찬물을 가득 받았다. 벌컥벌컥 물을 들이켜며 거실을 바라보니 테이블 위엔 미처 치우지 못한 와인병과 와인잔, 그리고 치즈 그릇이 그대로 있다.

"하, 시원해."

물컵을 내린 희원은 슬리퍼를 끌며 거실로 나왔다. 들고 있던 휴대폰 단축 번호를 꾹 누르자 엄마에게 연결이 된다. 스피커 모드로 해놓은 희원은 텅 빈 와인병을 치우려고 들었다.

— 여보세요, 희원이니?

"응. 엄마. 굿모닝."

— 이제 일어났어? 목소리가 잠겼는데?

"와, 우리 엄마 귀신이네. 지금 일어났어. 더 자고 싶은데 잠이 안 와."

— 지금이 몇 신데 잠을 자, 이것아. 일어나서 청소도 좀 하고 환기도 하고 할 일이 얼마나 많은데.

밥은 먹었어? 엄마는 의식의 흐름에 입각하여 질문을 던진다. 아직요. 희원은 먹다 남은 치즈를 정리하며 대답했다.

— 서 서방은 출근했고? 별일 없지?

"별일은 무슨. 지환 씨는 출근했지."

희원은 시계를 바라보았다. 그가 출근을 했어도 진즉 했을 시간. 뭐, 출근했겠죠. 나는 알 수 없지만.

— 어때. 신혼은 재밌어? 하기야, 소꿉놀이하고 있겠지 뭐. 서 서방이 잘해줘? 안 싸워?

"응. 재밌어. 잘해줘."

지환은 검찰청 앞, 원래 살던 오피스텔에서 그대로 살고 있다. 지금 신혼집은 희원이 들어와 혼자 살기로 원활한 협의를 마쳤다. 그와는 간간이 메시지나 주고받을 뿐 어떻게 살아가고 있는지 사실은 잘 알지 못한다.

— 얼마나 잘해주는데. 응? 말해봐. 서 서방이 엄마보다 잘해줘?

"에이, 그게 말이 되나. 엄마보다 잘해주는 남자가 어디 있어."

그는 약속한 대로 무한한 자유를 허락해주었다. 그녀는 홀로 만끽하는 자유로움에 취한 행복한 나날을 보내고 있다.

— 어제는 일찍 잤어?

"음. 영화 보다가, 그냥 그냥 잠들었어."

물론 혼자였지만 영화를 본 건 사실이니까.

어제는 새벽까지 좋아하는 영화를 틀어놓고 홀로 와인을 마시며 4인용 소파를 점령했다. 대체 그 사소한 일이 뭐라고 기분이 날아갈 것 같더라.

— 바빠도 밥은 좀 해 먹어. 음식도 해봐야 느는 거야. 이렇게 갑자기 갈 줄 알았으면 엄마가 좀 가르치는 건데.

"됐어. 요즘 인터넷에 요리 정보가 얼마나 많은데요. 해서 먹을게요."

— 그러지 말고 엄마가 반찬 좀 가져다줄까? 서 서방 불편하면 엄마가 낮에 잠깐 가서 몰래…….

종량제 봉투를 들고 일어서던 희원은 엄마의 음성이 흘러나오는 휴대폰을 바라보았다.

"아냐! 아냐 엄마! 내가 그냥 알아서 해 먹을게!"

— ……알았어. 엄마 가는 거 불편한가 보네. 그렇게 재밌어? 엄마 안 보고 싶을 만큼?

"엄마 보고 싶지. 왜 안 보고 싶겠어."

음. 희원은 잠시 망설이다가 휴대폰을 들었다. 스피커를 끄고 귀에 휴대폰을 가져다 댔다. 다른 일과 병행하며 통화하는 자신과는 달리 엄마는 지금 휴대폰에 매달린 채 딸아이의 음성만 기다리고 계시리라.

"엄마. 그러지 말고 내가 오늘 저녁에 갈게. 나 밥해줘."

— 그래? 올 거야? 오늘? 뭐 먹고 싶어. 말만 해.

간다니까 엄마의 목소리가 금세 변한다. 자유를 얻어 행복한 딸과는 달리 엄마의 삶은 회색으로 변한 것 같아, 희원은 미안한 마음이 들었다.

— 그럼 서 서방이랑 시간 맞춰서 같이 와. 엄마가 맛있는 거 해 줄게.

"지환 씨? 지환 씨는 오늘…… 저기, 나 그냥 혼자 가면 안 돼요?"

꼭 같이 가야 하나? 딸이 엄마 보러 집에 간다는데?

굳이 지환에게 불편한 부탁을 하고 싶지 않은 희원이 혼자 가겠다고 하자 엄마는 안 된다며 아우성이다.

— 둘이 올 거 아니면 오지 마. 너 벌써부터 혼자 친정 다니는 거보기 안 좋아.

"어머, 엄마는 무슨 그런 말을 해? 지환 씨 바쁘면 혼자 갈 수도 있는 거지. 내 집도 마음대로 못 가?"

— 여기가 왜 네 집이야. 네 집은 지금 네가 있는 곳이지.

헐. 희원은 못마땅한 표정을 지었다. 혼자는 절대로 올 생각 하지 말라니, 엄마와 대강 전화를 종료하고 끊었다.

"아, 서지환 씨한테 이런 부탁 하기 좀 민망한데."

서로는 양가에 최소한의 도리를 다하기로 약속했다. 최소한의 도리.

"에이, 그냥 다음에 가야겠다. 다음에 근처 볼일 있어서 왔다가 잠깐 들렀다고 하면서 집에 가야지."

희원은 지환에게 부탁하기가 껄끄러워 이내 고개를 가로저었다. 그때였다.

"어? 여보세요?"

— 어라? 전화 바로 받네요?

지환의 전화다. 생각만 하면 전화가 오니 이 정도면 전생에 양반은 못 되는 정도가 아니라 망나니 수준이다.

"엄마랑 통화했거든요. 출근했죠?"

— 그럼요. 지금 몇 시인데.

실로 오랜만의 통화다. 희원은 갑작스러운 지환의 전화에 미소를 지으며 소파에 앉았다. 통화를 하며 움직인 것 때문일까, 심장이 조금은 두근두근했다.

— 장모님은 잘 계십니까?

"뭐, 대외적으로는 그렇긴 한데, 아무래도 제가 집에 없으니까 빈자리가 크긴 할 거예요."

— 아아, 그렇겠네요. 권희원 씨, 잠깐만.

"네네."

지환이 통화 도중 누군가와 이야기를 나눈다. 희원은 잠자코 그의 대화가 끊기기를 기다렸다. 오랜만에 걸려 온 그의 전화, 그의 목소리는 익숙하다 말하기엔 조금 낯선 감이 있어 신선한 느낌이 들기도 했다.

— 권희원 씨, 오늘 저녁에 뭐 합니까?

"오늘 저녁이요? 글쎄요. 연습은 그리 늦게 끝나진 않을 것 같은데."

— 그럼 오늘 저녁에 장모님 뵈러 가죠. 장인어른도 뵙고, 어르신도 뵙고.

"엇, 진짜요? 정말?"

……어쩐지 그와는 통하는 것이 많다. 하필이면 오늘 그런 생각을 하고 있었던 걸 어떻게 알고. 함께 가줄 수 있겠냐는 부탁이 어려워 엄마 얼굴도 보러 가지 못하는 쓸쓸함을, 또 어떻게 알아내고.

"뭐 먹고 싶어요? 말만 해요. 우리 엄마 요리 진짜 잘하거든요."

공연히 신이 난 희원의 음성이 높아진다. 소파 위에 펄쩍 뛰어올라가 팔랑팔랑 점프를 뛰었다. 집에 가자는 말이 이렇게 감사하게 들릴 줄이야.

― 가리는 거 없습니다. 평소 드시던 대로 차려주시면 감사하죠.

"알겠어요. 그럼 내가 몇 시까지 사무실 앞으로 갈까요? 만나서 가야 하잖아요."

― 내가 갈게요. 권희원 씨가 있는 곳으로.

"아……."

내가 갈게요. 권희원 씨가 있는 곳으로.

"그럼 연락 주세요. 기다리고 있을게요."

― 그래요. 오랜만에 보겠네요. 이따가 봐요.

단출한 전화 통화는 끝이 났다. 희원은 휴대폰을 내려다보며 엄지손톱을 물었다.

"뭐지 지금 이 기분? 심장에 해로운데?"

두근두근 뛰어오르는 심장. 희원은 가만히 휴대폰을 내려다보다가 더욱더 열성적으로 소파 위를 방방 뛰었다.

그래. 소파 위를 뛰어다녀서 덩달아 심장도 뛰는 거다. 다른 이유는 없는 거다.

"으아아 엄마한테 당장 전화해야지, 엄마. 우리 엄마아아아!"

단순하게 생각을 마친 희원은 엄마한테 전화를 걸었다. 소파에서 폴짝 뛰어내린 희원은 리모컨을 들어 음악을 켜며 리듬에 맞춰 빙글빙글 춤을 췄다.

커다란 음악. 자유로운 몸짓.

"여보세요? 엄마! 엄마 나 희원이!"

이 결혼, 아무리 생각해봐도 완벽하다.

· · ✦ ✦ ✦ ✦ · ·

"검사님, 오늘 처가댁 가십니까?"

"네. 결혼하고 처음 방문합니다. 너무 내외했지 뭡니까."

"하하, 처음 가시는군요. 친정 방문할 생각에 사모님께서 무척 좋아하시겠습니다."

사모님. 최 계장의 단어 선택에 지환은 멋쩍은 미소를 지었다. 그러다가 슬쩍 자신의 왼손 약지에 자리한 결혼반지를 응시했다.

"처가댁에 처음 방문하시는 거니 두 손 무겁게 해서 방문하셔야죠. 봉투 두둑하게 준비하시고."

"그래야겠죠. 오늘은 좀 일찍 퇴근해야겠습니다."

지환은 바라보고 있던 반지를 둥글게 돌리며 생각했다. 나는, 결혼을 했다.

이렇듯 주입식 암기가 아니면 상기하기 힘들었다. 결혼식 이후 각자의 삶을 살고 있다 보니 자신이 결혼을 했다는 생각은 잘 들지 않는 것이다. 생활은 조금도 변한 것이 없었다. 아아, 물론 맞선을 보러 다니지 않아도 되는 강력한 장점이 생기긴 했지만.

"사모님께서는 잘 지내시죠?"

"그럼요. 잘 지내고 있습니다."

그녀는 잘 지내고 있으리라. 허락된 자유를 마음껏 만끽하며.

"사모님께서 공연 준비한다고 하지 않으셨습니까?"

"아…… 네. 잘 준비하고 있습니다."

지환은 훅, 치고 들어오는 최 계장의 질문에 서둘러 서류 더미를 끌어당겼다.

"얼마 전에 사모님 인터뷰하셨던데요. 제가 사모님 자료를 열심히 찾아보고 있습니다. 팬이 되었지요."

"아…… 그러시구나. 하하하, 하하."

끌어온 서류 더미를 펄럭거리며 지환은 어색한 웃음을 터뜨렸다. 희원이 인터뷰를 했다는 사실은 금시초문이니 최 계장과의 대화가 자연스러울 리 없다. 항시 긴장하지 않으면 위기는 예상하지 못한 곳에서 찾아왔다.

"계장님, 공두철 송환 일자는 나왔습니까?"

하여 급격하게 화제 전환을 시도했다. 사생활 이야기가 불리할 땐 업무 이야기가 최고다.

"예. 홍콩에서 이번 주 안으로 송환하겠다고 합니다. 오전에 대사관 측에서 연락이 왔습니다."

"네. 알겠습니다."

지환은 금괴 밀수 수사를 피해 해외 도피를 선택한 공두철이 현지에서 체포되었음을 확인했다.

공두철은 모집한 금괴 운반책을 통해 방대한 양의 금괴를 밀수하는 사회악이었다. 홍콩에서 밀수한 금괴는 한국을 거친 뒤 일본으로 넘겨졌고 그사이 엄청난 차액이 발생했다.

피해 예상 금액만 5조가 넘어서는 지금, 공두철은 예측하기로는 금괴 밀수 조직의 핵심 인물이었다.

"매번 운반책만 잡아들이다가 이번엔 실세를 잡았으니까, 뭐가 좀 나올 것 같은데요."

"조사해봐야겠죠. 우리가 코끼리의 코를 만지고 있는 건지 귀를 만지고 있는 건지, 이젠 알아야 하니까요."

"그러게 말입니다. 싹 다 잡아들일 수 있다면 좋은데. 매번 가지만 치고 있으니 뿌리는 점점 더 깊어지는 것 같습니다."

금괴 밀수 조직은 거대한 피라미드였다. 치밀하고 은밀하게 몸집을 불린 조직은 수단과 방법을 가리지 않고 금괴를 유통했다. 세금을 부과하지 않은 홍콩발 금괴를 일본으로 밀수하기 위해 상대적으로 감시가 느슨한 한국을 경유했다.

운반책들을 잡아들여봐야 그 위로 포진된 자들의 신상 정보를 알 수 없는 일. 인천국제공항 개항 이후 최대 규모의 금괴를 들여오던 밀수범이 검거되며 수사 당국의 전쟁은 시작되었다.

"계장님, 이번에야말로 뿌리를 뽑아봅시다. 전 피라미드 최상단에 누가 있는지, 정말 궁금하거든요."

"예. 검사님. 이번엔 검사님께서 좋아하시는 소탕 작전이 성공하기를 제가 열심히 바라겠습니다. 양 차장님께 예쁨 좀 받으셔야죠."

상명하복이 매서운 보수적인 검사 집단. 양병목 차장검사는 죽어라 말을 듣지 않는 지환을 탐탁지 않게 여겼다. 양 차장은 자신의 뒤를 이을 재목으로 지환을 점찍었으나, 정작 지환은 그럴 생각이 없었으니까.

"힘내십시오. 검사님."

최 계장이 주먹을 불끈 쥐며 파이팅을 외치자 지환은 따라 파이팅을 했다.

"계장님. 물론 차장님께 예쁨 받는 것도 중요하지만, 당장 오늘 저녁 처가댁에서 예쁨 받고 오는 게 더 중요합니다. 그런 의미로 응원해주십시오."

"예예. 그것도 같이 응원하겠습니다. 힘내십시오."

두 사람은 결연한 파이팅을 했다. 매사 쉬운 일이 없었다.

. . ◆ ◆ ◆ ◆ ◆ . .

평소보다 이른 퇴근을 마치고, 그녀 본가에 가져갈 선물을 준비한 지환은 희원의 연습실 앞에 도착했다. 만나기로 한 시간보다 10분 정도 먼저 도착했다.

"어디 보자……."

연습실 안으로 들어갈 필요 없이 그녀가 나오기로 했으니 기다려보기로 한다. 지환은 거울을 들여다보며 자신의 얼굴을 점검했다. 오랜만에 희원을 만난다고 생각하니 어쩐지 긴장감이 웃돌았다.

면도가 잘된 건지, 머리가 흐트러지지는 않았는지 꼼꼼하게 자가 검열을 마친 지환은 거울을 들여다보다가 어색하게 웃었다.

"오랜만이네요. 권희원 씨."

흠, 너무 상투적이다.

"부인. 오랜만입니다."

인사가 아까랑 뭐가 달라! 상투적이잖아!

"왔어? 갈까?"

······에효, 됐다.

그녀에게 건넬 첫인사를 중얼중얼 연습하던 지환은 관두기로 한다. 어차피 연습한다고 연습한 대로 될 리 없다. 그냥 자연스럽게. 누구도 우리가 오랜만에 재회한 것이라 여기지 못할, 자연스러운 인사로 맞이하면 된다. 그녀는 내 부인이니까.

"왔다고 연락을 할까."

지환은 희원에게 도착했다고 연락을 할까 휴대폰을 들었다. 그때였다.

구아아앙! 씩씩한 소리를 내며 휘황찬란한 외제차가 연습실 앞에 도착한다. 억, 소리가 우습게 나는 외제차는 무척 부드러운 핸들링으로 주차에 나섰다. 지환은 휴대폰을 들며 뜻 없는 눈길로 앞을 바라보다가 다시 휴대폰을 바라보고, 다시 천천히 고개를 들어 앞을 바라보았다. 이윽고 차체가 낮은 외제차에서 내리는 한 남성.

"······뭐야."

저기 저, 저기 저, 저기 저놈!

유구무언이다. 지환은 들고 있던 휴대폰을 내팽개치며 전방을 주시했다. 연습실 앞에 도착한 유구무언은 어쩐지 들어가질 못하

257 ◆

고 한참이나 연습실을 바라만 보고 있다.

"또 너냐? 또 너야?"

매번 이런 식으로 등장하는 유구무언이 어쩐지 너무나도 마음에 들지 않는다.

"이 정도 마주침이면 유구무언하고 나하고 인연인 거, 아닌가."

그날, 그 호텔엔 분명 유구언이 있었다. 헌데 한국에 없다고 희원에게 거짓말까지 해가며 그는 결혼식에 오지 않았다. 이 정도 알리바이면 유구무언의 마음을 짐작하고도 남음이 있었다.

"어랍쇼, 들어가네."

한참 망설이는 듯하더니 긴 한숨을 내쉬고는 유구무언이 연습실로 향한다. 걸음은 가벼워 보이지 않았다.

지환은 핸들만 붙잡은 채 그의 뒷모습을 응시했다. 주저주저하며 연습실로 들어가는 유구무언의 뒷모습, 연습실로 들어가기까지 많은 용기가 필요하다는 것처럼 보이던 유구무언의 긴 한숨.

기분은 묘하게 불쾌했다. 유구무언에게 용기가 필요한 이유, 그녀 때문인 것 같았다.

· · ✦✦✦✦✦ · ·

"도착했을까? 이제 올 때가 됐는데."

지환의 퇴근 시간에 맞춰 연습을 끝낸 희원은 차비를 마쳤다. 오랜만에 집에 갈 생각 때문인지 혹은 오랜만에 그를 볼 생각 때문인지, 아침부터 연습을 마칠 때까지 그녀는 시종일관 웃고 있었다.

통유리 앞에서 멈춰 서서 희원은 가만히 자신의 얼굴을 들여다보았다.

눈가에 보톡스를 맞았는데, 왜 그런지 요번엔 좀 부었어요.

문득 결혼식 당일 커다란 선글라스를 장착한 채 나타났던 정윤의 말이 떠오른다. 가만히 정윤을 떠올리던 희원은 자신의 눈가를 꼼꼼하게 살폈다.

"보톡스 같은 거 맞으면 진짜 효과가 있나? 나도 상담 한번 받아볼까?"

정윤은 같은 여자가 보아도 무척 세련됐다. 자신을 꾸미는 일에 탁월했고, 무엇이 자신에게 잘 어울리는지 잘 알고 있었다. 물오른 정윤의 도도함이 괜스레 멋져 보이던.

"보톡스 안 아픈가? 나도 이제 슬슬 관리해야 하는 거 아냐?"

"안 해도 예쁘다. 하긴 뭘 해."

"……유구언!"

혼잣말을 누군가가 듣고 답을 하니 희원은 홱 고개를 돌려 등장인물을 바라보았다. 이윽고 그녀 눈은 커다랗게 변했다.

구언은 문턱에 비스듬히 서서 그녀를 응시했다. 역시나 예상한 대로.

"뭐야! 언제 왔어! 야, 연락도 없고 너!"

그녀는 아무것도 변한 게 없다.

"대체 뭐 하다가 이제 연락한 거야! 전화도 안 받고!"

하긴, 그 짧은 시간 안에 너의 무엇이 변한다는 건 말도 안 되는 거지. 그래도 난 조금은 네가 변해 있기를, 바랐는데.

"나, 찾았어?"

"그럼! 찾았지! 연습 때문에 내가 너 얼마나 찾았는지 알아?"

……연습. 희원의 입술 사이로 튀어나온 '연습'이라는 단어에 구언은 피식 웃었다.

도저히, 도저히 그녀를 만날 용기가 생기질 않아 몇 날 며칠 허송세월을 보냈다. 연습이 시급하다는 것을 알면서도. 일은 일이고 마음은 마음이라고 아무리 다그쳐봐도 잘 안 되더라. 그녀를 만나는 일이, 두렵더라.

"미안해. 집에 일이 좀 있었어."

"그럼 계속 해외에 있던 건 아니었어? 하긴, 로밍이 안 돼 있더라."

"미안해. 개인 사정이라 말하기가 좀 곤란하다."

대충 집안일로 연락을 하지 못했다며 얼버무리자 그녀가 둥근 눈망울로 올려본다. 그 눈빛에 심장이 발악하듯 날뛰어 오르니, 기가 차서 헛웃음만 나온다.

"……돌아왔으면 됐어. 무슨 일이 있었는지는 말하지 않아도 돼."

"그래. 고마워."

희원아, 나도 나를 어쩌지 못해 미치겠다. 마음을 접어야 한다고 천 번 만 번 그르쳐도 뭐 하나 뜻대로 되는 일이 없다. 여전히 나는, 네가 좋다.

"못 본 사이 더 예뻐졌네. 신혼 좋은가 봐."

구언이 씽긋 웃으며 말하자 희원은 돌아섰다. 신혼 이야기를 듣자 지환이 떠오른 것이다. 이윽고 가방을 챙기려고 걸음을 옮겼다.

"그래. 우리 일단 밀린 이야기는 나중에 하자. 나 지금 나가봐야 하……."

"밥, 먹을래?"

희원은 다시 고개를 돌렸다. 어느새 곁으로 다가와 자신의 가방을 챙겨주는 구언은 어딘가 모르게 예전과는 느낌이 달랐다. 뭐랄까, 예전과 다를 바 없는 자상함이지만 조금 더 강한 힘이 담긴?

희원이 멈춰 서 가만히 바라보자 구언은 그녀 가방을 들고 입술을 열었다.

"밥, 먹자."

"구언아, 저기, 내가 오늘……."

"설마 결혼했다고 나랑 밥도 안 먹어주는 건 아니지?"

"……."

"우리, 친한 동료잖아."

구언의 눈빛에 많은 것이 담겨 있다고 여겨지는 건 느낌 탓일까. 희원은 선약이 있다, 집에 가봐야 한다는 대꾸를 하지 못한 채 길게 그를 바라보았다.

자세히 들여다보니 녀석은 수척해진 것도 같고, 야윈 것도 같았다. 대체 집에 무슨 일이 있었기에 이토록 마른 눈빛을 가진 사내가 되었나 싶어 희원은 마른침을 삼켰다.

바라보고 있자니 마음이 시려오는 것 같았다. 누구도 함부로 말을 잇지 못하고 한참 바라보고만 있을 때,

"그 밥, 저하고 함께 드시죠."

이젠 그다지 놀랍지 않은 음성이 들려왔다. 천천히 눈을 감았다가 뜨며, 구언은 소리가 나는 방향으로 몸을 틀었다. 지환이었다.

· · ✦ ✦ ✦ ✦ ✦ · ·

돌아본 수고가 무색하게, 틈을 주지 않고 저벅저벅 연습실 안으로 걸어 들어온 지환은 구언의 손에 들린 희원의 가방을 가져갔다. 이윽고 가볍게 그녀 허리를 끌며 가깝게 섰다.

지환과 구언은 인사를 생략했다. 합의하에 생략했다기보다 그저, 아무도 인사를 하지 않는 것이다.

"나중에 식사 함께하시죠. 이래저래 제 아내가 유구언 씨에게 신세 진 일이 많다고 들었습니다."

"신세는요, 무슨. 제가 오히려 원이에게 신세를 많이 졌죠."

"여러모로 감사합니다. 안 그래도 언젠가 한 번은 인사드리고 싶었습니다. 정식으로."

……아내.

지환이 선택한 단어에 희원은 움찔했다. 어딘가에서 카메라가 돌아가고 있는 것처럼 지금 이 순간은 극 중 한 장면처럼 여겨졌다. 각본 없는 드라마가 있다면 바로 지금이 아닐까, 하고.

"오늘이라도 당장 대접하고 싶지만 아쉽게도 오늘은 안 되겠네요. 제가 아내와 저녁에 볼일이 있어서."

……아내.

지환이 거듭 강조하는 단어에 구언은 마른침을 삼켰다. 식사를 대접하겠다는 지환의 말투는 자상했지만 눈빛은 그렇지 않았다.

마치 그녀와 단둘의 식사는 허용하지 않겠다는 것처럼. 동료라는 구색 좋은 표현으로 네 이기적인 마음을 아름답게 포장하지 말라는 것처럼.

"늦었지만 결혼…… 축하드립니다."

"감사합니다. 결혼식에 오셨으면 했는데, 해외 스케줄이 있다 하셔서 아쉬웠습니다."

사람 좋은 미소를 짓고 있지만, 속내를 꿰뚫어 보는 지환의 눈빛은 서늘하게 느껴졌다.

하, 구언은 헛웃음을 토했다. 희원을 사이에 두고, 그녀의 남편과 대치를 하고 있자니 순간 웃음이 났다.

그녀를 누가 먼저 알고 지냈느냐는 사실과는 관계없이. 그녀와 얼마나 오랜 기간 동안 마주했느냐는 사실은 필요도 없이.

"서지환 씨, 언제 왔어요?"

"조금 전에 왔어요. 아아, 내가 좀 늦었나?"

"아뇨, 그럴 리가요. 저도 이제 막 끝났거든요."

어느 날 갑자기 등장한 눈앞의 사내는, 그녀의 남자가 되었다.

그녀와의 밥 한 끼가 아무렇지 않을. 나누는 대화, 이끄는 손길이 자연스럽기만 한. 내겐 그토록 어렵던 그녀와의 모든 일들이, 사소한 일상이 되어 자리했을.

"구언아, 먼저 가볼게. 나 오늘 부모님 집에 가기로 했거든."

"아아, 그래. 어서 가. 부모님께 안부 전해드려."

지금, 이 순간, 질투가 나지 않는다면 거짓말인 거지.

구언은 애써 뜨거워 오는 마음을 감추며 웃었다. 질투에 엉망이 된 마음을 들키고 싶지는 않았다.

내가 먼저 좋아했는데. 내가 먼저 그녀를 아끼고 사랑했는데. 이런 마음도, 이제는 아무 소용 없는 거지.

"그럼 이만 가보겠습니다. 다음에 또 뵙죠."

"네. 조심히 가세요."

지환은 고개를 약간 숙였다가 드는 행동으로 인사를 건넸다. 여전히 그녀 허리를 다정하게 휘감은 채, 다정한 걸음을 옮기며 앞으로 나아간다. 두 사람이 연습실 문을 열고 사라지니 잠시 후엔 견디기 힘든 적막이 구언의 주변으로 내려앉았다.

"휴……."

구언은 관자놀이를 누르며 긴 한숨을 내쉬었다. 대체 어쩌고 싶은 건지 모르겠다. 사심을 버리고 공연 준비에만 집중하고 싶은데, 자신이 없다.

내 마음이야 어찌 되었든 간에 이미 넌 다른 남자의 아내가 되었는데. 갈피를 잃어버린 내 마음은, 대체 어떻게 버려야 하는 걸까.

"대체…… 내가 뭘 어떻게 해야……."

종이접기 하듯 네게 가 있는 내 마음이 반듯하게 접혔으면 좋겠다. 깔끔하게 되는 일이 아니라면 구겨서 버릴 수라도 있는, 그런 일이라면 좋겠다.

하지만 그렇게 할 수 없을, 다가올 내일은 벌써부터 두려웠다.

◆ ◆ ◆ ◆ ◆ ◆ ◆

희원을 차에 태운 지환은 운전석으로 돌아가 문을 열고, 자리에 앉았다. 휴, 시동을 켜며 안전벨트를 맨 지환은 잠시 핸들을 붙잡고 짧은 한숨을 쉬었다.

가까이서 들여다본 유구무언의 얼굴은 무척 상해 있었다. 모르는 이가 보아도 육안으로 알아챌 수 있을 만큼.

"구언이랑 계속 연락이 닿지 않아서 걱정했는데, 집에 일이 좀 있었대요."

"집에, 말입니까?"

"네. 무슨 일인지 말 안 해주려 해서 그냥 묻지 않았어요."

무슨 일인지 차마 말할 수 없었겠지. 지환은 염려가 잔뜩 묻은 희원의 말을 곱씹다가 힐끔, 그녀를 바라보았다.

그녀는 진심으로 구언의 상황을 걱정하고 있었다. 마음은 여러 갈래의 길이 있어, 그녀에게 구언이란 특별한 동료이겠지. 그런 생각이 들었다.

"오랜만이네요. 권희원 씨."

"그러게요. 오랜만이에요, 서지환 씨."

그러다 보니 문득 궁금해졌다. 그녀는, 정말로 그의 마음을 모르는 걸까? 그가 고백한 적은 정말로 없던 걸까?

고백한 적이 없다고 해도 저렇게까지 티가 나는 그의 마음을, 그녀는 정말 눈치채지 못한 걸까?

"왜요? 왜 그렇게 봐요?"

그녀는 그를 어떻게 생각하고 있을까. 동료, 그 이상의 관계로는 전혀 생각해본 적이 없는 걸까. 그에 대해서 한 번쯤 생각해볼 기회가 없었던 걸까, 아니면 마음이 없던 걸까.

이봐요, 권희원 씨.

"어어? 왜 그렇게 봐요. 나 진짜로 얼굴에 뭐 묻었어요?"

"……그냥요. 그냥."

그가 당신을 좋아한다는 사실을, 알고 있습니까?

"오랜만에 보니까 더 예쁜 것 같아서."

"헐. 진짜 가지가지 하시네요."

지환이 낯간지러운 말로 얼버무리니 희원은 눈을 가늘게 떴다.

"어쩌면 눈 한 번 깜빡 안 하고 저런 말을 하지? 그 성격 고쳐볼 생각은 없어요?"

"우린 진짜 부부 되긴 글렀네요. 예쁘다고 하면 좋아해야지, 화부터 내기는."

"낮술 했어요? 운전대 잡은 걸 보니 그건 아닌 것 같은데."

낮술. 지환은 희원의 말에 웃음을 터트렸다. 이내 핸들을 돌리며 주차장을 빠져나갔다. 머릿속에 내내 맴돌던 생각과 구언의 얼굴을 지워내기로 하며, 지환은 희원과 소소한 대화를 이어나갔다.

그래, 가볍게. 가볍게 생각하자. 구언의 마음과는 별개로 그녀의 마음이 구언에게 없으니 이루어지지 않은 거다. 또한 구언의 마음과는 별개로 그녀의 마음이 구언에게 있다면 축하해줘야 하는 거다.

그녀가 진정한 사랑을 찾게 된다면, 누구보다 먼저 축하해야 할 일이니까. 우리가 시작한 결혼의 취지란 그런 거니까.

"뒤에 저건 다 뭐예요? 뭐가 저렇게 많아요?"

"처음으로 권희원 씨 집으로 가는데 빈손으로 가기가 뭐해서, 이 것저것 사봤습니다."

"어우, 저렇게나 많이? 저게 다 우리 집으로 가는 거라고요? 이렇게까지 안 해도 되는데."

"그건 그렇고, 권희원 씨는 그동안 어떻게 지냈어요. 그것부터 얘기 좀 해봐요."

그래. 모든 것은 운명. 내가 깊게 생각할 것들은, 아무것도 없는 거다.

· · · ✦✦✦✦ · · ·

"아이고, 서 서방! 어서 오게, 서 서방!"

"엄마, 나는 안 보여? 나 여기 있는데?"

"비켜봐. 아유, 우리 서 서방, 잘 지냈지? 별일은 없고?"

"네. 장모님도 잘 지내셨죠?"

쳇. 희원은 제게 없는 엄마의 눈길에 입술을 불뚝 내밀었다. 정작 본인이 보고 싶어서 찾아왔는데 애먼 사람만 붙잡고 반가워한다.

"날 보고 싶었던 사람 맞아? 서운하네?"

"얘는, 무슨 소리. 서 서방 안부가 니 안부지."

엄마는 평소엔 볼 수 없는 호들갑을 떨었다. 뭘 이렇게 잔뜩 사 왔냐, 이게 다 뭐냐. 그냥 편안하게 오지 뭘 이렇게 많이 사 왔냐.

"이건 뭐야? 꽃이네?"

"이건 장모님 겁니다. 희원 씨가 장모님께서 꽃을 좋아하신다고 해서요."

세상에, 바쁜 사람이 언제 또 이런 걸 사 왔냐. 이런 거 안 줘도 된다. 다음부터는 그냥 가볍게 찾아와라. 아이고, 고맙다. 고마워.

"살다가 꽃을 다 받아보고……. 세상에……. 아이고 곱다……."

엄마는 감동받은 표정으로 꽃다발에 얼굴을 묻었다. 깊은 향이 좋은 듯 소녀처럼 웃으신다.

내가 언제 엄마가 꽃을 좋아한다고 했어요? 희원이 눈으로 묻자 지환은 아무 말 말라는 듯 눈을 가볍게 감았다가 떴다.

좋아하실 거라 생각한 것뿐이다. 이렇게까지 좋아하실 줄은 몰랐고.

"언제까지 현관에 세워둘 거야? 들여보내질 않고."

"아빠!"

마치 기다린 적 없다는 표정으로 아빠가 등장한다. 희원은 제 편을 만났다는 것처럼 해사하게 웃었다.

"왔는가? 들어오게."

"예. 장인어른. 들어가겠습니다."

지환은 어색한 걸음으로 그녀의 집에 입성했다.

"희원이는 할아버지 안에 계시니까, 서 서방 데리고 바로 들어가서 인사부터 드려라."

"네. 인사드리고 나올게요."

사위의 자격으로 들어선 그녀 본가의 풍경이 비로소 펼쳐진다.

여간해선 긴장하는 법이 없는 지환은 마른침을 삼켰다. 어쩐지 긴
장되었다.

・ ✦ ✧ ✦ ✦ ✧ ✦ ・

"그래서, 공두철 송환 일자는 언제입니까?"

"이번 주입니다. 수사망이 좁혀 오니 공두철이 지레 겁을 먹고
통신수단을 모두 없애서, 연락이 닿을 방법이 없었습니다."

"그럼 현재 공두철과 연락이 닿을 방법은 없겠군요."

"홍콩 대사관 측에 긴밀하게 연을 넣기는 해봤습니다만, 대통령
께서 직접 공론을 하신 상황이라 다들 몸을 사리는 터에 쉽지 않습
니다."

"일 처리가 생각보다 깔끔하지 않습니다, 윤명국 지검장님."

"……송구합니다. 백 의원님."

서울의 중심부를 약간 벗어난 외곽. 간판 없는 일식집이 있다.
외관상 무엇도 예측하기 힘든 건물 안엔 VIP들을 모시는 장소가
마련되어 있었다.

그릇의 무늬가 비칠 정도로 얇게 뜬 복어 회를 한 점 올리며, 백
인호 의원은 고개를 들었다. 마주 앉은 사람은 서울중앙지방검찰
청의 지검장을 역임하고 있는 윤명국.

백인호 의원은 국회의원 재선에 성공한 정치인으로 폭넓은 연령
층의 지지를 받아 차기 서울 시장으로 지목되는 인물이었다. 젊은
나이에 이룬 것들이 방대해 능력과 재력을 과시하는, 게다가 스마

트한 언변과 외모까지 갖춘.

"지검장님, 공두철은 조직의 어디까지 알고 있습니까?"

"조직 자금의 흐름까지는 알지 못합니다. 중간 유통 단계를 책임지고 있었으니, 아마 그 지점까지는 박살 나지 않을까……."

"박살이 난다."

백인호 의원이 말꼬리를 붙잡고 새기듯 중얼거리자 윤명국 지검장은 고개를 수그렸다. 두 사람은 서로의 이해관계로 얽혀, 대규모 금괴 밀수의 최상단에 포진해 있었다. 지환이 그토록 잡고 싶어 하는 인물은 생각보다 검찰청 안에 있었고, 흔히 아는 인물이었다.

"의원님께서 염려하시는 일은 없을 겁니다. 걱정 마십시오."

"지검장님. 조금 전에 중간 유통이 박살 난다고 하지 않으셨습니까?"

"……."

"얼마의 자금이 수장되는 건지, 알고 계십니까?"

백인호 의원은 총명한 두뇌와 남다른 입담으로 정치 입문부터 탄탄대로를 달렸다. 마치 영웅의 탄생 같은 히스토리를 언론에 주입했고, 따라서 폭발적인 지지 세력을 등에 업은 채 여당의 핵심 인물로 떠올랐다.

백 의원이 공중분해되어 휴지 조각이 되어버린 금괴 자금을 운운하자 윤명국 지검장은 진지하게 운을 뗴었다.

"의원님. 공두철이 중앙지검으로 송환되는 만큼 출혈을 최대한 막아보겠습니다. 믿어주십시오."

무릇 정치판이란 돈과 권력의 시장. 공공연하게 사용되는 정치

자금만으로는 거대한 정치 조직을 이끌어나갈 수가 없다.

백 의원에게는 검은돈이 필요했다. 출처 없이 흘러와, 출처 없이 흘러갈 수 있는.

"그럼요. 믿습니다. 제가 윤 지검장님을 믿지 않으면, 또 누굴 믿겠습니까?"

"예. 믿어주십시오. 반드시 최소한의 출혈로 사태를 막아보겠습니다."

윤명국 지검장에게는 백인호 의원의 힘이 필요했다. 막대한 자금으로 형성된 그의 권세를 등에 업고, 저 멀리 있는 곳까지 날아올라야 했다. 이것이 서로 상생하는 이유였다.

"지검장님, 담당 검사는 누구입니까?"

"서지환이라고, 양병목 차장이 아끼는 검사입니다."

"지검장님께서 적당한 때에 자리 한번 마련해주십시오. 사건이 길어지면 매듭이 필요하긴 할 겁니다."

"예. 알겠습니다. 의원님."

검은 잔, 검은 눈빛이 부딪쳤다. 밤이 깊었다.

· · · · ◆ ◆ ◆ · · ·

고즈넉한 한옥이 줄지어 있는 동네는 개화기 어드메에서 시간이 멈춘 것만 같다. 그녀의 집은 청푸른 기와가 훌륭한, 바라보는 것만으로도 역사가 느껴지는 하나의 건축 작품이었다.

응접실과 이어진 바깥의 자그마한 뜰은 온갖 것의 풀 냄새가 진동하는 멋이 있는 공간으로, 가족 모두가 좋아하는 곳이라고 했다.

식사를 마친 희원은 뜰로 나가 기르는 강아지와 즐거운 시간을 보내고 있다. 간이로 마련된 평상에 느런히 앉아, 권 선생은 선선한 바람을 온몸으로 맞으며 손녀를 응시했다. 다소 쌀쌀했지만 그러한 바람이 더욱 가슴속을 시원하게 했다.

"자네, 낚시를 해본 적이 있는가?"

"어릴 때 몇 번 아버지를 따라 다녀봤습니다. 이후엔 없습니다."

"그렇구만."

권 선생이 앉아 있는 자리에서 멀지 않은 곳에 놓인 TV에선 낚시 전문 프로그램을 방영하고 있다. 프로그램에서 흘러나오는 이야기를 귀로 듣고 있던 권 선생은 지환의 대꾸에 고개를 끄덕였다.

"말 못 하는 짐승이라도 저 예뻐하는 것은 잘 아니, 저 똥강아지가 희원이 없어지고 몇 날 며칠 사료를 안 먹더라고."

"허전했나 봅니다."

"그랬던 게지. 사람이나 짐승이나, 빈자리는 여실히 아는 거니까."

꽤 오래 키운 듯 보이는 강아지가 그녀를 곧잘 따르니, 그녀가 결혼을 하기 전 강아지를 얼마나 예뻐했는지 알 수 있었다.

손녀딸과 강아지가 뜰에서 함께 있는 광경. 이젠 흔히 볼 수 있는 모습이 아니다 보니 권 선생의 눈길이 길어진다.

지환은 그녀 할아버지 곁에 앉아 마찬가지로 희원을 바라보았다. 때 묻지 않은 그녀 미소가 어쩐지 살갑게 여겨졌다.

"저 TV 소리 좀 더 켜보게. 요즘 잘 안 들려."

"예. 할아버님."

지환은 리모컨을 찾아 TV 볼륨을 높였다. 중계를 하듯 낚시꾼의 행동에 대해 설명하는, 낚시 관찰 프로그램이다. 권 선생은 듣고만 있다.

"낚시를 좋아하십니까?"

"젊을 땐 취미가 없었지. 세간에 낚을 것이 얼마나 많은데 고기를 잡고 있었겠나? 늙으니 혼자 다니기엔 그만한 일이 없어서 낚시에 취미를 좀 붙여보았지."

언제 한번 같이 가세. 권 선생은 지환에게 낚시를 함께 가자 말을 했다. 거절의 이유가 없는 지환은 꼭 함께하겠다고 약속했다.

"서 선생은 오늘도 슈퍼에 있나?"

"예. 하루도 빠짐없이 문을 열고 계십니다."

"대단한 양반이야. 그 높은 벼슬자리를 내려놓고 영명에 신경 쓰지 않으니, 사람 참 근직한 면이 있어."

지환의 할아버지, 서 선생은 대직에서 물러서자마자 자그마한 슈퍼를 열었다. 오며 가며 골치 아픈 주민들의 법률 상담을 무료로 해주기도 하고, 흥정을 하면 흥정을 하는 대로 슈퍼의 물건 값을 치르게 해주었다.

"막역하게 지내며 오래 봤지만 자네 할아버지는 대단한 사람일세. 그러니 자네에게도 신용이 생겼지."

지환은 할아버지를 떠올리며 작은 미소를 지었다.

"자네를 우리 손녀에게 소개해주었다가 잘못되면 나하고 서 선생 관계가 껄끄러워질까 봐, 제일 미루고 미루던 선 자리였네."

어어, 어어어어. 권 선생은 눈을 크게 뜨며 TV 화면으로 고개를 돌렸다. 화면 속 낚시꾼이 드리운 낚싯대가 찔끔 움직인다. 권 선생은 마치 자신이 고기를 낚는 것처럼 손을 움찔움찔했다.

손녀는 강아지와 뜰을 노닐고, 부모님은 대과를 즐기시며, 조부께선 낚시 채널을 즐겨 보신다. 안채와 뜰이 연결되어 각자의 숨을 보전하는, 평화로운 집안의 풍경이다.

"낚시의 묘미를 아나?"

중요한 장면이 지나갔는지 권 선생은 다시 뜰로 시선을 돌렸다. 지환은 할아버님의 질문에 고개를 가로저었다.

"아니오, 아직은 잘 모르겠습니다."

아직은 어리게만 여겨지는, 사랑하는 손녀의 배우자. 권 선생은 깍지 낀 손을 무릎에 내리며 미소 지었다.

"불확실한 것을 붙잡고 싶어서 가장 확실한 미끼를 끼워 던지지. 미끼만이 낚시를 가능하게 하니까."

"아…… 예."

"결혼도 마찬가질세. 불확실한 미래의 안락을 위해 확실한 오늘을 결혼으로 묶어두는 거지. 함께하는 것만이 안락을 가능하게 하니까."

시선은 잔잔했다.

"본디 인간이란 혼자라는 불안함을 견디지 못하거든. 무엇이건 확실한 것만이 시간에 커지는 불안함을 이겨낼 수 있다는 걸 본능으로 아는 것이오."

"……"

"그래서 남녀가 만나고, 정을 쌓고, 한 몸처럼 닥치는 세월을 견디는 거요. 먼 미래의 불안함을 잠식하려고.”

불안함.

“혼자는 절대로 불안함에 대한 면역이 생기지 않는 법이거든.”

그녀와 그는 아직까지 알지 못하는, 태초의 불안함.

“어떠한가? 듣고 보니 인생이 낚시와 닮지 않았는가?”

“무슨 말씀이신지 조금은 알 것 같습니다.”

“우리 애가 철이 없어. 생각이 깊지만 넓지 않고, 쾌활해서 담는 것이 없지만 그래서 비우는 법도 잘 모르고.”

실금 같은 바람이 불어들자 풀이 내는 바람 소리는 청량하게 퍼져 울렸다. 이곳, 무척이나 매력적인 공간이다.

“아이가 저밖에 몰라 함께하는 일에 부족함이 많고 다소 성에 차지 않더라도, 흠이라 여기지 말고 아껴주게. 모진 뜻은 없을 것이니.”

“제가 더 부족함이 많습니다. 노력하며 살겠습니다.”

말끝에 가슴이 찌릿한다. 지환은 천천히 시선을 멀리 주며 희원을 바라보았다.

강아지와 놀던 희원이 이쪽을 바라보며 웃는다. 그 웃음에 전염되듯, 두 사내의 입가에도 미소가 그려진다.

“알겠지만 우리에겐 소중하고 귀한 아일세. 자네도 자네 집에선 귀한 사람이지 않겠는가? 부디 잘 부탁합세.”

“예. 할아버님.”

“저것이 집을 떠나도 저렇게 밝게 지내니, 내 마음이 한결 놓이네.”

어쩐지 희원에게서 시선을 떼지 못하는 지환을 힐끔, 바라본 권 선생은 손을 뻗어 지환의 손등을 덮었다. 따뜻하고, 그래서 만감이 교차했다.

지환은 다시 한 번 다짐했다.

"사랑에 취하고 행복에 취해서 두 사람의 인생이 즐거웠으면 하네. 이 말을 진즉 한다는 것이, 이제야 전하는구만."

"예, 알겠습니다."

그녀가 가장 행복해할 삶을 평생 책임져주겠다고. 그렇게, 살게 해주겠노라고.

······마음을 엿들은 걸까, 그녀는 지금 손을 흔들며 이렇게 말하는 것만 같았다. 지금 충분히 행복하다고. 더할 나위 없이 인생이 풍요롭다고.

"우리 아이와, 내내 잘 살아주게."

"예."

권희원 씨, 약속합니다. 그 행복 지켜줄게요.

· · ✦ ✦ ✦ ✦ ✦ · ·

서검 오늘 결혼했어. 결혼식 다녀오는 길이야.

희주는 정윤의 차가운 음성을 곱씹었다. 그날, 그 백화점에서 정 윤을 마주친 이후로,

뭘 그렇게 놀라? 서검은 결혼하면 안 돼?

그녀는 정상적인 삶을 살 수가 없었다.

너만 결혼해서 잘 살라는 법 있어? 서검 결혼했어. 정말 예쁘고 좋은 여자랑.

잠을 이룰 수가 없었다. 밥을 삼킬 수가 없었다.

그의 결혼 소식에 슬퍼하는, 치가 떨릴 정도로 이기적인 마음이 가증스럽기도 했지만 죄책감도 뻔뻔함도 뜨거워져오는 울대를 막을 수는 없었다.

내내 혼자일 것 같던. 어쩌면 내내 혼자이길 바랐던,

난 있지, 니가 평생 불행하길 바랄 거야. 너에게 남은 행복이 있다면 이젠 그거 서검 줘야 하잖아?

그가, 결혼을 했다.

어떤 여자일까. 그는 어떤 사람과 결혼을 했을까. 사랑이 가능했구나. 이별의 고통은 시간이 해결해주었구나. 이제는 날 미워하는 일도, 잊어버렸겠구나.

"무슨 생각을 그렇게 해. 아침 밥상머리에 앉아서 재수 없게."

"······네? 아, 네. 죄송해요."

멍하니 초점 없는 눈길로 밥그릇만 응시한 채 지환을 떠올리던 희주는 깜짝 놀란 표정을 지으며 자세를 고쳐 앉았다.

"정신머리를 어디다 팔고 다니는 거야. 사람이 뭘 물으면 바로바로 대답을 해야 할 거 아냐?"

"죄송해요. 제가 아직 잠이 덜 깼나 봐요."

"멍청하긴. 밥 먹고 할 일 없이 숨만 쉬니까 정신이 흐리멍덩하겠지. 생각이라는 걸 좀 하고 살아."

"······네."

상쾌한 아침이라고 말하기엔 바닥이 갈라지는 것만 같은 삭막함이 서린 풍경. 희주는 마주 앉아 식사를 하는 남편 백인호 의원을 물끄러미 바라보았다.

두 사람이 밥을 먹기엔 너무 넓은 식탁. 남편은 저 멀리에서 밥을 먹고 있다.

"오늘 늦지 마. 알겠어? 당 지지율이 소폭 하락했으니 먼저 와서 기자들도 좀 챙기고 해."

"네. 안 그래도 일찍 가려고요."

"봉사 활동하러 가는데 손톱이 그게 뭐야. 당장 지워. 천박한 출신 자랑할 일 있어?"

"네. 지울게요."

희주는 숟가락을 내리며 손을 슬쩍 내렸다. 곱게 칠해둔 네일아트가 마음에 들지 않는 것 같았다.

아내의 얼굴을 바라보는 일 없이 백인호 의원은 식사를 마쳤다. 정상적인 부부의 모습이라고 하기엔 다소 문제가 있어 보였다.

"오늘은 일찍 나가시네요? 사무실로 바로 가시는 거예요? 어제는 좀 취하신 것 같던데, 속은 괜찮으세요?"

아직 밥이 많이 남았지만 남편을 따라 부리나케 일어난 희주는 애써 상냥한 음성을 유지했다. 그런 그녀의 노력을 무색하게 할 만큼 백인호 의원은 쌀쌀한 음성으로 대꾸했다.

"쓸데없는 거 묻지 마. 누가 너한테 질문하라고 했어, 건방지게."

"어…… 그냥 저는 걱정이 되어서……."

타이를 다시 묶던 백인호 의원은 동작을 멈추고는 희주를 바라보았다. 아내를 바라보는 시선이라고 하기엔 지나치게 차가운 감이 없지 않아 있었다.

"걱정? 계집질이라도 하고 다닐까 봐 신경 쓰는 건가?"

"무슨 말씀을 그렇게 하세요. 저는 그런 게 아니라······."

"하긴, 돈이나 펑펑 쓰고 밥이나 축내는 니가 앉아서 무슨 생각을 하겠어. 안 그래?"

대화를 이어나갈 의욕을 잃어버린 듯, 희주는 고개를 수그렸다. 그런 무기력한 희주의 표정에 백인호 의원은 실소했다.

"너는 하루하루 나한테 감사하며 살아. 너같이 근본 없는 것을 거둬다가 의원님 사모 소리 들으며 살게 해줬으면, 납작 엎드려 충성을 해야지."

매일같이 반복되는 인격 모독, 정서적 폭행. 따라서 메말라가는 삶, 자존감을 상실한 인생.

희주는 느리게 눈을 감았다가 떴다.

"새겨들어. 내가 필요한 건 네가 아니야. 너의 인지도지."

나는, 누구인가.

"안팎으로 이미지 관리나 잘해. 그마저도 쓸모없어지면 넌 낭떠러지로 몰릴 테니까."

이미 벼랑 끝에 서 있는 삶을 남편은 모르는 것이 분명했다. 희주는 버석거리는 입술을 꾹 깨물었다. 그래, 아마도 그녀의 불행은 누구도 모를 것이다. 겉으로 보기엔 자상한 애처가의 이미지인 백인호 의원이니까.

백인호 의원은 나갈 채비를 마친 뒤 현관으로 걸어 나갔다. 희주는 두 손을 모은 채 그의 뒤를 따라 걸었다.

"출근 잘 하세요. 이따가 봬……."

뒤도 돌아보지 않고 밖을 나서는 남편은 그녀 말이 끝나기도 전에 쿵, 하며 문을 닫았다. 홀로 남은 희주는 한참이나 그곳에 머물러 있다가 시선을 내렸다.

"저…… 사모님, 식사를 마저 하셔야죠. 한술도 못 드시는 것 같던데."

어쩌다가 이렇게 불행한 삶을 선택한 걸까. 이런 삶을 원한 적도, 바란 적도 없었는데.

"사모님……."

"치워주세요. 생각 없으니까."

하지만 지난날의 나를 아무리 미워하고 증오해보아도 달라지는 일은 없다. 희주는 표정을 가린 채 침실로 들어서 화장대 의자에 앉았다. 메마른 자신의 눈빛을 응시하며 매일매일 간절하게 바라는 일.

난 있지, 니가 평생 불행하길 바랄 거야.

시간을, 되돌리고 싶다.

너에게 남은 행복이 있다면 이젠 그거 서걱 줘야 하잖아?

다시금 정윤의 음성이 환청처럼 귓가에 고인다. 차갑고 시렸던 정윤의 음성을 새기듯 곱씹던 희주는 천천히 시선을 떨궜다.

정윤은 모르고 있음이 분명하다.

"손톱…… 지우러 가려면 예약해야 하는데……."

이미 내겐, 남은 행복이 없다는 걸.

— 다음 소식입니다. 국민인권당 백인호 의원이 오늘 서울 모처의 재래시장과 아동 복지관을 찾아 지역 경제 및 사회복지에 대해 시민들과 이야기를 나누었는데요. 백인호 의원의 지지자들이 대거 모여 북새통을 이루었습니다.

모처럼 동기 모임이 있어 운전을 하던 지환은 높은 빌딩에 설치된 옥외 광고창에서 흐르는 실시간 뉴스를 바라보았다. 애석하게도 신호에 걸려 차는 멈추었고, 시선도 따라 그곳에 본능처럼 멈췄다.

앵커의 설명과 오버랩되며 백인호 의원이 등장한다. 깔끔한 인상의 백인호 의원은 시장 상인들과 조화롭게 어울리며 시종일관 웃고 있다. 수더분한 손길의 시장 상인이 떡을 먹여주어도 호쾌하게 받아먹고, 생선을 다듬던 상인의 손을 먼저 가서 붙잡으며 허리를 낮추었다.

이윽고 장면이 바뀐다. 아동 복지회관 내부에 백인호 의원이 함께 있는 모습으로. 무릎을 낮춘 채 여러 아이들과 시선을 맞추고 있던 백인호 의원은 아내 강희주를 다정하게 이끌었다.

가족처럼 아이들을 끌어안고 웃고 있는 강희주의 얼굴을 보자니 핸들을 잡고 있는 지환의 손끝에 힘이 실린다.

워낙 진하게 생긴 그녀의 이목구비는 별다른 화장을 하지 않아도 화려했다. 일부러 편안하게 입은 듯 보이는 청바지 차림은 화려한 강희주의 얼굴과 다소 어울리지 않았다.

슈퍼모델 출신, 단숨에 주연배우로 입지를 굳혔던 그녀의 연예계 생활. 어느 날 갑자기 이유도 없이 그녀에게 물밀듯 쏟아진 광고, 그리고 그녀에 대한 언론의 관심. 그녀는 화려한 연예계 생활을 짧게 정리한 뒤 백인호 의원과 결혼을 했다.

"신호는 왜 이렇게 길어."

그녀와 연락이 닿지 않은 지 두 달 만에, 뉴스 보도로 접하게 된 그녀의 결혼 소식. 지환은 난데없이 바라본 영상 속 희주의 얼굴이 당황스럽다는 듯 시선을 돌렸다. 길었던 뉴스 영상은 끝이 나고 다음 소식이 들려올 때쯤 신호가 바뀌었다.

— 여보세요? 서검 어디야?

때마침 정윤에게 전화가 걸려 온다. 동기 모임에 먼저 도착한 정윤은 차례대로 도착하지 않은 동기들에게 전화를 걸었다.

"가고 있어. 얼마 안 걸려."

— 알았어. 그럼 미리 식사 주문한다.

"그래. 알겠다."

— ……여보세요?

별생각이 없었는데 순식간에 바닥으로 치달은 감정. 지환은 애써 생각을 지우며 들려오는 정윤의 목소리에 응답했다.

"듣고 있어. 말해."

— 목소리가 왜 그래? 무슨 일 있어?

정윤은 지환의 불편한 심기를 귀신같이 알아낸다. 지환은 별일 아니라고 짧게 대꾸하며 전화를 종료했다.

……희주. 강희주.

지환은 자신의 인생을 스친 그녀로 인하여 알게 된 새로운 사실이 몇 가지 있다. 인간은 생각보다 잔인한 동물이라는 것. 타인의 감정을 믿는 것만큼 무모한 일은 없다는 것.

"휴…… 더워…….."

변하지 않는 감정은 없다는 것. 오늘의 감정을 신뢰하는 건 어리석은 일이라는 것. 미래를 예측한다는 것 또한 미련한 일이라는 것.

"가을인데 뭐 이렇게 더워. 날씨가 이렇게 변덕스러워도 되는 건가."

사랑은, 없다는 것.

네가 좋으면 나도 좋아

"야야, 서검. 결혼하더니 신수 훤해졌다?"

"그러게 말야. 신혼 좋냐? 꿀이 막 떨어져?"

오랜만에 만난 동기들은 자연스럽게 지환의 신혼에 대해 운을 떼었다. 결혼 이후 처음 만나는 자리이니 지환은 늦은 답례를 하는 중이다.

"그래. 결혼하니까 좋다. 안 좋을 건 또 뭐냐?"

지환은 진작 준비해두었던 결혼 답례품을 동기들에게 돌렸다. 선물이라니 눈을 빛내던 동기들은 일제히 포장지를 뜯고는 질색했다. 이런 걸 결혼 답례품이라고 전해주다니. USB다.

"야, 선물도 꼭 너 같은 걸 해. USB가 뭐냐? 책상에 널리고 깔린 게 USB인데. 차라리 제수씨한테 고르라고 하지."

"와이프가 고른 거야."

"USB를 많이 쓰긴 하지. 많으면 많을수록 좋은 물건이긴 해. 제수씨가 고심한 흔적이 엿보이네."

희원이 고른 선물이라고 하자 금세 태도를 전환하며 동기들은 멋쩍은 웃음을 터트렸다. 고운 말보단 험한 말이 편한 사이라고 해도 가족 욕을 할 수는 없으니까. 그녀의 선물 센스가 돋보인다며 모두는 잘 쓰겠다고 인사를 했다.

"야야, 다 익었다. 먹어, 먹어."

"먹기 전에 한잔해야지. 다들 잔 들어, 잔 들어!"

현직 검사 동기들이 모인 자리의 메뉴는 삼겹살이다. 치이이익, 치이이익, 불판에 익어가는 고기 소리가 환상인 이곳, 다들 재킷을 벗어두고 조금은 느슨해진 표정을 한 채 모처럼 만난 동기들과 술잔을 기울이며 만담을 시작했다. 하지만 오랜만에 만나 나누는 이야기라고 해봤자 대부분은 사건 이야기고.

"요번에 인천공항에서 나온 홍콩발 금괴 밀수 양이 최다라며."

"장난 아니야. 김해국제공항에서도 후쿠오카로 들어가면서 이번에 판금, 몇 개더라? 60개?"

"밀수단 총책 홍콩에서 잡혔다고? 사건 누가 맡았어?"

"서검이 맡았어. 그리고 총책은 아니고, 중간 운반책이야."

또 업무 이야기였다.

"캬, 서지환 열일하네. 덩어리 굵직굵직한 건 죄다 맡는구나."

"양병목 차장님이 서검 대놓고 갈구잖아. 미운 놈 떡 하나 더 준다더니, 딱 그 격인 듯."

"서검이 자기 말 안 들으니까 그렇지. 그리고 뭘 미워하냐? 양차장님이 서검 예뻐하는 건 다 아는 사실인데."

"쓸데없는 소리들 한다."

지환은 화제를 뚝 잘라내듯 대꾸했다.

"맞아. 쓸데없는 소리들 하지 말고 고기나 먹어. 다 타잖아, 이것들아!"

정윤이 앞 접시에 고기를 내려주자 동기들은 다시금 술잔을 들었다.

"하여튼 몸 사리면서 해, 서검. 그런 밀수단이 몸집 불리는 데 뒤봐준 세력이 없겠어? 파다 보면 어디까지 나올지 모르는 거야."

"그런 사건은 판도라의 상자야. 잘못 열면 어떻게 되는지, 서검 잘 알지?"

현직 검사들의 예감은 심상치 않았다. 단순 조직폭력배, 또는 지하 금융만이 가담한 것이 아니라 엄청난 배후가 숨어 있을 거라는 것.

"맞다, 서검. 너 신혼집이 이 근처라고 했지?"

"가깝긴 하지."

그러다가 갑자기 화제는 전환되었다.

"잘됐다. 2차는 서검 집에서 하자. 집들이해야지."

"……뭐?"

뭐를 해? 지환은 술잔을 들던 손을 멈췄다. 순간 당황한 지환의 놀란 눈을 바라보던 동기들은 껄껄 웃음을 터트렸다.

"야, 쟤도 사람은 사람인가 보다. 놀랄 줄도 아네."

"서검. 집에서 간단하게 2차 하자. 제수씨 얼굴도 좀 보고."

"아, 안 돼! 집은 안 돼!"

안 돼! 나도 이 시간에 가본 적 없는 집을 니들이 왜 가!

지환의 얼굴이 하얗게 질려간다. 동기들은 녀석이 놀란 얼굴을 음흉하게 즐겼다. 타인의 고통은 나의 행복. 뭐, 그런 거니까.

"2차 다른 곳으로 가. 내가 살 테니까."

"니가 왜 사 인마, 우리도 돈 있어. 2차 너네 집으로 갈래."

"글쎄 안 된다니까!"

안 돼! 안 된다고, 이 망할 넥타이 부대 놈들아!

"나도 찬성. 나도 놀러 갈래."

어랍쇼, 정윤까지 손을 들며 기습 집들이를 찬성한다. 하, 지환은 어쩔 바를 몰라 마른 주먹을 폈다 쥐었다 반복했다. 시간은 오후 8시 반.

"야, 시간이 그렇게 늦은 것도 아니고. 우리가 가서 거하게 먹을 것도 아닌데 뭘 그렇게 빼?"

"다음에 정식으로 초대할게. 정식으로."

"됐어. 1년에 한 번 다 같이 보기도 힘든데 언제 정식으로? 말 나온 김에 가자."

캬캬캬. 캬캬캬캬. 동기들은 음흉하게 웃었다. 대부분이 유부남인 동기들은 지금 지환의 당황함을 무척이나 잘 알고 있었다. 늦은 저녁, 예고 없이 쳐들어오는 남편의 친구들만큼 와이프가 싫어하는 일이 없으니까.

"서검. 지금까지 행복했잖아. 이제 우리로 인하여 불행할 때도 됐지."

"이 망할 것들……."

"서지환. 너 기억 안 나? 나 결혼했을 때 니가 동기들 끌고 선동해서 우리 집 쳐들어왔잖아. 나 그날 이후 며칠 동안 감자만 먹고 살았어. 아냐?"

"그래서 세상엔 멋진 말이 있잖냐. 인과응보. 뿌린 대로 거두는 법이지. 서검한테 당한 놈들이 어디 한둘이야?"

캬캬캬. 캬캬캬캬. 모두는 복수의 날이 다가왔음에 기뻐했다. 모든 것이 서툴던 신혼 초, 느닷없이 쳐들어온 지환과 동기들로 애를 먹은 기억이 누구에게나 있기 때문에.

"자자, 서검 집에 가야 하니까 다들 일어나자. 여긴 내가 계산할 테니 내일 일괄 입금해주십시오."

"그래그래. 가자, 가자!"

이럴 때는 그 어느 때보다 신속 정확하다. 촤라락 옷을 입더니 일사불란하게 밖을 나선다.

지환은 터덜터덜 재킷을 들고 밖을 나섰다. 희원에게 전화를 걸어보지만 받질 않는다. 급기야 무엇이 떠올랐다는 듯 지환은 앞서가는 동기들을 향해 목청을 높였다.

"아! 맞다! 우리 부인이 오늘 연습이 늦게 끝나서! 오늘 집에 없다!"

"그럼 더 좋지 뭐. 우리끼리 신나게 놀자. 상관없어."

아…… 저것들을 죽여 살려…….

"설마하니 제수씨가 외박을 하지는 않을 거 아냐? 기다릴 수 있어 얼마든지."

그걸…… 나도 장담 못 한단 말이다…….

재차 전화를 걸어보지만 그녀는 전화를 받지 않는다. 집에 있는
지도 확실하지 않고 집에 들어갈 예정인지도 알 수 없다.

지환의 멘탈이 바스락거리는 사이 동기들은 편의점에 우르르 들
어갔다. 세간살이에 도움을 주겠다더니 닥치는 대로 골라 담는다.

"야야, 이런 건 꼭 필요하지. 이것도 사줄게."

옷핀…… 필요 없어…….

"이건 어때? 이런 것도 두고 있으면 언젠가 쓸 일이 있어요. 이
것도 사자."

순간접착제는 더더욱 필요 없어…….

"야, 이거 맛있겠다. 이거 사 가자."

"이거 개 간식이야. 정신 차려."

"아아? 그러네? 야, 서검. 집에 혹시 개 키우냐? 간식 사줄까?"

"키우는 개는 없지만 개 같은 동기들은 바로 내 눈앞에 있지."

"야, 서지환 말하는 꼬라지 좀 봐라. 지금 불행한가 보다."

캬캬캬. 캬캬캬캬캬. 다들 즐거워한다. 지환은 다시 희원에게 전
화를 걸었다. 부재다.

"서검. 이거 필요해? 하나 사줄까?"

이것들아……. 대체 나한테…….

"야야, 서검한테 이게 필요하겠어? 아닌가? 필요한가?"

콘돔이 왜 필요해!

"아오, 저것들이 진짜."

"일단 나가 있자. 알아서 사겠지."

정윤은 지환을 끌고 밖으로 나섰다. 마치 메뚜기 떼가 휩쓸듯 동

기들은 편의점을 휩쓸었다. 지들이 먹고 마실 것부터 시작해서 자잘한 실과 바늘, 순간접착제와 옷핀까지.

"권희원 씨 연락 안 돼?"

정윤이 힐끔 바라보자 지환은 피식피식 웃기 시작했다.

망했다. 이걸 어떡하지. 나도 안 가본 내 집을 어떻게 소개하지. 권희원 씨 오늘 안 들어오면 어떡하지. 저 망할 것들이 끝끝내 집에 안 가면 어떡하지.

"야, 서지환."

"아직 연습 중이라 와이프가 전화를 안 받네."

"그래? 연습 되게 늦게까지 하네."

지환은 간절한 눈빛을 하며 정윤을 바라보았다.

"차검. 니가 저 개떼들 좀 말려봐."

"내가 무슨 수로? 저렇게 세간살이까지 다 샀는데 뭘 어떻게 말려? 아까 인과응보, 못 들었어?"

하…… 미치겠네…….

편의점 안에서 계산을 마친 동기들은 부스럭거리며 봉투에 오만 잡동사니들을 쓸어 넣는다. 그 모습을 보고 있자니 피가 마른다. 눈앞이 어질어질하고, 따라올 상황이 전혀 예측되지 않는다.

설마. 비밀번호도 바꾼 건 아니겠지?

"아……."

"왜?"

지환은 생각 끝에 눈을 깜빡깜빡거렸다. 신혼집을 구할 때 비밀번호가 초기화되어 있었으니 지금은 변경되었으리라. 오 쉣, 등줄기로 식은땀이 흐른다. 자기 집 비밀번호도 모르는 사람이라니. 이 걸 대체 어쩐단 말이냐!

애석하게도 희원에겐 연락이 오질 않는다.

"자, 다 됐다! 가자, 서검!"

"서검의 집으로 출바알!"

"자자, 제수씨 보러 가자! 제수씨! 제수씨! 제! 수! 씨!"

두 다리가 땅에 붙은 듯 움직이질 않았다. 입술이 버석버석하게 말라 뜯어질 것 같았다. 지환은 지푸라기라도 잡는 심정으로 희원에게 구원의 메시지를 보냈다.

— 권희원 씨, 나 좀 살려줘요.

"야! 서지환! 빨리 와! 우리 택시 타야 하지!"

"차례대로 타자! 주소 찍어줘!"

"서지환이 앞장서 출발해! 가자! 택시!"

이런 빌어먹을. 본인도 잘 모르는 신혼집으로 동기들을 데리고 출발한다. 비밀번호도 모르고 아내의 행방도 모르는, 그곳으로.

· · ✦✦✦✦ · · ·

"여어, 서검. 좋은 데 사네. 앞뒤로 뷰가 훌륭하구만?"

"그러게 말이다. 좋구나, 좋아. 집이 아주 좋아."

어찌어찌 아파트 정문까지 도착했지만 무슨 정신으로 여기까지 왔는지 모르겠다.

지환은 터덜터덜 걷다가 힐끔 뒤를 돌아보았다. 양손 가득 편의점 봉투를 무겁게 들고 녀석들이 해맑게 바라본다. 뭐 해? 어서 가. 이런 눈빛들을 하고 있으니 지환은 취한 것처럼 현기증이 일었다.

— 권희원 씨. 지금 회식 중에 일이 꼬여서 동기들 데리고 집에 가고 있습니다.

— 제발 보면 연락 좀 줘요. 갑자기 미안합니다. 신혼집 비밀번호를 모릅니다.

— 권희원 씨, 권희원 씨.

그녀에게 아무리 연락을 넣어봐도 감감무소식이다. 다 늦은 저녁에 연락을 해본 기억이 없으므로 그녀가 이 시간에 무얼 하는지 감도 오질 않는다. 비밀번호 정도는 공유하고 있을걸. 이런 일이 생길 거라곤 상상도 하지 못했다.

"야, 서검. 덥냐? 땀 흘리네?"

목덜미로 식은땀이 줄줄 흐른다.

"야야, 서검. 기어가냐? 기어가도 너보단 빠르겠다."

꾸역꾸역 한 걸음에 1분씩 걸어봐도 아파트 입구까진 금방이다.

"어어, 엘리베이터 빨리 잡아! 1층이다!"

사람 속도 모르고 야속한 엘리베이터는 친절하게도 1층에 도착해 있다. 우르르 달려가 버튼을 눌러 엘리베이터를 붙잡고 선다.

"서검. 신혼집 몇 층이야?"

"……비켜. 내가 누를 테니까."

지환은 강제 탑승하다시피 해 무거운 마음으로 7층을 눌렀다. 지옥은 땅 아래 있는 줄 알았더니, 아파트 7층에 있을 줄이야. 이 망할 놈들은 뭐가 그리 좋다고 승강기 내에서 어깨춤을 추고 있다.

"집에 제수씨 없다고 했지? 그럼 편안하게 있어도 되겠네. 내 집처럼 편안하게."

"그래. 제수씨도 없다는데 편안하게 집 구경이나 좀 하자. 내년에 이사해야 하는데 이 아파트 좋네. 나도 이쪽으로 이사 올까 봐."

땡동. 뭐 이렇게 빠르냐, 눈 깜짝할 사이에 도착한다. 7층에 우르르 내려 코너를 꺾자 견고하게 닫힌 지환의 신혼집이 자리하고 있다.

지환은 현관문 앞에 섰다. 차마 비밀번호를 누르지 못하고 마른침만 삼키다가 홱 돌아서 동료들을 바라보았다.

제발.

"이제라도 나가서 먹는 건 어때? 집 앞에 괜찮은 선술집이 있어. 사케 어때."

제발!

"아니. 화장실에서 막걸리를 마셔도 너네 집에서 마실래."

그냥…… 죽여야겠다…….

지환이 마지막 회유를 해보지만 여기까지 따라온 마당에 돌아설 위인들이 아니다.

"서검. 너는 몰랐겠지만 오늘 우리는 너희 집에서 집들이를 하려고 모인 거야."

사실은 처음부터 예정된 일정이란다. 일부러 오늘 모임을 지환의 신혼집과 가까운 곳에 잡은 거란 걸 지환은 미처 몰랐다.

"뭐 해? 빨리 비밀번호 눌러."

"나쁜 놈들……."

망했다. 비밀번호…… 무엇……?

지환은 고풍스러운 장식으로 화려한 현관을 가만히 응시했다. 권희원 씨라면 어떤 숫자로 조합을 해두었을까. 혹시 묻어 있는 지문으로 비밀번호를 알 수 있지 않을까, 한참 도어록을 노려만 보았다.

"휴."

옘병. 소용없는 일이다.

"서검! 빨리 열어! 무거워서 팔 떨어져!"

"그래! 무거워 죽겠다! 빨리 열어!"

물러날 생각이 눈곱만큼도 없는 동기들의 아우성은 더욱 커져만 간다. 그 아우성에 못 이겨 결국 지환은 도어록에 손을 가져다 댔다. 꾹, 꾹, 꾹, 꾹. 네 자리의 비밀번호를 눌렀다.

띠용띠용! 띠용띠용!

아니면 아닌 거지 도어록은 비밀번호가 맞지 않다며 침입자 대하듯 시끄럽게 발광을 한다. 지환은 당황한 듯 입술을 꾹 깨물었다. 정말이지 미치고 팔짝 뛸 지경이다.

"뭐야, 똑바로 눌러. 취했냐?"

권희원 씨의 생일을 조합해봤지만 비밀번호가 아니다. 더 이상은 생각나는 숫자 조합도 없을뿐더러 눌러보고 싶은 의지도 없다. 점점 더 숨을 조이는 긴장감. 미칠 것만 같은 정적.

떵동. 거지 같은 분위 속, 때마침 엘리베이터가 7층에서 열린다.

"어? 지환 씨."

들려오는 목소리에 지환은 황급히 뒤를 돌았고 동기들도 따라 뒤를 돌았다. 두 손 가득 장을 봐 온 듯 희원이 양손에 이것저것 들고 엘리베이터 앞에 멈춰 서 있다.

지환의 얼굴로 엄청난 환희가 물든다. 천국을 경험했다면 바로 지금, 바로 여기.

"지환 씨, 여기서 뭐 해요?"

그녀는 상황을 알지 못해 동그란 눈을 더욱 크게 떴다. 희원을 보자마자 다리가 풀릴 것 같은 안도감에 지환은 저벅저벅 희원에 게 걸음을 옮겼다. 희원은 당황한 듯 동기들을 바라보다가 가까워 오는 지환에게 시선을 옮겼다.

"지환 씨. 대체 언제 왔어요. 전화를 주⋯⋯."

지환은 양손 가득 짐을 들고 있어 팔을 쓰지 못하는 희원을 덥석 끌어안았다. 헐, 동기들은 못 볼 꼴을 봤다는 듯 오만상을 찌푸리며 고개를 돌렸고,

"전화를 했는데⋯⋯ 희원 씨가 전화를 안 받아서⋯⋯."

"아⋯⋯ 전화했었구나. 미안해요, 몰랐어요. 그러고 보니 휴대폰 에 신경을 전혀 안 써서."

"상관없어요. 괜찮으니까⋯⋯."

괜찮아요. 이렇게 나타나주었으니까.

"잘 왔어요. 희원 씨⋯⋯."

마치 죽은 사람이 살아 돌아온 것처럼 그가 자신을 품에 안으며 반기자 희원은 놀라 입술을 멍하니 벌렸다. 그는 그녀를 꽉 끌어안 은 채 조금도 놓아줄 생각이 없어 보였다.

"아⋯⋯ 잘 왔습니다, 아주 잘 왔어요⋯⋯."

"아⋯⋯ 네⋯⋯. 지환 씨."

그는 잘 왔다는 말만 반복했다. 이 순간, 지환이 그녀를 얼마나 반기고 있는지는 아무도 모를 일이다. 달려가 안을 수밖에 없을 만큼. 지금 등장한 그녀가 구세주처럼 보일 만큼.

지환은 그녀를 품에서 떼어내 얼굴을 바라보고, 다시 품에 안았다가, 다시 얼굴을 들여다보기를 반복했다.

"잘 왔어요. 정말 보고 싶었어요."

"어…… 아…… 네……."

"하…… 진짜 보고 싶었어요. 정말로."

이렇게 당신이 보고 싶었던 적도 없었을 거다. 지환은 그녀를 막무가내로 안은 채 탄식 같은 말만 중얼거렸다.

"저기, 서검. 미안한데 적당히 해줬으면 좋겠어. 봉지가 무거워서 팔이 빠질 것 같아. 하하. 하하하!"

"그래. 제수씨가 아무리 반가워도 집에 들어가서 반가워하면 안 될까? 나 화장실 급한데. 하하. 하하하!"

이래서 신혼이라고 하는 건가. 동기들은 현관을 들어서기도 전부터 애정 행각을 펼치는 지환을 못마땅하게 여기면서도 한편으로는 부러워했다. 매일 보는 아내의 얼굴을 마치 몇 달 만에 마주한 것처럼 반기는 서지환의 푼수 같은 꼴이라니.

놀란 정윤도, 다른 동기들도 평소와는 전혀 다른 지환의 모습에 혀를 내둘렀다. 희원만 당황함에 애가 탄다.

"저기, 지환 씨. 일단 이것 좀 놓고."

"……."

"지환 씨."

"잠깐만. 잠깐만 더 있어요."

동료들이 뭐라고 타박을 주어도 지환이 꿈쩍도 하질 않는다. 우우우우, 녀석들의 야유가 따라와도 소용없다.

"조금만. 조금만 있다가 놓아줄게요."

……대강. 아주 대강 상황을 이해한 희원은 자신을 안은 채 꿈쩍도 하지 않는 지환을 바라보다가 들고 있던 봉투를 바닥으로 떨궜다. 그러곤 그의 등을 토닥이듯 감싸 안았다.

그래요. 무슨 일인지 조금은 알 것 같아요. 나는 지금 이렇게 하면 되는 거죠.

"늦어서 미안해요. 지환 씨."

"아뇨. 아뇨. 와줘서 고마워요."

하…… 저 닭살 부부를 어찌하면 좋을까? 아파트 현관 앞에서 아주 가지가지 한다. 동기들은 야유를 보내며 어서 문을 열어라 호통쳤다. 천천히 지환의 품을 빠져나온 희원은 해사하게 웃으며 문을 열었다.

"죄송해요. 빨리 문 열어드릴게요."

"예. 제수씨. 지금이라도 서검을 떼어내줘서 감사합니다."

띡, 띡, 띡, 띡. 비밀번호를 누른다. 그녀가 누르는 비밀번호를 바라본 지환은 예상하지 못한 숫자 조합에 눈썹을 추켜올렸다. 무척이나 낯익은 숫자의 조합.

"자, 어서 들어오세요. 오시는 줄 몰라서 청소도 못 하고."

"어어, 괜찮습니다! 제수씨! 갑자기 찾아온 저희가 망나니죠!"

"청소 시키세요! 제가 청소를 잘합니다!"

자신의 생일이었다.

· · ◆◆◆◆◆ · ·

"장 본 지가 좀 오래돼서 마트 가서 장 봤어요. 이럴 줄 알았으면 중간에 휴대폰 좀 볼걸."

아휴, 정신이 없다. 희원은 지환이 보낸 메시지를 보다가 미간을 좁혔다.

그의 숨넘어가는 간절함이 느껴져 괜스레 미안해졌다. 이 시간에 막무가내로 쳐들어온 건 지환인데 말이다.

"미안해요. 지환 씨 진짜 당황했겠다."

"살면서 그렇게 긴장해보긴 또 처음이네요. 괜찮아요. 희원 씨에게 내가 미안하죠."

한껏 미안한 표정으로 자신을 응시하는 희원을 바라보다가 지환은 시원하게 웃었다. 이제야 여유를 되찾은 지환의 표정에선 식은 땀을 철철 흘리던 조금 전의 모습을 찾아볼 수 없다.

"도어록 비밀번호…… 봤습니다."

동기들은 집 구경을 하느라 정신이 없고, 손님 맞을 준비에 정신이 팔린 희원의 곁에서 지환은 입술을 열었다. 그녀는 인원수에 맞게 술잔을 꺼내며 웃음을 터트렸다.

"맞아요. 서지환 씨 생일이에요."

"좀 감동인데요. 감동받아도 됩니까?"

"비밀번호라도 해둬야 기억할 것 같아서 해둔 거예요. 생일 정도는 알고 있어야 하니까."

희원이 별일 아니라 언급하자 지환은 그녀가 잔을 내려놓은 트레이를 잡았다. 고된 연습 끝에 쉬지도 못하고 손님맞이를 해야 하는 희원에게 미안한 마음에, 지환은 작게 속삭였다.

"일찍 보낼게요. 늦게까지 놀진 않을 겁니다. 다들 내일 출근해야 하니까."

"신경 쓰지 말고 놀아요. 언젠가 한 번은 해치워야 할 일인데. 잘됐죠."

"뭐야, 두 사람은 집에서도 귓속말해?"

이것저것 준비하는 두 사람 사이로 정윤이 다가선다.

"서검, 저기로 가봐. 쟤들 막 서랍 열어본다."

"저것들이, 아오."

야! 만지지 마! 지환은 트레이를 들고 녀석들이 있는 방향으로 걸음을 틀었다. 분주히 과일을 씻는 희원의 곁으로 다가선 정윤은 팔을 걷어붙였다.

"제가 씻을게요."

"괜찮아요. 어차피 물 묻……."

정윤은 개수대로 손을 뻗어 과일을 잡았다. 얼떨결에 옆으로 비켜선 희원은 정윤을 멀뚱멀뚱 바라보았다. 신중한 손길로 과일을 닦더니 깨끗하게 털어 그릇으로 옮긴다.

"갑자기 찾아와서 미안해요."

"괜찮아요. 정말로."

"말릴 수가 없었어요. 서검의 업보가 좀 있거든요."

이거 저기로 가져가면 되죠? 정윤이 그릇을 들며 묻는다. 희원은 고개를 끄덕이다가 급히 말을 붙였다.

"그때, 결혼식 때요."

"네?"

"청심환 잘 먹었어요. 효과 좋던데요."

"……아. 그거."

정윤은 기억났다는 듯 웃었다.

"시중에서 파는 거 아니고 단골 한의원에서 직접 만든 거예요. 효과 괜찮더라고요. 필요하면 말해요. 서검 통해서 더 가져다줄 테니까."

정윤이 쿨하게 답하며 거실로 사라진다. 희원은 짓궂은 동기들 사이에서 존재감을 발휘하는 정윤을 길게 바라보았다.

어쩐지 자꾸만 시선이 가는 정윤은 어느 각도로 바라본들 매력적이었다. 이목구비가 큼직해 시원시원한 얼굴, 그만큼 시원시원한 성격. 뭇 남성들의 마음을 여럿 상하게 했을 것만 같은 매력의 소유자.

"제수씨! 저희가 하겠습니다! 시켜주십시오!"

"그냥 앉아 계세요! 앉아 계시는 게 도와주시는 겁니다!"

서지환 씨의, 가까운 동료.

문득 궁금하다. 두 사람은 정말 친한 동료 사이인 걸까?

"제수씨! 집 좋네요! 깔끔하고 예쁘장하게 잘 꾸며놓으셨습니다!"

"감사해요! 오실 줄 알았다면 더 예쁘게 잘해놨을 텐데!"

그의 동료들이 집 구경을 끝냈는지 우르르 주방으로 몰려온다. 혼자임에 익숙했던 집의 풍경이 처음으로 역동적인 분위기로 변한다.

소음과 웃음이 난무하니 희원은 정윤에 대한 궁금증을 지워내며 말간 웃음을 터트렸다. 느닷없이 마주한 집들이 풍경이지만 희한하게 기분이 나쁘지 않았다.

"야, 서검. 넌 무슨 너네 집을 구경하냐? 아직도 신기하냐?"

"그래. 아직도 신기하다."

지환은 동료의 타박에 대꾸하며 신혼집 구석구석을 돌아보았고 이것저것 살폈다. 그녀가 홀로 정리해두었을 신혼집은 아기자기했고 곳곳에 재미있는 요소가 많았다.

걸려 있는 사진이 낯설어 바라보다가 즐비한 트로피와 상장 개수에 놀라 멈춰 섰다. 요즘 혼자 짧은 여행을 다닌다고 하더니 최근 들어 찍은 게 분명한 풍경 사진도 제법 눈에 띄었다.

지환은 빙그레 미소 지었다. 몇 장의 사진이 말해주는, 그녀가 감동으로 바라보았을 풍경들이 몰랐던 근황을 알려주는 것만 같았다.

"야! 빨리 와! 서검! 제수씨 안 돕고 뭐 해!"

"맞아! 너도 빨리 와! 빨리 와서 나 좀 도와!"

그녀는 예상대로 잘 살고 있었다. 새삼스럽게 그러한 사실은 무척이나 기뻤다. 내가 없는 공간 속, 당신의 이 행복이 영원했으면 좋겠다고. 그는 생각했다.

그 일이 시작되기 전까지는 말이다.

다시금 평범한 일상이 펼쳐진다. 얼떨결에 해치운 것치고는 집들이도 훌륭하게 끝냈다. 그는 그의 일터로, 그녀는 그녀의 무대로 되돌아갔고, 각자의 삶 테두리 안에서 안전한 하루하루를 보냈다.

계절은 어느덧 늦가을로 접어들었다. 오늘은 지환의 집안 식구들과 함께 저녁 모임이 있는 날. 중간에 지환을 미리 만나 함께 온 희원의 앞으로 자그마한 여자아이가 다가온다.

"하리야, 그건 뭐야?"

"이거 선물이에요. 선물."

이제 막 다섯 살이 된 꼬마 아가씨는 지환의 형인 지석의 딸, 날개 없는 천사다. 희원은 하리가 내미는 손을 바라보았다. 지환의 형 지석이 따라 나오며 웃는다.

"제수씨 준다고 어제부터 손에서 놓질 않더라고요. 하리가 제수씨 오래 기다렸어요."

"와…… 이거 진짜 숙모 주는 거야? 진짜로?"

희원은 무릎을 굽혀 앉으며 하리가 내미는 선물을 두 손으로 받았다. 툭, 치면 부러질 것 같은 장난감 립스틱이다.

"감사합니다. 그런데 하리가 이거 숙모 줘도 되는 거예요?"

"웅. 네. 선물이에요."

하리는 부끄러운지 몸을 이리저리 흔들었다. 곁에 서 있던 지환은 뚱한 표정을 지었다.

"하리야, 이제 삼촌보다 숙모가 더 좋아? 삼촌 선물은 없어?"

"없쪄. 오늘은 삼촌 선물 없쪄."

"하…… 질투 나는데. 하리가 숙모만 좋아해서 삼촌 막 질투 나는데."

지환이 하리를 번쩍 안아 들고 일어선다. 희원은 활짝 웃으며 선물을 자랑했다.

"봤죠. 하리가 이젠 저를 더 좋아한다고요."

그가 조카바보라는 사실은 처음 맞선을 봤을 때부터 알고 있는 사실이다 보니 놀려먹기 딱 좋다. 희원은 립스틱을 흔들며 열과 성을 다해 자랑했다.

"지환 씨, 이제 그만 하리를 포기해요. 하리 사랑은 제게 있어요. 사랑은 변하는 거거든요."

"다 뺏겨도 하리 사랑 못 뺏깁니다. 반드시 쟁취해 오도록 하죠."

"그래요. 건투를 빌게요."

희원은 갈수록 사랑스러워지는 하리의 볼을 사랑스럽게 어루만지며 웃음을 터트렸다. 비록 위장 부부의 삶이었지만 지금 이 순간만큼은 가족이었다.

· · ◆ ◆ ◆ ◆ ◆ · · ·

"수능 출제위원? 이번에?"

"그래. 그렇게 됐어."

가족끼리의 식사가 끝나고 간단한 다과상이 놓였다. 형수님은 먼저 잠든 하리 때문에 잠시 자리를 비운 시간. 형과 마주 앉은 지환은 눈을 크게 떴다.

"수능 출제위원이면, 칩거하잖아?"

"그렇지. 그래서 문제야."

지석은 낮은 숨을 불어 내쉬었다.

현직 교수인 지환의 형과 형수는 교육부의 호출을 받았다. 수능 출제위원으로 발탁된 것이다. 느닷없었고 너무나도 갑작스러웠지만 수능에 관련된 일들은 국가 기밀로 처리되다 보니 당연한 절차였다.

"하리는 그럼, 형수님 처가에서 봐주는 건가?"

지환이 묻자 지석은 잠시 뜸을 들였다. 하리가 태어날 때부터 바빴던 부모님을 대신해 하리의 외할머니는 아이를 곧잘 봐주시곤 했다. 혹은 지환의 아버지, 할아버지가 대신해 하리를 돌봐주었다. 부모님이 아니라도 집안사람들을 곧잘 따르니 문제가 될 일이 있겠냐마는.

"장모님이 좀 편찮으셔. 얼마 전에 허리 수술을 받으셔서."

"아……."

"아버지가 하리 봐주시겠다고 하는데, 한 달 정도 되는 기간 동안 아버지가 돌봐주시는 건 무리가 있는 것 같고."

희원은 형제의 이야기를 경청하며 하리를 떠올렸다. 단발머리가 너무나도 귀여운 꼬마 아이. 요즘 들어 더욱 자신을 따르는 하리는 너무나도 사랑스러웠다. 큰 의미로 하리는 가족 모두에게 축복이자 천사였다. 지환이 하리를 얼마나 아끼는지는 두말하면 입 아픈 일이고.

휴가 때 하리와 둘이 여행을 간 적도 있단다. 미키마우스가 보고 싶다던 조카의 말에 곧장 비행기 표를 끊었다나 뭐라나.

"대안을 마련하는 중이야. 아무래도 집사람이나 나나, 둘 중 하나는 출제위원을 못 한다고 해야 할 것 같은데."

지석의 말끝에 동생 지환은 흠, 낮은 숨을 내쉬었다. 수능 출제위원이라 함은 통신수단 아무것도 없이 통제된 구역 안에서, 수능이 끝날 때까지 지내야 했다.

수능 출제란 중대한 사안이었다. 수능이 지닌 무게는 대한민국 국민이라면 누구나 아는 것이었고.

"아…… 그러고 보니 얼마 후면 수능이네요."

희원은 무거운 공기를 가르며 말을 꺼냈다. 부부가 나란히 출제위원으로 뽑혔다니, 아주버님과 형님이 대단해 보였다.

"아주버님, 저 질문이 있어요."

"네. 제수씨."

희원이 말을 트자 지환이 바라본다. 희원은 과일을 포크로 푹, 찍으며 입술을 열었다.

"낮 시간에 하리는 누가 보나요?"

"이모님이 계십니다. 하리 신생아 때부터 봐주시던 분이 계세요."

"아아. 하리가 집을 떠나 있는 것에 민감하진 않나요? 아직 어린데."

"아무래도 어릴 때부터 양가를 오가며 지낸 시간이 많아서, 그렇지는 않습니다. 잘 따르기도 하고요."

음. 잠시 뜸을 들이던 희원은 가볍게 답을 내어놓았다.

"그럼 저희 집으로 하리를 보내주세요. 제가 봐드릴게요."

"희원 씨!"

희원 씨! 지금 무슨 말을 하는 겁니까!

지환은 당황한 듯 희원을 바라보았다. 커다래진 그의 두 눈이 뭘 말하고 있는지 모를 수가 없었지만 희원은 웃었다.

이토록 행복한 결혼 생활을 영위함에 있어, 감사한 마음에 뭐라도 지환에게 도움이 되고 싶었다. 형의 마음이 편하다면 그의 마음도 편안해지리라.

"제가 아이를 본 적은 없지만 하리가 저와 있어도 문제없다면, 제가 봐드릴게요. 대신 제가 공연이 있거나 부득이 자리를 비울 땐 아버님께 도움 청할게요."

"제수씨, 아무래도 힘들 텐데요. 생각만큼 쉬운 일이 아닙니다."

"하리만 괜찮다면요. 괜찮아요. 노력해볼게요."

지석은 잠시 희원을 말없이 바라보았고 희원은 과일을 우적 깨물었다. 그녀는 간단하게 생각했다. 한 달이라는 숫자가 그리 길게 느껴지진 않았으니까. 그런 희원을 바라보며 지환은 난처한 표정을 지었다.

"희원 씨, 이렇게 정할 일은 아닌 것 같은데. 생각을 잘해봐요. 가족 일이라고 부담 느끼지 않아도 됩니다."

"도와야죠. 가족이니까요. 부담을 느껴서가 아니라 정말 돕고 싶어요."

지환은 그녀의 야무진 대답에 할 말을 잃었다. 물론 선뜻 조카를 맡아주겠다는 희원의 말에 감동이 뒤따랐지만.

"아이를 봐줄 수 있는 사람이 있고 아이도 편안할 수 있다면 아주버님과 형님, 둘 중 누구도 포기하시지 않았으면 좋겠어요. 장래 학생들을 위해서도 좋은 일이니까요."

아마도 그녀는 가장 중요한 사실을 망각한 것이 분명했다. 아이를 한 달 동안 맡겠다는 건,

"낮 동안은 이모님이 봐주신다니, 밤엔 제가 있을게요. 하리에게 물어봐주세요. 하리의 의견이 가장 중요하다고 생각해요."

자신과도 한 달 동안 함께 살아야 하는 일임을. 평화롭던 위장 결혼 생활에 예상하지 못한 일이 발생했다.

　　　　· · · ◆ ◆ · · ·

"정말 괜찮겠습니까? 다시 생각해봐요."

칩거 기간 동안 하리를 돌봐주겠다는, 구두상 확정을 짓고 본가를 나온 희원을 바라보며 지환은 다시 생각해보라 말했다.

희원이 형의 아이를 봐준다는 일은 어려운 문제였다. 아무래도 그녀에게 대단한 실례라는 생각이 들었던 모양이다. 그러나 정작 본인은 괜찮다는 표정을 하고 있다.

"한 달 금방이에요. 봐요, 우리가 결혼한 지 벌써 몇 달인데."

"한 달은 짧지만 하루는 길지도 모릅니다."

"하리도 좋다고 하잖아요. 하리가 좋다는데 망설일 이유 없죠. 그리고 제가 바쁠 땐 아버님도 도와주신다고 했고요."

자다가 깬 하리는 아빠 엄마가 없는 동안 함께 있자는 희원의 말

에 소파 위를 방방 뛰었다. 마치 방학을 맞이해 친척 집으로 놀러 가는 듯한 즐거움이, 아이에게 묻어났다. 희원은 하리를 떠올리며 미소 지었다.

"난 사실 하리가 좋아해줘서 기뻐요. 내가 돌봐준다고 해도, 하리가 싫다고 하면 안 되는 일이었잖아요. 점수 잘 받은 것 같아서 좋은데요?"

"희원 씨, 지금 뭘 잘못 생각하고 있는 것 같은데."

"내가 뭘요?"

지환은 잠시 말을 아끼며 마른침을 삼켰다. 하리와 알콩달콩 잘 지낼 생각에 들뜬 희원에게 차마 말이 떨어지지 않았다.

"하리 머리도 묶어주고 예쁜 옷도 입혀주고, 밤엔 동화책도 읽어주고, 너무 좋을 것 같지 않아요?"

"좋습니다. 다 좋은데."

다 좋은데 말이죠…….

"하리만 돌보면 끝나는 일이 아니라, 저도 그 집에서 살아야 합니다."

"……네?"

역시 거기까진 생각하지 않은 것 같다. 지환이 난처한 표정을 짓자 희원은 눈을 감았다가 뜨며 천천히 입을 열었다.

"들어와서 살아요. 그럼 되잖아요."

뭐, 뭐라? 지환이 당황한 듯 바라보자 희원은 무엇이 문제냐며 고개를 갸우뚱했다.

"알겠지만 남는 방 있어요. 문제없죠."

"아…… 괜찮겠습니까? 진심으로?"

"제겐 서지환 씨가 더 불편해 보이는데요?"

"저야 물론 형의 일이고, 하리에 관련된 일이라면 뭐든 하다 보니 이런 상황이 고맙기는 한데……."

지환이 속 시원하게 말을 뱉지 못하고 얼버무리자 희원은 맑게 웃었다.

"지환 씨가 우리 집에도 잘하잖아요. 저번엔 할아버지랑 낚시도 다녀온 거, 다 알아요."

"그건 뭐, 일회성이었고 당연한 일이니까요."

"이것도 당연하다고 생각해줘요."

"……."

더 이상 남은 말이 없는 지환은 그녀를 길게 바라보았다.

……처음에 만났을 땐 예쁜 깍쟁이라고 생각했다. 타인에 대한 관심이나 애정이 없는, 그녀는 지극히 개인주의 성향일 거라고 생각했다.

하지만 조금씩 알게 되는 사실. 그녀는 생각보다 정이 많고, 타인의 삶에 무심하지 않았다.

"신세 한번 갚고 싶었어요. 지환 씨가 우리 집 식구가 되고 나서, 나와 우리 부모님, 우리 할아버지까지 얻은 게 너무 많으니까."

자신의 가치를 소중하게 여기고 소중한 만큼 자신을 둘러싼 주변의 것들을 귀히 대했다. 받은 것을 분명하게 기억하고, 더 많이 보답할 줄 아는 사람.

"권희원 씨. 그럼 나, 이 대목에서 감동받아도 됩니까?"

"물론이죠. 그러라고 이러는 건데?"

물론 이런 사람이 아니었대도 그녀를 선택했겠지만 예상보다 더욱 따뜻한 사람이라서, 마음이 크고 넓은 사람이라서 다행이라는 생각이 문득 들었다.

"이왕 받을 감동이면 많이 받았으면 좋겠어요. 나 무척 좋아하거든요, 생색내는 거."

"생색 많이 낼 수 있도록 감동받겠습니다. 저기, 권희원 씨."

"네?"

"고맙습니다. 진심으로."

지환은 그녀에게 진심을 전했다. 함께 의논할 수 있고 함께 헤쳐 나갈 상대가 있다는 건 좋은 일이었다. 같은 고민과 같은 근심, 그리고 같은 행복.

"내일 제가 형님하고 통화하면서 다시 정리할게요. 남은 이야기는 다시 해요."

"네. 희원 씨."

함께 누릴 수 있었으니까.

· · ✦✦✦✦✦ · ·

"서지환. 서지환 검사."

백인호 의원은 서재에 앉아 그의 이름을 곱씹었다.

"서지환……."

금괴 밀수 현장에서 운반을 관리하는 중간책인 공두철이 홍콩에서 붙잡혀 국내로 송환되었다.

최다 밀수 금괴였던 만큼 국민적 관심도 대단했다. 하지만 늘 그렇듯이 떠들썩했던 기사가 사라지고 검찰은 은밀한 수사를 이어갔다. 그리고 수사 중심엔 서지환 검사가 있었다.

일단 공두철이 쉽게 입을 열지는 않을 겁니다. 그리고 수사망에 잡힐 인물 몇 명 포섭해두었습니다.

은밀하게 걸려 온 한 통의 전화는 중앙지검의 윤명국 지검장이었다. 수사가 시작되는 것을 염두에 두고, 밀수단은 미리 잡혀 들어가도 무관한 인물들을 만들어두었다.

방식은 간단했다. 수사망에 걸려들 수 있도록 허술한 보안책을 유지하며, 당국 수사에 잡혀 들어가면 진술 또한 순순히, 그리고 적당한 변호인을 구성하여 최소한의 형을 집행 받는 방식. 잡혀 들어가는 대가는 상당한 액수로 보상되었다.

늘 이런 식으로 조직의 최상단은 검거망을 피할 수 있었다. 잡혀 들어가는 건 돈이 필요한 궁색한 자들. 전과 기록이 두렵지 않은, 죄의식에 무심한 자들이었으니까.

"뭐 하느라고 빨리빨리 덮질 않고 아직까지도 수사 종결이 안 돼."

검찰청에서 수사를 오래 끌어봐야 좋을 일이 없는 백인호 의원은 미간을 좁히며 중얼거렸다. 걱정 말라던 윤명국 지검장의 말만을 신뢰할 수 없으니 긴장의 끈을 놓을 수는 없다.

잠시 생각에 잠겨 있던 백 의원은 일어나 서재의 비밀 공간으로 다가갔다. 거울을 터치하자 지문을 인식하는 시스템이 열린다. 쿠

구궁……. 지문을 인식하니 육중한 소리와 함께 비밀 공간이 열렸고 백 의원은 안으로 들어섰다.

사방이 금괴로 둘러싸여 있다. 수북하게 쌓인 금괴는 언뜻 그 가치와 양을 헤아릴 수 없을 정도로 많았다. 뚜벅뚜벅 걸음을 걷던 백 의원은 아무렇게나 금괴 하나를 집어 바라보더니 바닥으로 떨어트렸다. 카캉! 시끄러운 소리와 함께 금괴는 바닥을 나뒹굴었다.

"이미 일본으로 들어갔어야 한다고. 이것들은."

일본으로 들어갔어야 하는 많은 양의 금괴를 바라보며 백 의원은 미간을 일그러트렸다.

무릇 정치란 돈이 있는 곳으로 힘이 몰렸다. 그렇게 쌓인 힘이 권력을 만들고, 그 권력이 더 많은 부와 더 많은 힘을 창출하게 하는 것이었다. 신념으로 하는 정치란 결국 입만 놀리는 장돌뱅이나 다름없으니 그에겐 끊임없는, 화수분처럼 솟아나는 정치자금이 필요했다.

금괴의 안전을 확인한 백 의원이 다시 비밀 공간을 나올 때쯤 노크 소리가 들렸다. 똑똑.

"저예요. 들어가도 될까요?"

황급히 모든 것을 제자리로 돌려놓은 백 의원은 느닷없이 찾아온 아내 희주의 음성에 대꾸했다.

"들어와."

서재는 백 의원의 철저한 개인 공간이기 때문에 희주는 이곳에 비밀 공간이 있다는 걸 알지 못한다. 설마하니 집 안에 그토록 많은 금괴가 보관되어 있을 거라고는 꿈조차 꾸지 못한 희주가 안으로 들어선다. 행여 부산했던 움직임을 그녀가 눈치챌까, 백 의원은 평소보다 더욱 날카롭게 그녀를 바라보았다.

"무슨 일인데 여기까지 찾아와."

"영양제 드실 시간이에요. 챙겨드리려고 들어왔어요."

날이 선 백 의원의 음성에 희주는 머뭇거렸다. 아내가 남편의 서재로 들어선 모습이라기보다 매 순간순간 지적과 꾸중을 듣는, 일 못하는 아랫사람 같다.

"빨리 놓고 나가! 멍청하게 서 있지 말고!"

"네? 아, 네!"

불호령에 놀란 희주가 헐레벌떡 다가와 영양제와 물을 내려놓자 백 의원은 혀를 끌끌 찼다. 그녀와 결혼을 결심했던 건 몇 년 전. 채널만 돌리면 그녀가 나오기 시작하던, 그녀 최고의 전성기 때였다.

"더 늦기 전에 챙겨 드세요. 요즘 며칠 안 드셔서……."

"왜 이렇게 보채. 내가 건강하게 오래 살길 진심으로 바라는 것도 아니면서."

그는 조금 더 자신을 빠르게 알릴 수 있는 방법으로 그녀의 인지도를 선택했다. 부당한 방법을 동원해서라도 그녀를 반드시 가져야 했다. 수단과 방법이란 중요하지 않았다.

"독 탄 거 아니야? 서서히 말려 죽이려고. 응?"

"무슨 말씀을 그렇게 하세요, 원래 드시던 거니까 챙겨드리는 건데……."

그는 곁의 누구도 믿지 않았다. 자신을 지지하는 수많은 사람들도, 결국엔 자신의 돈을 바라보는 것 또한 잘 알고 있다. 사랑 없이 곁에 온 그녀 또한 다를 바가 없었다.

"너. 거기 서봐."

더는 나눌 이야기가 없어 희주가 돌아서자 백 의원이 그녀를 부른다. 멈춰 선 희주는 돌아볼 용기가 없어 멈춰 서기만 했다.

백 의원은 쓰고 있던 안경을 벗으며 미간을 문질렀다. 자신의 손을 거치지 않으면 되는 일이 없어, 의심 많은 그는 필요 이상으로 모든 것들을 확인했다.

피곤은 가중되었고 자연스럽게 짜증과 분노가 늘었다. 세상 앞에 드러낼 수 없는 본연의 탁한 모습은 언제나 그녀 앞에서만 벗겨졌다.

"내가 널 왜 싫어하는 줄 알아?"

희주는 입술을 꾹 깨물었다. 더 이상 다칠 마음도 없다고 생각했는데, 그의 말 한마디에 찌릿한 통증이 느껴진다.

"넌 항상 피해자야. 항상 그런 얼굴을 하고 있어. 난 잘못이 없어요, 난 순수해요."

하, 말끝에 백 의원은 실소했다.

"하지만 넌, 내가 아는 세상의 모든 여자를 통틀어 가장 천박해."

"제발, 제발요 좀!"

희주가 더는 참지 못하고 돌아서자 백 의원은 눈을 치켜떴다. 그 쏘아보는 눈빛에 눌린 희주가 다시 어깨를 축 늘어트리자 백 의원은 경멸의 눈빛을 보냈다.

"기다려. 어떤 새끼들하고 질펀하게 놀아나다가 나한테 온 건지, 내가 전부 다 알아낼 테니까."

"……나가볼게요."

"개가 사람 말을 잘 듣는 이유가 뭔 줄 알아?"

죽지 않아도 볼 수 있는 지옥이 있다면, 이곳이 아닐까. 그녀는 매일같이 그런 생각을 했다.

"하도 잡아먹히다 보니 잘 따르는 거야. 대를 내려오며 습득한 거지. 잡아먹히고 싶지 않다는 본능이 있으니까."

조금의 사랑도 느껴지지 않는 눈빛으로 백 의원은 그녀의 뒷모습을 응시했다. 이어 들려오는 칼날 같은 말들 앞에, 희주는 무거운 눈꺼풀을 올렸다가 내렸다.

그녀는 버릇처럼 지환을 떠올렸다. 지환과 행복했던 나날들을 되새기는 일만이, 지금을 버티게 해주었다.

"너도 선택해. 그따위로 내 앞에서 언성 높이다가 잡아먹히든지."

당신은 잘 지내나요. 당신의 결혼은, 행복한가요.

"그게 아니라면 개처럼 잘 따르든지. 꼬리를 흔들며, 살살살 웃으며."

생각이 드니 사무치는 그리움이 따라 밀려들었다.

보고 싶다. 나와는 달라도 너무 다른 행복한 결혼 생활을 영위하고 있을, 언제나 그리운 그가.

"아…… 어디 보자……. 방은 다 치웠고……."

하리가 집으로 오는 날, 평소보다 이른 시간에 집으로 돌아온 희원은 분주하게 움직였다. 그녀는 아이가 불편함 없이 지낼 수 있도록 만반의 준비를 마쳤다.

"이런 거 좋아할까? 좋아했으면 좋겠는데."

아이 방을 꾸미며 어둠도 무섭지 않을, 알록달록한 침구와 인형을 잔뜩 들여놓았다. 지석의 부부가 이것저것 알아서 챙겨 보내준다고 했지만 어쩐지 긴장한 희원은 미리부터 하나둘 아이 용품을 사들였다.

"자…… 다 된 것 같지?"

주변을 휘휘 둘러보며 희원은 두 손을 비볐다. 문제가 없다고 판단, 아이 방을 나선 희원은 다음 방으로 들어갔다.

"뭐…… 여긴 내가 따로 신경 쓰지 않아도……."

지환이 당분간 지내게 될 방에 들어선 희원은 주변을 돌아보다가 커튼을 묶었다. 침실용으로 빠진 공간이 아닌 드레스룸 공간이었지만 잠만 자기엔 문제가 없었다. 한 달뿐이지만 그가 지내며 불편하지 않도록 싱글 사이즈의 침대까지 들여놓았다.

"어우, 막상 온다니까 떨리네."

새 칫솔을 꺼내 나란히 늘어놓고, 그와 아이가 신을 슬리퍼도 현관에 내어놓았다. 아이가 먹을 밥은 낮 동안 아이를 봐주실 이모님께서 해주신다지만 그녀는 틈틈이 블로그를 보며 아이 간식을 연구했다. 그와 먹을 밥상도, 따라 눈여겨보았다.

"아휴, 정신이 없네. 뭐 빠트린 것 같은데 잘 모르겠다."

혼자 살던 집 안의 변화. 모든 것이 그녀 생활 패턴에 맞춰져 있었지만 한 달 동안은 아이의 눈높이로 변하리라.

후……. 긴장감에 희원은 숨을 불어 내쉬었다. 가만히 있을 수가 없을 만큼 시간이 지나면 더욱 심장이 뛰었다. 괜스레 그의 방을 열어보았다가, 아이의 방을 열어보기도 하고.

"잘할 수 있겠지? 한 달, 한 달만……."

동동거리는 발걸음으로 주변만 배회하던 때. 땡동!

"왔다!"

초인종 소리가 들린다. 희원은 부리나케 나가 문을 열었다.

"아……."

문을 열자 하리가 서 있다. 희원은 방금 전까지의 긴장감을 지우며 환하게 웃었다.

"안녕, 하리야?"

"앙녕하세여."

"어서 와, 어서 와. 잘 왔어, 하리야."

그녀는 문을 더욱 크게 열었다. 그러자 뒤에 서 있던 지환이 보인다.

"아…… 잘 왔어요. 지환 씨."

지환은 일찍 퇴근을 마친 뒤 하리를 데려왔다. 형의 집에서 챙겨준 하리의 짐을 들고, 캐리어를 끌며 현관문 앞에 서 있다.

머뭇머뭇 안을 들여다보던 하리가 살금, 발을 내디딘다. 품에 꼭 안은 곰돌이 인형은 하리의 애착 인형인 것 같았다.

뒤에 서 있는 지환도 어서 들어가라 아이를 재촉하지 않고, 안에 서 있는 희원도 하리에게 어서 들어오라 재촉하지 않았다. 아이가 자발적으로 낯선 환경에 발을 내디딜 때까지 두 사람은 약속이나 한 것처럼 기다렸다.

"우와, 하리가 집으로 들어왔네?"

결국 현관으로 느린 걸음을 걸어온 하리와 시선을 맞추며 희원은 하리의 머리를 쓰다듬었다. 하리는 품에 안고 있던 곰돌이 인형을 쓱 내밀었다.

"내 칭구. 이름은 하늘이에여."

"아아. 하늘이구나. 이름 너무 예쁘다. 하리가 지은 거야?"

"네에. 하리 동생이에여."

신발을 벗기도 전에 애착 인형부터 소개해준다. 희원은 하리가 신발을 잘 벗을 수 있도록 도와주었다. 손바닥만 한, 자그마한 신발이 현관에 놓이자 귀여움에 웃음이 난다. 지환은 캐리어를 안으로 들여놓으며 문을 닫았다.

"실례하겠습니다."

그런 말 하지 마요. 이상하잖아요.

희원이 눈으로 신호를 주자 지환이 알아들었다는 듯 고개를 끄덕였다. 아무리 세상 물정 모르는 아이 앞이라지만 자연스러워야 한다.

"하리야, 하리야. 숙모가 하리 방 소개해줄게. 우리 함께 가볼까?"

"하늘이는요? 하늘이도 같이 가요?"

"그럼. 하늘이도 같이 가야지."

아이 손을 붙잡고 희원이 하리의 방으로 들어서자 지환은 익숙하게 하리의 짐을 풀었다. 조카가 온다고 방까지 꾸며놓은 그녀의 정성 앞에 감탄사만 튀어나온다.

"하리야, 이것 봐. 얘들도 하리 친구야. 인사할래?"

방에서 그녀 목소리가 들린다.

"하리야, 이건 어때? 이건 숙모가 하리 주려고 만든 잠옷이야. 숙모가 직접 만들었어."

지환은 아이의 짐을 꺼내며 피식 헛웃음을 흘렸다. 아이 잠옷까지 손수 만들었다니. 이 여자, 진작부터 알고는 있었지만 너무 예쁘다.

"하리야, 방은 마음에 들어?"

희원이 긴장한 듯 묻자 하리는 희원을 올려 보며 고개를 끄덕였다. 새로운 공간, 새로운 인형들이 무척 마음에 드는 것 같았다.

하…… 성공했다…….

안절부절못했던 마음이 싹 가시는 기분에 빙긋 웃으며 희원은 하리의 손을 붙잡고 나왔다. 그사이 짐을 다 풀어놓은 지환은 일어서 가볍게 주변을 돌아보았다.

"내 잠옷은 안 만들었습니까?"

헛소리하지 말아요. 나도 사서 입는데 무슨 소리 하는 거예요.

"하리는 특별하니까 만들어준 거예요. 지환 씨는 지환 씨의 사제 잠옷을 입도록 하죠."

"숭모, 삼촌도 하리처럼 특별해요."

엇. 하리가 대꾸하자 희원이 당황한 듯 얼굴을 붉혔다. 지환은 속이 다 시원하다는 것처럼 크게 웃었다.

"들었습니까? 나 특별하다고?"

"숭모도 특별해. 우리는 다아아아 특별해여."

입술 사이로 흘러나오는 모든 말이 보석 같다. 희원은 하리의 말에 공감한다는 듯 크게 고개를 끄덕였다.

"그럼 하리야, 다음에 숙모랑 함께 삼촌 잠옷 만들까? 하리랑 비슷한 걸로?"

"네! 숭모 것도 만들어요!"

"좋아요. 다음에 우리 같이 만들어요."

시작이 순조로운 것 같은 느낌. 지환은 내내 가지고 있던 약간의 부담감을 내려놓기로 한다.

"이건 참고하라네요. 읽어봐요."

하리의 집에서 적어준 종이를 그녀에게 건넸다. 하리가 잘 먹는 음식부터 가리는 음식, 버릇이나 성격, 취향 등등 세세하게 적혀 있다. 아침부터 저녁까지 하리를 봐주는 이모님은 내일 오기로 하셨고, 오늘은 바야흐로 첫날밤이다.

"하리야, 이제 뭐 할까? 숙모랑 뭐 할까?"

뭐 할까? 묻자 하리가 잠시 머뭇거린다. 그러다가 갑자기 발돋움을 하고는 귓속말을 하고 싶어 한다. 황급히 허리를 숙인 희원이 하리의 이야기를 들어보자 화장실이 가고 싶단다.

"어디 갑니까?"

희원이 하리의 손을 잡고 움직이자 지환이 물었다.

"우리끼리 비밀이에요."

그녀는 이상한 답을 내어놓고는 화장실로 사라졌다. 그 뒷모습이, 그에겐 무척이나 보기 좋았다.

더 솔직하게 말하자면 이상적이었다.

· · ✦ ✦ ✦ ✦ ✦ · ·

평화로운 저녁 식사를 끝냈다. 온통 하리에게 집중한 희원과 지환은 한시도 아이에게서 눈을 떼지 않았다.

어찌어찌 힘겹게 아이 목욕을 시키고, 희원은 뜨겁지 않은 바람으로 아이 머리를 말려주었다. 아이 몸에서 풍기는 연약한 살 냄새가 너무나도 사랑스러워 자꾸만 미소 짓게 되었다.

"하리 이제 코 잘까?"

희원이 묻자 하리가 고개를 끄덕인다. 부리나케 어디론가 달려가더니 곰돌이 인형을 가지고 나온다.

"하리는 하늘이랑 자여. 코오오오 자면 하늘이가 하리 옆에 있어여."

"우와, 그렇구나. 좋겠다."

숙모는 혼자 자거든. 희원이 내뱉지 못한 말을 삼켰다. 그나저나 어찌어찌 아이를 재우면 될 것 같은데 어떻게 해야 할지를 모르겠다. 지환도 멀뚱멀뚱, 희원도 멀뚱멀뚱 보고 있는 순간.

두 사람을 지독하게 괴롭힐, 웃기고도 슬픈 문제점이 시작되었다.

"삼촌이랑 숙모는 뽀뽀 안 해여?"

"……응?"

잘못 들었나 싶어 하리를 바라보았다. 소파에 앉아 바닥에 닿지 않는 다리를 흔들며, 하리는 천진하게 답했다.

"우리 아빠랑 엄마는여, 매일매일 뽀뽀해여. 뽀뽀해야 코 잘 수 있다고 했어여."

"아……."

"아……."

두 사람 입술 사이로 동일한 탄식이 흐른다. 희원의 머릿속은 새하얘지고, 지환의 눈앞은 캄캄해진다.

"코오 자려면 뽀뽀해야 해여. 하리는 엄마랑도 뽀뽀하고 아빠랑도 뽀뽀해여. 하늘이랑도 뽀뽀해여."

"어…… 하리야, 숙모랑 삼촌은 다른 방식으로 인사한단다. 볼래?"

희원은 자리에서 벌떡 일어섰다. 아직 무엇도 준비가 되지 않은 지환에게 걸어갔다. 자, 나와 함께 춤을 춥시다. 서지환 씨!

그녀가 느닷없이 정체불명의 춤을 추자 뜻을 알아챈 지환도 덩실덩실 춤을 췄다. 보기에는 우스운데, 두 사람 지금 무척이나 진지하다. 갑자기 춤을 뚝 멈춘 희원은 하리를 바라보았다.

"하리야. 이게 숙모랑 삼촌의 인사야. 코오오 자려는 인사."

"아닌데. 뽀뽀해야 하는데."

"아······."

"아······."

다시금 두 사람의 입술 사이로 탄식이 터진다. 하리는 무척이나 맑은 눈빛으로, 아주 영롱한 목소리로 입술을 열었다. 희원은 그제야 형님께서 만들어준 하리 노트에 적힌 말이 떠올랐다.

— 아이가 맞다고 믿는 건 무리 없는 이상 긍정해주세요.

"아닌데. 뽀뽀를 해야 코오 자는데. 우리 엄마 아빠는 그런데."

흐어······ 이게 대체 무슨 상황이지.

희원과 지환은 서로 바라보았다. 난처함이 섞인 두 사람의 눈빛은 무척이나 볼만했다.

"뽀뽀해야 하는데 그래야 코오오오 자는데."

한 달. 우리가 잘 버틸 수 있을까······?

"삼촌이랑 숙모는 왜 뽀뽀 안 해여?"

두 사람의 머릿속으로 같은 생각이 스쳐 지나갔다.

◆ ◆ ◆ ◆ ◆ ◆ ◆ ◆ ◆

"하……."

지환은 의자에 등을 기댄 채 앉아 있다가 벌떡 상체를 일으켰다. 경기하듯 한 눈빛으로 도리질을 치더니 이윽고 긴 한숨을 내뱉었다.

최금호 계장은 왜 저러나 하는 눈빛으로 지환을 바라보았다. 어제는 하루 종일 다소 들뜬 것처럼 보이더니.

"검사님, 무슨 일 있으십니까?"

오늘은 하루 종일 저런 상태이다. 뭐랄까, 약간 맛이 간 상태라고 해야 할까?

"검사님?"

불러도 듣지도 못한다. 최 계장은 고개를 갸우뚱하며 지환을 심도 있게 바라보았다.

"흐응, 흐으응."

그는 이상한 헛웃음을 터트리더니.

"하…… 답이 없네…… 답이 없어……."

뜻을 알 수 없는 혼잣말을 내뱉었다. 애먼 곳에 시선을 고정한 채 무엇을 골똘히 생각하는 것 같았다.

"검사님."

"아, 네. 계장님."

몇 차례 연거푸 부르자 그제야 반응한다. 지환이 자세를 고쳐 앉으며 답하자 최 계장은 물었다.

"무슨 일이 있으십니까? 오늘 영 불안해 보이시는데요."

"저…… 지금 불안해 보입니까?"

"네. 무척. 많이. 상당하게."

휴……. 지환은 볼펜을 붙잡고 현란하게 돌렸다. 범죄 수사에 동물적 감각이 있는 최 계장은 지환의 심리 상태를 금방 간파해냈다. 징그러울 만큼, 최 계장은 촉이 좋았다.

"검사님 무슨 일 있으시죠? 예를 들어 피할 수 없는 일이 있다거나. 집안일?"

"허어, 이런 귀신같은 사람. 계장님, 저는 최 계장님이 무섭습니다."

"저는 지금 검사님이 더 무서운데요. 혼자 웃고 혼잣말하시고."

"……."

"그리고 지금 검사님의 모습은 제가 아닌 누구라도 알 수밖에 없을 겁니다. 무슨 일이 있다고."

"그냥, 집안에 조금 웃픈 일이 있습니다. 그래서 반응이 다채로운 거니까, 이해해주십시오."

뽀뽀해야 하는데. 그래야 코오오오 자는데.

어제, 그 밤, 사랑스러운 조카 하리 앞에서, 당황함에 식은땀을 흘렸다.

삼촌이랑 숭모는 왜 뽀뽀 안 해여?

맞선으로 만났지만 형과 형수님은 금슬이 좋았다. 다소 차가운 인상의 형이었지만 형수님 앞에서는 한없이 멍청한 표정을 짓곤 했으니까.

그렇다 해도, 굳이 알고 싶지 않은 형에 대한 사실들을 어제 알았다. 형수님과 주야장천 뽀뽀를 해댄다는 걸. 시도 때도 없이 하며, 낮과 밤도 없다는 것 또한.

"결국…… 해버렸어……."

후……. 지환은 무의식적으로 자신의 입술에 손을 가져다 댔다. 아이의 강력한 주문을 피할 도리가 없고, 논리적인 반박은 힘을 잃어버린 때.

그 땡글땡글한 아이 눈에 담긴 기대를 저버릴 수 없어 지환은 슬그머니 희원에게 다가섰다. 희원의 질색하는 표정을 보고 있자니 내키지는 않았지만 그 또한 어쩔 수가 없었다.

권희원 씨, 어서 와요. 어서. 피할 수 없다면 즐깁시다.

눈빛으로 호소하며 지환은 우스꽝스러운 얼굴을 하고는 입술을 최대한 길게 뺐다. 자신을 바라보는 희원의 표정이 더더욱 흉측해졌지만 모르는 척해보기로 한다. 왜냐. 수치스러우니까.

어서. 어서 와요. 권희원 씨. 이런 거지 같은 상황은 빨리 끝내버립시다.

눈을 감고 그녀 입술을 기다리자니 번갯불에 콩 구워 먹는 속도로 입술이 다녀간다. 감촉만으로는 입술인지도 모를 만큼 슬쩍. 희미하게 슬쩍 가져다 대고는 '쪽' 소리를 기술적으로 크게 냈다.

와아아아! 이유를 알 수 없는 하리의 박수를 들으며 지환은 천천히 눈을 떴다. 희원은 얼굴의 모든 근육을 이용해서 씰룩씰룩 웃고 있었지만, 그녀가 갖은 노력을 다해도 눈은 웃지 않았다. 그런 무시무시한 얼굴을 바라보다가 지환은 외면했다. 왜냐, 무서우니까.

마치 의식을 치르듯 하리는 지환과 희원의 볼에 뽀뽀를 하고, 볼에 뽀뽀를 받고 퇴장했다. 두 사람은 어색한 기운을 남긴 채 각자의 방으로 들어갔다.

그렇게 뻘쭘하게 아침이 왔다. 아침 출근 시간에도 하리의 진두지휘 아래 뽀뽀 타임은 진행되었다.

"대체 뭔 뽀뽀를 그렇게 많이 해, 집에서."

아…… 형……. 대체 왜 그러는 거야…….

에휴. 금슬 좋은 형네 부부 덕에 지환은 전혀 예상하지 못한 난관에 부딪쳤다. 하리는 아빠 엄마의 애정 표현에 대한 명확한 기준을 가지고 있었고, 당연히 사랑하는 사람들끼리는 표현해야 한다고 생각했다. 다 좋다. 다 좋은데, 그게 자신들에게는 해당 사항이 없다는 게 문제였다.

"오늘은 집에 가기가 좀 무섭네요."

"벌써 무서우시면 어떻게 합니까? 아직 멀었습니다."

휴……. 지환은 정신을 가다듬으며 다시 서류로 시선을 주었다. 자꾸만 심장이 긴장한 듯 뛰었다. 두근거림을 자각한 지환은 찬물을 벌컥벌컥 들이켰다.

……피할 수 없으면 즐겨라. 사실 그는 즐겼던 것도 같다. 피할 수 없었던 것이 아니라, 피하지 않았던 것일지도 모른다.

· · ✦ ✦ ✦ ✦ ✦ · · ·

"아, 미치겠다. 미치겠다."

연습 도중 희원은 자꾸만 탄식처럼 혼잣말을 했다. 땀을 닦던 구언은 힐끔 희원을 바라보았다.

"왜 그래, 무슨 일 있어?"

그녀는 어딘가 모르게 초조해 보였고 긴장한 것처럼 손톱을 물어뜯기도 했다.

"아, 아냐. 아무것도."

"아무것도 아니긴. 얼굴에 무슨 일 있다고 크게 써 있구만. 뭔데. 무슨 일인데?"

구언은 최대한 힘을 뺀 음성으로 물었다. 그녀가 부담스러워하지 않을 선에서, 대화를 이끌어나갈 수 있도록.

"아…… 맙소사. 아…… 어떡하지."

나는 서지환 씨와 한 달 동안, 매일매일 뽀뽀를 해야 하는 건가? 더한 일이 있으면 어떡하지?

희원은 온종일 그와의 스킨십 상상에 사로잡혀 안절부절못했다. 비즈니스 차원의 입술 접견이라고 아무리 스스로 인식을 시켜봐도 익숙해질 리 없는, 입맞춤.

……휴, 짧은 한숨을 내쉰 희원은 잊고 있었던 구언을 바라보았다.

"미안해. 나 좀 미친 사람처럼 보이지?"

"알면 됐어. 말도 안 해주고, 정신 빠진 사람처럼 혼잣말이나 하고. 아, 맞다."

구언은 수건을 내리며 희원을 바라보았다. 몇 날 며칠 연습했던 말이지만 이 역시 최대한 힘을 뺀 채. 자연스럽게, 아무것도 아닌 것처럼.

"원아, 나 이번에 지방 공연하잖아."

"알지."

"너 게스트로 와줄 생각 없어?"

"……응? 게스트?"

희원은 구언을 돌아보았다. 녀석은 태평한 표정을 지으며 무대 게스트로 와달라 부탁하고 있다.

"아, 게스트. 언제지?"

"얼마 안 남았어. 게스트 섭외가 다 되었는데 갑자기 일이 생겼다네. 다시 구할 시간은 안 되는 것 같고."

"아……."

어……. 희원은 잠시 머뭇거렸다. 구언은 그녀의 표정을 훑고는 다시 말을 이었다.

"저번에 너 내가 게스트 서줬잖아. 빚 갚아. 언제든지 출연해준다며."

"맞네. 그랬지? 알았어. 너도 나 도와줬는데 나도 너 도와야지."

구언은 때때마다 희원의 공연 게스트를 자청했다. 쉽지 않은 일을 흔쾌히 해준 것이다.

"그래. 회사에 말해서 다시 얘기할게. 너 나중에 딴말하기 없다?"

"알았어. 무슨 딴말. 걱정 마."

"고맙다, 밥 살 테니까 기대해."

아무렇지 않게 뒤를 돌며 구언은 실금 같은 미소를 지었다. 그녀에게 확답을 받은 구언은 잊은 말이 있다는 것처럼 말을 보탰다.

"근데 희원아, 그거 1박 2일 일정이야. 공연이 이틀 일정이거든.

참고해줘."

마음은, 그렇게 쉽게 변하는 것이 아니었다.

· · ✦ ✦ ✦ ✦ ✦ · ·

"공연 게스트 말입니까?"

"네. 구언이가 제 공연을 많이 도와줘서 저도 한번 도와주기로 했는데, 이번 게스트가 갑자기 일정 취소가 됐다고 해서."

식사 후 과일을 잘게 잘라 하리에게 디저트를 먹이며 희원은 운을 뗐다. 아기 새처럼 잘도 받아먹는 하리는 집에서 가져온 소리 나는 그림책에 시선을 고정했다. 지환은 그런 하리를 바라보다가 다시 희원을 향해 고개를 돌렸다.

"언제 가는 거죠?"

"다음 주요. 1박 2일 일정이에요."

"아아."

가볍게 고개를 끄덕였다. 지환은 할 말이 있는 얼굴을 하다가 이내 평온함을 되찾았다.

사실 그녀가 자신의 의견을 묻지 않아도 되는 일이다. 자신이 이 집에 없었다면 사실 알지 못했을 일이기도 하다. 조카가 와 있고, 자신이 이 집에 있기 때문에 미리 이야기를 하고 있는 것이라는 사실 또한 잘 알고 있다.

그녀가 공연을 떠나는 것에 문제는 없다. 굳이 문제를 꼽자면 구언의 마음이 희원에게 있다는 것뿐.

"유……구언 씨는 만나는 사람이 없습니까?"

"글쎄요. 워낙 바쁘고, 공연이 많은 친구라 잘 모르겠어요. 연애에 관심이 없는 것 같기도 하고."

당신을 좋아해서 그런 겁니다.

지환은 남은 말을 삼켰다. 어쩐지 공연을 빙자한 구언의 사심이 느껴져 스멀스멀 불쾌한 기운이 올라왔다. 순수하게 공연을 돕겠다는 희원의 마음을 이용하는 것 같은 교묘함도 느껴졌다.

"1박 2일이면 숙소에서 자겠네요?"

"그렇겠죠? 숙소는 구언의 회사에서 마련해준다고 하니까요. 공연장 근처 호텔이겠죠."

"출퇴근은 어렵겠죠?"

"네?"

하리에게 주었던 시선을 옮기며 희원이 고개를 들자 지환은 손사래를 쳤다. 쓸데없는 말을 뱉고 말았다. 그녀가 알아서 할 일인데, 쓸데없이 괜한 참견을.

"저도 출퇴근하고 싶은데, 너무 멀어요. 하리 때문에 그러시죠?"

아니! 그게 아니고!

"저도 좀 걱정이에요. 하리 봐주기로 했는데, 공연을 가야 하다니."

하리가 문제는 아니란 말입니다! 내 마음이 문제요! 문제!

"하리는 걱정 마요. 하루쯤 아버지가 봐주셔도 괜찮은 일이니까."

"하리는 하부지 보고 싶어. 하부지."

아이는 고새 자기 이야기를 하는 걸 알고 쫑알쫑알 껴든다. 순간

순간 아이가 귀여워, 무방비 상태로 심장 폭행을 당한다. 지금 죽으면 사인은 심쿵사다.

"하리는 할아버지 보고 싶어? 할아버지도 하리가 보고 싶대."

"하부지 좋아여. 하부지는 하리랑 잘 놀아줘여."

아아…… 이쁘다…….

두 사람은 약속이나 한 듯 멍청한 미소를 지었다. 목소리는 어찌나 영롱한지 옥구슬 굴러간다는 말이 무언지 알 것 같다.

"자자, 과일 다 먹었으면 치카치카 하고 일찍 자야지?"

……드디어 심판의 시간이 다가온다. 아무렇지 않은 듯 지환이 자러 가자고 말하자 희원은 잔뜩 긴장했다. 또 서지환 씨와 뽀뽀를 해야겠지. 아아, 왜 이렇게 떨려?

"그런데 있잖아여."

어른들을 쥐었다 폈다 하는 하리의 음성에 두 사람은 마른침을 삼키며 하리를 응시했다. 무척이나 천진한 눈빛으로, 하리는 자그마한 입술을 열었다.

"우리 아빠 엄마는요, 매일매일 사랑한다고 해여."

아…… 형……. 제발 좀…….

"삼촌이랑 숭모는 왜 안 해여? 사랑한다고 왜 안 해여?"

"아……."

"아……."

또다시 어제와 같은 진한 탄식이 흐른다. 아이는 아무것도 모르는 것 같아 보여도 관찰력이 뛰어났다.

"사랑한다고 해야 해여. 사랑한다는 말은 쑥쑥 자라서 더 커진다고 했어여."

"형님하고 아주버님…… 정말 금슬 좋으시네요."

희원이 웅얼웅얼 말하자 지환은 슬쩍 눈을 감았다. 형이 이 정도로 애처가인 줄은 몰랐다. 뭐, 집에서 부부끼리 지내는 모습을 본 적이 없으니 당연하지.

종갓집 장남으로 자라 나이에 걸맞지 않게 근엄한 면이 있어 상상도 못 했다. 가족 모임엔 어른들이 계시니 티를 내지 않아 더더욱.

"사랑한다고 해야 해여. 사랑한다는 말은 천사의 말이에여."

"맞아. 하리가 똑똑하네."

지환이 긍정하며 답하자 하리는 뿌듯하다는 것처럼 어깨를 으쓱 올렸다. 이래서 아이 앞에선 행동을 조심해야 한다는 모양이다. 모르는 것 같아도 생각하고 있었고, 아는 사실과 다른 것들을 이상하게 여겨 더욱 관찰했다.

그건 그렇고. 그건 그렇고!

"희원 씨."

"아, 네. 지환 씨."

뽀뽀 타임보다 더 긴장된다. 희원은 저도 모르게 쥐고 있던 포크를 더욱 세게 쥐었다.

얼마나 제대로 하는지 두고 보겠다는 듯 하리가 집중하는 표정을 짓는다. 지환은 힐끔 하리를 바라보고 크게 심호흡했다. 이어 팔을 머리 위로 들어 원을 만들며 질끈 감았던 눈을 떴다. 차마 제대로 된 하트를 그리기가 민망하다.

"스릉흡니다."

"······."

말끝에 하리를 바라보니 표정이 좋지 않다. 이어 그렇게 팔을 하는 게 아니라는 듯, 하리는 손수 시범을 보이며 팔을 들어 예쁜 하트를 만들었다.

지환은 삐걱삐걱 팔을 움직이며 하트 모양을 만들었다. 이 순간 바닥으로 꺼져 내리고 싶은 희원은 민망함에 발가락까지 힘을 주었다.

"사랑합니다."

범죄자에게 체포 전 고지를 하는 딱딱한 표정을 짓고는 말과 입이 따로 논다. 영혼이라곤 조금도 느껴지지 않는 그의 강제적 고백에 희원은 응당 화답을 해야 했다.

깐깐한 하리 선생님의 부부 훈육 시간. 아이의 시선이 희원에게 닿는다. 포크를 들고 있는 희원의 손이 부들부들 떨리자 지환은 흠칫하며 포크를 바라보았다. 흉기로 쓸 생각 아니면 내려놔요. 지환이 눈짓을 보내자 희원이 포크를 내려놓았다.

휴, 할 수 없지. 희원은 지환의 행동을 따라 머리 위로 손을 들었다. 하트를 만들어 보이며 그녀 역시 입만 웃었다.

"사랑합니다아."

"헤헤."

만족스러운지 하리가 웃는다.

사랑합니다, 말끝에 찌르르 진동이 인다. 그 놀라운 감정에 희원은 깜짝 놀라 지환을 바라보았다. 단어가 가진 힘은 무엇이기에 가슴이 더욱 거세게 뛰어오르는 걸까.

"이제 쑥쑥 자라여. 사랑하는 마음이 쑥쑥 자라서 예쁘고 커다란 나무가 대여."

……사랑합니다.

세 사람은 식탁에 앉아 한동안 머리 위로 올린 팔을 내려놓지 않았다. 두 사람의 딱딱했던 눈빛은 낯선 단어와 함께 조금씩 누그러졌다.

"뽀뽀는 왜 안 해여? 우리 아빠 엄마는여, 이렇게 말하고 뽀뽀해여. 코오오 자야 하니까여."

"아……."

"아……."

하리 선생님의 부부 훈육은 무척이나 훌륭했다.

· · · ◆◆◆◆ · · ·

공연 당일, 리허설을 앞두고 공연장에 들어선 희원은 동선 체크를 했다.

본디 게스트란 공연 주인공보다 화려하지 않아야 했고, 압도적이지 않아야 했다. 공연 주인공이 잠시 자리를 비운 사이의 여백을 채우는 정도로만 쓰임을 다 해야 했다.

희원은 적당한 작품을 골랐고 무대 감독과 상의를 했다. 아무래도 갑자기 정해진 까닭에 사전 협의를 할 게 많았다.

"두 분 원래 같이 공연도 하셨잖아요."

"네. 그렇죠."

감독이 다소 아쉬운지 골똘히 생각한다. 희원을 게스트로 모셔 단발성 공연으로 끝내기가 다소 아쉬웠던 모양이다.

"그럼 제가 유구언 씨하고 얘기를 해볼 테니까 희원 씨, 공연 작품 하나 해주실 수 있을까요?"

"……제가요? 그럼 두 개를 하라는 말씀이세요?"

"아아, 좀 무리한 부탁이긴 한데, 아무래도 볼거리가 더 풍성하면 소문도 좋게 나는 법이니까요."

희원은 잠시 고민하다가 입술을 열었다. 어차피 도와주기로 한 거, 문제는 되지 않았다.

"그럼 공연자하고 협의해주세요. 유구언 씨가 된다면 저야 뭐, 크게 어려운 일은 아니니까요."

"네. 알겠습니다."

이래저래 동선 체크를 마친 희원은 대기실로 들어섰다. 전달을 받은 구언이 미안하다는 표정을 지으며 다가왔다.

"괜찮아?"

"상관없어. 몸이 닳는 것도 아니고."

희원이 편안하게 웃자 영 미안한지 구언은 미간을 좁혔다.

"아. 너 숙소 배정 받았지?"

"응. 받았어. 근처더라. 난 712호던데 넌 몇 호야?"

"난 713호. 스태프들은 4층이고 너랑 나만 7층이더라."

"……아? 옆방이네?"

희원이 눈을 동그랗게 뜨자 구언은 도착해서 알았다며 웃어넘겼다. 그렇게 잡아달라고 사전에 부탁했으면서, 모르는 척.

"밤에 심심하면 맥주나 한잔하자."

"공연 앞두고 무슨 술이야…… 는 헛소리고, 한 잔은 괜찮겠지?"

희원이 좋다며 시원하게 웃는다. 구언은 그런 그녀를 바라보다가 뛰는 가슴을 모르는 척했다.

우린 언제나 이렇게 잘 지냈는데. 언제나 우리는, 이렇게 마주보며 웃었는데.

"아, 전화 온다. 잠깐만."

여보세요? 희원이 걸려 온 전화를 받자 구언은 무대 준비로 다시 의자에 앉았다. 거울로 비치는 희원을 바라보니 웃고 있다.

"저는 지금 막 리허설 끝내고 왔죠."

그 사람의, 전화인 것 같았다.

"아아. 정말? 오늘은 그럼 본가 가서 자려고요? 하리랑 같이?"

하리? 누구지?

구언은 귀를 쫑긋 세웠다. 지환의 목소리가 들릴 듯 들리지 않는다. 아마도 유추하기를, 그녀가 집에 없으니 지환은 부모님의 댁으로 간다는 것 같았다.

"네. 숙소 정해졌어요. 좋은 곳으로 잡아줬더라고요."

아내의 잠자리가 걱정인 모양이다. 구언은 저 마음 깊숙한 곳에서 끓어오르는 질투심을 감췄다.

— 좋은 곳이라니 다행이네요. 함께 일하는 분들과 같은 층입니까?

"어…… 아뇨. 듣기로는 스태프들은 4층? 맞지, 구언아? 4층?"

희원이 통화 도중 묻자 구언이 고개를 끄덕였다.

아후, 저 바보 권희원. 대충 둘러대면 될 것을 저렇게 자세하게
도 이실직고하네.

"4층이래요."

─ 유구언 씨 옆에 있습니까?

"네. 이제 메이크업 들어가요."

─ 유구언 씨도 그럼 4층?

"어…… 아뇨. 7층이요."

희원이 뭘 말하는지 알겠다는 듯 구언은 마른 주먹을 쥐었다. 마
른침이 절로 넘어간다.

─ 권희원 씨는 몇 층입니까?

"저……도 7층이요."

잠시 묵음이다. 지환의 반응이 궁금한 구언은 얼굴을 간지럽히
는 붓질에도 긴장을 늦추지 않았다. 서지환의 질투심을 이끌어냈
다는 사실에 묘한 성취감이 들기도 했고, 어쩐지 조바심이 나기도
했다.

구언은 침착해지기로 한다. 같은 방을 쓰겠다는 것도 아니고, 고
작 층이 같을 뿐인데 뭐.

─ 밥은, 먹었습니까?

"아직요. 작은 컵라면이나 하나 먹고 싶은데 아쉽게도 김밥이네
요. 이제 조금 먹어야죠."

마음은 불편하고, 편안했다. 상반된 온도의 감정이 구언을 침착
하지 못하게 했다. 몸과 따로 노는 마음이 말하기를, 너는 행복했으
면 좋겠는데, 그는 불행했으면 좋겠다.

그녀의 결혼을 인정하지 못하는 것도 아닌데 할 수만 있다면 어떻게든 부정하고 싶었다. 이러한 마음도 하루에 수백, 수천 번씩 변하고 굳어지며 구언을 괴롭혔다. 인정하지 않는다. 인정할 수 없다. 인정한다. 인정해야만 한다.

— 그래요. 공연 잘하고.

"네. 서지환 씨."

사실은 구언, 스스로도 스스로가 뭘 어쩌고 싶어하는 건지 잘 몰랐다.

그녀의 통화는 싱겁게 종료가 된다. 별다른 말을 하지 않았는지 희원은 대수롭지 않게 휴대폰을 주머니에 넣었다.

"야, 거기다 놓지 말고 나한테 맡겨. 공연 들어가면서 무슨 휴대폰."

"그래, 여기 있어. 보관해줘."

구언은 희원의 휴대폰을 가방에 넣었다. 따로 매니저가 없는 희원을 대신해 구언은 자신의 매니저에게 귀중품이 합쳐진 가방을 맡겼다. 대기실에서 귀중품 분실 시 책임을 지지 않는다고 하니까, 그녀의 귀중품은 안전하게 보관해야지.

"그럼 보관해주는 김에 이것도 보관해주라."

희원은 결혼반지를 빼서 건넸다. 구언은 손바닥을 펼쳐 받아 가만히 내려다보다가 매니저에게 건네줬다.

"잘 보관해. 희원이 결혼반지니까."

"네, 형."

첫 번째 공연 시간이 다가오고 있었다.

희원과 통화를 마친 지환의 사무실엔 업무 관련 이야기로 잠시 정윤이 찾아와 이야기를 하고 있다.

"금괴 밀수 금액 중 일정 부분은 불법 도박 사이트 운영자금으로 흘러 들어갔어. 가상화폐 투기 조장 혐의도 충분히 입증할 수 있겠고."

어…… 아뇨. 7층이요.

"공두철의 자백은 사실이 아니라기보다, 빙산의 일각이기 때문에 수사 방향을 조금 더 확……."

저……도 7층이요.

"야, 서검. 내 말 듣고 있어? 얘가 요즘따라 이상하네."

"정신이 팔려서 그런다."

"뭐?"

"아냐. 아무것도. 그래도 니 얘기 다 듣고 있었어."

지환은 중얼거리며 미간이 다소 일그러진 얼굴로 시선을 들었다. 어딘가 모르게 불쾌함이 묻어나는 녀석의 얼굴을 바라보다가 정윤은 고개를 갸우뚱했다. 지환은 손목시계를 바라보더니 입술을 열었다.

"공두철의 뒤를 봐주는 세가 생각보다 커서 연이 안 닿는 곳이 없어. 검찰 쪽 수사보다 더 빨리 정보를 수집하는 게 상식적으로 말이 되나 싶기도 한데."

녀석은 또다시 사무적인 얼굴로 돌아왔다. 정윤은 갑자기 분주해진 지환의 손끝을 바라보았다. 만년필 뚜껑을 닫더니, 서랍을 잠근다.

"그 많은 돈이 도박 사이트와 가상화폐로만 흘러 들어갔다는 것도 말이 안 돼. 주변 인물 관계도 다시 한 번 파악해야겠어."

"그건 그렇고 지금 뭐 해? 어디 나가려고?"

급기야 자리에서 일어나더니 슈트 재킷을 입는다. 정윤은 녀석의 갑작스러운 행동이 이상하다는 듯 궁금증 많은 눈빛을 했다. 지환은 책상 위에 올려놓았던 차 키를 집어 들었다.

"차겸."

"응? 왜?"

잠시 움직임을 멈추고 정윤을 빤히 바라보다가, 지환은 질문을 던졌다.

"어떤 여자가 네 남자를 좋아해. 주변에서 자꾸 맴돌아. 너라면 어떡할래?"

"뭘 어떡해. 난 내 남자 없는데? 없는데 그런 일이 어떻게 생겨?"

"……됐다. 못 들은 걸로 해."

"하지만 뭐, 만일에 그런 일이 생긴다고 해도 내 남자는 끄떡도 안 할 것 같은데? 중요한 건 내 사람의 마음 아닐까?"

내 사람의, 마음.

그는 잠시 멈춰 섰다. 정윤은 그런 지환을 빤히 바라보다가 턱 끝을 조금 더 들어 올렸다. 지환이 세상 가장 꼴 보기 싫어하는 정윤, 특유의 오만한 표정이다.

"그리고 세상 어떤 남자가 나 같은 여자를 두고 다른 생각을 할 수 있겠어? 말이 돼?"

"……간다."

간다. 말 붙이지 마.

지환은 정윤이 풍겨내는 근거 없는 자신감을 뒤로한 채 사무실을 나섰다. 차에 올라탄 지환은 시동을 걸고 출발하려다가 멈칫, 하고는 거울을 들여다보았다.

중요한 건 내 사람의 마음 아닐까?

이리 힐끔, 저리 힐끔.

세상 어떤 남자가 나 같은 여자를 두고 다른 생각을 할 수 있겠어? 말이 돼?

"뭐, 하긴. 나 같은 남자를 두고 다른 생각을 어떻게……."

지 얼굴에 심취한 듯 이리저리 얼굴을 들여다보던 지환은 갑자기 미간을 좁혔다. 열 받는다는 듯 시끄러운 소리를 내며 차는 출발했다.

"할 수도 있어. 할 수도 있지."

할 수도 있다! 그 다른 생각을!

제길. 아무리 정신승리를 해보려고 해도 소용없다. 내 사람의 마음이 중요하건 나발이건 내 사람의 마음 하나 모르는데 뭘 어쩌란 말인가.

……내 사람. 그러고 보니 '내 사람'이라는 단어조차 낯설다. 지환은 현재의 상황에 스스로 이해가 필요하다는 것처럼 중얼거렸다.

"뭐, 권희원 씨가 어떻게 될까 봐 가는 게 아니라, 유구무언이 싫어서 가는 거니까."

출발의 당위성을 만들며, 이렇게 열 일 제치고 달려가는 이유를 억지로 만들며. 유부녀를 사랑하는 유구무언의 더러운 속내가 불쾌하다는, 오로지 그 하나만의 이유를 곱씹으며.

"그래. 나는 다른 이유 없이 그냥 그런 유구무언의 무례함이 싫은 것뿐이니까."

그래. 누구라도 이렇듯 달려갈 수밖에 없는 거다. 이건 내 아내를 사랑하고 말고의 문제는 아니고, 단지 사람 대 사람으로, 예의 없는 행동에 대한 일침일 뿐이니까. 지금의 유구무언은 나를 도발하고 있는 거라고.

……하지만 아무리 노력해도 지워지지 않는 생각 하나. 어쩐지 불안함이 잠식하는, 그 모든 이유를 뛰어넘어 가장 선두에 위치한, 어쩐지 호탕하게 넘겨지지가 않는, 그런 생각 하나.

"여기서 얼마나 걸리나……. 막히지 않았으면 좋겠는데."

유구무언은 매력적이었다.

· · · ◆◆◆ · · ·

"사모님, 양 비서입니다. 잠시 들어가도 되겠습니까?"

"들어와요."

뻐근한 두통에 관자놀이 부근을 지그시 누르던 희주는 찾아온 비서를 향해 고개를 들었다. 좁혀진 미간을 바라보자니 두통의 깊이가 느껴지는 것만 같다.

"여기, 사모님께서 요청하신 자료입니다."

비서는 공손한 손길로 서류 봉투를 내렸다. 그녀가 집 안에서 따로 부리는 비서는 조곤조곤한 말씨를 가진, 수행 능력이 좋은 비서였다. 단정하게 묶은 머리는 상징적 마크였다.

"하…… 머리야……."

희주는 지끈거리는 두통에 눈살을 찌푸리며 봉투를 열었다. 가슴의 통증도 조금 느껴지고, 물을 아무리 마셔도 갈증이 이어졌다. 비서는 그런 희주의 얼굴을 살펴보다가 조심스럽게 입을 열었다.

"사모님, 아무래도…… 병원에 가보심이 어떨지요?"

"병원? 무슨?"

"며칠째 가슴이 답답하다 하시고 두통을 호소하시는 게, 염려가 돼서……."

"됐으니 불면증 약이나 좀 구해 와요. 잠을 못 자서 그런 것 같으니까."

"체계적인 신경과 검진을 받아보셔야 합니다. 이러다가 큰일이……."

"백인호 의원 사모가 신경정신과나 드나든다는 소문나면 어떤 일이 벌어질지 몰라서 하는 소리예요?"

희주가 눈을 쨍하니 날카롭게 뜨자 비서는 입술을 꾹 깨물었다. 딴에는 위한다고 하는 말이지만 돌아오는 반응이란 이렇듯 짜증이 담긴 시선일 뿐이다.

"제가 주제넘었습니다. 죄송합니다, 사모님."

"하라는 것만 해요. 하라는 것만. 수면제 처방이나 좀 받아 오고."

"네. 사모님."

"나가봐요."

"네. 알겠습니다."

비서가 빠른 걸음으로 사라지자 희주는 닫힌 문을 한참 바라보다가 꺼내 든 서류로 시선을 옮겼다. 그날, 백화점에서 정윤을 마주쳤던 날, 지환의 결혼식이 있었다.

아마도 추측하기를 백화점 인근 어딘가에서 그의 결혼식이 있었으리라. 희주가 비서를 통해 받아 든 서류는 다름 아닌 인근 결혼식장 및 호텔의 결혼식 정보다.

"······찾았다."

얼마 지나지 않아 그녀는 손쉽게 지환의 이름을 발견했다.

"권희원, 권희원······."

지환의 이름 옆에 적힌 희원의 이름을 바라보며 희주는 중얼거렸다. 몇 날 며칠을 참아봐도 내려가지 않는 궁금증에 결국 희주는 지환의 결혼 상대에 대해 알아내기로 했다. 그녀는 어떤 여자인가. 그는 대체 어떤 여자와 결혼을 했는가.

가만히 생각에 잠겼던 희주는 인터폰을 눌러 비서를 호출했다.

"양 비서, 다시 들어와요."

— 네. 사모님.

다시 들어선 비서를 향해 그녀는 희원의 이름이 담긴 종이를 넘겨주었다.

"내가 아는 사람인가 싶어서 말인데 확신이 서질 않아서. 이 여자 좀 알아봐요."

"권희원 씨, 맞으십니까?"

"그래요. 권희원. 친한 사람이었는데 연락이 안 돼서. 동명이인 인지 알고 싶어요."

"네. 알겠습니다, 사모님."

"사사로운 일이니까 괜히 의원님께는 알리지 말고. 알겠어요?"

"네. 알겠습니다. 사모님."

희원의 이름 석 자가 담긴 종이는 양 비서의 손에 넘어갔고 희주는 다시 관자놀이를 눌렀다. 어떤 여자와 결혼을 했을까. 대체 어떤 여자이기에 그의 사랑을 앗아갔을까.

참을 수 없을 만큼 궁금했다. 비록 버리고 떠난 주제에 허락된 궁금증은, 아니라고 해도.

· · ◆◆◆◆◆ · ·

어둠이 내린 무대, 구언이 사라진 자리로 희원이 등장했다. 오늘 총 2회 공연 중 저녁 공연이 순조롭게 이어지고 있는 때였고, 희원은 시작하는 음악과 동시에 반응하며 고개를 들었다.

희끄무레한 조명이 켜지며 그녀를 밝혔다. 빼곡하게 차 있는 관중석이 스치는 그녀 눈가에 담긴다.

부채 하나를 손에 쥐고 조금씩 운을 떼듯 발을 내딛는 그녀를 사이에 둔 채 대취타 소리가 청월하게 퍼진다. 홀로 이 드넓은 공간을 메우기엔 한국무용이란 것이 화려한 기교를 뽐내는 것은 아니었으나, 그녀 혼자 감당하기에도 부족함이 없어 보인다.

······곡조가 중허리쯤 지나간다.

구언은 대단한 현대무용수였다. 과감한 도전을 사랑했고 실패를 경험이라 여기는 담대함도 지녔다. 평소 성격답게 그의 안무와 음악은 시원시원했고, 힘이 넘쳤다.

그런 구언의 무대 뒤로 펼쳐지는 한국 고유의 무용, 고유의 음악은 무척이나 대조적이었다. 곧 이어질 구언과의 합동 공연은 이러한 두 가지의 작품이 만나 전혀 다른 장르가 된다. 이질감을 없애기 위해 희원은 전통 무용을 선택했다.

……그녀는 치맛자락을 잡으며 부채를 펼쳤다.

정갈하다기보다 침착하고 웅대한 곡조는 그녀를 둘러싼 채 처량하게 퍼져 흘렀다. 각이 진 곡조 사이사이를, 그녀는 부드럽게 채웠다. 발끝으로 하여금 고운 선을 만들고, 손끝으로 하여금 감정의 선을 담았다.

현대무용, 유구언의 작품을 감상하러 온 관객들은 느닷없이 마주한 희원의 게스트 공연에 만취하듯 빠지고 말았다. 손에 땀을 쥐는 긴장감이 아닌, 마음을 하염없이 길게 늘어트리는 여백의 공간에 매료당한 것이다.

간혹은 눈물을 훔쳤다. 눈물이 흐르는 이유를 설명할 수 없어 가슴이 울렁거리는 기이한 경험을 했다. 고취되는 가락, 끝장을 디딘 발을 축으로 삼아 회전하는 우아한 몸짓, 따라오는 구슬픔, 절제된 표현.

모두는 내제된 깊은 한恨을 보았고, 느꼈고, 공기 중에 만졌다. 저절로 맞잡은 두 손을 가슴께에 올린 채 관객들은 희원의 손끝에 울고 발끝에 숨을 내쉬었다.

가히 으뜸이라 칭할 만한 무용수 권희원이 평생을 보고 배워온 것. 무용수 권희원이 지금 이 자리에서 보여주려 하는 것. 한국무용이란, 그러한 것이었다.

◆ ◆ ◆ ◆ ◆ ◆ ◆ ◆ ◆

특별하게 마련된 구언과 희원의 공연이 시작되고, 한시도 눈을 떼기 어려운 순간순간을 지나 절정에 다다랐던 몸짓과 사위는 어느덧 멈췄다.

혼을 쏙 빼어놓는 움직임이 끝나자 두 사람은 거친 숨을 몰아쉬었다. 극에서 빠져나오니 이제야 가득 찬 관객들이 보이고, 쏟아지는 갈채가 들린다.

후, 후……. 숨을 몰아쉬던 두 사람은 약속한 듯 서로의 얼굴을 바라보았다. 그녀를 가득 안고 있던 팔을 내리며 구언은 희원을 향해 손을 뻗었다.

에스코트하듯 그녀의 손을 받친 구언은 조금 앞으로 걸어 나갔다. 조금 전 단독 공연을 할 때보다 옷차림이 한결 가벼워진 희원은 사뿐사뿐 중심, 좌, 우로 걸음을 옮기며 관객들을 향해 인사했다.

메인 공연을 잡아먹을 것 같은 전례 없는 합동 공연에 관객들은 아낌없는 찬사와 박수갈채를 보냈다. 또 이러한 눈 호강을 언제 해 보겠는가. 현대무용과 한국무용을 동시에 즐기는, 특히나 한국무용엔 문외한이었던 관객들의 마음까지 사로잡은 실로 대단한 공연이었다.

"대한민국 최고의 무용수, 권희원 씨입니다."

스태프가 달려와 건네준 마이크를 잡으며 구언이 희원을 소개하자 박수 소리가 더욱 커진다.

"안녕하세요. 반갑습니다. 무용수 권희원입니다."

사전에 맞춘 대로 희원은 인사를 했고, 구언을 바라보며 웃었다. 그녀와 그의 얼굴이 클로즈업되며 좌우 전광판에 잡힌다. 구언은 그녀의 허리를 가볍게 끌어 곁으로 당기며 마이크를 통해 입을 열었다.

"권희원 씨와 합동 공연을 하고 있습니다. 권희원 씨가 요즘 현대무용까지 섭렵하며 저를 위협하고 있죠."

객석에 웃음이 터진다. 희원은 장난 말라는 제스처를 취하며 어깨를 으쓱 들어 보였다. 이 또한 계산된 연출, 계산된 멘트다.

"사실 권희원 씨를 게스트로 모신다는 건 힘든 일입니다. 빛나는 우정으로 여기까지 함께 찾아와 공연을 빛내준 권희원 씨께 다시 한 번 박수 부탁드립니다."

"감사합니다. 유구언 씨의 남은 무대도 흡족하실 거예요. 앞으로도 무용수 유구언을 많이 사랑해주시고, 응원해주시길 부탁드립니다."

드디어 그녀의 차례가 모두 끝이 난다. 계산된 모든 말과 인사를 마친 희원은 마이크를 내리며 관객들에게 손 인사를 건넸다. 문득, 구언이 느닷없는 말을 꺼낸다.

"저는 권희원 씨를 사랑합니다."

예정에 없던 멘트 앞에 희원은 흔들던 손을 멈췄다. 삽시간에 심장이 쿵, 내려앉는다.

……지금 무슨 말을 하고 있는 거야, 너.

희원이 천천히 시선을 돌려 그를 바라보자 되레 그는 평온한 표정으로, 할 말을 다 했다는 덤덤함으로 말을 이었다.

"권희원 씨를 사랑합니다. 오래되었죠. 무척 말입니다."

관중석은 술렁였다. 놀라 굳은 그녀는 관객도 무대도 모두 지워진 공간 속 구언을 바라보았다. 잠시 뒤 그의 음성에 엮인 장내는, 고요해졌다.

* * * ✦ ✦ ✦ * * *

사랑합니다.

그의 고백은 느닷없었고 때와 맞지 않아 서걱거렸다. 이런 말들, 합을 맞춰본 적 당연히 없기에 희원은 침착하게 대응하지 못하고 놀란 눈빛을 했다. 한참이나 시간을 밀어내듯 흘려보내던 구언은 빙그레 미소 지었다.

"물론 무용수 권희원을 말입니다."

그렇게 놀랄 것 없다는 것처럼, 부러 긴장감을 만들어냈다는 것처럼.

"무용수 권희원 씨는 제게 뮤즈입니다."

아아…… 하하하!

그제야 관객석에서 속았다는 웃음과 놀랐다는 웃음이 함께 터져 흐른다. 아마도 노련한 구언의 밀고 당기는 연출력이었다는 생각이 모두의 뇌리를 훑었다.

구언은 그녀를 섬세하게 다시 소개하듯 말을 이었다. 대목 대목, 그가 얼마나 권희원이라는 무용수를 존중하고 있는지 여겨졌다.

"무용수 유구언의 인생 전반에 걸쳐 많은 영감을 주고, 또 많은 깨달음을 주는 사람이죠."

관객들의 시선에 따뜻함이 서린다. 약간 당황한 희원은 자신의 얼굴이 크게 잡히는 것을 느끼며 애써 미소 지었다.

아, 뭐야. 긴장했잖아. 이런 건 사전에 얘기를 해야지, 이 멍청아!

너무 놀라 얼이 빠진 표정을 짓고 있었단 생각이 이제야 밀려든 희원은 부러 크게 웃었다. 이 또한 연출인 것처럼. 이미 알고 있었다는 것처럼. 마음은 한없이 불편해져갔다.

"또한 권희원 씨는 인간 유구언의 인생 전반에 걸쳐 많은 영감을 주기도 합니다."

구언은 아주 의미심장한 말을 내뱉었다. 언뜻 듣기로는 친한 동료들 사이에서 충분히 할 수 있는 이야기인 것도 같고, 내막을 알고 들여다보면 그의 마음이 느껴지는 말이기도 하다.

"그만큼 친하다는 말이죠. 저는 권희원 무용수와 개인적으로 친합니다. 평소에는 원이라고 불러요. 지금은 공적인 자리라 풀네임을 부르지만요."

쥐었던 고삐를 느슨하게 푼다. 관객들은 고개를 끄덕였다.

"권희원 씨, 저만 친하다고 생각하는 건 아니죠? 권희원 씨도 저를 친한 친구로 생각하는 게 맞습니까? 원아, 맞아? 맞지?"

"아아, 물론이죠. 제게도 무용수 유구언은 무척이나 귀감이 되는 동료니까요."

그녀는 지금 말 한마디 한마디 진땀이 난다. 관객들은 희원의 마음도 모르고 둘 사이가 보기 좋다는 듯 살가운 미소를 지었다. 저토록 함께 있어 든든한 동료라니, 오가는 말들이 듣기 좋은 모양이다.

희원은 구언의 입술 사이로 무슨 말이 튀어나올지 몰라 잔뜩 긴장한 손으로 마이크를 잡았다. 구언은 먼 거리를 응시하듯 거리감 있는 시선으로 그녀를 바라보다가, 다시 한 번 손을 뻗었다.

"권희원 씨, 그럼 제게 영원한 뮤즈로 남아주시겠습니까?"

"아…… 물론이죠."

희원이 당황한 티를 내지 않으며 화답하자 관중 사이에서 다시금 박수가 터진다. 그가 내민 손을 외면하지 않은 채 그녀가 잡자, 구언은 그녀의 손을 꽉 잡았다.

"여러분, 들으셨죠? 지금 여기 계신 여러분들께서 훗날 증인이 되어주셔야 합니다."

이렇게까지 시답잖은 농담을 이어가며 무용수 권희원의 퇴장을 늦추는 이유. 군이 하지 않아도 되는 말을 이어 붙이며 그녀의 마음을 찔끔찔끔 긴장하게 만드는 이유. 언제나 그녀를 배려하던 모습은 사라지고, 마치 심술 난 사람처럼 그녀를 불편하게 만드는 이유.

이렇게라도 하지 않으면 마음이 더욱 삐뚤어질 것만 같았다. 누구도 주지 않은 상처를 홀로 입은 채, 나아질 수 없을 것만 같았다.

하여 구언은 지금 자신의 공연의 흐름을 깨트리는 위험을 감수하고 있는 것이다. 이미 질투에 눈이 멀었는데 타인의 감정까지 귀히 여길 여유란 남아 있지 않았다.

구언은 보았다.

"당신은 제 영원한 뮤즈입니다. 제가 오래오래 사랑할 수 있도록 좋은 무용수로 남아주세요, 권희원 씨."

관중석엔, 그가 있었다.

"아이고, 잘 먹는다. 아이고, 아이고 내 새끼 잘 먹는다."

하리야, 한 입 더 먹어볼까?

"자, 아아. 아 해, 아. 옳지 착하다!"

"아아."

지환의 할아버지, 서 선생은 평소보다 일찍 슈퍼 문을 닫고 귀가했다. 꼬물꼬물한 증손녀 하리가 집에 왔다니 일이 통 손에 잡히질 않는 것이다.

하리를 옆에 앉혀두고 서 선생은 소화가 잘 된다는 누룽지를 끓여 먹이는 중이다. 시골 어드메, 종가 집성촌 가마솥에 정성껏 눌러 만든 누룽지이니, 아이에게도 좋으리라.

"근데여 왕 하부지, 하리는 혼자 먹을 수 있어여."

"그래? 하리가 혼자 먹을 수 있어?"

하리는 고개를 끄덕였다. 제 손으로 먹고 싶은 모양이다.

"그렇구나. 하리가 혼자 잘 먹는구나. 그래도 오늘은 왕 할아버지가 먹여주면 안 될까?"

아이가 혼자 밥 먹는 일에 능숙한 편인 걸 알고 있지만, 어쩐지 먹여주고 싶은 증조할아버지 마음.

"그러면 왕 하부지, 누눙지 많이 많이 주세여. 누눙지 많이 많이."

"어이쿠, 요 작은 입으로 얼마나 많이 먹으려고? 조금씩 천천히 먹어야지?"

"많이 주세여. 하리는 누눙지 많이 먹을 수 있어여."

부드럽게 끓인 누룽지가 제법 아이 입맛에 괜찮은 모양이다. 숟가락에 적당히 누룽지를 퍼서 올려주니 아이는 괴상하게 얼굴을 찌푸리며 아아 하고 크게 입을 벌린다.

허허허, 누룽지 한 수저에 서 선생의 얼굴 위로 웃음꽃이 피고. 허허허, 꿀꺽하고 아이가 누룽지를 삼키면 다시 웃음꽃이 피었다.

"하리야. 숙모네 집에 있어서 좋았겠구나?"

"네에. 하리는 숭모 좋아여. 숭모는 예쁘고 음, 예뻐여."

"네 엄마가 들으면 섭섭하겠다. 숙모가 그래 좋으냐?"

"헤헤. 다 좋아여. 왕 하부지, 그냥 하부지, 삼촌, 숭모, 아빠, 엄마, 다 좋아여."

"아이고, 이쁜 것. 아이고 이쁜 것."

어디서 이런 게 나타났을까? 어디서 이렇게 예쁜 것이 태어나 늘그막에 기쁨을 주는 것인지?

서 선생은 아이의 머리를 쓰다듬었다. 종가의 장남이었던 서 선생도 결혼 후 아들을 낳아 대를 잇게 했고, 그 아들이 또 아들을 낳았으니 지환의 형 지석이다. 그리고 지금, 대를 이을 아들 대신 예쁜 하리가 세상에 태어나주었다.

서 선생은 많은 것이 맞물린 시선으로 아이를 바라보았다. 어찌되었든 대를 이어야 하는 종가의 숙명이란 태어난 개인이 바꿀 수 있는 부분은 아니었다.

종손이 문중의 일을 관장하는 일은 대를 거쳐 오며 눈에 띄게 줄어들었다. 예전보다 확실히 인식 개선이 되긴 했으나 그렇다 해서 대가 끊기는 것까지 받아들일 만큼, 종가란 관대하지 않았다.

말은 하지 않아도 서 선생의 근심이 깊을 수밖에 없다. 하리를 마음 깊이 사랑하는 것과는 별개의 문제였다. 차선으로 지환이 대신 아들을 낳을 수 있다면, 최악의 상황만은 면하리라.

"그러나 그것 또한 하늘의 뜻이고 부름이지, 사람이 어찌 개입할까."

"응? 개미?"

"아니다. 하리야, 더 먹을까?"

"이짜나여. 왕 하부지, 하리가여. 숭모랑 삼춘한테 사랑해여 사랑해여 이렇게 하는 거라고 알려줬어여."

"응? 그게 뭐냐?"

"이케여. 왕 하부지도 천사의 말을 해야 해여. 사랑해여, 사랑해여어."

하리가 밥을 먹다 말고 머리 위로 하트를 그리며 사랑해요를 외친다.

"삼촌하고 숙모한테 사랑해요, 시켰다고? 하리가?"

"녜에. 뽀뽀도 매일매일 해야 하는 거라고 하리가 알려줬어여."

"허허허허! 우리 하리가 아주 큰일 하는구나. 큰일 했어! 잘했다, 하리야!"

서 선생은 하리의 머리를 다시금 쓰다듬으며 큰 소리로 웃었다. 증조할아버지가 칭찬을 하니 하리의 어깨가 으쓱한다.

"하리야. 숙모 집에 있는 동안 하리가 숙모랑 삼촌에게 교육을 단단히 해주거라. 알겠지?"

"헤헤. 네에. 네에."

"그래그래. 삼촌이랑 숙모가 더 많이 표현하고 사랑할 수 있도록 하리가 도와줘요. 알겠지요?"

"네에. 네에."

하리의 마음에 왠지 모를 사명감이 생겨났다.

⟡ · · · ◆ ◆ ◆ · · · ·

"아까 일, 뭐야. 설명해봐."

"일? 무슨 일?"

공연은 순조롭게 막을 내렸다. 대기실에서 구언을 기다린 희원은 구언이 들어서자마자 의자에서 일어섰다.

스태프가 건네주는 수건을 받아 든 구언은 얼굴을 닦으며 잠시 그녀 말을 기다렸다. 그녀는, 화가 난 것 같았다.

"그런 멘트는 예정에 없었잖아. 사전 통보도 안 해주고 그렇게 멋대로 진행하면 돼? 게스트 입장 고려 안 해?"

"너 퇴장 시간이 예정보다 좀 빨랐어. 시간 맞추려고 그런 거야."

"아니. 딱 맞췄어. 그리고 시간이 조금 떴다 해도 그런 막무가내 식 진행은 하면 안 되는 거 아냐?"

"뭐 이렇게 예민하게 굴어. 기분 상했다면 미안해. 대신 분위기 좋았잖아."

"너만 좋았지. 관객은 모르겠고, 난 아니었고."

"화났어?"

"보면 몰라?"

수건을 내리며 구언은 희원의 화난 표정을 들여다보았다. 단순 히 시간을 끌었다고 해서, 예정에 없던 멘트들로 당황하게 했다 해 서 화가 난 건 아는 듯싶었다.

"미안해. 나도 모르게 갑자기 튀어나온 말이야. 생각을 조금 더 했어야 하는데, 미안하다."

"갑자기 뮤즈니 사랑한다니, 그런 말 쉽게 하지 마. 넌 어떨지 몰 라도 게스트는 당황⋯⋯."

"쉽게 한 거, 아닌데."

"쉬웠어. 너."

"아닌데. 쉬웠던 건, 아닌데."

희원은 다시금 예고 없이 마주한 구언의 발언에 멈칫했다. 지금 녀석의 분위기는 위험했다.

"됐다. 이 이야기는 여기서 접자. 내일 공연엔 돌발 상황 없었으 면 좋겠어. 그걸로 마무리 짓자."

"쉽게 말한 거 아니야. 희원아."

"됐다니까? 이야기 접자니까?"

녀석의 입에서 어떤 말이 튀어나올지 몰라 희원은 급히 상황을 종료하려 했다. 그는 동료였고, 싫건 좋건 남은 공연들을 함께해야 하는 사람이었으니까.

"나랑 얘기 좀 하자, 희원아."

때로는 모르는 게, 약일 수도 있다.

"미안, 나 피곤해. 오늘은 나 먼저 들어갈게. 너한테 내일 공연에 실수 말라는 얘기 하려고 기다린 거야."

"희원아."

"……."

문을 나서려는데 구언이 나직하게 부른다. 차마 말을 끊을 악독함이 생겨나질 않아, 희원은 멈춰 섰다. 녀석은 한참이나 뜸을 들이더니. 언제나 그랬듯 산처럼 쌓인 하고 싶은 말들 앞에 고개를 떨구더니.

"미안하다. 내가 너를 난처하게 해서."

결국은 불리한 우정 앞에 속내를 포장하고 말았다.

"다신 그런 일 없을 거야. 미안해."

"……그만 사과해. 한 번이면 충분하니까. 나 갈게."

희원은 대기실 문을 열고 나섰다. 누가 붙잡을까 봐 급한 걸음을 옮기던 희원은 대기실과 한참이나 멀어지고 나서야 자리에 우뚝 섰다.

"바보같이……. 남은 공연은 다 어쩌려고……."

그녀는 구언의 마음이 자신에게 향하고 있음을 알고 있었다. 다만 그 마음을 받아줄 자신이 없으니 아는 척을 할 수 없었을 뿐.

"하…… 유구언 진짜, 에휴. 모르겠다 나도."

아는 척을 먼저 해봐야 좋을 일이 없다. 엇갈린 마음을 확인하고 나면 남은 공연이 버거워질 것이란 게 자명했으니까.

녀석도 그런 이유로 차마 말하지 못하고 모든 나날 고백을 삼켰으리라. 공연에 지장을 줄까 봐. 그러다가 어그러질까 봐.

희원은 바닥만 내려다보다가 무거운 눈꺼풀을 힘겹게 올렸다. 구언이 혼신의 힘을 다해 매달려 지키고 있는 지금 이 상황을 함께 지켜야 했다. 마치 버거운 숙제처럼 남아버린 구언과의 시간들.

둘 사이엔 남은 공연들이 있었다. 그녀는 그것만 생각하기로 했다.

다시 걸음을 옮기며 공연장을 빠져나오니 익숙한 차량과 보닛에 기대고 있는 익숙한 남자의 모습이 시선을 사로잡는다. 희원은 빠르게 걷던 걸음을 잠시 멈췄다.

"……어?"

"다 끝났습니까?"

"지환 씨!"

"타요. 목적지까지 데려다줄게요."

지환이 서 있는 풍경. 지금껏 불어들었던 번뇌가 한순간에 사라지는 한 장의 그림이었다.

지환의 차를 타고 숙소인 호텔로 이동하는 길. 희원은 지환을 힐끗 곁눈질로 바라보았다. 오늘의 그는 왜인지 평소보다 조금 더 가라앉은 음성, 가라앉은 분위기였다.

"호텔이 가깝네요."

"아, 네. 가까운 곳에 잡았다고 하더라고요."

"김밥은 잘 먹었습니까?"

"네. 공연 전이라 조금밖에 못 먹었어요. 컵라면 국물 한 입이 얼마나 그립던지."

공연을 봤느냐, 언제 왔느냐, 어쩐지 물을 수가 없어 희원은 말을 삼켰다. 쉽게 말을 이을 수 없는 분위기는 계속되었다.

"저 차량, 유구언 씨 차량 아닙니까?"

"어디요? 아, 네. 맞네요."

비슷한 시간에 호텔로 진입한 차량을 가리키며 지환이 구언의 차량을 알아본다. 이윽고 주차에 나선 지환을 바라보다가 희원은 입술을 열었다.

"저게 구언의 차라는 건 어떻게 알아봤어요?"

"뭐, 이차저차."

짤막하게 끊기는 대화. 희원은 그의 기분을 종잡을 수 없어 고개를 갸우뚱했다. 분위기는 점점 더 가라앉기만 할 때, 구언이 바라보자 지환은 희원의 손을 잡았다.

"데려다줘서 고마워요. 내일 올라갈 거니까 내일 봐……."

"저 오늘 서울 안 갑니다."

"……네?"

그가 붙잡고 있는 손에서 열이 난다. 희원은 서울로 돌아가지 않는다는 그의 말에 시선을 들었다. 손끝에서 흘러오는 가라앉은 그의 기류는, 팔을 타고 머리를 거쳐 그녀 마음으로 내려왔다.

"저 오늘 여기서 자고 갑니다. 권희원 씨."

뜨거웠다.

· · ◆ ◆ ◆ ◆ ◆ · ·

체크인을 마친 세 사람은 나란히 엘리베이터를 탔다. 층을 나눠 누를 수고도 없이 나란히 7층이다.

어딘가 모르게 어색한 기운을 풍기며 엘리베이터에서 내린 세 사람은 7층 복도를 따라 걷다가 각자의 호수에 맞춰 섰다. 갈라진 문, 그리고 둘과 하나로 쪼개진 공간.

"자고 갑니까?"

구언이 문을 열기 전에 지환을 향해 처음으로 붙인 말이다.

"당연한 것 아닙니까? 그나저나 옆방이네요?"

지환은 구언을 바라보았다. 구언은 자기도 몰랐다는 것처럼 태연한 표정을 지었다.

"와서 보니 그렇더군요. 뭐, 공연자들의 숙소를 가깝게 하는 건 종종 있는 일이니까."

"이 호텔 와본 적 있습니까?"

"예전에 와본 적 있습니다. 하루 자고 가는 일엔 문제없을 겁니다."

구언이 마지못해 설명하자 흠, 그렇군요. 지환이 고개를 끄덕인다.

"이 호텔, 방음은 잘됩니까?"

"그건 잘 모르겠⋯⋯."

뜻 없이 대꾸하던 구언은 말꼬리를 흐리며 지환을 바라보았다. 철컥, 카드를 문에 가져다 대며 먼저 객실 문을 연 지환은 의미심장한 미소를 지으며 희원의 어깨를 감쌌다.

"다른 건 모르겠고 방음이 잘됐으면 좋겠군요. 보다시피 신혼이라. 먼저 들어가겠습니다."

지환은 희원의 어깨를 감싼 채 객실 안으로 들어섰다. 쿵, 문이 닫힌다.

그 자리 그대로 멈춰 선 구언은 한참이나 자신의 객실 문을 열지 못한 채 입술을 사리물었다. 부부, 신혼, 당연한 일들을 앞에 두고도 좀처럼 마음의 불꽃은 사라지지 않았다. 한참 후, 구언은 거친 손길로 자신의 객실 문을 열었다.

⋅ ⋅ ⋅ ✦ ✦ ✦ ✦ ⋅ ⋅ ⋅

"방 좋네요. 깔끔하고."

객실 안으로 들어선 지환은 이리저리 둘러보았다. 희원은 민망하다는 듯 서 있다가 다시 물었다.

"진짜 여기서 자고 갈 거예요?"

"안 됩니까?"

"아뇨, 안 되는 게 아니라……. 하리는요?"

"본가에 안전하게 잘 있습니다. 걱정 마요."

그가 자연스럽게 재킷을 벗는다. 희원은 우뚝 서서 그 모습을 바라보았다.

덩그러니 위치한 침대, 두 개의 베개. 슬그머니 화장실로 눈을 돌려보자 샤워 공간은 따로 분리가 되어 있고, 반투명 유리만 있을 뿐 사실상 실루엣이 다 비친다.

희원은 눈을 크게 떴다. 맙소사. 서지환 씨를 두고 저기서 씻으라고?

"저기요, 서지환 씨."

저쯤 서서 지환이 넥타이를 풀어 내린다.

"말해요. 듣고 있으니까."

"저기…… 우리가 한 방에서 자는 건 좀……."

여기까지 말하며 희원이 머뭇거리자 지환은 힐끔, 그녀를 바라보았다. 얼굴이 붉어진 채 민망해하는 그녀 얼굴을 보다가 그는 입술을 열었다.

"정당한 요구를 하면서 그렇게 미안해하지 않아도 됩니다."

"네?"

"지금 당신 얼굴에 적혀 있잖아, 미안하다고. 그러지 않아도 된다는 말입니다."

"……."

"침입자는 나고, 멋대로 하고 있는 것도 나고. 그러니 권희원 씨가 내게 가라고 할 이유는 충분하죠."

아……. 희원은 다시금 머뭇거렸다. 지환은 완벽하게 넥타이를 끌러 내리지 않은 채 의자에 앉았다. 상체를 앞으로 기울이며 팔꿈치를 무릎에 받친 지환은 바닥을 내려다보다가 고개를 들었다.

"10분. 10분만 있다가 내려갈 겁니다. 이 호텔에 있을 거지만 이 방을 쓰진 않을 테니 걱정 마요."

"어…… 방을 따로 잡는다고요?"

"그래야 하지 않을까요? 우리 사이에."

그는 말했다. 한방을 쓰는 걸로 알리바이가 성립되면 잠시 후 객실 추가를 해서 머물겠다고.

희원은 이해가 잘 되지 않아 물었다. 굳이 많은 불편을 감수하며, 이곳에서 자고 갈 이유가 그에겐 없었으므로.

"서울에 올라가도 돼요. 상관없어요. 이렇게까지 하지 않아도 서지환 씨가 오늘 와준 것만으로도 충분히……."

"내가 그러고 싶어 그러는 겁니다."

지환은 희원을 응시하며 대답했다. 마음이 어디서 어디로 흘러가는지 알 수는 없지만, 지금은 어떻게든 그녀 곁의 자리를 지키고 싶었다.

"신경 쓰지 마요. 내키는 대로 하는 중이니까."

하여 그는 내키는 대로 하는 중이었고.

"10분 뒤에 갈게요. 편하게 있어요."

화를 삭이고 있는 중이었다.

내가 그러고 싶어 그러는 겁니다.

"미치겠다. 그 말뜻은 뭔데? 뭔데 대체?"

신경 쓰지 마요. 내키는 대로 하는 중이니까.

"어떻게 신경을 안 써? 대체 어떻게? 어떻게 신경을 안 쓰냐구 어떻게."

지환은 약속대로 10분 뒤에 사라졌다. 7층엔 객실이 다 차서 다른 층 객실로 들어갔다고, 지환은 내일 아침에 전화를 하겠다며 짤막하게 그녀가 씻는 동안 메시지를 남겼다.

샤워 가운을 입고 터덜터덜 샤워실을 나선 희원은 지환이 남기고 간 말을 내내 곱씹었다. 그러다가 화장대에 털썩 주저앉아 멍하니 고개를 들었다. 오늘, 그는 단 한 번도 웃지 않았다. 단 한 순간도 평소처럼 맥 빠지는 농담을 하지 않았다.

"그러고 싶긴 뭘 그러고 싶어. 올라가서 편안하게 집에서 자면 좋을 것을 뭐 하러 굳이."

다른 객실에 그가 있다는 것은 개운하지 않았다. 결혼식 당일에도 서로 다른 객실을 사용했지만 그때와는 조금 다른 느낌인 것이다.

"아, 밥은 먹었나? 그것도 안 물어봤네. 맞다, 전화해봐야겠다."

희원은 부리나케 휴대폰을 찾아 들었다. 지환에게 연락을 하려고 하는데 때마침 전화가 온다. 공연 스태프다.

"여보세요?"

— 아, 희원 씨. 저 강연이에요.

"네네. 무슨 일로?"

— 구언 씨 매니저가 희원 씨한테 결혼반지 돌려드려야 한다고 하던데, 제가 받아 왔거든요? 지금 드릴게요.

"아. 맞다. 네네. 어디로 갈까요?"

— 7층에 계세요. 제가 문 앞으로 갈게요. 지금 엘리베이터 타요.

여자 스태프는 문 앞으로 오겠다며 통화를 종료했다. 희원은 아직 몸이 덜 마른 관계로 가운을 입고 문을 슬쩍 열었다. 동성의 스태프니 무슨 상관이겠는가 싶어서 밖을 빼꼼 보니 아직 오지 않았다. 놓으면 자동으로 닫히는 문은 어지간히 무겁다.

"아, 저기 온다."

희원은 스태프를 발견하곤 무의식적으로 앞으로 몸을 뺐다. 여기까지 와주는 수고로움에 한 발이라도 먼저 맞이하고 싶은 거다. 몹쓸 상황은 이렇게 시작되었다.

쿵.

문이 닫힌다. 희원은 다가온 스태프에게 반지를 받으며 활짝 웃었다.

"고마워요. 반지는 내일 받아도 되는데 번거롭게."

"에이, 결혼반지인데요. 저 그리고 이런 거 가지고 있다가 잃어버릴까 봐 무서워요."

"오늘 수고 많았어요. 푹 쉬어요."

"네. 희원 씨도 푹 쉬세요."

스태프는 간단명료하게 할 일을 마치고 퇴장했다. 희원은 가만히 결혼반지를 내려다보다가, 약지에 꼈다.

그래. 너무 남처럼 지환 씨를 대할 필요는 없는 거다. 늦은 밤 간단하게 밥을 먹을 수도 있고, 같은 방에서 자잘한 대화를 나눌 수도 있는 거다. 너무 날카로운 잣대를 들이밀며 지나치게 경계하는 눈빛은 앞으로 하지 말아야겠다.

"너무 경계했어. 앞으론 그러지 말아야지."

어서 들어가서 지환 씨에게 전화를 걸어야겠다. 전화를 걸어서, 밥을 먹자고 해야겠다. 배가 고프지 않다고 해도 불러내야지. 내가 배고프다고 떼를 써볼까? 잠깐 더 보고 싶은데. 여기까지 와준 사람하고 이렇게 헤어지는 건 좀 아쉬운데.

"……뭐야."

희원은 아무 생각 없이 문고리를 돌리다가 멈칫하며 섰다. 망할 문짝, 망할 문고리는 꽉꽉 잠긴 채 돌아가질 않는다.

"헐, 카드키."

샤워를 막 끝낸 몸뚱이에 가운을 걸쳤으니 휴대폰도 없는 마당에 카드키가 있을 리 있겠나. 희원은 당황함에 가운 주머니를 뒤적거리다가 사색이 되었다. 다시 문손잡이를 힘주어 돌려보지만 끄떡도 하질 않는다.

"아……"

가운 차림으로, 그녀는 눈을 깜빡거렸다.

우워우.

"아…… 망했다."

나는 망했도다.

문이 잠겼다.

하하, 내가 이렇게 생각이 없어요. 어쩜 카드키도 없이 그냥 나왔어. 문이 잠겼네. 헷, 괜찮아. 살다 보면 그럴 수도 있지.

"아…… 뭐야……."

웃기시네! 뭐가 그럴 수도 있어! 문이 잠겼다! 문이 잠겼어!

철컥철컥, 아무리 손잡이를 붙잡고 돌려봐도 열릴 리가 없는 문 앞에 서서 희원은 눈을 크게 치떴다.

"아…… 이런 객 같은 신발, 크레파스 십팔 색…… 십팔…… 시 십팔 분……."

평소엔 쓰지도 않는 육두문자가 저절로 튀어나온다. 희원은 의식의 흐름대로 아는 욕지기를 다 끌어다가 닫힌 객실 문 앞에 바치며 눈을 깜빡거렸다.

얼마나 절망적인지 이 정도의 충격은 실로 그녀에게 오랜만이었다. 아무 생각 없이 문을 열고 나왔으니 휴대폰도 없음이요, 가운 속은 휑한 알몸이다. 젖은 머리는 아직 말리지 못해 물기가 번질번질하고…….

"오우, 쉣. 나 진짜 이거 어떡해? 이러고 지금 로비까지 가야 하는 거야?"

신발도 객실 전용 슬리퍼다. 완벽한 실내 복장으로 우두커니 복도에 서 있던 희원은 슬그머니 시선을 돌려 구언의 객실 문을 바라보았다.

"잠깐 저기 들어가서 프런트에 전화만 하고 나올까⋯⋯?"

그녀는 꽤나 강렬한 유혹 앞에 마른침을 삼켰다. 잠깐, 아주 잠깐 들어가서 호텔 직원과 통화만 할 수 있다면 좋겠는데. 그럼 아무 일도 아닌 건데. 아주 쉽고 수월하게 일을 처리할 수 있을 텐데.

이윽고 천천히 자신의 복장을 내려다보았다. 젖은 머리, 간신히 걸친 가운 하나. 이런 복장과 상황으로 구언을 마주한다는 건 무척 위험하게 느껴졌다. 객실 안에 지환이 없다는 사실을 구언에게 또 어떻게 설명하고?

"안 돼, 안 돼⋯⋯."

흑, 일순 무슨 상상을 했는지 희원은 주섬주섬 앞섶을 끌어모아 당겼다. 이런 정신 나간 차림으로 로비에 내려가는 한이 있더라도 구언의 방으로 들어갈 순 없다. 속옷도 안 입었단 말이야, 씨잉.

"와아, 돌아버리겠네, 진짜. 이러고? 로비까지?"

호텔에 버젓한 남편이 머물고 있지만 당최 어디에 있는지 알 수가 없다.

이게 다 망할 결혼반지 때문이다. 이런 건 뭐 하러 끼고 다녀서 이런 사달을 맞이했나, 괜한 원망이 결혼반지에 서린다.

"⋯⋯가만."

그러고 보니 서지환 씨는 결혼반지를 끼고 다니던가? 본 적이 없는 것 같은데? 아닌가?

"나만 끼고 다니는 것 같던데. 끼지 말까 봐."

가지가지 억울해진다. 애꿎은 결혼반지만 내려다보던 희원은 에휴, 긴 한숨을 내쉬고는 터덜터덜 걸음을 옮기기 시작했다. 이렇게

서 있다고 닫힌 문이 저절로 열리겠나, 신세 한탄을 하며 서 있을 바엔 뭐라도 하는 게 나았다.

희원은 고개를 최대한 푹 숙인 채 제발 빈 승강기가 도착하길 바라며 엘리베이터 버튼을 눌렀다. 띵동, 도착한 엘리베이터 문이 열리고, 희원은 시선만 슬쩍 들어 안을 바라보았다.

"느그 즌쯔 므츠긋드……."

내가 진짜 미치겠다…….

희원은 두 눈을 질끈 감으며 엘리베이터에 올라탄 뒤 더욱 고개를 수그렸다. 간신히 그녀 한 명 올라탈 수 있는 공간만 남겨둔 채 승강기 안은 사람들로 꽉 차 있었다. 모두가 자신을 바라보고 있다는 걸, 뒤통수에 눈이 달리진 않았지만 알 수 있었다.

아까보다 더욱 신랄한 욕지기가 마음의 소리로 가득 찼다. 너무너무 쪽팔려서 발가락까지 오그라들고 말았다. 악몽도 이런 악몽이 없다.

◆ ◆ ◆ ◆ ◆ ◆ ◆ ◆ ◆

호텔 로비 좌측에선 투숙객들을 위한 팝 가수의 공연이 시작되고 있었다. 엘리베이터에 사람이 왜 그렇게 많았나 했더니 공연을 보러 가는 모양이다.

꽤 많은 숫자의 소파엔 사람들이 바글바글했다. 간단한 음식과 샴페인을 곁들인 채 투숙객들은 느긋한 마음으로 시작된 공연을 맞이했다. 우르르르 내리는 사람들 틈바구니에 끼어 있던 희원은 눈을 질끈 감은 채 걸음을 옮겼다.

"오빠, 저 여자 좀 봐. 왜 저러고 나왔을까?"

"글쎄. 본인 마음이겠지."

내 마음 아니야……. 내 마음 아니라고…….

"보아하니 객실 문이 잠긴 모양이네."

"어머, 그럼 객실에 혼자 있나 봐. 혼자 왔나?"

그리고 내 얘기 하지 마……. 내가 지금 쪽팔려서 못 들은 척하는 거지…… 사실은 다 들려 이것들아…….

아오. 희원은 고개를 푹 숙이고 어깨를 최대한 좁힌 채 부지런히 걸음을 옮겼다. 기분엔 모든 사람들이 가운 속을 투시하는 것만 같다. 행여 가운 끈이 끌러지기라도 할까 봐, 그녀는 가운 끈을 꽉 붙잡고 앞섶을 붙들었다.

쪽팔려도 이렇게 쪽팔릴 수가 없고, 누가 자기를 알아보기라도 할까 싶은 마음에 고개는 더욱 바닥으로 내려갔다. 쿵, 그러다가 누군가와 부딪혔다.

"아아, 죄송합니다."

흐엉. 바닥만 보고 다니다가 결국 타인에게 폐를 끼치고 말았다. 희원이 잽싸게 옆으로 비켜서자 방향이 맞물린다.

어엇, 다시 반대편으로 걸음을 비틀자 다시 타인의 방향과 일치한다. 쭈뼛쭈뼛 앞섶을 붙잡은 채 희원이 우왕좌왕하며 어떻게든 타인을 비켜서려 할 때 그녀 어깨 위로 커다란 재킷이 내려왔다. 찰나가 찰나로 쪼개지는 시간, 그 짧은 시간 안에 쏟아졌다고는 믿기 어려울 만큼의 수많은 생각들이 그녀를 덮쳐 왔다.

어쩌면 운명이란 존재할지도 모른다. 지금 내 앞에 멈춰 선 사람이 그대라면, 거짓말처럼 내 앞에 그대가 나타난 거라면, 그대와 내가 운명이라는 생각 앞에 가슴이 떨릴지도 모르고, 고개를 들어 그대의 얼굴을 바라보면 지금과는 조금 다른 마음이 피어날지도 모르겠다.

위기의 순간이란 그런 거니까. 극적인 만남이란 감정을 증폭시키는 거니까. 어쩌면 당신이, 특별해질지도 모르겠다고.

"뭐야, 왜 이러고 돌아다녀."

희원은 천천히 고개를 들었다. 타인의 발끝에서부터, 무릎을 지나, 허리, 가슴, 울대.

"무슨 일 있어? 차림이 대체 이게 뭐야."

결국 마주한 얼굴, 눈빛.

그녀는 상상에 매달렸던 두근거림을 모두 멈췄다. 이곳에 당신이 서 있기를 기대했던 막연한 바람을 지웠다. 구언이었다.

◆◆◆◆◆◆◆◆

"잠도 안 오는데 혼자 뭐 하냐, 이 시간에 공연한다니 노래나 들으려고 내려왔지."

"아아, 그랬구나."

프런트에서 간단하게 문제 해결을 한 희원은 구언과 함께 로비를 걸었다.

"멍청아, 카드키를 챙겼어야지. 그냥 나오면 어쩌냐?"

"그러게 말이야. 반지 들고 찾아와준다니 미안해서 내가 순간 아무 생각도 못 했다니까."

칵테일 한 잔 주문해놓고 가수의 노래를 듣는데 어떤 정신 나간 여자가 가운 차림으로 터덜터덜 로비를 걸어가더라. 자세히 들여다볼 것도 없이 희원이었다.

"문이 잠긴 건 그렇다 치고 남편은? 안에 남편 있을 거 아냐."

엘리베이터 앞에 선 구언이 이상하다는 듯 묻자 희원은 눈을 번쩍 떴다.

"펴, 편의점 갔어. 편의점."

"아아, 편의점. 그냥 룸서비스 시키지, 이 밤에 사람 귀찮게 하냐?"

"내가 좀 출출한 것 같다고 했더니 뭐 사러 갔지 뭐야. 라면, 라면이 좀 먹고 싶었어."

우리 그이가 이렇게 자상해요. 하하하, 하하하.

희원이 어물쩍 넘어가려 하자 구언은 별생각 없다는 듯 고개를 가볍게 끄덕였다. 뭐, 그럴 수도 있지. 그녀가 라면이 먹고 싶다고 하면 나라도 그럴 테니까.

"……에효."

운명은 개뿔, 개뿔이나 운명. 구언이 걸쳐준 재킷을 갑옷 삼고 종전보단 힘 있는 걸음으로 걷던 희원은 낮은 한숨을 내쉬었다.

순간 지환이 나타나주길 기대했던, 운명처럼 그가 서 있기를 기다렸던 자신의 마음이 한심하게 느껴졌다. 나타나주기만 한다면 어쩐지 사랑에 빠질 것만 같던 그러한 순간에, 하필이면 구언을 마주하다니.

희원은 어쩐지 구언의 얼굴을 제대로 보지 못한 채 빠르게 걸음을 옮겼다. 여기서 더 많은 생각을 확장시켰다간 마음이 복잡해질 것만 같았다.

"남편은 내일 올라가냐?"

"그러겠지, 몰라."

"응? 몰라?"

"아, 아냐. 내일 올라가. 일해야지. 아침에 간댔어."

구언의 얼굴을 마주한 순간 제일 먼저 들었던 마음은 다행이라는 안도감이 아닌, 난처함을 덜었다는 반가움이 아닌, 그가 아니라는 서운함이었다.

너무나도 확실하게 다가왔던 감정이라 부정도 할 수 없어 희원은 당황스러웠다. 서운했다. 서운할 일이 전혀 아닌 상황 앞에서 그런 마음을 느꼈다.

지환과 운명이 아닌 것만 같아서 그게 서운했었나. 아니면 처한 위기를 모르고 있을 그의 평온함이, 서운했었나.

"모르겠다……."

휴, 희원은 작게 중얼거렸다. 구언이 힐끔 바라보지만 어느덧 녀석과 함께 있다는 사실은 지워져갔다. 별것 아닌 일 앞에 운명론까지 튀어나와 그녀 마음을 복잡하게 하는 지금. 땡동, 때마침 엘리베이터가 열려 구언과 희원은 복도에 내렸다.

그래. 운명은 무슨, 그저 비즈니스에 지나지 않는 결혼 관계에 오지랖이다. 희원은 이상한 대목에서 다시 한 번 자신의 마음을 다

독였다. 그러곤 구언을 바라보았다.

"구언아, 재킷 고마워. 덕분에 덜 창피하게 올라왔어. 객실 앞에 직원분 오신다고 했으니까 넌 먼저 들……."

구언의 눈길이 자신에게 닿아 있지 않고 먼 곳에 있음을 느낀 희원은 말꼬리를 흐리며 복도를 바라보았다. 누군가 자신의 객실 앞에 서 있는 모습.

"아……."

직원은 아니었고.

"저기, 네 남편 왔네."

심장은 뛰어올랐다.

희원은 가슴에 꾹꾹 눌러 담았던 복잡했던 마음이 터져 흐르는 것을 느끼며 마른 주먹을 꾹 쥐었다. 저쯤 객실 앞에 서서 이곳을 바라보고 있는 지환의 손엔 놀랍게도 편의점 봉투가 들려 있었다. 잠시 후, 그는 표정으론 무엇도 알 수 없는 얼굴을 하고는 봉투를 들어 보였다.

희원은 움찔했다. 달려가 그를 반기고 싶은, 머릿속에 가득 찬 생각들을 당장이라도 풀어내고 싶은, 그러한 마음을 간신히 추슬렀다.

"라면, 사 왔는데."

……이런 생각, 이런 마음, 자고 나면 희미하게 사라질까.

"나 없는 사이 일이 좀 있었던 것 같네요."

어쩌죠. 당신과 나, 운명 같은데.

"한국무용수……."

희주는 비서가 가져다준 회원의 자료를 바라보며 중얼거렸다. 쉽게 그녀의 얼굴을 확인할 수 있었던 희주는 그녀의 무용 동영상을 찾아보며 건조한 시선을 했다. 그녀 '공연'을 보고 있는 눈빛이 아닌, 그녀 '얼굴'에 집중한 눈빛.

"예쁘네……."

포털 사이트에 등록된 회원의 정보 아래 SNS 링크를 타고 들어갔다. 게시글은 대부분 지인 공개로 되어 있었기에 희주는 보이지 않는 그녀 사진들이 너무나도 궁금했다.

몇 개 전체 공개로 되어 있는 사진 중 두 사람의 결혼식 사진이 있다. 보자마자 판도라의 상자를 열어본 것처럼 심장이 뜨거워 왔다. 하나도 변하지 않은 그의 얼굴과 분위기에 맥은 뛰다 못해 터질 것 같았다.

여타 SNS를 하지 않는 지환을 알지만 때때로 찾아보곤 했다. 어떻게든 그의 얼굴이 보고 싶어서, 갖은 노력을 다 해왔었다. 하지만 이렇게 쉽게 만난 그의 사진은 다름 아닌 결혼사진.

"권희원……. 권희원……."

좀처럼 과거가 되지 않는 그와의 시절을 붙들고 희주는 휘감긴 질투와 부러움에 숨을 짧게 끊어 내쉬었다.

이렇듯 비참한 결혼 생활을 참고 버틸 수 있었던 건, 당신이 나의 기억에 있었기 때문이다. 사라지지 않고, 바라지 않으며 기억

속, 온전하게 버텨주었기 때문이다.

"여보세요? 사모님, 저예요. 희주."

희주는 들여다보던 SNS를 닫고 누군가에게 전화를 걸었다.

— 어머, 강 회장님. 이 시간에 웬일이세요? 전화를 직접 다 주시고.

"갑자기 사모님 생각이 나서요. 의논 드릴 것도 있고 해서."

현 서울 시장의 아내에게 전화를 건 것이다. 고위 공직에 머무는 남편들을 따라 아내들의 모임도 만만치 않았다. 희주는 올해, 모임의 회장이 되었다.

"사모님, 저희 다음 주에 모임 있잖아요."

— 네. 다음 주. 회장님이 아주 좋은 장소 마련해주셨다고 들었어요. 기대가 커요.

"사모님들 불편하지 않도록 제가 열심히 준비했어요. 그런데 이번 모임은 조금 더 취지를 확실하게 해야겠다는 생각이 들어서요."

— 취지? 어떤?

"해외 미술 작품만 둘러볼 게 아니라 우리나라 문화도 좀 챙겨야 할 것 같아요. 저희가 앞장서지 않으면 누가 앞장서겠어요? 사모님 생각은 어떠세요?"

— 어머나, 강 회장님 생각 깊으신 게 감탄만 나와요. 그래요, 우리 한국 문화 너무 좋죠. 접할 기회가 흔치 않잖아요?

"제가 그럼 기획 잡아볼게요. 우리 사모님들께 좋은 공연 보여드리고 싶으니까요."

희주는 상냥한 목소리로 통화를 끝까지 다 마쳤다. 미술 작품 전시를 보러 가기로 했던 일정을 취소하며 그녀는 난데없는 한국무용 공연을 선택했다. 희주는 비서를 호출했다.

"한국무용협회에 연락해서 다음 주 공연 좀 잡아달라고 해줘요. VIP들 모시고 하는 공연이니까 격 있게 준비해달라고."

"네, 사모님. 알겠습니다."

"무용수 권희원 씨 공연 보고 싶다고 전해줘요. 무조건. 무조건 이라고."

"네, 사모님. 알겠습니다."

희주는 팔짱을 끼며 의자에 등을 기댔다. 남편의 권력이란 이런 데에 유용하게 쓰였다. 허울뿐인 아내라 해도, 이런 권력이 그녀를 숨 쉬게 했다. 남들이 모르는 불행을 견디는 조건이었다.

· · ✦ ✦ ✦ ✦ ✦ · ·

"카드키를 놓고 그냥 문을 닫았지 뭐예요. 정신이 나갔나 봐요."

찾아온 직원이 열어준 객실로 들어서며 희원은 공연한 음성을 높였다. 재킷을 구언에게 돌려주고 들어온 터라 어쩐지 어깨가 시렸다. 지환은 라면이 든 편의점 봉투를 테이블 위에 아무렇게나 놓았다.

"로비에서 사람들이 쳐다보는데 창피해 죽는 줄 알았어요. 내가 얼마나 당황했는지, 아후."

자그마한 라면이 먹고 싶었다던 그녀 말이 떠올라 편의점을 다녀온 길이다. 형편없이 질투하고 나섰던 모습이 미안하기도 하고,

내내 표정이 좋지 않았던 자신의 얼굴이 후회되기도 하고.

라면이나 나눠 먹으며 내일 공연도 잘하라고 따뜻한 마무리를 지어볼 생각이었다. 문을 두드려도 말이 없고 전화를 걸어도 받지 않으니 씻나 싶어 잠긴 문 밖에서 기다리던 때, 그녀가 등장했다. 당연하다는 듯 이번에도 구언과 함께였다.

"서지환 씨는 언제 찾아왔어요? 나 그렇게 오래 걸리진 않았는데."

지환의 시선에 가장 먼저 걸린 것들. 가운.

"아아, 전화도 했었구나. 그런데 진짜 라면 사 올 줄은 몰랐어요."

젖은 머리.

"아까 구언이가 남편 어디 갔냐고 물어서 라면 사러 갔다고 둘러댔는데 어쩜 이렇게 딱 알고 라면을 사……."

어깨에 걸쳐놓은, 남자의 재킷.

"유구언 씨는 어떻게 알고 만났습니까?"

당신은 혹시 그런 차림으로 유구언의 객실을 찾아간 건가?

"구언이가 로비에 있더라고요. 지금 로비에 팝 공연이…… 있어서……."

희원은 저도 모르게 낮아진 음성으로 대꾸했다. 지환을 발견하고 음성이 한껏 올라갔음을 느끼며 애써 들뜬 기분을 다스렸다. 그의 표정은 이 방을 나설 때와 다름없이 서늘했다.

"서지환 씨. 나는 단순히 결혼반지를 찾으러 나갔다가 이렇게 된 거라고요. 이건 실수지 잘못은 아닌 것 같은데."

"……."

"표정 왜 그렇게 쌀쌀맞아요? 마치 내가 잘못한 것처럼?"

희원은 눈꼬리를 올렸다. 지환의 기분이 좋지 않다는 생각에 자신의 기분도 따라 내려가는 놀라운 경험을 하는 중이다. 타인의 감정에 자신의 기분이 흔들리는 것, 위험했다.

"사람을 왜 그렇게 쳐다보냐구요. 서지환 씨."

"맞춰봐요. 시그널이니까."

뭐, 뭐요? 희원은 실없는 농담을 던지는 지환을 질색하며 바라보았다.

……휴, 짧게 한숨을 내쉰 지환은 눈썹을 추켜올렸다. 온몸에 휘감긴 이 염치없는 감정들을 어떻게 다스리면 좋은지 모르겠다.

"서지환 씨. 나 이제 기분이 좀 나빠지려고 하는데요. 상황 종료하죠. 내가 지금 더 기분이 나빠지면 꽤 오래갈 것 같거든요."

얼굴은 엉망이 되었으리라, 거울을 들여다보지 않아도 느껴졌다. 그녀가 바라보고 있을 자신의 표정이 어떤지 스스로 누구보다 잘 알았다.

"권희원 씨는 잘못한 거 없습니다."

"누군가는 잘못했다는 걸로 들리는데요. 내가 지금 잘못 들은 게 아니라면."

"잘못은 이쪽이죠."

지환은 자신을 가리켰다. 가리킨 곳은 그의 심장 부근이다.

"내 잘못입니다. 권희원 씨 과실은 아니고."

"나는 지금 서지환 씨가 무슨 말을 하는지 잘 모르겠어요."

난데없이 지 잘못이라 하니 희원은 경계가 가득 담긴 눈으로 지환을 바라보았다. 그의 날 선 모습이 섭섭한 거다.

"권희원 씨. 내가 뭐 하나 물어봐도 됩니까?"

"말해요."

"유구언 씨와 공연은 언제까지 하는 건지?"

희원은 예상하지 못한 지환의 질문에 당황하며 머뭇거렸다. 그는 공연 날짜를 알고 싶은 게 아니라 구언과 언제까지 '함께'해야 하는 건지, 알고 싶은 게 분명했다.

"이 공연, 꼭 해야 합니까? 앞으로도? 많은 나날?"

"궁금하다면 알려줄 순 있지만 서지환 씨가 날을 세우며 물어볼 카테고리는 아닌 것 같지 않아요?"

"물론 나도 그렇게 생각합니다. 생각하는데."

지환은 잠시 먼 곳을 바라보았다가, 다시 희원을 바라보았다. 그녀 가운 차림이 여전히 시선에 가시처럼 여겨지는 건,

"질투가 좀 나는데요. 이걸 어떻게 해야 하는지 도저히 모르겠고."

"……네?"

화장기를 지운 그녀 얼굴이 너무 예뻐서. 매력적으로 보여서. 이런 모습을 구언이 보았다는 생각에, 실없이 화가 나서.

"단도직입적으로 말하죠. 권희원 씨가 유구언 씨와 함께 있는 게, 거슬리지 않았던 순간은 단 한 번도 없습니다."

"아……."

솔직한 말을 뱉어낼수록 지환의 심장 쪽으로 뜨거운 기운이 몰려온다. 당황함이 서린 그녀의 얼굴을 바라보자니, 더욱.

"이쯤 되면 내가 두 사람을 신경 쓰고 있다고 인정해야 할 것 같은데, 인정하고 나면 뭔가 원치 않는 방향으로 우리가 흘러갈 것 같고."

희원은 지환에게서 눈을 뗄 수가 없다. 어떤 말도 붙일 수 없었다.

"단지 법률상 남편의 자리를 지키고 싶어하는 건지 아닌 건지. 이 거슬림을 내가, 어디까지 받아들이고 인정해야 하는 건지."

"……."

"감정의 종류에 대한 확신, 아직은 없습니다."

"그게…… 대체 무슨 말이에요."

"생각을 거치지 않고 나오는 대로 떠들고 있다는 말입니다. 마음 그대로."

그가 하는 말은 어지러워 하나도 이해가 되질 않았다. 희원은 천천히 시선을 내려 지환의 손을 바라보았다. 그도 긴장했는지 손을 약간 말아 쥔 채.

"질투는 어디까지 괜찮을까요. 어디까지 거슬린다고 말해도 괜찮은 걸까요. 내가 여기서 질투를 더 하기 시작하면 우리가 위험할 것 같은데."

한 번도 관심 있게 보지 않아 몰랐던 사실.

"생각을 어떻게 정리해야 하는 건지 잘 모르겠습니다. 이런 감정을 방관할 자신은 없고."

"……."

"그렇다고 브레이크를 걸자니 이런 말들, 당신은 원하지 않을 것 같고."

나와 같은 결혼반지가 있었다. 어색하지 않게. 항상 그 자리에 있던 것처럼.

· · ✦✦✦✦ · · ·

침묵이 내려앉은 객실.

희원은 의자에 앉아 있는 지환을 응시했다.

로비를 걸을 때 은연중 귓가에 매달렸던 팝 가수의 공연 노래도 지워지고, 사람들의 시선에 얼굴을 붉혔던 부끄러움과 창피함도 사라졌다. 뇌리에 각인되고 가슴에 가라앉는 것은 오로지 한 사람. 지금, 내 앞의, 저 사람.

"……뭐, 그래요. 좋아요."

희원은 더 침묵을 견디지 못하고 운을 뗐다. 아직 생각은 전부 정리하지 못했고, 어떤 말이 튀어나올지 스스로도 몰랐지만 더 이상은 그의 눈빛을 받아낼 자신이 없었다.

"네, 뭐, 이해했어요. 그러니까 서지환 씨는 그냥 저와 구언이 일단 남녀, 그리고 음, 단지 남녀가 붙어 있는 게 싫고, 뭐, 그런 뜻이 잖아요."

그녀는 별일 아니라는 것처럼 어깨를 으쓱 올려 보였다. 음성을 더욱 가볍게 했다. 이렇게 하지 않으면 심장이 터질지도 몰랐다.

"거슬린다는 표현이 좀 과격하긴 하지만 그럴 수도 있죠. 예술 공연이라고는 하지만 신체적 접촉이 많은 작품이니까. 서지환 씨처럼 평범한 사람들이 보면 그렇게 생각할 수 있어요."

편안하게 생각해보기로 희원은 일단 갈피를 잡았다.

왜, 그렇잖아. 혼성 그룹이 공연을 하면 바라보며 누구나 궁금해하는 일이니까. 하다못해 영화나 드라마 촬영만 해도 남녀 주인공을 보면서 그런 생각을 하잖아. 맞아, 다들 이런 생각을 하곤 해.

그래서 저 둘은, 저렇게 붙어 있는데 감정이 생기지 않을까? 한순간도 서로에게 끌려본 적, 없었을까?

"그래요. 서지환 씨 말 충분히 이해해요. 거슬릴 수 있죠. 그런 시선으로 바라보는 사람들도 꽤 많거든요."

입으로 나오는 말은 머리를 거치지 못하고 빠르게 튀어나왔다. 자체 검열을 할 시간도 없이, 그녀는 의식의 흐름대로 과장된 손짓과 함께 말을 이었다. 지환은 묵묵히 그런 그녀의 얼굴을 바라보았다.

"우리가 아무리 마음 없는 결혼을 했다지만 이성의 등장이 즐거울 순 없죠. 그건 사심과는 조금 다른 문제라고 생각해요. 그런 의미로 난 서지환 씨 이해해요."

"이해하는 거, 맞습니까?"

"그럼요. 나도 사실 차정윤 검사와 서지환 씨가 동기라고 했을 때 그렇게 기분이 썩 좋진 않았어요. 이런 느낌 아닐까요?"

느닷없이 희원의 입에서 '정윤'이 튀어나오자 지환의 눈썹이 꿈틀거린다. 희원은 기회를 잡은 것처럼 전투력을 상승시켰다.

"그래요, 서지환 씨. 말 나온 김에 툭 까놓고 얘기해봅시다. 나도 차정윤 검사 별로라고요."

"……."

"그렇게 매력적인 여자가 동기라는 거 어떤 여자가 좋아하겠어요? 두 사람 친한 거 나는 뭐 좋은 줄 알아요?"

"차정윤 검사는 적어도 날 좋아하지 않습니다."

뜻이 담긴 강력한 말 앞에 희원은 온몸에 힘이 탁 풀리는 기분을 느꼈다. 저렇게 사람을 꿰뚫어 보는 듯한 눈빛. 그래, 지환은 알고 있는 거다.

"공적인 자리에서 사랑한다는 단어로 말장난을 친 적도, 없죠."

"그 말의 뜻은 그러니까…… 구언이가…… 절 좋아한다는 말인가요?"

지환은 희원의 힘없는 질문에 잠시 턱을 문지르며 시선을 내렸다. 그러다가, 고개를 들었다.

"그렇지 않습니까? 그리고 그건 당신이 제일 잘 알고 있을 거라고 생각하는데."

"……."

"아닌가?"

희원은 그의 짧은 예측에 마른 주먹을 쥐었다. 심장이 어딜 향해 뛰고 있는 건지 알 수도 없을 만큼 매섭게 뛰어올랐다. 도저히 반박할 다음 말은 나오질 않고, 조목조목 따져댈 생각은 들지도 않고.

……한참이나 시간이 흐른다. 그녀의 다음 말을 기다리다가, 생각이 궁금해 그녀 얼굴을 바라보다가, 지환은 손을 내저었다. 이래저래 바라본들 한심한 시간이다.

"미안합니다. 내가 오늘따라 왜 이런지 조금 날카로운데, 제시간

에 공연 도착하지 못할까 봐 마음 졸이며 운전한 탓이라고 생각해
줘요."

"그렇게…… 정리될 얘기는 아니잖아요."

"지금 당신은 변명도 하지 않았잖아."

얘기 끝내죠. 지환은 일어섰다. 희원은 뭐라도 말을 붙여야 하는
까닭에 마른 입술을 열었다.

"서지환 씨가 뭘 잘못 알고 있는 거예요. 구언이 절 좋아하는 게
아니라고요."

어떻게든 구언의 마음을 감춰주고 싶었다. 아니, 아는 척을 할
수가 없었다. 숱하게 많은 나날 남아 있는 공연이 가장 먼저 떠올
랐고, 긍정해봐야 남는 거라곤 세 사람의 불편함. 구언이 힘들게 지
켜온, 녀석의 마음에 대한 미안함.

"구언의 마음이 그렇게 보이는 건 서지환 씨의 착각이에요."

"……착각?"

"네. 착각. 서지환 씨가 공연과 현실을 분리하지 못해서 생긴 정
서상의 충돌일 뿐. 난 그렇게 생각하거든요. 구언과 나는 좋은 동료
니까요."

순순히 걸음을 재촉하며 나가려던 지환은 결국 못 참겠다는 것
처럼 잠시 멈춰 섰다. 가만히 생각하다가, 지환은 고개를 들었다.

하…….

"권희원 씨는 내 말을 충분히 이해하지 못한 것 같은데요."

"아뇨. 이해했어요."

"공연과 현실을 분리하지 못하고 생기는 정서상의 충돌이라고

했으니, 그럼 하나만 더 묻죠. 공연과 현실을 분리하지 못하는 건 진짜로 나입니까."

"……."

"아니면 유구언 씨입니까?"

어떻게든 구언과 그녀가 정리되었으면 좋겠다. 그는 내내 그런 생각만 반복했다.

· · ✦ ✦ ✦ ✦ ✦ · ·

"뭐 하러 그런 쓸데없는 말을……."

본인의 객실로 들어선 지환은 슈트 재킷을 침대에 던지며 시트에 털썩 주저앉았다. 두통이 오려는 이마를 짚으며 질끈 눈을 감고 조금 전을 회상하니, 질투에 엉망이 된 한심한 내가 보인다.

"엉망이네, 엉망이야……."

이만 나가주었으면 좋겠다는 눈빛을 하고, 더는 말을 하고 싶지 않다고 꽉 다문 입술을 한 채, 등을 돌리는 그녀를 바라보다가 그녀의 객실을 나섰다.

후……. 지환은 한숨을 내쉬며 객실 천장을 바라보았다. 도대체 왜 이렇게까지 신경이 쓰이고 거슬리는지 스스로도 모를 일이다. 만에 하나 희원과 구언이 사랑에 빠진들 그것 또한 자신의 몫이 아닌 일이다.

"내 권한이 아니란 말이다, 내 권한이……."

뭐 하러 그런 말을 해서 그녀의 기분을 상하게 만들었을까. 어떤 삶을 살든 절대로 관여하지 말자던 처음의 약속은, 어디로 날려버린 걸까.

"그러니까 누가 그렇게……."

예쁘래…….

그러니까 가운만 안 입었어도 됐잖아. 그런 걸 입고 유구무언 곁에 있으니 인간적으로 내가 돌아, 안 돌아. 어깨에 유구무언 재킷을 덮었으니 그걸 보고도 내가 화가 안 나? 안 나? 그런 모습을 보고도 내가 웃음이 나오겠어? 눈이 돌지 안 돌겠어?

"……싸구려 변명이다. 정당방위가 안 되네."

에휴. 아무리 속내를 곱씹어봐야 위로가 되질 않는다. 분명한 건 권한 밖의 말들을 뱉었고, 차가운 눈빛을 내보였고, 그녀의 기분을 상하게 했으며, 두 사람의 관계를 어설프게 틀어놓고 말았다.

"미친놈, 에라이 미친놈아……."

에휴, 지환은 털썩 뒤로 누웠다. 손등으로 눈가를 가리며 두 눈을 질끈 감았다.

내일부턴 다시 한집에서 그녀를 보아야 하는데 벌써부터 걱정이다. 차라리 안 보고 사는 게 낫지 싶은데. 눈에서 안 보이면 차라리 신경도 쓰지 않고, 그게 더 낫지 않겠나…… 싶은데.

망할 한 달. 빌어먹을 한 달. 눈에 넣어도 아프지 않을 조카의 등장으로 붙어버린 그녀와의 삶.

"마음잡아라, 서지환. 정신 차리고 마음잡아."

지환은 스스로 다그치듯 중얼거리며 한참이나 그 자세 그대로 있었다. 할 수만 있다면 시간을 되돌려 조금 전으로 돌아가고 싶었다. 그녀에게 그런 말들 따위 뱉어내지 않은 시간으로, 돌아가고 싶었다.

"하…… 진짜 용서가 안 되네. 미친놈, 서지환 이 등신, 하……."

그래. 앞으로는 거슬린다는 마음 자체를 지워버려야 한다. 그런 것들을 가지고 있는 것 자체가 말이 안 되니까. 어차피 사랑할 것도 아닌데.

"기분이 뭐 이러냐, 휴……."

어차피, 사랑할 것도 아니면서.

• • ◆ ◆ ◆ ◆ • •

아침나절 지환은 서울로 돌아갔고 그녀는 구언과 함께 남아 마지막 공연까지 혼을 태웠다.

지환과 나눈 말들이 내내 잊히질 않아 순간순간 멀미 나듯 가슴이 울렁거렸다. 그가 구언과 자신을 신경 쓰고 있음이 분명했던 눈빛, 음성, 말들을 떠올리다 보면 맥이 빠지곤 했다.

잘 모르겠습니다. 이런 감정을 방관할 자신은 없고.

어느덧 다른 말들은 전부 지워지고,

이런 말들, 당신은 원하지 않을 것 같고.

유일하게 가슴속에 살아남은 말들만 곱씹고 있었다.

희원은 공연을 마치자마자 집으로 돌아왔다. 그러곤 아파트 현관 앞에 서서 한참이나 문고리를 내려다보았다. 아마도 지금 시간이면 하리와 지환이 이 안에 있으리라. 어쩐지 쉽게 문을 열지 못

하고 희원은 가만히 서서 문을 응시했다.

잘 모르겠습니다. 이런 감정을 방관할 자신은 없고.

"뭐야, 사람 헷갈리게……."

날 좋아하기라도 한다는 거야? 그것도 아니잖아. 아니라며.

언뜻 들어보면 그의 말은 좋아한다는 말로 들릴 수 있었지만, 한참이나 곱씹고 나니 미묘하게 그러한 맥락은 아니었음을 깨달았다.

"아…… 어떡하지, 얼굴을 못 보겠는데."

희원은 비밀번호를 누르려다가 자꾸만 망설이게 되는 자신의 손끝을 바라보았다.

지환은 생각보다 감정에 솔직했고 말하는 것에 거침이 없었다. 그는 '사랑한다'던 구언의 공연 멘트에 화가 났던 거다.

누구라도 화가 나리라. 그건 결혼한 상대에 대한 예의가 아니니까. 누구라도 화가 날 것이다. 그래, 누구라도.

"그런 상황에 화가 안 나면 바보지. 나라도 화가 나지."

실제로 구언의 돌발 멘트에 나도 화가 났었잖아. 그래, 구언이 무례했으니까. 기분 나빴겠지. 그런 생각, 할 만도 하지.

……휴, 희원은 결심한 듯 비밀번호를 눌렀다. 불편함이 가득 섞였을 그의 얼굴을 어떻게 마주하나, 희원은 근심을 한가득 안고 문을 열었다.

"숭모오!"

"하리야, 안녕?"

애착 인형을 안고 하리가 기다렸다는 듯 뛰어온다. 희원은 신발을 벗기 전 현관에 몸을 수그리며 하리를 반겼다.

"하리야, 잘 지냈어? 숙모 안 보고 싶었어? 숙모는 하리가 너무 보고 싶었어요."

"헤헤. 하리도 숙모가 보고 싶었어여. 하늘이도 숙모가 보고 싶었대여."

"하늘이 안녕? 하늘이 하리랑 잘 지냈어?"

"삼촌도 숙모가 보고 싶댔어여."

"……응?"

응? 희원은 차마 안으로 들어서지 못하고 애먼 하리만 붙잡고 시간을 보내다가, 아이의 말에 고개를 들었다. 저기 지환이 서 있다.

"삼쵸이여어, 숙모가 엄청 엄청 보고 싶다고 했어여."

"이제 옵니까?"

"삼촌은여어, 숙모가여 세상에서 제일 제일 좋다고 했어여."

아이의 말과 그의 얼굴이 합쳐져, 솜사탕처럼 달콤하게 내려앉는다.

……보고 싶었다. 물론 그는 아이의 순수하고 고집스러운 질문에 마지못한 답을 내어놓은 것이겠지만,

"네. 저 이제 왔어요."

이유야 어찌 되었든 가슴이 뛰는 것까지 막을 수가 없었다.

숙모의 등장이 마냥 반가운 하리는 방방 뛰며 하늘이를 꼭 안았고, 희원은 그제야 무릎을 일으키며 신발을 벗었다. 문 앞에서 망설였던 모든 고민이 사라지는 것만 같은 그의 다정한 얼굴.

"냉장고에 있는 것 전부 때려 넣은 정체불명의 볶음밥, 어떻습니까?"

지환의 질문에 희원은 웃었다. 지금 이 순간, 그의 표정 하나로 감정을 지배받고 있음을,

"그거 좋은데요? 공연 끝나고 바로 오느라 마침 배고팠거든요."

"손만 씻고 나와요. 거의 다 됐으니까."

그녀는 미처 알지 못했다.

· · ✦ ✦ ✦ ✦ ✦ · ·

한바탕 아이와 놀아주고 씻기고 머리를 말려주며 시간을 보냈다.

약간의 어색함이 남아 두 사람은 눈도 잘 마주치지 못했다. 먼저 말을 꺼내 어제 일을 해명하고 싶은 마음은 서로 굴뚝같은데, 선뜻 기회를 잡지 못해 어물쩍 시간을 흘려보냈다.

"자아, 하리야아. 이제 뭐 할까? 뭐 하고 놀까?"

그런 와중에 취침 시간이 도래했다. 그 말인즉슨 뽀뽀 타임이 다가왔다는 말이기도 하다.

"하리는 이제 졸려여어. 졸려어."

"아…… 하리가 자야 하는구나. 그럼 더 못 놀겠다. 그렇지?"

어떻게든 그 시간을 조금 더 미루고 싶은 희원은 자고 싶다는 하리 앞에 난색을 표했다. 아이를 재워야 하는데. 그럼 서지환 씨와 뽀뽀해야 하잖아! 이 어색한 절체절명의 순간에!

"그럼 하리야, 오늘은 숙모랑 같이 잘까?"

"하리는 하늘이랑 자여. 하리는 하늘이랑 코오해여."

"아…… 그렇지. 하리는 하늘이랑 코오, 하지."

어쩐지 아이를 유인하여 방으로 데려가면 순간을 모면할까 싶었는데, 망했다. 아이는 반쯤 눈을 감고 눈가를 비비며 두 사람을 번갈아 바라보았다. 나 이제 자야 하는데 너네 뭐 해? 이런 표정이다.

"코오 인사. 인사아."

하리가 중얼거린다. 후, 몇 번을 해도 익숙해질 리 없는 시간.

약속이나 한 듯 희원과 지환은 동시에 일어섰다. 엄격한 관리 감독자 및 지휘자인 하리의 감시 아래 반드시 거쳐야만 하는 통과의례.

"하리야, 봐봐. 숙모랑 삼촌이랑 넨네 인사해요."

이리 와요. 해치우게. 컴온.

지환이 손가락을 까딱거리자 희원은 입술을 꾹 깨문 채 지환에게 다가섰다. 그런데 이게 말이다, 싫고 기분이 나쁘고 빨리 해치우고 싶은 게 아니라.

"잘 자요, 서지환 씨."

가슴이 떨려서 못 살겠단 말이다!

희원은 인사하며 고개를 내밀었다. 입술을 한껏 오므리고 눈을 꼭 감자 지환은 그런 그녀를 멀뚱멀뚱 바라보았다.

그녀 입술이 긴장했는지 씰룩씰룩 움직인다. 지환은 희원의 얼굴을 바라보다가 미간을 꽉 눌렀다. 지금 권희원 씨의 이 표정, 하리보다 더 귀엽다.

"잘 자요."

지환은 그녀 입술에 가볍게 자신의 입술을 맞댔다. 평소보다 조금 더 많은 입술 면적이 그녀 입술에 닿는다.

놀라 화들짝 눈을 뜬 희원은 저도 모르게 얼굴을 뗐다. 미묘한 두 사람의 분위기까지 알지 못하는 하리는 할 일을 하는 것처럼 다가와 두 사람에게 뽀뽀를 했다.

아이가 방으로 사라지고 우두커니 둘만 남은 상황. 시간이 지날수록 입술의 온기는 선명해지고, 각자의 심장 소리가 서로에게 들릴 것만 같은 시간.

"자, 자러 갑니다."

지환은 휙, 뒤로 돌았다.

"그래, 그래요. 잘 자요."

희원은 그와 반대로 돌아섰다. 각자의 방으로 들어서려고 의미 없이 찢어지는 그때, 갑자기 난데없이 방으로 들어갔던 하리가 튀어나온다.

"긍데여 있잖아여."

각자의 방 문 앞에서 멈춰 선 두 사람은 일제히 하리를 바라보았다. 이제는 하리가 저렇게 부르면 무서울 지경이다.

"삼촌이랑 숭모는 왜 따로 자여?"

하리는 몹시 천진한 눈빛과 얼굴로 말을 이었다.

"우리 아빠 엄마는여, 같이 코오 해여. 하리도 하늘이랑 같이 코오, 하는데."

두 사람의 등줄기로 공포와도 같은 오한이 밀려들었다.

얼떨결에 희원의 침실로 두 사람이 들어섰다. 아이의 질문을 이길 만한 현명한 답을 찾지 못한 처참한 결과다.

"휴."

"휴."

과격한 웃음소리와 함께 보란 듯 다정한 자세로, 아이 앞에서 침실 문을 열고 들어선 두 사람은 문을 닫으며 동시에 한숨을 내쉬었다. 처음 아이를 맡아주겠다고 했을 땐 이런 상황은 꿈에도 생각하지 못했다.

"하리가 참…… 관찰력이 좋네요."

희원이 둥글게 표현하며 지금의 심정을 탄식처럼 읊자,

"똑똑합니다. 영재 검사를 해봐야겠어요."

지환이 눈치 없는 고슴도치 답을 내어놓았다.

"어떡해요?"

문 앞에 붙어서 희원이 그를 올려보자 그는 뚱하니 그녀를 내려다보았다.

"뭘 어떡합니까?"

"이제 어떻게 하냐구요. 한방 써요?"

"하리가 잠들면 나가겠습니다. 금방 잘 거예요."

희원은 눈을 가늘게 떴다.

"자다가도 혼자서 화장실을 몇 번 가는 것 같던데. 괜찮을까요, 우리?"

"……."

"하리가 혹시라도 나중에 시댁이나 아주버님한테 말하면 어떡해요? 우리 각방 쓴다고?"

"아아, 그런 문제가 있군요."

아아. 그런 문제가 있군요? 혼자서만 그렇게……

"뭐요? 아아, 그런 문제가 있군요? 그게 답인가요?"

침착한 척하지 마! 이건 당신 문제이기도 하잖아!

"소문나면 서지환 씨한테도 좋을 거 없잖아요. 아닌가요?"

"그렇죠. 신혼 초부터 각방이라니, 안 될 말이죠."

"어쩌냐구요."

"뭘 어쩝니까? 그럼 같이 쓰면 되겠네."

뭐, 뭐요? 희원이 지환을 힘껏 흘겨보자 지환은 쓱, 시선을 내리며 그녀를 바라보았다.

"더 좋은 답, 있습니까? 있으면 말해봐요."

"없으니까 지금 노려만 보고 있는 거잖아요."

"그리고 분명한 건 하리를 이 집에 데려온 것도 권희원 씨고, 나를 이 집으로 들인 것도 권희원 씨입니다."

"그러니까 지금 이렇게 이를 꽉 깨물고 후회하고 있는 거잖아요."

희원의 답이 귀엽다는 듯 지환은 피식 웃었다. 지환은 포기가 빠른 사람인 것처럼 먼저 걸음을 옮겼다. 단출한 침실은 침대 하나 화장대 하나, 붙박이 이불장이 전부였다.

"자, 저는 어디서 자면 되겠습니까?"

"뭘 어디서 자요. 뻔한 걸."

희원이 중얼거리자 지환은 그녀를 의미심장하게 바라보며 입술을 열었다.

"혹시라도 나와 같이 누워 잘 생각이라면 그 생각 당장 멈춰요."

"뭐, 뭔 헛소리를 하는 거예요, 지금! 그러고 싶은 생각 추호도 없거든요!"

"그러고 싶은 생각이 나는 있어서요. 당신이라도 없어야 할 것 같으니까."

그…… 그런 농담하지 마!

"나는 권희원 씨의 생각보다 위험하거든요."

설레! 나는 설렌다고 이 남자야!

"자, 잔말 말고 가위바위보 해요! 지는 사람이 바닥에서 자는 걸로!"

"애 듣습니다. 권희원 씨. 목소리 낮추죠?"

하…… 열 받아……. 열 받아서 심장 뛰어…….

희원은 빨리 가위바위보를 하자며 손을 내밀었다. 그러자 지환이 힐끗 바라보다가 바닥을 툭툭 친다.

"내가 여기서 잘게요. 침입자가 난데 그 정도의 양심은 있습니다. 이불 있죠?"

여기에 이불 펴면 되겠네요. 지환은 중얼거리며 눕기 적당한 곳에 섰다.

하…… 미치겠다…….

희원은 지금의 기분이 절망적인지 이마를 짚으며 한숨을 내쉬었다. 그도 그럴 것이.

"이불 있어요. 차고 넘치니까 걱정하지 마요."

망할 심장은 미친 듯이, 자꾸만, 하릴없이 뛰어올랐다. 정신이 없어 미처 몰랐지만 얼굴을 붉혔던 것도, 같다.

· · ✦ ✦ ✦ ✦ · · ·

아주 어릴 때부터 늘 혼자 잠들고 일어나던 버릇을 가진 침실에, 누군가 있다. 희원은 그런 생각만으로도 어쩐지 잠이 오질 않아 자는 둥 마는 둥 아침을 맞이했다.

그녀는 이불을 꽁꽁 감은 채 얼굴만 내어놓고 아래를 힐끔 내려다보았다. 완벽한 무방비 상태로 깊은 잠을 자고 있는 지환이 보인다.

"어쩜 한 번을 안 깨고 진짜 잘 자네."

이불은 발로 감아 두르고 팔은 대大 자로 뻗은 채, 잠자리를 가리는 성격은 아닌 듯 너무도 태평하게 자는 모습. 희원은 한참이나 아래를 내려다보며 지환의 얼굴을 바라보았다.

"풉, 자는 모습 사진이라도 찍어놓고 싶다."

어제, 그 밤.

그는 눕기가 무섭게 잠이 들었다. 단둘만 남았다는 어색함이 시작도 하기 전에 벌어진 일이다. 침대 반대편으로 등을 돌리고 팔짱을 낀 채 빠르게 잠이 든 그는, 보다시피 나는 깊은 잠을 잘 거고, 따라서 권희원 씨가 우려하는 일은 벌어지지 않을 테니 걱정하지 마요, 라며 온몸으로 말하는 것 같았다.

"침대 생활만 하다가 바닥에서 자려니 등이랑 허리 아프겠다."

다른 이의 숨소리가 들리는 어둠 속 공간은 그녀에게 너무나도 낯설었다. 잠결에 그가 몸을 뒤척일 때마다, 그녀는 상체를 일으켜 아래를 내려다보았다. 혹시 불편해서 그런 건 아닐까 바라봤지만 누가 때려도 모를 것처럼 깊은 잠을 자더라.

"영락없는 애 같네."

왜 그런지 자꾸 웃음이 난다. 나이에 비해 동안인 그의 얼굴은 더욱 앳되게 느껴졌다. 어쩐지 눈을 감은 지환의 모습을 바라보고 있자니 시선을 마주할 때와는 다른 기분이 들었다.

반듯하고 깔끔하게 생긴 이목구비가 더욱 시선에 들어온다. 희원은 고개를 반대편으로 꺾으며 그의 얼굴을 들여다보았다. 그러다 보니 문득 궁금해졌다. 타인과 영위하는 삶을 그다지 불편해하지 않고, 사람을 싫어하는 성격도 아니면서, 그는 왜 비혼을 결심하게 되었을까.

무엇도 부족하거나 모자란 게 없는 것 같은데. 그는 왜, 어쩌다가 혼자임이 편하다고 여기게 되었을까.

"어머, 깜짝이야."

희원은 넋을 놓고 그의 얼굴을 바라보다가 두 눈을 크게 떴다. 갑자기 예고도 없이 척, 하며 지환이 눈을 뜬 것이다.

"그렇게 바라본다고 잘생긴 내 얼굴이 닳겠습니까? 어림없는 소리."

"아침부터 헛소리하는 걸 보니 잘 잤나 보네요."

시선을 어색하게 돌리자니 이미 늦었다. 희원은 작게 웃으며 눈을 뜬 지환을 바라보았다.

"굿모닝. 서지환 씨."

"흐아아암, 언제 일어났어요."

지환이 길게 하품하며 물어온다. 희원은 그의 하품에 전염되어 따라 하품하며 대꾸했다.

"흐아아아암, 잘 모르겠어요. 잤나? 안 잤나?"

"혹시 내가 코 골았습니까?"

"……조금?"

"다른 일은 없었고?"

"예를 들면요?"

"이를 갈았다거나, 잠꼬대를 했다거나. 권희원 씨를 갑자기 덮쳤다거나. 과감하고 능숙하게."

그가 베개 밑으로 손을 넣고 몸을 틀며 중얼거린다. 희원은 실없는 지환의 농담에 웃음을 터트렸다.

"안타깝게도 그런 일은 벌어지지 않았네요. 우린 정말 썸 타기 글러먹은 사이, 맞죠."

"지금이라도 늦지 않았다면 내가 어찌어찌 권희원 씨의 안타까운 마음을 해소해줄 의향은 있습니다."

"시끄러운 소리 그만하고 어서 일어나요. 하리도 일어날 시간 다 됐어요."

지환은 고개를 끄덕이며 기지개를 켰다. 아무래도 딱딱한 바닥에서 잤으니 몸이 찌뿌둥하리라.

"지금 몇 시입니까?"

"지금요? 지금은 일어나야 할 시간이죠."

"하…… 일어나기 싫은데."

흐어어어어, 지환은 계속해서 하품했다. 영 일어나기가 힘이 드는지 누워서 시답잖은 농담만 연거푸 뱉어낸다.

희원은 가볍게 몸을 일으켰다. 자고 일어나 세수도 못 한 얼굴, 타인에게 공개하자니 민망했지만 극복해야 하는 문제다.

"주스 갈아줄게요. 괜찮죠?"

"없어서 못 마십니다. 영광이죠."

희원이 머리를 높게 올려 묶으며 침대 아래로 다리를 내리자 지환은 그녀를 올려다보았다. 어쩐지 한방을 쓰며 같은 시간에 일어나, 그녀와 아침을 맞이하는 지금 풍경이 나쁘지 않은 모양이다.

"결혼하길 잘했네요."

문득 그는 그런 말을 했다. 일어서려던 희원은 잠시 멈칫, 했다.

"각시가 아침에 주스도 갈아주고, 일어나라 잔소리도 해주고."

아침 주스 한 잔에 뭉클해하는 지환을 바라보다 희원은 몸을 일으켰다. 청초한 얼굴로 맑게 웃었다.

"결혼 잘했다는 생각, 앞으론 더 하게 될 거예요."

"여어. 권희원 씨, 근거 있는 자신감입니까?"

"그럼요. 나 같은 여자는 정말 흔치 않거든요. 사랑 빼곤 다 해줄 수 있죠."

"캬아."

"에이, 기분이다. 과일주스 받고 토스트 올리고."

"크아아아. 최고네요."

"에잇, 인심 쓰는 김에 달걀프라이까지. 콜?"

"으어, 반하겠다, 반하겠어!"

지환이 감동 서린 눈빛으로 연신 탄성을 내지르자 희원은 아침부터 활기찬 에너지가 솟아나는 기운을 느끼며 따라 웃었다.

두 사람은 싸운 적도 없고 화해를 한 적도 없는 것처럼 돌아갔다. 여타의 부부들이 그러하듯 간밤 자고 난 뒤, 아침밥 한 끼를 먹다가, 섭섭했던 일들은 건망증처럼 잊어버리고.

"서지환 씨, 어서 일어나서 이불 치우고 씻어요. 하리가 왜 바닥에서 잤냐고 묻기 전에요."

"알겠습니다. 알겠어요."

어떠한 의미로는 평범한, 그리고 아늑한 아침을 시작했다. 사실상 첫날밤이었지만 그런 표현마저도 우스운, 그런 아침이었다.

· · · · ◆ ◆ ◆ · · ·

"서검, 일찍 왔네?"

"와이프가 깨워줘서."

든든하게 배를 채우고 일찍 출근한 지환에게로 정윤이 찾아온다.

"잘됐다. 아침 안 먹었지? 오는 길에 애플파이 사 왔어. 같이 먹……."

"너 거기 서. 정지."

응? 정지?

지환을 향해 걸어가던 정윤은 우뚝 멈춰 섰다. 난데없이 손을 들며 멈춰 서라니, 애플파이가 든 종이봉투를 들고 정윤은 고개를 갸우뚱했다.

"왜 여기 서래? 너 혹시 안 씻었냐?"

"거기 서 있어. 접근 금지."

"뭐? 뭔 금지?"

애가 아침부터 헛소리를 하네. 정윤은 무심하게 눈을 흘기며 다시 걸음을 옮겼다. 그러자 지환이 뒷걸음을 걸으며 다시 손을 올려 보인다.

"너 딱 거기 서."

"아, 왜 자꾸 서래! 파이 먹자고 애플파이! 혼자 먹기 싫단 말이야!"

"난 아침 먹고 왔다. 너나 많이 먹어."

"……아침을 먹었다고? 니가?"

"부인이 차려주었지. 나의 아침상을."

하…… 끓는다……. 스트레스 받아…….

정윤은 지환이 씰룩씰룩 입꼬리를 올리며 내뱉는 말에 오만상을 찌푸렸다. 혼자 먹으면 입안이 까슬까슬한데. 누구라도 같이 먹어주며 맛있다고 해줘야 애플파이가 더 맛있게 느껴지는데.

"서검. 이거 한입만 먹어라. 딱 한입만. 내가 너를 먹이고 싶은 게 아니라 나 지금 혼자 먹기 싫단 말야. 365일 중 360일 혼자 밥 먹는데 동기한테 이 정도 선심도 못 써주나?"

"선심 못 써. 싫어."

싫어. 배불러. 지환이 딱 잘라 말하자 정윤은 질색하며 종이봉투를 든 손을 내렸다.

"치사해. 드럽게 치사하네 진짜. 난 내가 사 온 거 누가 맛있게 먹어줘야 스트레스 풀리는데."

"다른 건 모르겠고 너 이제 나와의 간격 그 정도로 유지해."

"그니까 그건 대체 뭔 소리냐고. 아침 먹었다더니 술 마신 거야?"

"우리 와이프가 싫어해. 간격 좁은 거. 친하게 지내는 거."

"……뭐?"

나도 차정윤 검사, 별로라고요.

지환은 희원의 말을 떠올리며 손을 팔랑팔랑 흔들었고 알아들었으면서 두 번 묻지 말라는 표정을 했다. 잠시 생각을 하더니 정윤은 눈을 희번덕거리며 입에 거품을 물 것처럼 열을 올렸다.

"와…… 와 나, 와…… 어처구니없다. 뭐? 권희원 씨가 그래? 나랑 친하게 지내지 말래?"

"아니. 그건 아닌데. 내가 그냥 싫어서."

두 사람 친한 거 나는 뭐 좋은 줄 알아요?

"내 부인이 다른 남자랑 친한 게 싫더라고. 그럼 나부터 모범을 보여야 하지 않겠어?"

"미친 거 아냐? 너랑 내가 어딜 봐서 남녀야. 미쳤어? 무슨 그런 끔찍한 말을 해."

"어딜 봐도 남녀 맞지. 그리고 부인은 너와 나의 사이를 잘 모르니까."

"……"

"부인은 너와 나와는 다른 의미로 우리를 끔찍하게 여길 수도 있는 거, 아닌가?”

가. 빨리.

지환은 바쁘다며 계속 정윤을 향해 가보라 말을 했다. 진짜 치사하다는 표정을 지으며 정윤이 흘겨보자 지환은 이내 책상으로 걸어가 서류 더미를 폈다. 그러더니 이윽고 배를 두드린다.

“아, 배가 부르네. 엄청 부르네. 아침을 먹으니 세상 이렇게 든든하네.”

“아…… 서지환 재수 없어……. 너 나한테 말 걸지 마. 앞으로.”

“잘 가. 수고하고.”

희한하리만치 그의 머리 위로 음표 여러 개가 둥둥 떠다녔다.

“이제 맛있는 거 사 와도 너 한 입도 안 줄 거야! 두고 봐, 서지환! 우씨!”

“멀리서 줘. 멀리서. 그 정도의 간격에서.”

“됐어! 꺼져! 갈 거야!”

정윤은 신랄하게 욕을 하며 그의 사무실을 떠났다.

· · ✦ ✦ ✦ ✦ ✦ · · ·

“공연요? 갑자기요?”

희원은 자신을 찾아온 공연 관계자를 바라보며 눈을 동그랗게 떴다. 갑자기 공연이 잡혔다며 관계자는 다소 상기된 표정을 했다.

“희원 씨, 이게 말이죠. 보통 공연이 아녜요. 예예. 보통 공연이 아닙니다.”

"원래 모든 공연은 보통이 아니죠. 그리고 당장 다음 주가 공연이라는 통보도 보통은 아니네요."

희원은 조금 날카로운 표정을 지으며 달력을 바라보았다. 이렇듯 갑자기, 느닷없이 공연 스케줄이 잡혀버리는 일은 달가울 리 없었다. 미안한 기색 하나 없이 다소 들뜬 표정으로 눈을 빛내는 관계자의 모습도 영 탐탁지 않았다.

"대체 무슨 공연인데요. 어디 한번 들어나 봅시다."

희원이 팔짱을 끼며 턱을 들어 올리자 관계자는 기다렸다는 듯 입술을 열었다. 응? 희원은 이내 눈을 동그랗게 떴다.

"VIP요? 대통령님? 청와대?"

"아뇨, 청와대 공식 공연은 아니고 그에 준하는 일인데, 사모님들의 모임이 있으시답니다."

이름 대면 알 만한 대한민국 거물급 정치인들의 사모들이 모인 사교 모임이 있다고 한다.

"원래 미술품 전시회를 가실 예정이었는데 이번 기회에 한국무용에 대해 관심을 가져보려 한다며 급하게 추진을 하셨어요."

"그래요?"

"예. 게다가 권희원 씨를 콕 집어서 희원 씨의 무대가 보고 싶으시다고. 올림픽 때 희원 씨 공연이 인상 깊으셨던 모양이에요."

"뭐, 네. 그럴 수도 있죠."

희원은 다소 불쾌했던 감정을 누그러뜨렸다. 자신을 찾는 사람들이 단지 거물급 정치인들의 아내라서가 아니라, 그런 사람들의 파급력을 잘 알고 있기 때문이다.

그녀는 한국무용의 발전을 위해 무엇도 할 준비가 되어 있었다. 조금 더 보편적인 한국무용의 보급을 위해서라도, 그런 사람들이 관심을 가져준다는 건 긍정적인 신호였다.

"슬쩍 물어보니 문화체육부 장관 사모님도 계시다고 합니다. 좋은 기회지 뭡니까?"

"아아. 그렇군요. 좋네요."

"네. 그리고 이번 공연을 추진하시는 분이 백인호 의원님, 아시죠? 그분 사모님이신데 모임 회장님이시라네요. 그분이 권희원 씨를 강력 추천하시며 한국무용에 대단한 관심을 보이신다고 합니다."

"……그래요?"

"네네. 그렇다네요."

평소 백인호 의원의 정치적 사상에 호감을 표하던 희원은 그 이름 석 자에 반응했다. 그녀가 차기 서울 시장으로 지지하던 의원이기도 하다. 그런 분의 아내가 한국무용에 관심을 표해준다니 새삼 고맙고, 반가운 마음이 들기도 했다.

"공연 전에 사모님들께 앞으로 공연장 확보나 무료 공연 홍보 같은 것도 저희 쪽에서 강력하게 어필을 해보려고 합니다. 희원 씨도 좋은 공연으로 힘 좀 써주십시오."

"준비 기간이 좀 짧긴 하지만 일단 알겠어요. 그런 분들이 공연을 보시고 나서 조금 더 우리 무용의 발전을 위해 힘써주신다면 결과적으로는 좋은 일이니까요."

"예. 그럼 협의된 걸로 알고 가보겠습니다. 문의 사항 있으시면 연락 주세요."

"네. 알겠어요."

공연 일정은 다음 주였고 그녀는 달력을 바라보며 다시 스케줄을 맞췄다.

◆ ◆ ◆ ◆ ◆ ◆ ◆ ◆ ◆

"아, 맥주 마시고 싶다. 치맥."

모든 바깥 활동을 끝마치고 집으로 돌아온 희원은 저도 모르게 중얼거렸다. 하리가 있다 보니 스케줄이 없는 모든 시간을 집에서 보냈고, 그러다 보니 그렇게 좋아하는 맥주를 마셔본 게 조금 오래되었다. 결혼 전 그토록 갑갑해했던 통금 생활을 자발적으로 시행하고 있는 중인 것이다.

"맥주? 치맥? 오, 좀 당기는데요."

용케 그녀의 혼잣말을 들은 지환이 넙죽 반긴다.

"엇. 진짜?"

희원은 눈을 빛내며 지환을 바라보았다. 약간은 한가한 저녁 시간, 눈짓으로 맥주 콜, 치킨 콜을 외치던 두 사람은 약속이나 한 듯 하리를 바라보았다.

아이에게 저녁 시간에 다른 걸 먹이지 말라던 사전 주의를 떠올리며 두 사람은 일사불란하게 움직였다. 목적은 하나.

"자, 하리야. 이제 우리 뭐 할까?"

아이를 재워야 한다.

"하리 졸려어. 하리는 졸려어어어어."

"졸려? 어구구구, 졸리구나. 하리가 졸리구나."

아이가 자겠다는데 왜 이렇게까지 행복한 거냐. 두 사람은 하리에게 찰싹 달라붙은 채 입가에 미소를 지었다.

"자, 그럼 우리 코오 하러 갈까? 숙모가 재워줄까?"

서지환 씨, 지금이에요. 어서 시켜요. 프라이드 반 양념 반. 그리고 무 많이.

희원이 눈길로 신호를 보낸다.

"그래. 하리야, 숙모 따라가서 코 자. 하늘이랑 코 자, 하리야."

알겠습니다. 권희원 씨. 당장 주문하도록 하죠. 그리고 한 마리 가지고 되겠습니까? 일인 일닭 합시다.

지환은 눈을 번쩍번쩍하며 슬그머니 휴대폰을 꺼내 들었다. 희원은 칭얼칭얼하며 눈을 비비는 하리의 손을 잡았고 아이에게 곰돌이 인형을 안겨주었다.

"자, 하리야. 코 자러 가자."

"응, 코 자. 하리는 코오 잘 거예여."

하리가 급격하게 내려가는 눈꺼풀을 간신히 들어 올리더니 잠이 그득그득한 눈길로 두 사람을 바라본다. 마치 미션을 수행하듯 희원과 지환은 누가 먼저랄 것 없이 가까이 다가섰다. 아이가 무슨 말을 하지 않아도 이젠 척척, 잘 달라붙는다.

"삼촌이랑 숙모 뽀뽀하네. 코오, 인사하네."

"살앙해여?"

"응. 사랑하지. 삼촌이랑 숙모는 사랑하지."

지환은 중얼거리며 희원이 내민 입술에 자신의 입술을 가볍게 가져다 댔다. 마음의 준비 단계고 뭐고, 서로 닿은 입술에 긴장을 하는 일도 없이 뽀뽀는 끝났다.

그러자 아이가 짧은 다리로 소파에서 내려온다. 숙모의 볼에, 삼촌의 볼에 뽀뽀를 하더니 혼자 종종종종 방으로 걸어간다.

문고리를 잡으며 아이가 돌아본다. 희원과 지환은 서로 찰싹, 달라붙었고 지환은 자연스럽게 그녀 허리를 감았다.

"잘 자, 하리야. 안녕."

"하리 안녕. 잘 자요, 우리 하리."

희원은 지환의 어깨에 머리를 기대고 하리를 향해 손을 흔들었다. 하리가 물끄러미 바라보더니 손 인사를 하고는 방으로 쏙 들어간다.

얼마나 그 자세 그대로 서 있었을까. 아이가 잠들었음을 확신한 정도의 시간이 흐르고, 희원과 지환은 그제야 서로의 몸을 놓았다.

"서지환 씨. 시켰어요?"

"물론이죠."

두 사람은 서로를 바라보며 음흉하게 웃었다. 초인종을 누르는 일이 없도록 미리 나가서 지환은 치킨을 받아 들었고, 희원은 테이블 세팅을 했다. 맥주 한 캔씩을 놓고 닭다리를 손에 잡은 두 사람은 서로를 바라보았다.

"하리도 같이 먹으면 좋은데. 그렇죠?"

"하리는 안 됩니다. 아토피가 좀 있으니 가급적 이모님이 해주는 음식이나 가정식 외에 다른 건 먹이지 말라고 형수님이 그랬거든요."

"알아요. 기름진 건 되도록 먹이지 말라고 하셔서. 그래도 좀 미안하긴 하네요."

"그나저나 치킨이 뭐라고. 권희원 씨와 손발이 척척 맞습니다."

지환이 말하자 희원은 맥주 캔을 들었다.

"치킨이 뭐긴요. 치킨은 사랑이죠."

꿀맛 같은 시간이 시작되었다.

· · ✦✦✦✦✦ · · ·

한 캔은 두 캔이 되고, 두 캔은 여러 캔이 되었다. 두 사람은 두 런두런 각자 집안에 대한 이야기를 하다가, 그다지 강렬하지 않은 소소한 인생 이야기를 하다가. 저문 시간에 힐끔힐끔 시계를 들여 다보기도 했다.

"있잖아요, 서지환 씨."

희원은 물끄러미 그의 손끝을 바라보다가 입술을 열었다.

"나 뭐 하나 물어봐도 돼요?"

그는 답 대신 맥주를 삼켰다. 가만히 그가 끼고 있는 결혼반지를 응시하다가, 희원은 물었다.

"서지환 씨는 왜, 결혼이 싫었어요?"

완벽한 타인이라고 여기던 그에 대해 궁금한 것이 생겨났다. 일 절 없을 거라고 여겼던, 그에 대한 호기심이 생기고 말았다.

"서지환 씨는 왜 혼자가 편해졌는지 궁금해서요."

"말했듯이 종가의 차남이고 대를 이어야 하고, 이래저래 복잡했 죠."

"하지만 막상 제가 들여다본 지환 씨네 집은 생각만큼 보수적이지 않았어요. 오히려 더 많은 편의와 자유를 주셨죠. 며느리의 의무를 무겁게 주지도 않으셨고."

이번엔 그의 시선이 그녀 손끝으로 내려간다. 자신의 것과 꼭 닮은 그녀의 결혼반지를, 그도 바라보았다.

"그거 말고 다른 이유가 있는 건 아닐까. 문득, 그냥, 그런 생각이 들면서 물어보고 싶었어요. 실례가 안 된다면."

짐작하기에 연애를 한 번도 해보지 않은 사람은 아닐 거다.

"궁금합니까?"

사랑을, 해보지 않은 남자는 아닐 거다.

"궁금하지만 묵비권을 행사해도 돼요."

희원이 답을 강요하지 않자 지환은 남은 맥주를 털어 마셨다. 이것만 마시고 자려고 했는데 안 되는 모양, 그는 다시 맥주 새 캔을 들었다.

"뭐, 간단하게 말하자면 반복하고 싶지 않더군요."

"반복하고 싶지 않다……."

"실패했으니까."

"……."

언제나 다정하고, 장난스럽던 그의 얼굴 위로 처음 보는 종류의 그늘이 진다. 예감하건대 지금 그의 시간은 뒤로 돌아가고 있으리라.

"일련의 경험과 결과물로 습득한 게 있다면 타인은 믿는 게 아니라는 것."

지환은 말끝에 웃었다.

"검사 일을 하면서 느낀 게 좀 있어요. 모든 사건엔 증거가 있어야 합니다. 있었던 일의 실체란 결국 증거가 하는 거니까. 문서화할 수 있는."

사랑은 믿는 게 아니더라. 믿고, 믿고 싶은 건 나의 의지일 뿐. 그저, 그런 것일 뿐.

"그런데 감정은 그게 안 되는 거지. 말밖엔 증거가 없으니까."

말은 흩어지고, 너와 내가 나눠 담은 무게가 다르니…….

결국은 없어지는 것이 아니겠니. 결국은 달리 담아 다르게 간직하는 것이 아니겠니.

"정리하자면 증거로 남길 수 없는 건 믿지 않는 사람이 되었습니다. 그리고 타인에게 나의 감정을 소비하는 건 뭐랄까요, 좀 허무하다는 생각도 들었고."

희원은 잠자코 그의 말을 들었다. 예상한 대로 그는 지난 사랑으로 인해 마음의 문을 닫은 거였다. 그러한 일들을 홀로 상상하니 슬기운 때문일까, 마음이 저리고, 속이 상하고, 그가 가여웠다.

"서지환 씨, 그럼 하나만 더 물을게요."

그제야 그가 시선을 든다.

"나는 믿어도 되는 사람인가요? 우리는 결혼을 했고 문서로 증거를 남겼는데."

"……."

"나는, 믿을 수 있나요?"

예상하지 못한 질문인지 그가 웃는다. 아스라이 눈이 감기는, 그가 짓는 특유의 표정.

"의미가 조금 다르긴 하고, 모순이긴 한데 믿습니다."

그녀 가슴이 뛰어오른다.

"권희원 씨는 나를 사랑할 리 없고, 그런 사실을 믿으니까 우리는 편안한 거죠. 이렇게."

그러다가 쿵, 하고 심장이 내려앉는다.

"권희원 씨가 오늘 아침에 내게 한 말 기억나요? 권희원 씨는 사랑 말곤 다 해줄 수 있는 완벽한 아내라고 했던 말."

그는 진심으로 따뜻한 표정을 지었다. 눈가에 담긴 따뜻함, 음성에 서린 다정함.

"나도 그렇습니다. 사랑 말곤 다 해줄 수 있어요. 권희원 씨니까."

그가 뿜어내는 친절함이, 결국은 내가 당신을 사랑하지 않기 때문이라는 것에 심장은 요동을 쳤다.

희원은 잠시 잊고 있었던 사실을 다시금 깨달았다. 그는 나를 사랑하지 않아서 친절했다.

"우리 앞으로도 잘해봅시다. 지금처럼."

나를 사랑하지 않아서, 나를 향해 웃을 수 있었던 거다.

◆ ◆ ◆ ◆ ◆ ◆ ◆ ◆ ◆

"한숨도 못 잤어……."

휴. 희원은 화장실에 들어서며 중얼거렸다. 이윽고 거울을 들여다보며 퀭한 시선을 응시했다.

실패했으니까.

"실패했다……."

왜일까. 그가 했던 말들 중 유난히 '실패했다'는 고백이 생각에 머물렀다. 타인은 좀처럼 구분하지 못할 약간은 까칠해진 자신의 피부를 바라보며, 희원은 천천히 눈을 감았다가 떴다.

"쳇, 그럴 거면서 질투가 나네 마네, 나한테 그런 이야기는 왜 해?"

웃긴다, 진짜.

희원은 저도 모르게 튀어나온 본심을 곱씹으며 중얼거렸다. 감정의 종류에 대한 확신이 없다던 그는 아마도 확신을 끝마친 모양이다. 우리 사이에 오가던 미묘한 기류는 일회성, 휘발성, 그저 소모되고 말 순간의 기운이었다고.

……노력 아래 지워내야 하는 섭섭함이 잠시 다녀간다.

"서지환 씨, 보기보다 쫄보네. 겁쟁이."

그는 도대체 얼마나 대단한 사랑을 대단히 힘겹게 끝냈기에 마음의 문을 닫아버린 걸까. 얼마나 대단히 마음을 다쳤기에 그런 사랑 일생에 한 번이면 족하다고, 앞으로의 모든 사랑을 종료했을까.

사랑은 사랑으로 치유한다는 말도 있는데. 지난 사랑은 새로운 사랑 앞에 연멸한다는 말도 있는데.

"아우, 내가 지금 무슨 생각을 하는 거야. 남이사 그러건 말건 내가 왜 이렇게 잠까지 설치면서 신경을 쓰는 건데."

어떤 사랑이었을까. 가히 대단했겠지. 지나치다 못해 흘러넘쳤을 그의 사랑을 받으며 견디고, 행복해했을,

"나 좀 쿨하지 못한 것 같은데? 나 왜 이래? 이 결혼의 의미를 벌써 잊은 거야? 지금 내가 서지환 씨보다 더 이상한 거, 맞지?"

그녀는 어떤, 여자였을까.

희원은 흐린 초점으로 멍하니 거울을 응시하다가 황급히 도리질을 쳤다. 엄습하는 위기감을 애써 지워내며 그녀는 버릇처럼 세면대 물을 틀었다. 자꾸만 발끝부터 아찔아찔해지는 게, 자꾸만 손끝이 찌릿찌릿하고 가슴은 실없이 뭉근하게 저려오는 게.

"으으, 차가워. 으으으으, 정신이 번쩍 든다."

밤사이 가위처럼 자신을 눌러대던, 실체 없는 그의 과거가 커다란 벽처럼 여겨지던, 그를 사랑하지 않는 자신이 느끼기에 지금 자신의 감정은 과도했다.

"……그렇지. 내가 괜한 걸 물었던 거지."

평소보다 과격하게 세수를 하던 희원은 세면대를 양손으로 붙잡고 얼굴에서 뚝뚝 떨어지는 물줄기를 바라보았다.

"아무래도…… 그런 것 같다……."

그래. 과도하다. 지워내고 지워내도 곧잘 생겨버리고 마는, 약간의 섭섭함과 서운함을 가지고 있는 지금의 나 역시, 지나쳤고 과도했다.

· · ✦✦✦✦✦ · ·

"권희원 씨, 샤워 후에 버튼 좀 바꿔놓으면 안 되겠습니까?"

먼저 샤워를 마친 희원이 로션을 바르고 머리를 말리는데 지환이 들어와 뚱딴지같은 말을 한다. 희원은 드라이기를 끄며 시선을 돌렸다.

쳇, 저 남자는 출근 준비를 얼굴로 하나. 아침부터 씻은 얼굴 위로 잘생김을 흘리고 다닌다.

"무슨 소리예요? 버튼을 바꾸어놓으라뇨?"

"물을 틀면 머리 위에서 물이 떨어지는데, 달갑지 않거든요."

요지는 이러했다. 샤워실 천장에서 떨어지는 물줄기로 샤워를 하는 희원과 달리 지환은 손잡이가 있는 중간 샤워기로 씻기를 원했다. 그게 뭐 별거냐는 눈길로 희원은 대꾸했다.

"저도 서지환 씨가 버튼 바꿔놓아서 매일 바꾼다고요. 서지환 씨가 바꿔놓으면 되잖아요."

"잠이 덜 깬 상태에서 거기까지 생각이 들겠습니까?"

"나는 뭐, 곧잘 드는 줄 알아요? 불편한 사람이 행동하는 걸로 하죠. 수칙이 많아지는 건 질색이니까요."

지환은 수건으로 머리를 털다가 손을 내렸다. 어쩐지 평소보다 심기가 불편해 보이는 희원의 표정을 떨떠름하게 바라보았다.

말없이 지환이 바라만 보자 시선을 의식한 희원은 힐끔 그를 바라보았다. 휴, 복잡하고 심란한 마음을 차마 토해내진 못하고 그녀는 더욱 눈꼬리를 올렸다.

저 멀끔하고 잘생긴 얼굴을 바라보고 있자니 이유를 알 수 없는 울화통이 터진다. 흥. 희원은 입술을 삐죽거렸다.

"사람을 왜 그러고 쳐다봐요?"

"혹시 잠 못 잤습니까? 컨디션이 저조해 보이는데."

"그러게요. 누구는 코도 골고 잠꼬대도 하면서 참 잘 자던데. 누구와는 달리 저는 참 잠이 안 오더라고요."

"지금 디스하는 겁니까?"

"팩트 날리는 건데요?"

절대로 절대로 그가 나를 사랑하지 않아서 생기는 울화통은 아니다. 나는 그렇게 쓸모없는 에너지를 소비하는 사람은 아니니까. 절대로 그럴 일은 없으니까. 암! 그렇고말고!

"서지환 씨. 나도 막 생각이 나서 그러는데, 화장실 변기 뚜껑도 쓰고 내려주면 안 돼요? 불편하다고요."

"아깐 불편한 사람이 행동하는 걸로 하자더니?"

"그리고 또 하나. 수건을 썼으면 새 수건을 걸어놓아야죠. 기본 아닌가요?"

하! 기본? 지환은 전투적으로 눈꼬리를 올렸다.

"내게 기본인 것들은 아무것도 아니라고 말하면서 왜 권희원 씨의 기본은 바탕이 되어야 합니까?"

"잊었어요? 여긴 내 집인데."

희원은 한쪽 입꼬리만 올린 얼굴로 중얼거렸다. 불리해질 땐 치사하게 나가는 게 최고다.

"서지환 씨는 보다시피 알다시피 임시 거주 중이죠. 게스트가 집주인을 불편하게 하면 쓰나?"

"권희원 씨야말로 잊었나 본데 이 집 명의는 공동입니다. 다시 말해 내게도 권리가 있다는 말이죠. 권희원 씨와 동일한."

하지만 상대편의 치사함은 못 봐주겠단 말이다!

"무슨 수건 얘기하다가 명의까지 나와요?"

"그걸 원한 건 아닙니까? 난 그렇게 알아들었는데?"

파바박! 두 사람의 눈에 레이저가 쏟아져 나온다.

심란한 생각에 잠을 설친 희원이 심통을 부리자 지환도 봐주지 않겠다는 듯 눈꼬리를 잔뜩 끌어올렸다. 사소한 생활 습관이 삐거덕거리는 것이다. 함께 살기로 협의한 대다수의 사람들이 한 번쯤은 거쳐 가는 통과의례처럼.

"서지환 씨와 공동 명의로 되어 있는 집에서 나만 살아 거참, 드럽게 미안하네요?"

"드, 드럽게라니. 깨끗하게 미안할 순 없습니까?"

"없죠. 당연히 없죠. 내가 성인군자는 아니라서요."

"그럼 나는 지금 누구와 살고 있는 건지? 난봉꾼 권희원? 칠푼이 권희원? 개념 상실한 무뢰한 권희원? 아니면 섹시한데 성격 더러운 권희원?"

"뭐, 뭐요?"

"골라봐요. 지금은 어느 장단인지. 예쁜데 성격 까칠한 권희원? 아니면 귀여운데 성격 개조가 시급한 권희원?"

아. 또 말린다. 예고 없이 심장이 쿵, 떨어져 나간다.

"수식어 골랐습니까? 지금 권희원 씨의 인격은 어느 쪽인지 격하게 알고 싶은데?"

으아. 희원은 홱, 반대로 고개를 돌렸다. 서지환 특유의 신개념 욕이라는 건 알겠는데 이상하게 기분이 슬슬 풀려간다. 희한한 마법이 시작되는 주문처럼.

"아, 됐고. 사람이 미안하다는데 서지환 씨는 왜 시비예요? 사과를 하면 받아야지?"

"아뇨. 받지 않을 생각입니다. 그 감정 오래 가져갔으면 좋겠으니까. 가급적 드럽게 오랫동안."

우이씨! 얼굴을 붉혀가던 희원은 차게 식는 마음을 느끼며 지환을 노려보았다. 종전보다 더욱 신랄한 레이저가 두 사람의 눈에서 뿜어져 나온다.

희원은 가슴이 들끓는 이유를 묵과하며 더욱 불툭 튀어나온 입술을 움직였다. 왜 이렇게 심보가 배배 꼬이는지 모르겠다. 그의 얼굴을 바라보면 미쳐 길길이 날뛰고 싶을 만큼 가슴이 답답했다.

"그럼 이 대목에서 합의 봐요. 버릇이 달라 발생하는 불편함은 각자 해결하는 걸로."

그녀는 말끝에 거울로 시선을 돌리며 아무거나 집어 들었다. 이미 발라놓은 영양크림 뚜껑을 열어 다시 얼굴에 듬뿍 올렸다. 사실은 그녀는 지금 지가 무슨 말을 하고 있는지, 지가 뭘 하고 있는지도 모르고 있다.

"왜 안 나가고 그러고 있어요? 출근 준비 안 해요?"

"나 뭐 잘못했습니까?"

"아뇨? 그런 거 없는데요?"

실패했으니까.

"나 뭐 잘못한 것 같은데. 그게 아니라면 밤사이 온도차가 이렇게 심할 수 있나? 사람이?"

"살면서 더한 온도차도 겪어본 사람이 무슨 그런 말을 하는지 모르겠네."

"뭐, 뭐라고 했습니까? 지금?"

희원은 더 이상 스며들지도 않는 영양크림을 치덕치덕 바르고는 자리에서 일어섰다. 인정. 나 지금 괜한 짜증을 부리고 있다.

"알았어요. 잠 설쳐서 좀 예민해요. 그럴 때 있잖아요."

"잠 설쳐서 예민한 게 아니라 나 때문에 예민한 것 같은데. 아닙니까?"

으휴, 직업병이야? 눈치 하나는 기가 막히게 빠르네.

"생활 습관 관련해서는 다시 얘기해요. 지금은 서지환 씨가 무슨 말을 해도 다 튕겨낼 것 같으니까."

정신없이 뱉어낸 말들에 다소 미안해진 희원은 급히 그를 피해 침실 문을 열었다. 일방적으로 툴툴대고 일방적으로 사과를 시도하니 그의 표정은 가관이었다.

"미안해요, 미안하다고요. 아침 차려줄게요. 출근 준비해요."

아침을 차려준다니 금세 표정이 부드러워진다. 어후, 얄미워. 오늘따라 왜 저렇게 얄밉지.

"권희원 씨."

갑자기 그가 부른다. 마저 머리의 물기를 털어내며.

"생활 싸움하지 맙시다."

사람 미안해지는 소리를 한다.

"알았어요. 알았다고요."

"우리는 싸우면 안 됩니다. 싸우다가 정드니까."

아오…… 이 인간이 진짜…….

희원은 지환의 얄미운 말에 눈꼬리를 다시 올렸다. 머리를 툭툭 털며 지환은 다소 누그러진 음성으로 입을 열었다. 그녀의 표정을 보지 못한 게 틀림없다.

"이 와중에 아침을 차려준다니 고마운 마음은 드네요. 난 그냥 쫓겨날 줄 알았는데."

"고마워할 필요 없어요."

"……."

"아침을 차려준다고 했지, 맛은 아직 결정 안 했으니까요."

메롱. 그녀는 혀를 쏙 내밀며 약 올리더니 쏙 침실을 빠져나갔다.

"아오……."

그의 입에서 신랄한 탄식이 흘렀다. 얄밉게 사라진 그녀 얼굴을 곱씹다가, 지환은 닫힌 문 사이로 크게 외쳤다.

"국에 독만 타봐! 가만 안 둔다 진짜!"

"웃겨! 내 마음이지롱!"

멀리서 그녀 음성이 들린다. 지환은 하…… 깊은 한숨을 내쉬며 머리를 벅벅 헝클었다.

"내가 뭐 단단히 잘못한 것 같은데. 샤워기 얘기를 괜히 했나."

되로 주고 말로 받는, 정신없는 아침의 시작이었다.

· · ✦ ✦ ✦ ✦ ✦ · ·

"그게 그렇게 잘못된 일입니까? 아무리 생각해봐도 잘 모르겠는데?"

출근한 지환은 잠시 커피를 마시며 휴식 시간을 가졌다. 아침에 희원과 있었던 일을 최금호 계장에게 이실직고하며, 지환은 뭐가 잘못됐는지 모르겠다고 한탄했다. 묵묵히 듣던 최 계장은 웃음을 터트렸다.

"허허허, 바가지 긁히셨네요. 이제 시작인 모양입니다."

"바가지?"

"주무시기 전에 사모님 심기를 어지럽히신 모양이지요. 그러니 아침에 티가 나는 것 아니겠습니까?"

"별일 없었습니다. 치킨 먹고 맥주 마시고. 좋았는데요."

"경우의 수는 너무 많지요. 닭다리를 하나 더 먹었다거나, 책잡힐 말을 했다거나. 알 수 있겠습니까? 우리는 죽었다 깨도 바가지 긁히는 이유를 모릅니다."

"하…… 뭐, 없었는데. 잘 때까지만 해도 분명히 분위기가 나쁘지 않……았……."

실패했으니까.

문득 지환의 머릿속에 떠오르는 얄팍한 문장이 있다. 자신의 입에서 튀어나온 말이지만 어쩐지 뱉고 나서 개운하지 않던 자백. 멍하니 어제 일을 회상하는 지환의 얼굴을 살피던 최 계장은 다시 크게 웃었다.

"곱씹다 보니 집히는 게 있으시지요? 사모님의 유도신문에 넘어갔다거나."

"계장님, 저희 집에 CCTV 달아놓으셨습니까?"

"보통 그때쯤 싸우는 건 큰일이 아닙니다."

허허. 허허허허. 최 계장은 뭐가 그리 우스운지 연신 웃어댔다. 아침부터 바가지를 잔뜩 긁히고 와서 한풀이를 하는 지환의 모습이 즐거운 모양이다.

"일하실 때하곤 영 딴판이신데요. 검사님도 별수 없는 모양입니다."

"무슨 수를 써도 이길 수가 없어요. 이런 적수는 처음입니다."

"칼 든 강도가 더 쉽지요. 저도 그렇게 생각합니다."

"하…… 어렵다……."

지환은 희원과 어제 나눈 이야기들을 상기하며 짐짓 무거운 표정을 지었다. 뱉은 말이 모두 떠오르지는 않지만 어떠한 '부분'이 그녀의 마음을 어지럽혔을지도 모른다는 생각이 들었다. 뭐, 그럴 위인인지는 아직 모르겠지만.

"여어, 서지환 검사."

그때였다. 누군가 자신을 부르는 소리에 지환은 뒤를 돌아보았다. 상대를 확인하자마자 지환과 최 계장의 허리가 깊숙하게 내려간다.

윤명국 지검장이다.

"지검장님. 안녕하십니까. 서지환입니다."

"그래그래, 한창 바쁘지. 만난 김에 잠깐 얘기 좀 할까?"

윤 지검장의 말에 최 계장은 빛의 속도로 사라졌다. 둘만 남은 공간, 윤 지검장은 웃는 낯으로 지환의 어깨를 두드렸다.

"보고서 봤어. 금괴 밀수 건 아주 밀도 있게 수사 진행 잘하고 있던데."

"안 그래도 인력 부족으로 충원 요청을 드리려고 했습니다."

"됐어. 이만하면 됐지. 잡을 만큼 잡았잖아."

……예? 지환은 고개를 들었다. 허허, 윤명국 지검장은 연신 그의 어깨를 툭툭 두드렸다.

"적당히 하고 수사 종결해야지. 자네만 보고 있는 사건이 몇 개인데 그건 다 어찌 처리하려고."

"일엔 순서가 있습니다. 임의 종결은 예상에 없습니다. 지검장님."

"어허, 그만하면 됐다니까. 줄줄이 엮어서 잘 데려왔잖아. 이번 일이 끝은 아닐 거고, 또 있어. 그때 다시 수사 시작하자고."

지환은 지검장의 회유에 입술을 굳게 닫았다.

"아아, 그리고 말이야. 조만간 나하고 식사 한번 하자고. 서검 결혼하고 나서 축하도 제대로 못 했으니 정식으로 자리 한번 마련하지, 내가."

"예. 지검장님."

"그래. 그럼 수고하고."

지검장은 지환의 팔을 꽉 잡아 힘을 주고는 손을 내렸다. 느린 걸음으로 멀어져 가는 지검장을 길게 바라보다가, 지환은 짧은 한숨을 내쉬었다.

지검장은 권유를 한 것이 아니었다. 지나가다 마침 생각이 나서 흘린 권고도 아니었다. 수사 종결,

"덮으라니, 대체 뭘……."

압력이었다.

"어서 와요. 하리 잘 데려다줬어요?"

"그럼요. 잘 데려다줬습니다."

아이를 집에 데려오라고 성화였던 본가에 하리가 출동했다. 이 집 저 집 돌아다니며 웃음과 사랑을 전파하니, 이쯤 되면 어른들이 하리를 보살피는 게 아니라 하리가 어른들을 보살피는 게 틀림없었다.

지환이 하리를 본가에 데려다주고 들어오자 희원은 물끄러미 하리의 방을 바라보았다.

"집에 들어왔는데 하리가 없으니까 썰렁하더라고요."

"나마저 없어지면 이 집은 시베리아 벌판이 될 겁니다."

"……."

"농담 참 안 받아주네요. 야박하……."

"인정해요. 서지환 씨도 없으면 되게 허전할 것 같아요, 당분간은."

희원이 씩 웃으며 긍정하자 지환은 눈썹을 꿈틀거렸다. 뭐냐, 지금 약간 가슴이 간질간질했는데.

"서지환 씨 이런 농담 좋아하잖아요. 나도 해봤는데, 싫어요?"

"그거, 되게 해로운 농담이었네요."

"네?"

"밥 먹읍시다. 출출해요."

지환은 그녀의 질문을 콱 씹으며 안으로 들어섰다. 뭔가 부드럽게 웃으며 자신을 바라보던 그녀의 옆모습은 아침과는 사뭇 달라

심장 부근이 간지러웠다. 가만히 보면 들었다가 놨다가 곧잘 하는 여자다.

"카레 어때요? 만들어놨는데."

"실토하지 않아도 이미 집 안에 냄새가 가득해요. 냄새를 맡으니 배는 더 고프고. 밥은 두 공기 예약입니다."

지환은 희원의 얼굴을 바라보지 않으며 방으로 들어갔다. 방문을 닫고 가만히 멈춰 선 지환은 천천히 눈을 느리게 감았다가 뜨며, 허공을 응시했다.

어느덧 익숙해진 집의 풍경과 냄새. 아침에 입었던 잠옷이 그대로 걸려 있는 옷장,

없으면 되게 허전할 것 같아요, 당분간은.

모든 것이 두 개가 된 이 집, 하루가 정리되는 시간 끝에 만나게 되는 한 사람.

"허전하다라……."

그는 중얼거리며 눈을 감았다가 떴다. 하리를 본가에 데려다주고 자신은 원래 살던 집으로 가도 되는 일이었다는 걸 이제 깨달았다.

어찌 보면 그게 더 당연한 일이었고, 그래야 하는 일이었다. 하리가 없으면 자신도 이 집에 있을 이유가 없으니까.

"그러게다. 왜 이리 왔지, 내가……."

하지만 너무나도 자연스럽게 이 집으로 돌아왔다. 마치 이곳이 유일한 안식처인 것처럼. 다른 곳은 없는 것처럼.

"뭔가…… 이상한데……."

그녀도 다른 생각은 없어 보였다. 이곳으로 자신이 오는 게 당연

하다고 여기는 것처럼. 마치 처음부터 함께, 살았던 것처럼.

· · ◆ ◆ ◆ ◆ · ·

"카레 다 태웁니까?"

"……아."

희원은 멍하니 멈춰 있던 손에 힘을 주며 카레를 휘저었다.

온종일 아침 그대로의 생각에 사로잡혀 내내 심란했던 차였다. 퇴근한 그의 얼굴을 바라보니 심란함은 더욱더 증폭된 상황이었고.

"서지환 씨, 태운 카레 먹어봤어요?"

"아뇨."

"그럼 오늘 먹어봐요."

휴, 희원은 열심히 휘젓던 손길을 멈추며 짧게 한숨을 내쉬었다.

"권희원 씨, 설마 카레에 소금 들이부은 건 아니죠. 아침 일로 내게 앙심을 품고."

지환의 말끝에 희원은 서랍장 여기저기를 뒤졌다. 뚱하니 바라보던 지환은 고개를 갸우뚱했다.

"뭐 합니까?"

"소금 찾아요. 그 생각을 못 했거든요."

아아, 여기 있네. 희원이 소금 통을 잡자 지환이 정색한다.

"이 여자가 진짜, 농담 구분 못 합니까? 무서워서 못살겠네!"

놀란 지환은 소금 통을 붙잡았고, 힘 조절에 실패한 그의 손길을 따라 그녀는 홱 돌아섰다.

아차, 그녀를 너무 세게 돌려세웠다는 생각에 지환이 눈썹을 씰룩거리자 희원은 동그래진 눈으로 그를 올려다보았다. 가까운 간격. 마음만 먹으면 조금 더 다가설 수 있는 좁고 좁아진 간격.

"서지환 씨."

……더는, 안 되겠다.

"앞으로 나한테 농담하지 마요."

가깝고도 아득한 간격 사이로 그녀 진심이 채워지기 시작한다.

"나 좀 헷갈리기 시작했거든요."

"……."

"당신의 말이 어디까지 농담이고 진실인지 구분도 잘 안 되기 시작했고."

나도 당신에게 묻고 싶은 말이 생겼다.

헷갈림은 어디까지 괜찮을까요. 어디까지 헷갈린다고 말해도 괜찮은 걸까요. 내가 여기서 더 헷갈려 하면 우리가 위험할 것 같은데.

"이 헷갈림, 방관할 자신 없어요. 그러니까 나한테 앞으로 농담하지 마요."

희원은 그를 올곧게 바라보며 낮은 음성으로 말했다. 지금, 이 마음, 사력을 다해 브레이크를 걸어야 한다. 그렇지 않으면 그도 나도 원하지 않는 일이 벌어질 것만 같았다.

"나 지금 진심으로 하는 말인 거 알죠. 서지환 씨."

이미 벌어졌나.

"밥 먹죠. 자리에 앉아요. 금방 줄게요."

아마, 그럴지도 몰랐다.

그의 여자

"어디 가냐?"

며칠이 흘렀다.

시간이 가는 동안 그와 그녀가 사는 집의 풍경엔 다소 변화가 있었다. 급격하게 두 사람은 말수가 줄었고, 서로를 피하다시피 하며 최소한의 접촉만 허용했다. 암묵적인 협의가 있었던 것처럼 두 사람은 자연스럽게 서로를 멀리 대했다.

"어이, 차검."

목적 없이는 말을 걸지 않았고 아이를 통하지 않고는 웃지 않았다. 서로를 터무니없이 가까이 대하며 곧잘 살갑게 굴던 모습 또한 자연스럽게 사라졌다. 마치, 처음부터 이래야 했었다는 것처럼.

"야, 차정윤."

"아, 왜! 왜! 뭐! 뭐! 왜!"

복도를 지나가다가 우연히 정윤을 발견한 지환은 앙칼진 정윤의 대꾸에 눈썹을 꿈틀거렸다.

"뭐 하는데 사람이 불러도 듣지를 못해?"

"못 들은 게 아니고, 안 들은 거거든?"

"그건 또 무슨 소리야. 어디 가나?"

"어딜 가겠지. 가니까 걸었을 거고. 그런 걸 질문이라고 하나?"

저쯤 우두커니 서서 노려보듯 바라본다. 그 눈빛에 피식, 헛웃음을 흘린 지환은 다시 정윤을 바라보았다.

"그러고 보니 오랜만이네."

"허, 오랜만이네? 이게 아주 염장을 지르네. 니가 오지 말라며. 접근 금지라며!"

"……아."

아아. 맞다. 지환은 잊어버리고 있었다는 듯 더욱 크게 웃었다. 아직까지 분한 마음을 가지고 있었는지 금세 씩씩거리며 정윤이 눈을 더욱 치켜든다.

"아아? 아아아? 허, 쟤 봐라! 진짜 어이가 없네!"

"어이만 없어? 정신도 없어 보이는데. 상실? 소멸?"

"나한테 농담하지 마! 재수 없어!"

"하, 요즘 나한테 왜 이렇게 농담하지 말라는 사람이 많아. 여기나 저기나."

"뭐?"

"됐고, 눈꼬리 힘 좀 빼라. 한 대 칠 거면 빨리 치고."

어쩐지 요즘 차정윤 코빼기도 안 보인다 했더니 딴에는 피해 다녔던 모양이다.

"남녀가 대단히 유별하신 나으리께서 어인 일로 천한 소인에게 말을 다 걸어주십니까요?"

"어쭈."

"님 아구창…… 아니, 나으리 구순에 심심함이 끼셨나이까? 놀아줄 마님께서 출타라도 하셨는지요?"

"어랍쇼?"

"꺼지랄 때는 언제고 이제 와서 아는 척이야, 기분 나빠. 퉤퉤퉤."

퉤퉤퉤. 정윤이 바닥에 침을 뱉는 시늉을 한다. 지환은 그 어색한 정윤의 비아냥에 쯧쯧 혀를 차다가 그녀가 손에 들고 있는 봉투를 가리켰다.

"뭐야. 좀 나눠줘. 배고파."

"이거? 이거 요 앞에 새로 생긴 집에서 만든 치아바타인데 맛있……."

지환의 말에 넙죽 대꾸를 하던 정윤은 말꼬리를 흐렸다. 또 맛있는 치아바타를 사서 홀로 맛있게 먹겠구나, 쓸쓸해하며 걷고 있던 중이었는데. 거지 같은 서지환이 나타나 같이 먹어줄 눈빛을 하니 덥석 반가워지는 것이다.

"좀 줘봐. 배고프니까."

"나으리, 어찌하여 굶고 다니시온지요? 소인이 알기로는 배떼기가 터지도록 조식을 챙겨 드시지 아니하십니까?"

"콱, 시끄럽다."

오늘은 아침을 먹지 않고 출근했다. 어제 늦게까지 이어진 공연 연습으로 녹초가 된 그녀는 아침이 온 줄도 모르고 자더라. 깨우고 싶지 않아서 그냥 나왔다.

"아오, 얄미워. 서지환."

정윤은 눈을 가늘게 뜨고 지환을 노려보다가 터덜터덜 그를 향해 걸었다. 가까이 다가서지는 않고, 적당한 간격을 유지하며 멈춰 선 정윤은 지환을 바라보다가 종이봉투를 흔들었다.

"커피 사. 공짜는 없어."

"내가 자네 일감을 덜어준 것이 얼마인데 공짜를 운운······."

"가시죠, 나으리. 소인이 이깟 빵 쪼가리에 연연하겠나이까? 가시죠."

틈틈이 업무를 알게 모르게 도와준 지환이 생색을 내자 정윤은 금방 꼬리를 내렸다. 어정쩡한 간격을 두고 두 사람은 걸었다.

"잘됐다. 이거 진짜 맛있는 거야. 말랑말랑하고 지금 갓 구워서 엄청 따뜻해."

"너 일은 안 하고 맨날 뭐 먹을 거 사러 다니냐?"

"야, 먹어야 일하지. 먹기 위해 일하는 거야. 몰라?"

"그래. 니 말이 맞다. 3층에서 먹자."

"콜."

막연히 같은 곳을 향해 걸었지만, 누구도 가까워지려 하지 않았다.

· · ✦ ✦ ✦ ✦ ✦ · ·

"그, 말이야. 있잖아."

빵을 나눠 먹던 정윤은 아까부터 무슨 할 말이 있는 것처럼 굴었다. 지환은 해보라는 눈길로 커피를 한입 삼켰다.

"금괴 밀수 건으로 홍용석 기소했지?"

"했지. 홍용석만 했나 뭐."

홍용석은 수사 과정에서 드러난 밀수 조직의 큰손이었다. 핵심 인물은 아니라 해도 조직의 끝과 끝을 잇고 있는 인물임은 확실했다.

"홍용석 조사 과정에서 말야. 그땐 별거 아니라고 해서 그냥 넘긴 일이 있는데."

정윤은 말을 해야 하나 말아야 하나, 그런 눈빛을 했다. 업무 이야기로 대체 뜸을 들일 게 뭔가 싶어 지환은 궁금증을 담은 시선을 했다.

"홍용석 고등학교 동창 중에 차민규라고 있어."

"그런데."

"그…… 백인호 의원, 있잖아."

커피잔을 들던 지환은 잠시 멈췄다. 그 이름 석 자에 전신의 움직임은 굳듯이 정지했다.

"차민규가 백인호 의원의 작은 고모 아들이더라고."

전혀 연결하지 못한 연결 고리가 탄생한다.

"원래 이름은 김용운인데 그 고모가 재혼을 하면서 성을 바꾸고 이름도 개명을 했어."

"언제?"

"3년 전."

연결이 될 듯 말 듯한 작은 접점에 지환은 침묵했다. 그러다가 한참 후, 운을 떼었다.

"우연 아냐?"

"그럴지도."

정윤은 빵을 다 먹고 빈 봉투를 집어 들었다.

"그런데 그 고모가 재혼한 사람이 홍콩에 회사를 운영하고 있더라고. 3년 전부터."

버릇처럼 종이를 반듯하게 접었다.

"3년 전이면 총선이 있었던 때고. 백인호 의원이 재선에 당선된 때고. 출처 불명 선거 자금 유통으로 다음 해 온국민당에서 여럿 잘려 나간 때이기도 하고."

"······."

"그 뒤로 쇄신하겠다며 당 이름을 국민인권당으로 바꾼 거잖아."

편지를 접듯 종이를 접은 뒤, 다시 테이블에 내렸다.

"최종적으론 금괴 밀수가 인천공항에서 처음 적발된 해이기도 하지."

······드라마다.

지환은 정윤의 말에 피식, 웃음을 흘렸다. 지나치게 딱딱하게 굳어버린 자신의 표정을 들키고 싶지 않았다.

"야, 웃지 마. 그게 더 무서우니까."

정윤은 그런 녀석의 표정을 보다가 중얼거렸다. 안 그래도 오늘은 먼저 찾아가 말하려고 했던 이야기. 녀석에겐 반가울 리 없는 그 이름 석 자, 백인호.

"네 생각 어때? 난 지금 여기까지 팠어."

지환은 마른 주먹을 말아 쥐었다. 드라마다. 드라마여야 한다.

"어떡할까. 더 팔까, 아니면 멈출까. 우연이야? 차정윤 표 시나리오?"

"……."

"지검장님이 수사 종결하라고 했다며. 덮어? 우연이니까? 유력한 차기 서울 시장을 선상에 올려놔도 될까? 우연만으로?"

하지만, 드라마이길 바라는 건 어디까지나 바람이고 기대일 뿐.

"가능성 열자."

지환은 고개를 들었다. 그 이름과 엮여 있는 강희주의 얼굴이 끝끝내 스치고 말았지만 그런다고 덮을 수 있는 사건은 아니다.

"열자. 모든 가능성. 충분하니까."

"오케이. 됐어. 그 말이 듣고 싶었어 나는, 서검 너한테."

현재의 백인호 의원을 사건에 엮는다는 건 시도부터 어떠한 무게감을 가져야 하는지, 두 사람은 너무나도 잘 알고 있었다.

정윤은 짧은 한숨을 내쉬며 고이 접은 종이봉투를 지환의 방향으로 밀었다. 다 마신 커피잔도 지환의 방향으로 밀었다.

"일만 하자. 일터에선 일만. 서검, 네가 여기 있고 그 사람이 정치판에 있는 이상 지구 반대편에서 살듯이 살 수는 없을 테니까."

"쓸데없는 말 하지 말고 가. 알았어."

"그리고 이 와중에 이런 말까지 해서 미안한데."

정윤이 말을 끊자 지환은 긴장한 눈빛을 올렸다. 더 무슨 이야기를 들어야 하는가, 하는 불안함이 일순 그를 덮쳤다. 그런 녀석을 가만히 들여다보다가 정윤은 입술을 열었다.

"쓰레기는 네가 버려."

"아오……."

간다. 정윤은 쿨하게 사라졌다.

⋅ ✦ ✦ ✦ ✦ ✦ ✦ ✦ ⋅

평소보다 조금 더 힘준 의상으로 공연 준비를 마친 희원은 다시 한 번 몸을 풀었다. 오늘은 지난주에 급히 잡힌 스케줄, VIP 사모들의 모임 및 공연 관람이 있는 날이다.

"사람을 이 시간부터 오라 마라야……."

요 며칠 무리한 연습이 이어졌다. 이왕이면 가장 수준이 높은, 보여줄 수 있는 것들 중 가장 볼 것이 풍성한 공연을 준비하고 싶었다.

우리 문화예술계를 발전시켜줄 수 있는 사람들이라면 그게 누구라도 힘이 되어주길 그녀는 소망했다. 예술의 명맥을 이어가는 일이란, 단지 개인의 노력으로만 할 수 있는 것은 아니었으므로.

"리허설 언제 들어가요?"

리허설을 해야 한다더니 사람을 불러놓고 무작정 기다리란다. 희원은 막연히 앉아 시간을 죽이다가, 일어서 하염없이 몸을 풀다가, 더는 못 참겠다는 듯 관계자를 불렀다. 안 그래도 바쁘다는 표정을 지으며 관계자는 자신의 손목시계를 툭툭 쳤다.

"희원 씨, 지금 바빠요. 나중에 얘기합시다."

"아니, 나중은 무슨 나중이요. 리허설 언제 하냐고요."

"지금 앞당겨졌어요, 시간이. 우리 지금 우왕좌왕하잖아요."

"……뭐라고요?"

시간이 앞당겨져? 희원은 눈을 치켜떴다. 이 무슨 말도 안 되는 상황이란 말인가? 희원은 급히 돌아서는 관계자를 붙잡았다.

"공연 시간이 앞당겨졌으면 더욱이나 빨리 리허설을 해야죠. 그리고 공연자에게 언질도 없는 건 무슨 경우란 말입니까?"

"희원 씨, 잠깐만요. 우리도 지금 비상이에요. 잠깐만. 응? 잠깐만."

관계자는 무전을 받더니 다시 황급히 사라진다. 허, 희원은 황당함에 말을 잃고 관계자가 사라진 공간을 바라보았다.

"뭐 이런 해외 토픽에 날 일이 다 있어. 기본 매너도 없어? 이게 무슨 개판이야?"

컨디션이 급격하게 내려간다. 밀도 높은 공연을 앞두고 벌어지는 감정의 기복이란 상당히 위험했다. 빠른 동작에 스치고 말 것들이 아니라, 느린 곡조에 감정과 혼이 담겨 움직이기 때문에 더욱 그러했다.

"미쳤네. 이 사람들이 지금 장난하나."

후……. 희원은 한숨을 내쉬며 대기실 문을 나섰다. 복도를 지나 공연장에 들어서, 분주한 사람들을 제치고 무대 위로 당당히 걸어 올라갔다.

"리허설하죠! 시간 없다면서요!"

짜증이 가득 섞인 희원이 말을 던지자 스태프들이 바라본다.

"하, 희원 씨. 잠깐만 기다리시라……."

"그럼 나 가요? 집에?"

희원이 단정하게 묶어놓았던 머리를 끌렀다. 머리끈을 팔목에 차며 눈을 크게 떴다.

"갈까요? 이런 공연 100억을 준대도 하기 싫은데."

"아…… 희원 씨, 왜 그래요. 에이, 서로 바빠서 그러는 건데."

"공연에 공연자보다 더 바쁜 사람 있습니까? 있으면 바삐 일들 보세요. 한가한 공연자는 돌아갈 테니까."

"예예. 리허설하죠. 바로 합시다."

급히 뛰어오는 감독이 급격하게 냉랭해지는 분위기를 바로잡는다.

"희원 씨, 미안해요. 지금 VIP들 비서진들이 먼저 도착해서 이래라저래라, 지금 아주 말도 아닙니다."

그제야 무대로 다가와 이해를 구하는 스태프의 말에 희원은 앙칼진 눈매를 들어 먼발치를 바라보았다. 익숙하지 않은 사람들이 서서 이곳을 바라보고 있다. 희원은 심호흡을 했다.

"아시잖아요, 희원 씨. 저 시커먼 양복 입고 온 사람들 아주 깐깐해서 뭐 말도 못……."

"다들 들으세요! 이 공연 서커스 아닙니다!"

장내가 조용해진다. 그녀는 사색이 된 스태프 너머로 비서진들을 응시했다. 이제 보니 스태프들이 그곳에 묶여 이도 저도 못한 채 서류 더미만 옮기고 있다.

요구하니, 급조했을 것이다. 그랬으니 발이 묶였고.

"동물원 코끼리 구경 아니고, 장기 자랑 무대 아닙니다! 해오던 질서 지켜주시죠!"

희원이 소리치자 비서 중 한 명이 손을 들며 제지한다. 그들은 그들만의 룰이 있단다.

"절차가 모두 확인되기 전까지는 안 됩니다. 우리도 절차가……."

"됐고! 이곳은 이곳의 절차가 우선입니다! 그렇게 대단하신 분들 앞에서 최악의 공연 보여드릴 생각 아니라면 물러서세요!"

"……."

"다들 리허설 안 할 거야 진짜?"

희원이 다시 소리를 높이자 쭈뼛쭈뼛 스태프들이 자리로 돌아간다. 여간 눈치를 보는 것이 아니다. 하……. 단전에서부터 급하게 끓어오르는 분노를 삼키며 희원은 마른침을 삼켰다.

상황 파악이 되는지 비서들은 저들끼리 몇 마디 주고받고는 밖으로 퇴장했다. 희원은 다시 머리를 묶고, 그제야 조용해진 앞을 바라보았다.

낯선 이들이 퇴장한 공간. 스태프들이 미안한 표정을 짓고 있다.

"나 좀 멋있었어?"

희원이 분위기를 풀며 웃자 스태프들은 고개를 끄덕였다.

"반했어요, 희원 씨."

"멋있어. 우리 진짜 초조했다고요."

"반하면 곤란해. 나 유부녀인데."

유부녀, 말끝에 희원은 잠시 지환을 떠올렸다. 눈을 뜨니 그가 없는 아침이었다. 고된 연습에 쉽사리 눈이 떠지질 않더라.

하리를 봐주시는 이모님이 차려준 누룽지 몇 수저를 뜨고 정신
없이 달려 나왔다. 서지환 씨에게 연락을 해볼걸. 요즘은 그마저도
쉽지 않은, 어색한 나날들.

"……집중."

희원은 주문을 걸듯 중얼거렸다. 번뇌가 쌓일수록 그녀는 몸을
움직였다. 발산하는 에너지에 복잡한 속내를 씻어냈다. 쌓이고 씻
어내고, 쌓이고 씻어내고.

"시작할게요! 희원 씨!"

"네!"

요즘 그녀의 하루하루는 그러했다.

◆ ◆ ◆ ◆ ◆ ◆ ◆ ◆

리허설이 끝나고 얼마 지나지 않아 본무대까지 끝냈다. 앞당겨
졌다더니 바로 들이닥치더라. 그때 리허설을 하지 않았다면 리허
설도 못 했을 판이다.

스태프들은 일제히 등장한 VIP들을 맞이하느라 정신이 없었고,
비서진들과 협회, 예술계 관계자들까지 몰려 북새통이었다. 스무
명 남짓 와서 조용히 보고 갈 예정이라더니 그게 어딜 봐서 스무 명
이고, 그게 어딜 봐서 조용히 보고 간다는 말인지 정말 황당하더라.

갑자기 잡힌 공연치고 스케일이 컸다. 공연자가 가슴에 담을 일
은 아니었지만, 정말이지 기가 찼다.

갑질. 문득 그런 단어가 떠올랐다.

"후…… 하우…… 힘들어……."

대기실로 돌아온 희원은 물을 벌컥벌컥 삼켰다. 실수 없이 공연을 끝냈다는 개운함이 아니라 어쩐지 짜증이 났다.

"다신 내가 이런 공연 하나 봐라."

내가 다시 이런 공연 하면 성을 간다, 성을 갈아.

후, 후, 이를 갈며 물만 삼키던 희원은 화장을 지워내려고 클렌징 티슈를 잡았다. 두꺼워서 여러 번 지워내야 하는 번거로움이 있지만 어쩔 수 없다.

똑똑. 열심히 화장을 지워낸 그때였다. 대기실로 누군가 찾아와 문을 연다. 모르는 사내였다.

"누구시죠? 관계자 외 출입 금지인데."

가지가지 말썽이다. 공연자 대기실로 낯선 이가 등장하다니 이게 웬 말이냐.

"관계자입니다."

"제게는 관계가 없어 보이는데요."

"……."

"신분도 모르고, 알고 싶지도 않고."

사내는 조금 다가오며 명함을 꺼냈다. 희원은 멈추라는 신호를 보내며 의자에서 일어섰다. 본인이 걸어가 명함을 낚아채듯 받아 보니 비서실장이라는 직함과 이름이 있다.

"그런데요."

짧게 확인하고 명함을 내린 희원이 고개를 들자 사내는 딱딱하게 굳은 얼굴로 입을 열었다.

"저희 사모님께서 권희원 씨와 인사를 나누고 싶어 하십니다."

"사모님이 누구신데요. 거두절미하면 제가 알아듣습니까?"

"강희주 회장님입니다. 이 모임에 회장님이신."

강희주. 백인호 의원의 아내. 한때 잘나가던 슈퍼모델계의 스타.

"아아, 그래요. 마침 잘됐네요."

희원은 잘됐다는 듯 입꼬리를 올렸다. 이대로 한 마디도 못하고 집에 돌아가면 화병이 날 것 같았는데, 회장님이라니 아주 잘됐다.

"오늘 공연 주최 측에 이하 직원들께서 얼마나 실례가 많으셨는지, 제가 보고서 작성엔 능력이 없어서요. 구두 항의가 딱 제격인 성격이라. 앞장서요. 만나러 가죠."

희원은 사내에게 앞장서라 고갯짓을 했다. 그녀의 까칠함이 반갑지 않은 사내는 눈에 힘을 주고 그녀를 바라보다가 등을 돌리며 앞으로 걸어갔다.

다시 공연장으로 들어갔다. 이미 공연 후 한차례 인사 및 사진 촬영까지 끝낸 터라 공연장은 한산했다. 대부분의 VIP들은 각자의 차량으로 돌아간 것 같았다.

사내를 따라 걷다 보니 뒤돌아 서성이고 있는 여성의 모습이 보였다. 인기척을 느낀 여성은 천천히 돌아섰다.

"아, 권희원 씨."

두 사람은 적당한 간격을 유지하며 섰다. 희원을 안내해준 사내는 멀어졌고, 그 자리에 남은 두 여자는 눈빛을 마주했다.

"안녕하세요. 권희원입니다."

초면이라 하기엔 무척이나 익숙한 얼굴. 희원은 TV로 그녀를 보

아왔고,

"반가워요. 저는 강희주라고 해요."

희주는 희원을 SNS로 보아왔다.

멀뚱멀뚱 서 있던 희원은 인사를 어떻게 건네야 할까 생각하다가 손을 내밀었다. 그런 희원의 손끝을 내려다보던 희주는 망설이다가 그녀 손을 잡았다. 서로 다른 뜻을 품은 만남이었다.

"한국무용을 찾아주셔서 다시 한 번 감사합니다. 관련하여 하고 싶은 말이 많은데 잠시 얘기 나누시죠."

희주는 그녀를 신기하다는 듯한 눈길로 응시했다. 사진과 꼭 같은 얼굴, 마디마디 힘 있는 음성, 거침없이 악수를 청하는 자신감 충만한 행동까지.

"이렇게 만나는군요. 권희원 씨."

자신이 이곳에 찾아온 이유를 상상도 하지 못할 그의 여자를 바라보다, 희주는 웃었다.

"네?"

애매한 희주의 말에 희원이 눈을 동그랗게 뜨자 희주는 고개를 슬쩍 가로저었다. 입가엔 달갑지 않은 미소만 매달았다.

"정말 반가워요. 권희원 씨."

"아, 네. 반갑습니다."

"그래요. 우리 잠깐 이야기 나눠요. 저도 권희원 씨와 대화를 좀 하고 싶었어요."

웃는 일 말고는 지금 당장 희원의 앞에서 할 수 있는 게 아무것도 없었다. 가면이건 아니건 간에. 진심이건 진심이 아니건, 간에.

＊ ＊ ＊ ◆ ◆ ＊ ＊ ＊

"사모님, 이제 오세요? 안녕히 다녀오셨습니까?"

희주는 현관에서 자신을 맞이하는 상주 직원의 인사에 침묵하며 신발을 벗었다. 마련된 슬리퍼를 신고 걸음을 옮기려는데, 직원이 가까이 다가오며 목소리를 낮춘다.

"의원님 들어오셨어요, 사모님."

희주는 홱 돌아보았다.

"오셨다고? 벌써?"

황급히 손목시계를 들여다보았다.

"의원님 언제 오셨어?"

"아까요. 오늘 일찍 오셨어요."

이런 젠장. 남편이 일찍 돌아왔단다.

"지금 어디 계셔?"

"서재요. 서재에 계십니다."

"저녁은? 식사는 하셨어?"

"샐러드 조금 드셨어요."

"……알았어."

희주는 속도를 붙여 걸음을 걷다가 남편의 서재 앞에 멈춰 섰다. 아무 생각 없이 노크를 하려고 손을 들었다가 잊었던 것이 떠오른 듯 화들짝 놀라 손을 내렸다. 일전에도 서재로 찾아왔다가 혼나지 않았던가.

그녀는 잠시 멍하게 서 있다가 옷매무새를 가다듬고 머리를 정돈했다. 자신의 손톱이 길거나 화려한지 확인하고, 액세서리가 너무 화려한 건 아닌지 다시 한 번 점검했다.

심호흡을 크게 하고 다시 문을 응시했다. 왔다고 말을 해야 할 것 같은데, 어쩐지 굳게 닫힌 이 문을 열어볼 자신이 없다. 남편은 자신이 서재에 들어서는 걸 무척 싫어했으니까.

"그냥…… 나오실 때까지 기다릴까…….”

아니, 사실 남편은 자신이 어디로 찾아오건 싫어했다. 결혼이라는 제도를 이용해 자신을 필요에 따라 쓰고 버릴 뿐, 다른 이상 이하도 없는 관계.

……휴. 희주는 남편의 서재 앞에서 잠시 시간을 죽이다가 고개를 들었다. 똑똑, 그러곤 조심스럽게 노크를 했다. 들어왔다는 건 알려야 하니까.

"저예요."

운을 떼도 안에서 들려오는 기척이 없다. 희주는 가만히 서 있다가 다시 노크를 했다.

"저예요. 들어가도 될까요?”

다시 한 번 운을 뗄 때쯤 서재 안에서 둔탁한 소리들이 맞물리기 시작했다. 낯선 소리에 눈을 동그랗게 뜬 희주가 가만히 서 있자 소리는 조금씩 강해지더니, 작아져갔다.

서재 안에서 이런 소리가 왜 나지? 무슨 소리지? 잘은 모르겠지만 톱니바퀴가 맞물리는 소리 같기도 했고, 쇠가 움직이는 소리 같기도 했다.

고개를 갸웃거리고만 있던 때 벌컥, 문이 열린다.

"뭐야."

텅 빈 서재가 눈에 들어온다. 마치 아무 일도 벌어진 적 없다는 듯 말끔하고, 조용한 공간.

"뭐냐고."

"아…… 저…… 저 들어왔어요. 오늘 일찍 들어오셨네요?"

"집에 없었나?"

"네?"

자신이 부재였던 것도 몰랐던 모양이다. 그냥 가만히 침실로 올라갈걸, 희주는 괜한 부스럼을 만들었다는 생각을 했다.

"네. 오늘 사모님들하고 정기 모임이 있어서요. 아시죠, 저 올해 사연회 모임 회장이……."

"들어와."

"……네?"

들어오라며 돌아선다. 희주는 남편의 뒷모습을 바라보다가 뭐에 홀린 듯 안으로 들어섰다. 남편은 곧장 서재 의자에 앉더니,

"주워들은 거 없어? 모여서 이런저런 이야기 했을 거 아냐."

들어오라고 한 목적을 밝혔다.

희주는 저도 모르게 두 손을 공손히 모으고 있었던 일들을 회상했다. 뭐라도 건져 올려 남편의 기대에 부응해주고 싶지만, 하루 종일 권희원이라는 무용수의 잔상에 빠져 있던 그녀에게 기억나는 다른 일이 있을 리 없다.

"그다지 기억에 남는 이야기는…… 없었어요. 오늘은 좌담회라기보다 예술 공연 관람 일정을 소화하느라……."

"하, 없어?"

돌아온 대답이 마음에 들지 않는지 백인호 의원은 미간을 일그러트렸다.

"누가 너더러 음악이나 듣고 그림이나 보러 다니라고 그 자리에 올려놓은 줄 알아?"

"……죄송해요. 그런데 정말 없었어요."

"내조라고는 손톱만큼도 할 줄을 몰라. 가진 게 많아 뒷배가 되길 하나, 인맥이 넓어 인력이 되길 하나. 쯧쯧."

"더 노력할게요. 죄송해요."

"나가봐."

"네."

희주는 꽉 막힌 숨통을 쥐고 돌아섰다. 가급적 빨리, 이 공간을 탈출하고 싶은 마음만이 간절할 때,

"검찰 쪽에 혹시 아는 사람 있어? 중앙지검 쪽이면 더 좋겠고."

"네에?"

화들짝 놀란 희주가 다시 남편을 바라보았다. 느닷없이 커진 그녀 목소리에 백인호 의원은 힐끔, 시선을 들었다.

"어, 없어요. 정말 없어요."

창백하게 질린 얼굴을 하고는 손사래까지 쳐가며 없단다. 백인호 의원은 그런 그녀를 응시했다.

금괴 밀수 수사 종결이 생각만큼 빠르지 않으니 할 수 있는 모든 것을 더해 종결을 촉구해야 했다. 그래서 물어본 건데, 만에 하나 아는 사람이 있어 일에 도움이 될까 싶어 물어본 건데, 저렇게까지

없다며 벌벌 떤다.

그녀는 언제나 주눅이 들어 있고 겁을 집어먹은 얼굴을 하고 있다 보니 별생각을 하지 못한 백인호 의원은 턱 끝을 들며 나가보라 했다.

"그래. 니가 배운 사람들을 알 리가 없지. 기껏해야 딴따라들이나 알고 지냈을 테니. 가봐."

"검찰……은 왜요?"

지환의 얼굴이 뇌리에 박힌 그녀는 남편의 질문 의도를 알지 못해 심장이 두근거렸다. 남편이 뭘 알고 묻는 것인가 싶어 되묻지만, 자신이 상상한 그런 건 아닌 성싶었다.

"시끄러운 소리 말고 나가보라고."

"……네."

외려 남편의 평소 같은 반응을 다행이라 여긴 희주는 가슴을 쓸어내리며 돌아섰다. 지환이 자신의 과거에 머물러 있다는 것을, 그는 알면 안 된다.

죽어도.

"그럼 정말로 나가볼게요. 일찍 쉬세요."

……죽어도.

· · ✦ ✦ ✦ ✦ ✦ · · ·

"어후, 속이 다 후련하네."

두 번은 겪고 싶지 않은 엉망진창 공연을 끝냈지만 강희주를 만나고 착잡함을 한껏 지워낸 희원은 집으로 올라가는 엘리베이터를 탔다. 이윽고 희주를 떠올렸다.

"내가 너무 일방적으로 쏟아냈나…… 좀 심했나."

마주 앉기가 무섭게 희원은 오늘 있었던 일에 대해 조목조목 설명했다. 최대한 목소리에 힘을 뺀 채 조심스러운 음성을 했지만 정리를 하자면 '항의'였다.

'공연자의 입장으로 오늘 공연은 최악이었습니다. 이런 공연을 했다는 것 자체가 저와 공연 관계자들에겐 수치일 수 있어요. 다 떠나서 이러한 일들은 없어야 한다고 생각합니다.'

'저희가 큰 실수를 했습니다. 권희원 씨.'

돌아온 희주의 답변은 정중한 사과였다. 공연 시간이 앞당겨진 것에 대한 정확한 이유는 자신들도 몰랐다고 한다. 아마 중간에 애매하게 시간이 뜨자 기다리는 시간을 없애기 위해 임의 결정이 된 모양이라고.

앞당겨졌다니 앞당겨진 줄로만 알았다, 사전에 협의가 되지 않은 일이라는 건 알지 못했다. 이런 일, 다신 없어야겠다며 희주는 진심으로 사과했다.

또한 차후 입장 정리를 하여 모두에게 공식적으로 사과할 수 있도록 조치를 취하겠노라, 명료하게 정리해주었다. 강희주, 실제로 본 그녀는 더욱 호감형이었다.

우리 나이도 같은데, 친구할까요?

"친구라……."

대화가 끝날 무렵엔 친구를 하자더라. 남편이 정치계에 있으니 곧잘 하는 빈말인가 싶었는데 전화번호를 내어주었다.

희주가 먼저 전화번호를 건네주니 희원도 건네주었고, 얼마 후 SNS로 친구 신청이 들어왔다. 자신의 무대를 보고 한껏 반했다니 희원의 입장에서 그녀를 마다할 이유가 없었다. 그렇게, 두 사람의 인연은 시작되었다.

땡동—

어느덧 집 앞에 엘리베이터가 도착하고 희원은 내렸다.

"하리가 있으려나……."

현관문 앞에 서서 비밀번호를 누른 희원은 문을 열었다. 요즘 이 문을 열고 닫는 것이 마냥 기쁘지는 않다.

지환은 요즘 일이 많다며 수시로 늦었고, 대화는 단절되었다. 진짜로 일이 많아 늦는 건지 아니면 자신을 피하는 건지도 알 수 없다. 분명한 건 지환의 말수가 급격하게 줄었다는 것. 뭐, 본인이 시킨 일이니 가타부타 서운할 일은 아니지만 내내 희원의 마음은 불편했고, 무거웠다.

문을 열고 안으로 들어선 희원은 현관에 우뚝 멈췄다. 그가 벗어 놓은 구두가 제일 먼저 시선에 들어온다. 가지런하게 놓인 그의 구두를 본 희원은 지환이 퇴근했음을 알고 저도 모르게 미소 지었다.

그의 얼굴이라도 본 것처럼 반가웠다. 그게 뭐라고 심장이 뛰었다. 이 집 어딘가에 그가 있을 거라는 생각은 기대로 다가왔다. 오랜만에 느껴보는, 감정이 몸을 위로 뜨게 하는 순간.

"나 왔어요! 어디 있어요?"

이모님이 퇴근하신 걸 보니 하리도 있어야 하는데, 조용하다. 신발을 벗고 들어선 희원이 급한 마음에 목소리를 올려보지만 역시 조용하다. 하리 방을 열어보고, 지환의 방을 열어보고, 자신의 침실도 열어봤지만 없다.

"뭐야, 없잖아."

오랜만에 겪어보는 올랐던 감정이 발아래로 떨어져 내리는 순간.

희원은 소파에 가방을 떨구며 털썩 주저앉았다. 멀리 현관 쪽을 바라보며 눈만 감았다가 뜨다가, 소파 헤드에 머리를 기댔다.

"휴. 지금 이 기분 무엇?"

뭐지, 희주와의 대화를 통해 풀어냈던 기분이 다시 엉켜드는 것만 같다. 마치 해야 할 일을 잊어버린 사람처럼 숨만 쉬며 허공만 멀뚱멀뚱 바라보고 있던 때.

띡, 띡, 띡, 띡. 비밀번호를 누르는 소리가 들린다. 희원은 벌떡 일어섰다. 조금씩 열리는 문틈으로 익숙한 아이의 웃음소리가 번져 들어오니 희원은 날아가듯 현관으로 달려갔다.

"어? 왔습니까?"

하리의 손을 붙잡고, 한 손엔 마트 봉지를 들고 있다. 희원은 운동화를 신고 있는 그를 바라보았다. 헤헤헤헤, 하리는 마저 웃으며 다가와 희원의 허리를 붙잡았고, 지환은 안으로 들어섰다.

"달력 보니까 오늘 공연 있던데. 늦을 줄 알았어요. 공연은 보통 점심 저녁으로 나누어 하는 것 같아서."

"특별 공연이라 늦은 공연은 없었어요. 마트 다녀왔나 봐요?"

"네. 이것저것 살까 해서. 떨어진 것들도 많고."

하리 손 씻자. 지환이 희원의 허리를 붙잡고 있는 하리에게 말하며 주방으로 들어간다. 희원은 하리의 머리를 쓰다듬으며 지환의 뒷모습을 응시했다.

"하리 손 씻으러 가여. 숭모. 하리는 손도 혼자 씻을 수 있어여."

혼자 손을 씻겠다더니 하리가 화장실로 사라진다. 희원은 봉투에서 이거저거 꺼내 정리하는 지환을 바라보았다. 내 집에서 일어나는 풍경이지만, 내게만 유독 낯선 것 같은 풍경.

"그건 뭐예요?"

그와 오랜만에 같은 공간을 쓰는 것 같다. 느낌은 그러했다.

"아, 이거. 빵입니다. 빵 좋아합니까?"

"좋아하죠. 어디서 났어요?"

"먹어봤는데 맛있어서. 사무실 근처에서 팔더라고요. 혹시 권희원 씨 좋아할까 싶어서 몇 개 사 왔습니다."

치아? 치타? 뭐라 하던데. 지환이 중얼거리자 희원은 빵 봉투를 내려다보았다.

……날 위해 사 왔다는 빵 몇 개.

"먹으면서 내 생각 했나 봐요?"

"맞춰봐요. 내가 권희원 씨 생각 얼마나 했을지. 아, 농담하지 말라고 했지."

지환은 생각났다는 듯 황급히 말꼬리를 흐리며 더욱 분주히 움직였다.

"그거 치약이잖아요. 냉장고에 들어가는 물건은 아닌 것 같은데."

급기야 치약을 냉장고에 넣고 있다.

"아, 그러네요. 케첩을 넣는다는 게 정신이."

"케첩 사 오지도 않았잖아요."

"마요네즈가 있죠. 마요네즈를 넣으려고 했습니다."

"케첩 여기 있는데?"

희원은 지환이 내려놓은 마트 봉투에서 케첩을 꺼내 들며 웃었다. 당황한 눈빛으로 돌아선 지환은 그제야 희원을 바라보았다. 그저 바라보기만 했는데 살갗이 닿는 것만 같은 어색함이 있어, 두 사람은 잠시 바라보기만 했다.

희원은 먼 곳을 응시하는 것만 같은 아득함을 담아 지환에게 시선을 주었다. 그의 신발을 발견한 때로부터, 그가 없다는 것을 깨달은 때를 지나,

"서지환 씨, 우리 왜 이렇게 오랜만인 것 같죠."

"그러게요. 나도 지금 그런 생각을 하고 있긴 했습니다."

소파에 앉아 허탈한 숨을 고르던 때 역시 흐르고, 현관문을 열고 그가 등장했던 때를 망라하며 깨달은 것이 있다.

"서지환 씨, 우리 이렇게 어색하게 지내지 말아요. 그때 내가 했던 말 취소할게요."

……감정을, 지배당하고 있다.

"서지환 씨하고 이렇게 지내는 거 불편하고 답답했어요. 뭔가 집에 오는 일이 즐겁지 않고."

다름 아닌 그에게 감정을, 지배당하고 있다.

생각 끝에 더욱 심장이 가파르게 뛰어오르자 희원은 낮은 숨을 불어 내쉬었다. 지환은 잠시 봉투를 내려다보듯 시선을 내리다가 다시 올렸다.

"헷갈린다던 말, 듣고 미안하게 생각했습니다."

그는 늦된 사과를 건넸다.

"권희원 씨를 헷갈리게 할, 그럴 의도는 아니었습니다. 오해는 말아요."

"오해 안 해요."

희원은 그를 길게 바라보며 중얼거렸다.

"오해 안 하니까 우리 지내왔던 대로 편안하게 지내요. 서지환 씨가 내게 사심이 있어서 그런 건 아니었다는 거, 충분히 알고 있으니까."

인정해야 한다. 나는 그에게 마음이 있다. 언제 생겨났는지도 모르겠고, 또 언제 커졌는지도 잘은 모르겠지만,

"따지고 보면 얼마 안 남았잖아요. 이 집에서 우리가 부딪힐 날도."

내가 당신에게 나의 감정을 저당 잡혔음을, 이제 더는 부정하기가 힘이 든다.

그렇다 해도 겉으로 드러낼 수 없고, 알려줄 수도 없겠으니, 그저 나 스스로 인정하는 것에 만족해야 한다.

"어차피 하리가 돌아가면 우린 타인처럼 살아야 하는데, 좀 아쉽잖아요. 그때까진 잘 지내봐요."

희원은 갑자기 변한 자신의 태도에 조용히 바라보고 있는 지환을 응시하다가 돌아섰다. 이내 눈을 질끈 감았다. 살아온 내내 그토록 혼자이고 싶었던 마음이, 그토록 타인에게 주고 싶지 않았던 마음이, 하필이면 그에게 도착했다.

"나 좀 씻고 올게요. 우리 맛있는 저녁 먹어요."

불시착이었다.

＊ ＊ ＊◆◆◆◆ ＊ ＊

"망했다……. 망했어……."

아……. 희원은 길게 탄식했다.

식사가 끝난 뒤, 지환은 자연스럽게 설거지를 담당했다. 희원은
하리 옷을 갈아입히려고 서랍장을 열고는 멍하니 고개를 들었다.

"망했다……. 망했어……. 이제 어쩌냐……."

그를 좋아한다. 그를 좋아하게 되었다.

"내가 잘못 짚었나, 지금 내 감정을 내가 착각하는 거 아냐?"

격하게 부정을 해보려 해도 서너 초 흐른 뒤엔 착각이 아니라는
확신이 다가왔다. 부정을 하면 할수록 더욱 가슴은 뜨겁게 뛰어올
랐다. 부질없는 일인 것이다.

"이걸 어떡해……. 대체…… 어떡하냐……."

아…… 어떡하지…….

사랑 없는 결혼을 제시한 것도 본인이요, 사랑하지 말자 단언한
이 또한 본인이다. 사랑하는 사람이 생기면 언제든 보내주자 제안
한 것도 이 망할 주둥이였고, 우리는 사랑에 빠질 일이 없다, 확신
을 한 것 또한 본인이 먼저였다.

"미쳤나 봐, 미치지 않고서야 내가 어떻게 이래……."

더 좋은 표현, 더 나은 표현을 찾아볼 것도 없이 망했다.

하다 하다 남편을 짝사랑해야 한다니, 기구한 팔자 좀 보소. 무슨 이런 일이 다 있어?

"쪽팔려서 이걸 어디에 말해……."

하…… 진짜 내가…… 하…….

그녀가 연신 터져 나오는 한숨만 허공으로 발사하고 있을 때, 어느새 다가온 하리가 톡톡, 그녀의 어깨를 두드렸다. 놀란 희원이 뒤를 돌아보자 하리가 땡글땡글한 눈을 맞춰 온다.

"숭모. 하리는 수박이 잠옷, 수박이 잠옷 입을 거예여."

"아? 그래? 아아, 그래. 하리 오늘 수박 잠옷 입자. 아주 좋은 선택인데?"

희원은 입고 싶은 것이 분명한 하리의 의사 전달에 빙긋 미소 지었다. 잘린 수박이 앙증맞게 붙어 있는 잠옷은 하리가 가장 좋아하는 잠옷 중 하나다.

아이에게 보드랍고 도톰한 잠옷을 입힌 희원은 하리의 손을 붙잡고 아이의 방을 나섰다. 설거지 마무리 중인 듯, 지환은 개수대 주변을 정리하고 있었다. 물기를 전부 닦아내는 모습이 예사롭지 않다. 지금까지의 생활 패턴을 보건대 이 남자, 생각보다 깔끔하고 정리정돈에 능숙했다.

"서지환 씨, 전부터 느낀 거지만 설거지를 대하는 태도가 예사롭지 않은데요?"

"아아. 이렇게 하지 않으면 물때가 낍니다. 뭐든 사전 예방이 사후 처리보다 쉬운 법이니까."

사전 예방이 사후 처리보다 쉽다. 지환이 별생각 없이 뱉어낸 말에 희원이 뜨끔한다.

"그러게요. 이렇게 될 줄 알았다면 나도 예방을 좀 할걸."

"예?"

"아뇨. 아무것도 아녜요."

"싱겁긴."

대수롭지 않게 넘기며 지환은 구부정한 자세로 가스레인지까지 꼼꼼하게 닦았다.

……쿵, 쿵, 그의 뒷모습을 바라보자니 심장이 뛴다. 그가 무척 멋진 일을 하고 있는 것도 아니고, 감각이 뛰어난 옷차림을 하고 있는 것도 아닌데. 편안한 옷을 입고 가스레인지를 닦고 있는 저 남자의 뒷모습에 가슴이 뛴다.

미쳤다. 이것이 바로 짝사랑의 시작인가? 아니, 그런데 어떻게 시작부터 중증이야?

희원은 입술을 꽉 깨물었다. 이제야 완벽하게 깔끔해진 공간이 마음에 드는 듯, 지환이 만족스러운 표정을 짓는다.

그가 쥐고 있던 쓰레기를 가볍게 휴지통으로 던지자 쏙 골인한다. 자연스럽게 연결되는 그의 행동에 희원은 다시 마른침을 삼켰다. 뭐야, 휴지 조각 던지는 게 왜 멋있어? 저게 뭐라고 갑자기 섹시해?

……설마.

"왜 그러고 서 있습니까?"

나, 시작부터 말기인 거냐?

희원은 지환의 질문에 답을 하지 못하고 머뭇거렸다. 마음을 인정하고 나니 그를 향한 감정이 증폭되는 것만 같다. 생각을 미루고 미루고 미룬 뒤에야 해버린 자각, 이 순간을 기다렸다는 것처럼 심장은 요동을 치기 시작했다.

한시도 그에게서 눈을 뗄 수가 없다. 사랑이 내려오는데, 밟고 싶지 않은 두려움이 함께 떠밀려 온다. 어떡하지. 내가 이 사람을 좋아하면, 이 결혼은 어떻게 되는 거지?

짧은 생각에 정리되지 않을 것들만 머리 위를 뛰어다닌다. 아아, 가망 없다. 권희원의 애정 전선은 가망이 없어. 희원은 생각 끝에 울상을 했다.

"권희원 씨?"

지환은 물어도 답 없이 한참이나 자신의 얼굴을 들여다보며 입꼬리를 축 내리는 희원을 바라보았다.

……아니지. 가망이 없긴 왜 없어? 가장 좋은 방법이 있잖아? 저 남자도 날 좋아하게 만들면 되는 거 아냐?

그녀의 심장은 머리에서 뛰었다가 발끝으로 내려가고, 손끝에서 노닐다가 다시 제자리를 찾아든다. 희원의 표정은 다시금 환한 빛으로 물들었다. 그녀의 급격한 표정 변화를 바라본 지환은 조심스러운 시선을 했다.

"이제 좀 무서워지려고 하는데요. 권희원 씨. 괜찮은 겁니까?"

그녀는 울상이었다가, 갑자기 회심의 미소를 지었다가,

"괜찮고 싶어요."

알 수 없는 말을 내뱉었다.

희원은 비로소 모든 감정을 지운 표정을 하며 그를 편안하게 바라보았다.

"나 있죠, 진심으로 괜찮고 싶어요."

"한국말에도 통역이 필요하다는 걸 권희원 씨가 절실하게 느끼게 해주네요. 무슨 말인지 모르겠다는 뜻입니다."

"지금은 몰라도 돼요. 언젠간 알게 될 테니까."

희원은 깊게 숨을 내쉬며 하리를 내려다보았다. 멀뚱멀뚱 자신을 올려다보고 있는 하리를 바라보다가, 희원은 빙그레 미소 지었다.

"하리야."

"으응?"

"있잖아, 숙모는 하리를 사랑해."

"헤헤헤헤."

느닷없이 사랑한다고 말하자 하리가 웃는다. 언제, 어느 때에 사랑한다 말해도 하리는 자연스럽게 받아들였다. 그것이 새삼 감사한 지금.

"하리도 숙모를 살앙해여."

"응. 그리고 숙모는 삼촌도 사랑해."

그는 절대로 진심이라 여기지 못할 그녀의 고백이 튀어나온다. 하리가 내어준 숙제를 하듯, 서둘러 해치워야 긴긴 잠을 잘 수 있다는 것처럼.

희원은 하리의 머리를 쓰다듬다가 지환에게 다시 시선을 돌렸다.

"사랑해요."

사랑해요. 당신이 나를 사랑하게 될 때까지.

"나의 남편."

가볼게요. 내가, 이 길을.

· · ✦ ✦ ✦ ✦ · ·

"뭐야⋯⋯. 이젠 하다 하다 짝사랑을⋯⋯."

이튿날, 희원은 연습실에 무릎을 세우고 앉아 손가락으로 바닥에 글씨를 썼다. 자세히 들여다보니 차마 말로 하지 못하는 욕이다.

"꼴좋다, 꼴좋아 권희원. 이제 어쩌냐? 응? 권희원. 너 이제 어떡할래?"

난 지금⋯⋯ 너무 슬퍼⋯⋯.

"에휴⋯⋯."

슬퍼도⋯⋯ 너무 슬퍼⋯⋯.

쿵, 쿵, 희원은 뒤통수를 벽에 쿵쿵 찧으며 멍하니 시선을 들었다. 뱉어봐야 한숨이요, 떨궈봐야 막막함이다.

희원은 시계를 들여다보다가 힘없이 일어섰다. 어서 빨리 집으로 돌아가 그를 보고 싶은 마음이 굴뚝같은데, 한편으론 그의 얼굴을 바라보기가 두려운 생각도 들었다.

"나를 어떻게 좋아하게 만들지? 그럴 생각이 추호도 없어 보이는데."

사랑 같은 건 다시 하고 싶지 않다고 말하는 남자를 어떻게 구슬려야 하는지, 의지만큼 의욕이 생기질 않는다.

열과 성을 다해 그의 마음을 얻고 싶지만 그게 노력으로 될 일인가. 그렇게 해도 되는 건가. 결혼의 목적을 잊고 무시하며 내 마음을 강요해도 되는 건가.

"나한테 실망하면 어떡해. 어후, 진짜 막막하네."

언제나 다정하게 웃고 있는 지환의 얼굴 뒤로 차갑게 얼어붙은 마음이 이제는 보이는 것만 같다. 그를 향해 생겨난 제 마음이 원망스럽고, 결단코 해피엔딩은 아닐 것만 같아 어깨는 계속 내려가기만 할 때, 그때였다.

텅 빈 연습실. 그녀의 휴대폰이 울린다.

"어? 여보세요? 지환 씨?"

그의 전화다.

— 바쁩니까? 연습 중?

"아뇨. 연습 끝났어요. 웬일로 이 시간에 전화를 다 했어요? 퇴근?"

종전의 무거웠던 생각들이 무색할 정도로 그녀 기분은 하늘 위로 올라갔다. 휴대폰 너머로 들려오는 그의 다정한 목소리는 더할나위 없이 특별했다.

특별해졌다. 특권처럼.

— 아니, 오늘은 좀 늦을 것 같아서 전화했습니다.

"아…… 늦는다구요."

— 일이 좀 있어서요. 저녁을 먹고 들어갈 것 같아서.

"네. 할 수 없죠. 걱정 마요, 하리는 제가 잘 챙길게요."

그가 집에 돌아오지 않겠다는 것도 아닌데. 설마하니 일부러 늦게 들어오겠다는 것도 아닌데. 일 때문에 늦는다는 그의 말이 더럭 서럽고 아쉽고, 서운하다.

무슨 일 때문이냐고 묻고 싶지만 희원은 입술만 꾹 깨물었다. 그런 사소한 질문조차 허락된 부부가 아니라는 생각에 마음은 한없이 더 내려갔다.

— 지검장님께서 저녁 식사를 하자고 하셔서 어쩔 수가 없게 됐네요.

그런 그녀의 마음을 엿보기라도 한 듯 그는 먼저 늦게 된 이유에 대해 설명을 했다.

— 일찍 들어가고 싶은데 희원 씨도 알겠지만 상사 호출엔 거절이 힘들어서.

"아, 그랬구나! 괜찮아요! 정말 괜찮아요!"

상사의 호출이라니 희원의 표정이 밝아진다.

주책이다. 감정은 교육받은 적이 없는 것처럼 멋대로 굴었다. 웃지 말아야지 생각해도 웃음이 났고, 이러지 말아야지 다짐해도 음성은 올라갔다.

— 중간에 연락할게요. 그렇다고 너무 늦진 않을 거고.

눈물겨운 짝사랑은 이렇게 시작되었다.

"그래요. 알겠어요."

— 그럼 끊어요.

"저기, 서지환 씨."

희원은 그의 이름을 불렀다. 이름 석 자를 내뱉었을 뿐인데 지르르, 심장 부근으로 통증이 밀려온다.

— 네. 말해요.

"아…… 고마워요. 늦으면 늦는다고 말해줘서."

내가 당신을 기다리지 않게 해줘서. 아니, 늦는다는 걸 알게 되어도 나는 당신을 기다리겠지만.

— 별게 다 고맙네요. 오늘 권희원 씨 좀 이상한데요.

그가 웃는다. 그 아무것도 아닌 사소한 웃음소리에 그녀 마음이 뜨거움으로 물든다.

— 끊어요, 희원 씨. 집에서 봐요.

"네. 알겠어요."

지환의 음성이 끊긴 휴대폰을 들고 그녀는 한참이나 손을 떼지 못했다. 작은 기기에 배어 있는 온기가 마치 그의 것인 것만 같아 빠르게 식어가는 것이 못내 마음 상했다.

"별일이다. 내가……. 진짜 별일이야……."

그래, 이렇게 시작되었다. 모든 것을 향한 의미 부여는 이렇게 시작되었다. 그로 시작해서 그로 끝나는, 길고도 짧은 하루는 이렇게 펼쳐졌다. 비처럼 쏟아지니 젖고, 첫눈처럼 설레니 심장이 뛰고, 태풍처럼 몰아치니 휘청거렸다.

희원은 잠시 눈을 감았다. 그러곤 예감했다. 그를 향한 이 감정은 감히 막거나 피할 수 없는,

"당분간은 되게…… 힘들 것 같다……."

천재지변이었음을.

2권에 계속

완벽한 쇼윈도 1

초판 1쇄 인쇄 2019년 8월 23일
초판 1쇄 발행 2019년 8월 31일

지은이 로즈빈
삽화 케이
펴낸이 김문식 최민석
기획편집 이수민 김현진 박예나
　　　　　김소정 윤예솔
제작 제이오

펴낸곳 (주)해피북스투유
출판등록 2016년 12월 12일 제2016-000343호
주소 서울시 성북구 종암로 63, 4층 402호(종암동)
전화 02)336-1203
팩스 02)336-1209

© 로즈빈, 2019

ISBN 979-11-6479-024-1 (04810)
　　　　979-11-6479-023-4 (세트)